José Francisco Sastre García

VIENTOS DE GUERRA

Saga de Calet-Ornay Vol. 2

Depósito Legal: 00/2013/2343

ISBN: 978-1-61370-058-7

Título: *Vientos de guerra. Saga de Calet - Ornay Vol.2*
© José Francisco Sastre García
Primera edición: Noviembre 2014
http://www.josefranciscosastregarcia.es

Diseño de portada y contraportada: Alexia Jorques
Edición y maquetación: Alexia Jorques
http://alexiajorques.wordpress.com
info.alexiajorques@gmail.com

LA MARCA CARMESÍ

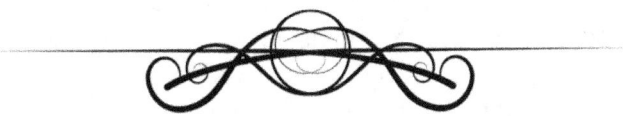

—¡Vamos, Dartia! —exclamó Calet, largando un violento espadazo al vientre de la mujer que ésta esquivó saltando con premura hacia atrás—. Estoy seguro de que puedes hacerlo mejor.

"Conoces las técnicas, las dominas muy bien, mas ése es tu peor defecto —continuó, bajando su arma—. Si quieres ser la mejor, si quieres llegar a vencer a cualquier contrincante con el que te enfrentes, deberás aprender a improvisar, a ser capaz de, sin necesidad de pensar en ello, dar un giro inesperado al combate, sorprender al enemigo con tácticas que no conoce o sospecha…

—No es tan sencillo —gruñó la ex capitana, jadeando a causa del esfuerzo, manteniéndose en guardia; conocía demasiado bien al hombre que tenía delante como para confiarse durante un entrenamiento. El hecho de que abatiera la espada no significaba nada, su ataque podía ser tan rápido como un relámpago—. Maldición Calet, no puedes pretender que te enfrente con tus mismas armas, no tendría ninguna opción.

—Tus rivales no serán como yo —aseguró el

mercenario con una sonrisa seca, mientras envainaba el arma—. La mayoría son guerreros que han aprendido unas técnicas y las aplican a rajatabla, por lo que sus movimientos son tan predecibles que puedes buscar sus puntos débiles y aprovecharte de ellos.

"No pienses que estás luchando contra mí. Si esa situación se diera, a pesar de los avances que has conseguido en tu entrenamiento, temo que te resultaría muy difícil vencerme: llevo demasiado tiempo practicando las artes de la esgrima, perfeccionando todos mis movimientos en cada combate, por lo que todo en mí es instintivo...

"Y ahora, pienso que ha llegado el momento de dejar el entrenamiento —finalizó, dándose la vuelta—. Vamos dentro, Dartia, y comamos algo mientras esperamos a que alguien se digne encargarnos una misión...

Habían llegado a Mor Talir tras varios días de cabalgada, y de inmediato habían buscado un alojamiento, una casa cercana a los muros de la ciudad, donde se habían dedicado a entrenarse y a darse a conocer ante la población durante varios meses; la primavera estaba ya bastante avanzada, y los nombres de ambos mercenarios resonaban ya por todas las Mors.

Dartia lo siguió tras envainar su espada; a pesar del tiempo transcurrido, la arrogancia del hombre le resultaba irritante, por lo que se detuvo un instante pensando en darle una lección; procurando mantener el más absoluto silencio, volvió a extraer su arma de la funda y se arrojó sobre Calet.

No supo muy bien qué era lo que había ocurrido, tan sólo que de repente estaba sentada en el suelo, con el estómago dolorido y la espada abandonada a su lado, con su rival contemplándola arma en mano y expresión severa.

—¿Entiendes ahora lo que siempre te advierto? —gruñó Calet mientras envainaba de nuevo—. Siempre en guardia, siempre pendiente de los movimientos y gestos de quien puede ser un rival, hasta que se convierta en algo tan

Pocas cosas hay más importantes que la gratitud. Así pues, vaya mi agradecimiento para quienes me han ayudado a convertir lo que en principio no fue más que un mero sueño en una realidad. Especialmente, el Círculo de Lhork, Toni Grimal y Carolina Moreno...

ÍNDICE

mecánico, tan instintivo, que no necesites ni pensarlo ni tensar tus nervios para ello.

"Pensabas que me había olvidado de todo, pero no era así: cuando te he dado la espalda he notado que comenzabas a andar y luego te detenías durante un tiempo tan largo como para sospechar que mis palabras anteriores te habían escocido, por lo que cuando oí tus pasos apresurados no tuve más que tomar la espada, girarme, detener el golpe y lanzarte un puñetazo por debajo de la guardia.

Tendió la mano a la mujer, que la agarró con gesto desabrido, y le ayudó a levantarse.

—Tu prepotencia me irrita, Calet —se indignó ella, sacudiéndose el polvo de la ropa—. No es necesario que me trates como una niña, sé que sigo estando por debajo de tu destreza, mas no deberías recordármelo una y otra vez…

El mercenario dejó escapar un hondo suspiro mientras suavizaba su expresión.

—Tienes razón, Dartia —admitió con un encogimiento de hombros—, mas es algo que me resulta muy difícil de cambiar: intentaré ser menos duro contigo, aunque no esperes blandura en los entrenamientos —advirtió con firmeza—. Debes endurecerte, y sobre todo conseguirlo lo más rápido posible.

"Entre otras cosas, podrían encargarnos que acabáramos con Ornay, y ésa es una cuestión que no resulta baladí: si ese impostor —sonrió como un lobo— es tan bueno como para engañar a los demás, entonces no podemos permitirnos error alguno, o de lo contrario podríamos resultar heridos o algo peor…

—Mas Ornay eres tú —objetó la ex capitana, caminando al lado de Calet—. No entiendo que puedas siquiera plantearte esas precauciones, no tendrías más que aparecer ante todos como el auténtico y todo se solucionaría…

—¿Y volver a Suldur en busca de mi antigua

personalidad? —se quejó el hombre—. No, Dartia, lo siento mas ésa no es una opción: si alguien ha querido asumir mi papel y colgarse el pesado manto de mi fama, adelante, se lo cedo con todo lo que conlleva: Ornay el Desalmado era demasiado salvaje para permitir su existencia, si pretendiera retomarlo habría de seleccionar de una manera mucho más cuidadosa los encargos y procurar no masacrar a quien no hiciera falta, tan sólo dejarlos imposibilitados para la lucha en esos momentos, a no ser que las circunstancias me obligaran a tomar medidas más severas.

"No. Dejaré que ese desconocido cargue con todos mis crímenes anteriores, quienquiera que sea se lo ha buscado a conciencia.

—Mas no deberías hacer eso... —objetó Dartia frunciendo el ceño.

—¡Calet dar Gaur! ¡Dartia dar Sarama! —exclamó una voz en la distancia.

Mirándose entre sí, ambos se acercaron a la entrada de la vivienda y abrieron la puerta de madera; ante ellos apareció un hombre inmenso, un coloso de más de dos metros de altura con las armas de la casa de Altari.

—Que Dan'Nan sea con vosotros —saludó de forma ceremoniosa con voz grave—. Mi señora, Renan dar Altari, desea hablar con vosotros, por lo que sois convocados a su presencia.

—Permitidnos al menos tomarnos unos momentos para quitarnos el polvo del entrenamiento —sugirió la mercenaria en tono amistoso, ante lo que el guardia torció el gesto—. Esperadnos aquí si lo deseáis, y en unos instantes os acompañaremos —añadió contemporizadora para evitar el gesto severo del hombre, que aceptó la componenda con un leve cabeceo.

Unos momentos después, ambos caminaban tras el adusto guardia, en un incómodo silencio roto tan sólo por el bullicio de las gentes de Mor Talir. Cruzaron por la zona de mercados, acercándose al centro de la ciudad, a una vivienda de dos plantas cercana al palacio de los Doins, una construcción sobria, elegante, con un par de leones rampantes de piedra a ambos lados de la puerta.

Después de atravesar varias estancias y presentarse ante otras tantas parejas de soldados de la Casa de Altari, fueron introducidos en el salón principal, donde les esperaba la mujer que les había mandado llamar.

De figura menuda y tez bronceada, sus rasgos eran anodinos, angulosos, adornados por una espesa mata de negro cabello rizado; de no ser por los caros ropajes que ostentaba con una cierta gracia, hubiera podido pasar sin problema alguno por una de las mujeres al servicio de la Casa.

—Mi Señora, os traigo a Calet dar Gaur y Dartia dar Sarama —presentó el coloso mientras se inclinaba en solemne ceremonia—, tal y como habéis ordenado.

—Muy bien, Suad —aceptó Renan con gesto displicente—. Puedes retirarte, te mandaré llamar si te necesito.

—Como ordenéis, mi señora —el hombre obedeció servil y retrocedió tras una zalema, saliendo de la habitación.

—Que la Diosa sea con vos —saludó la Señora de la Casa a los mercenarios, que permanecían en silencio.

—Y con vos, Señora —saludaron a su vez.

—Os rogaría que fuerais al grano y evitarais rodeos, señora —terció Calet con tono abrupto, observándola con suspicacia; pudo notar el gesto de enojo de su compañera, más partidaria de la diplomacia antes de recurrir a métodos más drásticos—. Nuestro tiempo es demasiado valioso para perderlo en vacuas disquisiciones.

—A fe mía que lo que había oído de vos era cierto —advirtió Renan un tanto molesta—, sois un grosero maleducado incapaz de relacionaros con la nobleza.

—Me precio de ser un mercenario que resuelve de forma satisfactoria los encargos que se le solicitan, no de engatusar con bellas palabras a nadie —contestó el hombre ligeramente picado—. Si no os importa...

—Os ruego disculpéis a mi compañero, señora —intervino Dartia con rapidez, al ver el peligroso derrotero que estaba tomando la situación—, mas no es persona de palabras, sino de acción.

—Eso puedo verlo con meridiana claridad —aceptó la mujer con aspereza—. Mas, como bien decís, trátase de un asunto de negocios, no de placer; así pues, prescindiremos de las formalidades.

"En estos últimos tiempos que corren las cosas no van bien en las Mors —comenzó a explicar—, el bandidaje ha aumentado y los salteadores campan a sus anchas a pesar de la vigilancia del ejército imperial. A pesar de todos nuestros esfuerzos, varias caravanas han sido saqueadas. Hasta el momento, ninguno de los hombres que hemos contratado ha sido capaz de evitar el desastre.

"Algunos de los que han empleado vuestras armas han confirmado vuestra valía, por lo que he decidido probaros: en un par de días saldrá una caravana con destino a Mor Sudam, escoltada por una decena de soldados y vosotros dos.

—¿No deberíais preguntarnos primero si deseamos aceptar vuestra oferta? —se burló Calet.

La Señora de la Casa lo fulminó con la mirada: por un momento, sus labios temblaron de ira, dispuestos a abrirse y lanzar una llamada a sus guardias, mas consiguió controlarse por fin.

—Calet dar Gaur, estáis tentando en demasía vuestra suerte —le advirtió furiosa—. ¿Acaso osaríais rechazar la oferta de un noble?

—Si la paga no es tan buena como debiera, sí —aseguró

el mercenario con una torva sonrisa—. Señora, os ruego que no me malinterpretéis, mas nosotros también debemos cuidar nuestra reputación, por lo que no nos embarcaremos en cometido alguno que no nos dé unas ciertas garantías de honestidad y rentabilidad.

—¿Os parece suficientemente rentable una paga de diez monedas de hierro por cabeza y día?

—Treinta —apuntó Calet con celeridad.

Renan observó al hombre que, en apariencia calmo, se había cruzado de brazos y parecía estudiarla con gesto irónico.

—¿Acaso pensáis que estoy dispuesta a chanzas? —le amenazó.

—Señora, estaríamos dispuestos a participar como escoltas en su caravana por veinte monedas —intervino Dartia, dando un codazo de advertencia a su compañero—. Si como decís habéis recibido noticias buenas acerca de nosotros, deberíais pensar que éste no es un precio demasiado excesivo por nuestra protección…

—Sea —admitió la Señora de Altari tras unos instantes de vacilación—. Veinte monedas por cabeza y día. Mas espero por vuestro bien que las valgáis, pues de lo contrario no podréis volver a Mor Talir sin pagar las consecuencias de vuestra insolencia.

"Dentro de dos días deberéis estar a las puertas de esta Casa, dispuestos a escoltar la caravana de Mor Sudam. Ahora, podéis retiraros —ordenó con un lánguido gesto de la mano.

—¿Por qué contemporizas con toda esta gente? —inquirió Calet mientras regresaban a su hogar; se sentía molesto por la manera en que los había tratado la dama Renan—. ¿Acaso somos perros falderos que hemos de arrastrarnos tras sus ropajes en busca de la miseria que quieran dejar caer?

"No, no estoy dispuesto a permitir que me traten de esta manera; si es preciso, estaría dispuesto a ser de nuevo Ornay el Desalmado... —sugirió bajando la voz a un áspero susurro.

—No digas más necedades —le increpó Dartia—. Si hubieras estado como yo, al servicio de una Casa durante el suficiente tiempo, entenderías mejor los pensamientos de los nobles, y la forma de tratarlos para conseguir lo que quieras de ellos sin necesidad de adulaciones ni zalamerías.

"Te concedo el hecho de que la dama Renan no es precisamente una mujer fácil de tratar, mas tampoco tú has estado lo que se dice agradable: deberías controlar un poco ese genio que tienes.

"Y en cuanto a lo de volver a tu antiguo ser... ¿Acaso te has parado a pensar lo que estás diciendo? Como de costumbre, por supuesto que no. ¿Vivir de nuevo al margen de la ley, perseguido por todos, escondiéndote entre las sombras como un animal acosado, dedicado a cometer cualquier tipo de crimen que se te encargue?

—No, en eso te equivocas —se defendió Calet—, procuraría seleccionar con sumo cuidado las tareas que me encargaran, no haría nada que pudiera resultar contrario a un cierto sentido de la justicia...

—Y utilizarías tu propio criterio para ello, ¿no? —se burló la mujer—. Vamos, Calet, ¿no pretenderás ahora aplicar la justicia...

—Tengo mis propias ideas al respecto —le interrumpió el mercenario, ofendido por sus palabras—. No tienen por qué coincidir por completo con la justicia del Imperio. Si estás pensando en lo que he estado haciendo hasta que cumplí mi venganza, deberías darte cuenta de que no hubo más que un sentimiento enconado, fuera de toda medida; todo lo demás quedó eclipsado por el velo rojo de la rabia.

"He llevado una marca escarlata, una señal de sangre, durante todo este tiempo... Un estigma que me ha acompañado en la misión que me impuse, y que antepuse a cualquier otra consideración; para poder cumplirla me rebajé a ser menos que un ser humano, a la condición de una bestia salvaje. Nada contaba en mi camino que no fuera satisfacer las necesidades básicas que mantuvieran el destino que me había fijado.

"Sin embargo, todo cambió cuando empecé a dar cumplimiento a la tarea que había jurado contra los asesinos de mi familia: todo mi entrenamiento, toda mi furia, se conjuraron para confundirme. La muerte de Targ no hizo otra cosa que mostrarme el vacío que yacía en mi corazón, me indicó, sin yo saberlo hasta más tarde, mi mayor carencia: un alma...

Mientras entraban en la vivienda, Dartia observó con detenimiento a su compañero; aquella expresión calma en apariencia, una fachada de estoicismo, de impasibilidad, tras la que se ocultaba una personalidad sombría a la par que volcánica, siempre la desconcertaba. Aunque creía entenderlo, a veces no podía por menos que dudar de sus ideas, de sus intenciones...

—No pretendas entenderme, Dartia —continuó Calet, sonriendo con brevedad ante el desconcierto de la mujer—. Ni yo mismo soy capaz de ello. Soy Calet dar Gaur, guerrero de fortuna, y también Ornay dar Diron, Ornay el Desalmado, una criatura forjada en el más ardiente fuego de la venganza.

"No se pueden separar ambas personalidades, tan sólo intentar que convivan en la mayor armonía posible.

—No sabía que fueras capaz de leerme el pensamiento —murmuró en tono suave.

—No, tan sólo las expresiones de la cara —admitió el

mercenario encogiéndose de hombros—. Y en la tuya puedo observar todo lo que piensas o sientes…

Apenas llegado el amanecer, Calet y Dartia esperaban ya ante las puertas de la Casa de Altari; por encima del seto que separaba la vivienda de la calle podían distinguir dos carros de madera con un par de bueyes uncidos en cada uno de ellos; a su alrededor se movían con gestos nerviosos, como avispas furiosas sacadas de su letargo, guardias y comerciantes que ultimaban los preparativos para la expedición hacia Mor Sudam.

Alguien los vio y dio un aviso de alarma; casi de inmediato, los soldados cerraron filas y aprestaron sus armas, hasta que el hombretón que había guiado a los mercenarios dos días antes se dio cuenta de quienes eran; con estentórea voz hizo que todos se relajaran.

—Que Dan'Nan sea con vos —saludaron al cruzar la entrada, levantando las manos en gesto amistoso.

—Y con vos —les contestó el soldado con gesto ceñudo—. Estamos ultimando los preparativos, saldremos de un momento a otro.

—¿Podemos preguntar cuál es el contenido de los carros? —inquirió Calet en tono cauteloso, bajo la irritada mirada de su compañera.

—No es algo que os concierna —le advirtió el hombre con enojo, apoyando la manaza en el pomo de su espada con gesto agresivo—. ¿Acaso habéis olvidado que se os paga sólo como escoltas?

—Puedo comprobar que estáis vos para recordárnoslo —se burló el mercenario.

—Señor Darno, todo está dispuesto —les interrumpió

uno de los carreteros—. Podemos partir en cuanto deis la orden.

El grupo, formado por cuatro comerciantes y una escolta de diez guardias, además de Calet y Dartia, se puso en marcha: cruzaron las calles entre las miradas de sueño de la gente y las de codicia de los ladrones que parecían infestar Mor Talir, para dirigirse al Nordeste al atravesar las dobles puertas de la ciudad.

Con movimientos cautos, procurando no llamar la atención, el guerrero de fortuna apartó poco a poco su montura de su compañera, acercándose a uno de los carros para intentar echar una ojeada rápida bajo la tela; aquel tesón en no decir nada, en mantener un silencio absoluto en torno al contenido de la caravana, le tenía preocupado y le hacía sospechar que algo no marchaba bien.

—Apartaos de ahí —tras él, la voz grave de Darno le hizo llevarse la mano al hombro en busca de su espada en un gesto involuntario, mecánico. Con despaciosa lentitud, la bajó mientras giraba la cabeza hacia su interlocutor—. A lo que veo, tenéis un serio problema con vuestras entendederas. ¿Acaso no podéis comprender cuál es vuestra función?

—Dartia y yo tenemos a bien elegir nuestras tareas con tiento —advirtió Calet perdiendo la paciencia; la situación comenzaba a molestarle sobremanera—. No tenemos certeza alguna de que estos carros no contengan una mercancía… llamémosla peligrosa.

—¿No lo preguntasteis en su momento, cuando hablasteis con la Señora Renan? —se chanceó el soldado—. No os lamentéis ahora de vuestra torpeza.

—Teneos ambos, y dejaos de trifulcas inútiles —intervino Dartia, acercándose a ellos—. Mas que guerreros parecéis dos infantes discutiendo por un juguete.

—A mi parecer, Dartia, tenemos derecho a conocer…

—Aceptasteis la misión sin preguntar —gruñó el

hombre—. Eso es suficiente.

—¡Basta ya! —exclamó la taliria, haciendo que todas las miradas se volvieran hacia ellos—. Puesto que sólo se nos pagará al término del viaje, nada nos ata excepto nuestro honor; ahora bien —sus labios se torcieron en una sonrisa lobuna, feroz—, si por algún motivo hubiéramos de considerar que hemos sido engañados, podríamos abandonar la misión sin el más nimio reparo. Tanta insistencia en que no conozcamos la mercancía que llevamos a Mor Sudam resulta en extremo sospechosa, temo que, al igual que mi compañero, he de insistir en ello.

La faz de Darno adquirió un violento tono púrpura.

—¡Sea! —admitió por fin, encolerizado en extremo—. Mas si osáis intentar apropiaros de algo de lo que hay en los carros, habréis de responder por ello con las armas.

Uniendo la acción a la palabra, se inclinó sobre el flanco de su montura y agarró una esquina de la tela, que levantó para dejar ver bajo ella un numeroso grupo de pieles extendidas con todo cuidado por la carreta, de todo tipo de animales: lobos, dientes de sable, armiños, visones, zorros... El valor de aquel cargamento era en verdad elevado.

Acercándose al otro vehículo, mostró bajo la tela unos pequeños cofres apilados uno junto a otro.

—Son joyas de todo tipo —explicó con brevedad el guardia—: ópalos, amatistas, rubíes, ónices, ágatas...

"Comerciamos con otras ciudades y otros reinos, intentando conseguir las piedras al precio más bajo posible, y luego lo ofrecemos al mejor postor.

—Ya veo —aceptó Calet, suavizando su expresión. Abrió la boca para decir algo, mas Dartia le hincó el codo en el costado.

Durante el viaje no surgió ningún contratiempo, no vieron rastro alguno de bandidos ni saqueadores. Se cruzaron con un par de caravanas y unos viajeros que hacían la ruta contraria, hacia Mor Talir, e intercambiaron unas palabras con todos. Uno de ellos, un guerrero de tez cetrina, les habló de los rumores que habían llegado hasta las Mors acerca del asesinato del embajador lemurio en Poseidonia, la capital del Imperio, y de las consecuencias inmediatas de lo sucedido: la exigencia del emperador Ostiman de esclarecer lo ocurrido, su amenaza de quebrar la inestable paz que ambos habían establecido un par de años antes, los soldados de los Manes registrando la ciudad en busca de los asesinos… Tal parecía que el comienzo de una nueva guerra era inminente: mientras Atlantis mantenía sus colonias en el continente del este y se extendía hacia oriente, debía volver su mirada hacia el oeste en busca del enemigo.

Cuando llegaron a la vista de los bajos muros de Mor Sudam, el crepúsculo se cernía ya sobre las tierras atlantes, mientras los ánimos se caldeaban por momentos: mientras Darno insistía que había que aplastar a toda costa a los eternos enemigos, a las serpientes de más allá de las Tierras Rojas, Calet y Dartia mantenían una opinión muy distinta…

—Pensad, capitán, que una guerra en estos momentos sólo beneficiaría a los mercaderes de armas —explicaba por enésima vez la mercenaria con voz cansada—; después de dos años de paz, resulta cuanto menos extraño que el Imperio desee la guerra con nuestros más acendrados enemigos, y que la manera de hacerlo sea asesinando a su embajador en lugar de expulsarlo en un acto formal, protocolario, y hacer un anuncio.

—Mas son nuestros más enconados rivales, señora Dartia —insistía el soldado, mientras se internaban en las tortuosas calles de la población—, gentes impías, guerreros salvajes sin corazón, fieras dedicadas en cuerpo y alma a la sangre y la muerte...

—¿No creéis, señor Darno, que estáis resultando un tanto sanguíneo? —inquirió Calet con una tensa sonrisa—. No soy yo afín a esas gentes, mas habréis de estar conmigo en que, por mero sentido común, no todo el Imperio Lemurio ha de ser igual de bárbaro.

—Tal vez no —admitió de mala gana el guardia, mientras la caravana se detenía ante una vivienda noble—, mas sí voy a deciros algo que resulta notorio y claro: prefiero a un lemurio muerto antes que a uno vivo.

Ante tal declaración de intenciones, los mercenarios optaron por guardar silencio: no parecía demasiado conveniente insistir en semejante conversación.

—Nosotros hemos cumplido nuestra parte —anunció Dartia con una amplia sonrisa—. Ahora, señor Darno, os toca a vos cumplir con la vuestra y pagar la deuda.

Con el gesto torcido en una expresión desagradable, el hombre sacó de su faltriquera un saquillo tintineante y dejó caer las monedas en la palma de su mano; contándolas con sumo cuidado, se las entregó a la mujer. Saltaba a la vista que la decisión de la Dama Renan de contratar guerreros de fortuna no le había resultado agradable...

—Quedamos agradecidos por su dinero y su compañía —aseguró Dartia, dedicándole una esplendorosa sonrisa que desarmó por completo al soldado—. Ahora, que la Diosa sea con vos: nos retiramos a descansar del viaje.

El soldado no supo, o tal vez no quiso contestar; con un vago gesto de aquiescencia se dio la vuelta y se dedicó a dar órdenes a sus subordinados.

Calet y Dartia se miraron por un momento; después,

hicieron volver grupas a sus monturas y cabalgaron por las callejas de Mor Sudam en busca de un alojamiento que encontraron al cabo de unos minutos, un local que ostentaba una enseña en la que aparecía una espada cruzando sobre un sol radiante.

Tras tomar un refrigerio, preguntaron al tabernero por algún lugar en que pudieran asearse y sacudirse el polvo del viaje, y dejaron pagadas las habitaciones para dormir.

—Y más os vale no intentar engañarnos —advirtió con severidad el mercenario, provocando en el posadero un espantado estremecimiento—: el hecho de haber pagado por adelantado no es óbice para que podáis desligaros de vuestra responsabilidad.

Mientras le daban la espalda, el hombre se desvivió en protestas acerca de su honestidad.

—¿Sabes, Calet, que a veces te abriría la cabeza? —se burló la mujer—. ¿Acaso te cuesta tanto ser un poco más amable, un poco más comedido con tus palabras?

—Es preferible meter el miedo en el cuerpo a los demás y que no te busquen problemas, a ser blando con ellos y se crean con derecho a hacer lo que quieran —explicó el guerrero encogiéndose de hombros—. Prefiero estar seguro de que ese tabernero va a respetar mis monedas, a arriesgarme a volver y encontrarme con que hemos perdido habitaciones y dinero.

—Eres demasiado desconfiado.

—He de serlo, y tú también, si deseamos sobrevivir en este mundo violento —terció el mercenario con brusquedad—. Me parece cuanto menos sorprendente que aún no hayas sido capaz de entender la premisa más básica de las gentes de armas.

—La entiendo a la perfección —se defendió la mujer con tono agresivo—. La única cuestión es que no puedo aceptarla. ¿Una vida de tensión continua, eterna?

—Tuviste elección —se burló Calet—. Pudiste haber

tomado por esposo a un noble, o haberte dedicado a la vida de campesina, o cualquier otra idea que ocurrírsete pudiera. Mas elegiste la ley de la espada, y como tal debes aceptarla...

Unas horas después los dos compañeros regresaban a la posada, dispuestos a tomar el pertinente descanso; las sombras nocturnas se cernían sobre Mor Sudam, bailando bajo una luna llena que provocaba caprichosos juegos de luz en los rincones, haciendo que ambos vigilaran con suma cautela a su alrededor, sabedores de la caterva de ladrones y degolladores que plagaban las ciudades de las Mors como una nefasta plaga. Desde un semiescondido recoveco una pareja les hizo gestos obscenos, llamando su atención en busca de unas monedas que ganarse...

Un repentino ruido hizo que levantaran los ojos: vieron pasar junto a ellos a una docena de sujetos a la carrera, con la vista fija en los tejados de la ciudad.

—Si mi instinto no me falla, la Hermandad del Tiburón trabaja esta noche —sugirió Calet en voz baja—. Y si van una docena, es que buscan a alguien muy especial...

—¿Cómo sabes que son tiburones? —inquirió Dartia con gesto ceñudo.

—Porque en una ocasión me enfrenté al jefe de esta cuadrilla —el mercenario señaló al hombre que parecía dirigir aquel malencarado grupo, un gigante de casi dos metros de altura, delgado como un espíritu, armado con una enorme hacha de doble filo que agitaba entre broncas voces—. Temo, Dartia, que creo saber detrás de quién andan. Y ay de él si lo alcanzan...

—¿Ornay? —aventuró la mujer.

—Eso temo, el impostor que se hace pasar por mí —admitió el hombre con gesto sombrío—. Dartia, ve si lo deseas a la taberna, creo que tengo algo que hacer antes de acostarme.

—¿Te has vuelto loco? —le regañó la mujer, atónita ante las palabras de su compañero—. ¿Vas a enfrentarte no sólo a un loco del que no conoces su habilidad real, sino además a la hermandad de asesinos más temida del Imperio?

—Te recuerdo que los tiburones no me persiguen a mí, sino a Ornay —aclaró sucinto el mercenario—, no tendría por qué enfrentarme a ellos.

Sin más palabras, antes de que la taliria tuviera tiempo de contestarle, le dio la espalda y comenzó a caminar hacia las sombras.

—Serás necio… —murmuró ella con gesto de fastidio, mientras marchaba en busca de un merecido descanso…

Tras un par de horas de búsqueda, Calet descubrió el paradero de quien se hacía pasar por Ornay: al norte de la ciudad se alzaba un espantoso griterío, una estruendosa algarabía que lanzaba al aire notas de ira, horror y miedo.

Cuando llegó al lugar se descubrió ante una amplia casa de piedra de dos plantas, llena de soldados con antorchas registrándolo todo entre voces; sin duda alguna, la misión del asesino le había llevado a una de las Casas Nobles. Recordando los viejos tiempos en que él hubiera hecho lo mismo, aceptar sin ningún tipo de miramientos cualquier tarea por la que le hubieran pagado, pensó que tal vez hubiera sido un poco más cauteloso. Aunque, en realidad, no era lo habitual: la muerte de Sentar de Querot, en Mor

Talir, no había pasado precisamente desapercibida, al igual que la de Galder, el Doin de Mor Falkan y otros como ellos...

Se preguntó dónde estaría el impostor, mirando en todas direcciones, buscando en vano durante unos momentos, hasta que creyó percibir movimiento en el techo de la construcción: una sombra parecía apenas perfilarse contra la oscuridad nocturna, deslizarse con lenta cautela, hacia una esquina del edificio...

Calet sonrió con hosquedad: el asesino se había dejado atrapar, no tenía ya casi ninguna opción de escapar de la situación creada. En el hipotético caso de que consiguiera romper el cordón que los soldados habían formado, habría de enfrentarse con los miembros de la Hermandad del Tiburón, que a buen seguro le estarían esperando con las manos llenas de hierro y el asesinato en el corazón.

Si no conseguía crear una distracción adecuada, podía considerarse muerto... Por un breve instante, de Calet se apoderó la tentación de ayudarle a escapar, mas no podía permitirse tal hazaña: no tenía su casco a mano, y mostrarse a cara descubierta para ayudar a un proscrito como Ornay supondría el ostracismo definitivo... No, no podía arriesgarse en tal empresa, no debía...

En ese momento, una de las esquinas de la casa reventó con una explosión sorda, contenida, abriendo un boquete del tamaño de un hombre. Casi de inmediato, todos los guerreros se dirigieron hacia allí, dejando desprotegido el resto del jardín, momento que aprovechó la sombra para descolgarse de un salto y, en una rápida carrera, desvanecerse entre unos árboles.

El mercenario se dirigió raudo hacia el lugar por el que a buen seguro saldría el rufián de los terrenos de la vivienda, a tiempo para ver desvanecerse la figura de Ornay entre las sombras de una calleja. Corrió tras él, alcanzándolo cuando cruzaba el umbral de una puerta...

Empujó la madera y entró tras el farsante, cerrando tras sí y dejando la estancia en una oscuridad absoluta, rota tan sólo por la tenue luz del exterior que se filtraba a través de los postigos mal encajados de una ventana. El asesino giró sobre sí mismo como un gato, alzando su espada ante él ante la posibilidad de un ataque, mas no vio nada en medio de aquellas lóbregas tinieblas.

—Que Dan'Nan sea con vos, Desalmado —susurró Calet—. No hay armas en mis manos, nada tenéis que tener de mí.

—¿Quién sois y qué deseáis? —gruñó una voz metalizada por el casco.

—Hablar con vos —contestó el mercenario—. Averiguar cuáles son las motivaciones que os mueven para haber adoptado la impostura de Ornay.

—¿De qué habláis, guerrero? —gruñó el hombre—. Yo soy Ornay el Desalmado...

—Conmigo no tenéis por qué disimular —le advirtió Calet—. Vos no sois el Desalmado, contemplándoos no tengo la más mínima duda de ello. No quiero vuestra cabeza, sino vuestros motivos.

—¡Que H'Ursk os condene! —exclamó airado el hombre, adelantándose para dar una estocada frontal; la hoja sólo encontró el aire...

—No me obliguéis a desenfundar mis espadas —gruñó el guerrero, apartado a un lado—, o lo lamentaréis.

"Ignoro si conocéis el hecho de que los tiburones andan tras vosotros, mas ésa es la cierta verdad. Deseo hablar con vos antes de que os encuentren y os envíen al Halasna, saber cuál es el motivo que os ha llevado a suplantar una personalidad tan... abominable.

—¿Y a vos que os importa tal cosa? —se rebeló el falso Ornay, mirando a su alrededor con gesto asustado—. ¿Acaso pretendéis ser mejor que yo?

—No pretendo serlo —admitió su interlocutor, dando

vueltas alrededor de su presa—, tan sólo busco hablar...

Las palabras murieron en su garganta cuando un fuerte golpe sacudió la puerta; al mismo tiempo, el filo aguzado de un hacha penetró por la hoja, astillándola.

—Temo que vuestras hazañas han llegado a su fin —sugirió Calet, retirándose hacia un rincón en busca de una salida; al ver una escala de madera, comenzó a subir por ella—. Orad por vuestra alma, Desalmado, porque vais a encontraros con los dioses en breve.

El farsante, desesperado, comenzó a trepar tras Calet en el momento en que la madera saltaba hecha pedazos y una imponente figura se silueteaba en el umbral, tras la cual se arremolinaban varios sujetos más.

—Por fin os encuentro, Ornay —bramó una voz profunda, conocida por el mercenario, la del gigante que le había perseguido en una ocasión. Sentado en la azotea, se limitó a escuchar—. No os molestéis en intentar huir, emplead vuestros esfuerzos en hacer las paces con H'Ursk y Dan'Nan.

Calet oyó el sonido sibilante de las espadas al salir de sus fundas, y a continuación el violento entrechocar del metal contra el metal; en unos momentos, el interior se llenó de lamentos, reniegos y gritos, mientras el áspero olor del sudor y la sangre comenzaba a ascender por la abertura.

La refriega apenas duró unos instantes: tras un agónico gemido y un golpe seco, el silencio se enseñoreó de la vivienda como un lúgubre manto de muerte. El guerrero de fortuna, desde su alta posición, decidió esperar más, hacer tiempo para que los sicarios de la Hermandad se desvanecieran en la oscuridad de la noche...

Cuando bajó de la azotea, la habitación era un matadero: la sangre goteaba por todas partes, se extendía en grandes charcos desde debajo de cuatro cadáveres, uno de los cuales tenía el vientre abierto de un violento tajo y las vísceras desparramadas a su alrededor...

El cuerpo del impostor se hallaba entre los otros tres, las espadas abandonadas junto a las inertes manos, un horrendo muñón donde debería haberse hallado la cabeza.

—Necio... —murmuró mirando a su alrededor—. A juzgar por su defensa, puedo apostar a que habría podido resistir contra estos ganapanes si los hubiera contenido en la puerta en lugar de intentar huir.

Al parecer, los tiburones se habían llevado la cabeza con el casco como prueba de la muerte del hombre más temido y odiado de todo el Imperio; a buen seguro, a más tardar en un par de días la noticia habría corrido por todas partes, lo que con total seguridad supondría una celebración general...

Salió de la vivienda con paso cansado, asegurándose de que no había ojos indiscretos que pudieran poner a la Hermandad tras su pista, y se dirigió hacia la posada...

Por la mañana, tras asearse, salió de la habitación y se dirigió al comedor de la taberna, donde Dartia estaba ya tomando un refrigerio.

—Que Dan'Nan sea contigo, Dartia —saludó sentándose frente a ella.

—Y contigo, Calet —le saludó ella a su vez—. ¿Cómo te fue la noche?

—Podría haber sido mejor —el hombre se encogió de hombros con gesto despreocupado; a continuación hizo una seña a un joven que andaba sirviendo entre las mesas—. Temo que la leyenda de Ornay el Desalmado ha llegado a su inevitable final.

—¿Qué sucedió? —indagó la taliria, observándolo con fijeza—. ¿Lo has matado?

—No, pero bien pude haber sido yo —aceptó sombrío el mercenario—. Conseguí alcanzarlo e intenté hablar con él, mas se revolvió y me tentó a sacar mis espadas; no sabría decir si por suerte o por desgracia, la Hermandad del Tiburón nos encontró cuando parecía estar dispuesto a hablar, por lo que me retiré con discreción y dejé que se las entendiera él solo con esa caterva de rufianes.

"Cuando acabó todo, vi que se había llevado a tres por delante, y que su cabeza, con el casco de C'Tl, había desaparecido. Así pues, creo muy probable que a más tardar mañana todo el Imperio sepa de la muerte del asesino más perseguido por todos.

"Lo que más llega a fastidiarme es que los dos mil sialans de recompensa por mi cabeza van a ir a las ensangrentadas manos de los tiburones...

—No pienses más en ello —sugirió Dartia—, no es algo de lo que debas preocuparte: con la desaparición de ese personaje hemos salido ganando todos, ahora sólo debemos preocuparnos por mantener la fama que tenemos... —las palabras fueron muriendo en sus labios a medida que iba comprobando, con sorpresa, cómo se ensombrecía el rostro de Calet— ¿No estarás pensando en retomar esa vida? —inquirió con gesto ceñudo.

—No sé qué decirte, Dartia —murmuró Calet, dejando a un lado su comida—. No puedo decir que eche de menos la vida de Ornay, la depravación a la que llegó, esa dureza extrema, mas algo en mi interior sigue llamándome a pesar de todo. El vacío que hay en mi vida, en mi alma, en mi corazón, no parece que pueda ser saciado con nada...

"A pesar de haber cumplido mi venganza contra los verdugos de mi mujer y mis hijos, a pesar de haber recuperado la razón, no puedo sentir nada excepto la fría furia del combate.

—Eres un orate, Calet dar Gaur —gruñó la taliria—. En verdad que no consigo ver la manera de liberarte de tal estigma, no alcanzo a comprender cómo una criatura como tú puede andar por el mundo de los vivos con impunidad.

"Tentada estoy de abandonarte a tu destino, mas deseo por encima de todas las cosas entrenar, aprender tanto como pueda de ti para, algún día, ser capaz de vencerte en combate. ¿Ni siquiera eso puede suponer un acicate para tu mente?

—¿Qué acicate pretendes que sea? —se burló el hombre con amargura—. Bastaría con dejar que me venzas para complacerte, tal es la fuerte tentación que me asalta en ocasiones, mas mi propia naturaleza me impide ceder a tal consideración: la gloria de la batalla está en el triunfo, no en la derrota.

—En ese caso, deberías despertar de ese letargo en el que yaces —le advirtió Dartia—. Tarde o temprano podrías tropezar con alguien que te superara, por lo que habrías de mantenerte en forma y seguir entrenando.

—Supongo que tienes razón —admitió el guerrero, levantándose de la mesa—. Mas deberías recordar que mi entrenamiento es el combate continuo, las tareas que aceptamos…

"Cada vez que lucho con alguien capaz de aguantarme durante el tiempo suficiente estudio sus técnicas, improviso contraataques en busca de un error en sus defensas, hasta que doy con la clave adecuada para desarmar y acabar con mi víctima.

—Entonces, eres aún más loco si cabe de lo que pensaba —le regañó la ex capitana, levantándose a su vez y siguiéndolo al exterior de la posada, en busca de sus caballos—, porque de esa manera dejas huecos que un luchador avezado podría aprovechar para alcanzarte…

—Es el riesgo que debo correr si pretendo mejorar —le interrumpió el hombre con gesto lobuno—: una herida que me permita llegar hasta el corazón del enemigo puedo tomarla como algo aceptable.

Montaron y se dirigieron calmosamente hacia la salida de Mor Sudam, discutiendo aún acerca de la actitud de Calet, soliviantándose ella por momentos ante una personalidad tan oscura, tan destructiva...

Habían acampado a la orilla del camino, entre unos árboles; una pequeña hoguera para calentarse ante las noches aún un tanto frescas, un ligero refrigerio, y el hombre se hizo cargo de la primera guardia, sentándose un poco apartado del fuego para evitar que el calor pudiera hacerle caer en un peligroso sueño.

Con una espada cruzada sobre su regazo, Calet se dejó llevar por sus pensamientos, recordando con un suspiro de melancolía la vida que había tenido antes de caer en la espiral de violencia que le había conducido hasta Ornay el Desalmado, una figura surgida de los más negros abismos del odio y la muerte. A pesar del cambio producido a medida que su venganza se iba cumpliendo de modo implacable, inexorable, a pesar de haber recuperado el alma que Gaviol le arrebató para que pudiera cumplir aquel nefasto destino, aún yacía en su interior aquella negra sombra de destrucción que lo perseguía a donde quiera que fuese. ¿Acaso Og Sabn, el demonio que le había acosado durante tanto tiempo, era certero en su apreciación? ¿Tal vez Ornay no era otra cosa que una criatura surgida de lo más profundo del Halasna para caminar entre los hombres dejando un rastro escarlata tras sí?

No parecía haber opción alguna, el maldito casco de C'Tl parecía llamarlo con un canto de sirena irresistible, encaminarlo hacia las tierras de Mor Suldur, hacia los restos de lo que una vez fue su granja...

El crujido de una rama hizo que regresase del mundo en el que se había perdido, alerta ante la presencia de algún enemigo. Sin inmutarse, sin dar señal alguna de haber oído algo, se mantuvo a la expectativa, la mano apoyada con aparente indolencia en la empuñadura de su arma...

El silencio se extendía entre los árboles, sólo roto por la suave brisa que corría entre las ramas, agitando las hojas en un leve susurro...

De repente, todo estalló en un fulgurante remolino de violenta ferocidad: de manera instintiva, el mercenario sujetó con fuerza su espada y la alzó sobre su cabeza, recibiendo con el filo un tremendo golpe destinado a abrirle la cabeza; saltando hacia delante y rodando sobre sí mismo, desenvainó su otra arma y se giró, dispuesto a afrontar a su enemigo, al tiempo que Dartia se sacudía la manta de un empujón y se levantaba mirando a su alrededor espada en mano.

Una docena de bandidos se arracimaba frente a ellos, apenas armados y aún peor vestidos, dispuestos a juzgar por su expresión a robar y asesinar a aquellos dos guerreros.

Creyéndose seguros por la fuerza del número, avanzaron con torvas sonrisas, agitando hachas, cuchillos y espadas, intentando meter el miedo en el cuerpo a sus supuestas víctimas con pavorosos gritos y aullidos de furia.

—Sólo lo diré una vez —advirtió Calet, aprestando sus hojas frente a él—: ¿cuántos de vosotros queréis morir?

Por un momento, los saqueadores se detuvieron indecisos ante la expresión decidida, firme, de su oponente; sin embargo, la codicia pudo más que ellos y los empujó a una acción desesperada...

El primero que se enfrentó al mercenario cayó con la mano seccionada de un certero tajo, mientras el segundo recibía una estocada en el estómago, abriendo una enorme herida por la que comenzaron a derramarse las vísceras.

La guerrera tampoco permanecía ociosa: una estocada en el corazón derribó a otro de los asaltantes, para a continuación detener un peligroso hachazo a su pecho y obligar a retroceder a su portador.

Ante la inesperada ferocidad de sus supuestas víctimas, los asaltantes tuvieron un momento de vacilación que les costó muy caro: en un frenético torbellino de metales, los dos mercenarios tomaron la iniciativa, obligando a sus oponentes a mantenerse a la defensiva: un certero tajo de Calet, y otro de los bandidos cayó decapitado, mientras su compañera lanzaba un letal golpe que obligaba a su contrincante a esquivarla de forma apresurada.

Durante unos instantes pareció que los rufianes recuperaban el ánimo, mas la habilidad de sus oponentes los intimidó hasta el punto de decidir retirarse de lares tan peligrosos para ellos… Mas no había ya escapatoria: si bien Dartia contuvo su mano al contemplar los rostros de pavor y los gestos de huida, su compañero prosiguió con la caza; sus espadas se agitaban de un lado a otro, sajando, cortando, hiriendo, mientras corría tras los bandidos.

—¡Basta ya, Calet! —le gritaba la taliria, sin que él mostrara rastro alguno de oír sus requerimientos, sin asomo de compasión ni cuartel en el rostro contraído en una mueca de ferocidad…

Al cabo de unos instantes sólo quedaban junto a la hoguera los dos compañeros; a su alrededor el terreno, encharcado por la sangre y las vísceras, estaba cubierto por los cuerpos de los necios que habían creído poder acabar con ellos: ninguno había podido escapar a la carnicería provocada por el antiguo asesino.

—¿Te sientes satisfecho de tu obra, Calet? —se indignó Dartia, mirándolo airada—. Estaban huyendo, no suponían ningún peligro para nosotros…

—¿Y para otros viajeros y caravanas? —inquirió sombrío el hombre, limpiando sus armas en las ropas de uno de los cadáveres—. En cuanto se hubieran repuesto, volverían de nuevo a las andadas…

—¡Pero no puedes ir matando a sangre fría! —le advirtió la antigua capitana en una explosión de rabia—. ¡No es… honroso!

Calet la miró durante un largo momento, el rostro contraído en una mueca indescifrable.

—Dartia, voy a solicitarte una merced —murmuró hosco; tal parecía que no hubiera oído las palabras de su compañera—. Entenderé que no quieras cumplirla, mas si así lo haces habré contraído contigo una importante deuda.

"Recuerda que te uniste a mí por propia voluntad; recuerda las condiciones en que acepté tu oferta. Ahora, ha llegado el momento de que cumplas tales condiciones, o tomar cada cual nuestro camino…

Unos quedos golpes en la puerta sacaron a Dartia del sueño en que se hallaba; el alba apenas acababa de despuntar, y las sombras danzaban aún en los rincones…

Mientras se levantaba tomó la espada y se dirigió a la entrada; la hoja se abrió con lentitud, haciendo que la mujer se aprestara para el combate, mas toda su prevención desapareció al ver en el umbral la figura de Calet dar Gaur.

—Ya está hecho —comentó con brevedad la mujer, dejando a un lado el arma y dirigiéndose a una pequeña alacena de madera.

Tras abrirla, apartó los objetos que había en medio y empujó el panel trasero, que se hundió un poco; a continuación lo apartó a un lado, y dejó al descubierto una pequeña oquedad, un nicho en el que se hallaba un casco de hierro forjado con la forma del antiguo demonio C'Tl.

—Te quedo muy agradecido, Dartia —el mercenario contempló el pavoroso objeto durante unos instantes, y después lo tomó con gesto reverente—. Que la Diosa te bendiga, mas he de de preguntarte algo: ¿por qué insistes en permanecer a mi lado, a pesar de conocer mi lado oscuro? ¿Por qué, a pesar de todos tus esfuerzos por evitar que recupere a Ornay el Desalmado, al ver que nada puedes hacer por evitarlo persistes en tu terquedad? Y no me hables de que deseas derrotarme en combate, porque ésa es una excusa que hace tiempo que dejé de creerme...

La taliria lo contempló con gesto sombrío, mordiéndose los labios ante aquella abrupta irrupción en su mente.

—Pides demasiado, Calet —le advirtió severa—. Confórmate con que haya cumplido tu petición y tocado esa horrenda cosa...

—Esa respuesta resulta suficientemente elocuente para mí —afirmó Calet con sequedad, aunque en su rostro se dibujó una leve sonrisa.

Sus ojos se volvieron de nuevo hacia el demoníaco yelmo, contemplando los nefandos rasgos por unos momentos; después, volvió a depositarlo en el nicho oculto y lo cerró.

—Aunque me consideres un asesino irredento, voy a hacer crecer la fama de Ornay hasta límites insospechados —afirmó tajante, volviéndose hacia su compañera—. Imagínate lo que podría conseguirse de ese personaje si en el Imperio llegaran a la conclusión de que es imposible matarlo porque resucita una y otra vez, y sobre todo de que el hombre más odiado ya no aceptaría cualquier crimen que se pretendiera cometer.

—Estás loco —le recriminó Dartia con gesto duro—. Vivir una vida así, escondido entre las sombras sin poder mostrar tu rostro, huyendo del ejército, de la Hermandad del Tiburón, de todos los guerreros de fortuna que ambicionen la recompensa por tu cabeza...

—Una vida sin riesgos es una vida vacía… —aseguró el guerrero, sin llegar a creerse él mismo lo que estaba diciendo.

—No es necesario que intentes engañarte a ti mismo —se burló la mujer—. Conozco tu historia, tú mismo me la has narrado, y te has vuelto un salvaje sanguinario a causa del amor que profesabas a tu mujer y tus hijos…

"Ahora que todo el imperio está celebrando la muerte de Ornay, tú pretendes resucitarlo; y no se te ocurre nada mejor que robar la cabeza del impostor y hacerla desaparecer. Tu insania es mayor aún de lo que podría haberme imaginado…

Unos golpes en la puerta interrumpieron la conversación; ambos se miraron y, sin pronunciar una palabra, aprestaron sus armas y se acercaron a abrir.

Ante ellos apareció una alta y corpulenta mujer de rostro equino enmarcado por una cabellera rubia recogida en una coleta; el uniforme de soldado mostraba los colores de una Casa de la Nobleza, aunque no fueron capaces de identificar de cuál se trataba.

—Que la Diosa sea con vos —saludó la guardia con un breve gesto militar—. ¿Sois por ventura Calet dar Gaur y Dartia dar Sarama?

—Y con vos, soldado —saludó a su vez el mercenario—. Sí, somos quienes buscáis. ¿Qué se os ofrece?

—Soy Saini, soldado al servicio de la Noble Casa de Verans —se presentó la mujer—. Mi ama, la Señora Haram, desea solicitar vuestros servicios.

—¿Ha de ser en este preciso momento? —inquirió Calet—. ¿Hemos de acudir de inmediato, o podemos tomarnos un breve descanso?

Dartia le miró furiosa, mientras el rostro de Saini comenzaba adquirir un rúbeo tono.

—No he recibido indicación alguna al respecto —sugirió con amabilidad forzada—, mas sería conveniente que la tardanza no fuera excesiva.

—Entonces, si no os importa esperar, desearía deshacerme del polvo del largo viaje que acabo de finalizar —sugirió el hombre con una inusitada amabilidad que sorprendió a ambas mujeres—. Pasad al interior, y departid con Dartia mientras finalizo mis abluciones...

Mientras caminaban por las calles de Mor Talir, los comentarios que oían alrededor eran todos acerca de lo mismo: la desaparición de Ornay el Desalmado. Había quien lo celebraba de forma abierta, y quien tomaba el hecho con una mayor sobriedad; aunque poco a poco las conversaciones comenzaban a derivar acerca de lo que algunos viajeros habían contado acerca de la misteriosa desaparición de la cabeza del asesino de su ubicación en la punta de una lanza, sobre el portalón de la sede de la Hermandad del Tiburón. ¿Quién podía haber sido el temerario capaz de obrar tal osadía?

Calet sonrió para sus adentros; si supieran los planes que tenía para Ornay, a buen seguro se encerrarían en sus casas y contendrían el aliento aterrorizados...

Al cabo de un rato entraron en la Casa de Verans, donde fueron conducidos por una escolta de tres guardias, entre los que se encontraba Saini, a presencia de la Señora de la Casa.

El salón en el que fueron introducidos era espacioso, sobrio, con una decoración elegante en la que descollaban grandes cortinajes y tapices con gestas épicas de los héroes legendarios del Imperio, con algunas panoplias en las que colgaban diferentes armas y escudos; en el centro, un sitial tallado en lo que parecía una única pieza de mármol, con el

Halcón de H'ursk en la parte superior del respaldo y un blando cojín de terciopelo…

En el extremo opuesto al lugar por el que habían entrado se abrieron unas grandes puertas y un par de figuras entraron en la estancia, dirigiéndose hacia el trono.

Los ojos de los mercenarios se dilataron de estupor al contemplar la inenarrable visión que se ofrecía ante sus ojos: una mujer avanzaba majestuosamente, una belleza casi ultraterrena, una criatura que parecía imposible que mortal alguno hubiera podido engendrar… Alta, esbelta, y de suaves curvas, sus rasgos eran delicados, sedosos, del color de la miel, en los que destacaban unos grandes y profundos ojos oscuros y unos exquisitos labios carnosos, todo ello enmarcado por una larga cabellera también oscura, lisa, que caía esplendente a lo largo de la espalda… Engalanada con pieles de armiño y marta, más parecía una Mane que la señora de una Casa menor.

Un par de pasos tras ella, un hombre un poco más alto que la Señora de Verans observaba con frialdad a los reunidos en el salón; de cráneo rasurado, sus rasgos de halcón adornados por una suave perilla y su corpulenta figura denotaban un cierto carácter bélico.

—Que Dan'Nan sea con vos, Dartia y Calet —saludó la mujer con una atrayente voz grave y sedosa—. Sed bienvenidos a la Casa de Verans.

Mientras Dartia entrecerraba los ojos y paseaba la mirada entre la dama y su compañero, éste, por completo obnubilado por la impresionante aparición, no podía apartar los ojos de ella, incapaz de esbozar palabra alguna o reaccionar en consecuencia a la cortesía.

Por fin, con un gran esfuerzo de voluntad, consiguió moverse e iniciar una torpe reverencia, articulando unas palabras.

—Y con vos, señora —saludó de modo atropellado.

Haram contempló los visibles esfuerzos del hombre por

recuperar la compostura y sonrió con indulgencia: conocía sin ningún género de dudas el efecto que producía en todos aquellos que la conocían, y sabía cómo aprovecharlo.

—Deseo contratar vuestros servicios —continuó con displicencia—. Necesito unos mercenarios lo suficientemente hábiles como para que me sirvan de escolta en mi camino al Oráculo de Sienti, y he oído que sois los mejores de la ciudad...

Calet se encogió ante aquellas palabras: aquella declaración, aunque formulada de manera casual y sin tono alguno de acritud, fue para él como un golpe físico, creyó sentir una especie de desprecio hacia el oficio de armas que había elegido como modo de vida.

Mas aquello sólo sirvió de acicate para el deseo que pugnaba por brotar en su interior, un deseo brutal, reprimido durante demasiado tiempo por una irrefrenable sed de venganza... Una emoción que el más puro odio, el más acérrimo encono, se habían encargado de hacer desaparecer desde la muerte de Itzai. Hubiera tomado por la fuerza aquello que no le pertenecía, aunque ello supusiera su muerte a manos de la guardia de la Casa de Verans, mas su autocontrol consiguió imponerse a aquel feroz ansia.

—Estamos a vuestro servicio, Dama Haram —aceptó de inmediato, ante el gesto de sorpresa de su compañera—. Indicadnos cuándo deseáis iniciar el viaje, y os protegeremos con el mayor de los placeres.

—Señora, no necesitamos a nadie —intervino el hombre que se erguía tras el trono, inclinándose sobre ella—. Con una docena de guardias yo puedo protegeros a lo largo de todo el camino...

—Silencio, Tenauch —le interrumpió la mujer con un gesto de la mano—. Aunque buenos, los soldados de mi Casa no están curtidos en la batalla, no tienen la suficiente experiencia como para afrontar combates con aquellos que están una y otra vez en lid para sobrevivir —volvió sus grandes ojos hacia los mercenarios—. Sin embargo, unos guerreros de fortuna de los que se cuentan tantas cosas…

"Me sorprendéis, Calet dar Gaur —le dedicó una profunda mirada, atravesándolo como un cuchillo, leyendo en su interior como un libro abierto—. Lo que me han contado de vos no coincide con lo que estoy viendo: grosero, zafio, malencarado… No observo nada de eso en vos…

—Eso es porque no lo conocéis aún —intervino Dartia, con una creciente irritación, dando un codazo en el costado a su compañero e inclinándose hacia él para murmurar—. La ambrosía no es para los cerdos…

El rostro de Haram se distendió en una luminosa sonrisa.

—¿Cuál es vuestro precio? —inquirió con suavidad.

—Veinte monedas de hierro —sugirió con rapidez Dartia, esperando que Calet no comenzara de nuevo con su actitud habitual.

—Me parece adecuado —admitió la Señora de Verans—. En consecuencia, podéis volver a vuestro alojamiento y esperar a que se os avise para el comienzo del viaje.

Con un gracioso gesto de su delicada mano despidió a los mercenarios; Dartia se dio la vuelta para salir del salón, mas al cabo de un instante se dio cuenta de que estaba sola. Mirando por encima del hombro, sus ojos se endurecieron al comprobar que Calet permanecía de pie allí, frente a Haram, con un estúpido gesto en el rostro, inclinándose en una ceremoniosa zalema.

—Será necio… —murmuró, retrocediendo sobre sus pasos y agarrándolo del brazo para tirar de él—. Vamos, Calet, aquí ya hemos finalizado…

—Esperad un momento —la voz de Tenauch sonó fría, hosca, tras ellos—. He oído de vuestra habilidad con las armas, mercenario, y desearía comprobarlas en un desafío de dumask.

—No os lo aconsejaría, señor —le advirtió Calet con un

tono peligroso, dándose la vuelta despacioso—. Si apreciáis en algo vuestro honor, deberíais meditar mejor vuestra decisión.

—¿Acaso pretendéis ser mejor que una espada de Mor Talir? —se mofó el noble con un gesto de desdén—. ¿O es que tal vez escondéis vuestra cobardía tras una notoria baladronada?

—Señor, voy a hacer que os arrepintáis de vuestras palabras —gruñó el hombre entrecerrando los ojos—. Acepto vuestro desafío.

—Nadie tiene la necesidad de demostrar nada —intervino la Dama Haram.

—Señora, debo insistir en que con una escolta de la Casa será suficiente —contestó Tenauch—. He de demostraros que estos... perros de fortuna no son tan excelentes como pretenden hacernos creer.

—Vuestras ofensas no han de caer en saco roto —le advirtió Calet con hosquedad—. Señor Tenauch, espero vuestro desafío con impaciencia.

—Muy bien, chacal —gruñó agresivo el noble—. Será en el patio de la Casa de Zexcal dentro de tres días; recibiréis un enviado para acudir al dumask...

Las primeras sombras de la tarde se cernían sobre la ciudad; el entrechocar de las armas resonaba en el pequeño patio de la vivienda de Calet y Dartia, donde ambos entrenaban hasta la extenuación: eran mucho más violentos, más agresivos... Y el tiempo con Calet la había endurecido lo suficiente como para que el mercenario hubiera de ponerse a la defensiva más a menudo de lo acostumbrado.

—Te noto distinta —sugirió el hombre, esquivando una

maligna estocada dirigida a su garganta.

—¿Por qué dices eso? —inquirió la taliria, recuperando el equilibrio—. No me pasa nada.

—Si tú lo dices… —se burló él, lanzando un golpe al pecho de la mujer que ésta detuvo con el filo de su espada; al mismo tiempo, se echó hacia delante y le dio un empujón que la sorprendió y la derribó al suelo; un instante después, las hojas se clavaban a ambos lados de la cabeza de Dartia—. Esto lo tenías ya superado —advirtió severo, ayudándola a levantarse—. Hacía ya meses que no te sorprendía con este truco tan sencillo…

La guerrera lo miró con ojos fulgurantes y se apartó de él unos pasos, recogiendo su arma y aprestándose al combate de nuevo; iba a decir algo, cuando les interrumpió el sonido de unos golpes en la puerta.

—Proseguiremos más tarde con el entrenamiento —sugirió Calet, secándose el sudor y dirigiéndose a la entrada.

Se encontraron en el umbral con Saini, la guardia de la Casa de Verans, que los observó con evidente gesto de disgusto.

—Mi Señora llama a su presencia a Calet dar Gaur —ordenó fría, seca, la mano apoyada en la empuñadura de su espada.

—Muy bien, dadnos unos instantes —sugirió Dartia, dándose la vuelta.

—Mi Señora sólo llama al mercenario —advirtió la mujer con tono despectivo—. Ahora.

Al oír aquellas palabras, la antigua capitana giró apenas la cabeza y miró a su compañero con cara de pocos amigos; con un bufido, le dio la espalda y se alejó.

Calet la observó sorprendido; encogiéndose de hombros, terminó de secarse e indicó con un gesto a Saini que lo precediera…

Caminaron en silencio a través de las calles de la ciudad,

la taliria evitando en la medida de lo posible miradas indiscretas: los colores de la Casa de Verans eran notorios y la Dama Haram harto conocida, por lo que pretendía evitar a toda costa que su reputación pudiera quedar mancillada en lo más mínimo.

Cuando entraron en la casa, Calet fue conducido no a la sala del trono, sino a unos reducidos aposentos, una especie de antesala sin decoración alguna, las lisas paredes de piedra desnudas.

—Esperad aquí, señor —ordenó Saini, dirigiéndose a unas puertas en el lado opuesto de la habitación; sin una palabra, el antiguo asesino se sentó en una de las dos sillas.

Al cabo de unos instantes las hojas de madera se abrieron: tras Saini, que dirigió una mirada ceñuda al hombre antes de abandonar la estancia, apareció la Dama Haram: de nuevo, Calet quedó embelesado ante la presencia de la mujer que, a pesar de haberse envuelto en ropajes más comunes, desprendía un intenso aura de irrealidad.

—Que Dan'Nan sea con vos, Calet —lo saludó con amabilidad.

—Y con vos, señora —el mercenario apenas fue capaz de articular tan simples palabras, cegado como estaba por la aparición. Tragando saliva, consiguió reunir fuerzas suficientes para poder mantener la compostura—. Me habéis mandado llamar, Dama Haram...

—Así es, mercenario —de nuevo, aquella puñalada al pronunciar la palabra, a pesar de la luminosa sonrisa que aparecía en su rostro—. Mas pasad a mis aposentos, y podremos hablar con más detenimiento...

Por un momento, Calet creyó haber oído mal, que la mujer se burlaba de él; no podía ser posible que pretendiera... Si tan sólo el día antes había hablado con el y con Dartia...

—¿Os sucede algo, Calet? —inquirió Haram al ver el

44

aspecto rígido, inmóvil, en que se había quedado su interlocutor—. ¿Necesitáis que llame a un sacerdote?

—No, mi señora —alcanzó a balbucear el hombre, atragantándose con su propia voz—. No es nada…

—Entonces, haced el favor de pasar —ordenó ella, apartándose para franquearle el paso…

Calet se levantó y con andar torpe, vacilante, cruzó el umbral ante la mirada sonriente, casi burlona, de la Señora de Verans…

El alba sorprendió al mercenario entrando en "El Zorro Rojo", una taberna cercana a su vivienda a la que acudía de forma habitual cuando deseaba distraerse de las tareas cotidianas; acercándose a la barra de madera, saludó a la tabernera, una mujer ya de cierta edad, alta, de constitución fuerte; en su rostro, redondo, enmarcado por una corta cabellera ondulada, brillaban chispeantes unos ojos oscuros que parecían sonreír casi tanto como sus labios.

—Saludos, Ladmar. Que la Diosa sea contigo.

—Y con vos, señor Calet —le saludó a su vez la mujer, colocando delante de él un vaso de vino de Suldur—. Muy pronto acudís a tomaros algo…

—Ha sido una noche extraña —murmuró el hombre, tomándose la bebida de un solo trago.

—Os veo más sombrío que de costumbre —comentó con despreocupación Ladmar, aunque sus ojos desmentían aquella apreciación—. Tal vez deberíais meditar un poco más acerca de vuestros actos, estáis navegando en aguas procelosas en las que con facilidad podríais embarrancar.

—¿De qué demonios estás hablando? —inquirió Calet alzando la mirada.

—Del riesgo que corréis relacionándoos con la nobleza —explicó la mujer sucintamente—. De lo absurdo de la situación en la que os estáis viendo envuelto, de las implicaciones que puede conllevar permitir que esto vaya a más...

—¿Por qué me hablas de esta manera? —gruñó el hombre, entrecerrando los ojos—. ¿Y de qué implicaciones hablas?

—De la unión de dos de las principales Casas de Mor Talir —le explicó Ladmar con paciencia, tras dejar escapar un suspiro de resignación—. De una criatura a la que vos, como guerrero de fortuna, jamás podréis tener acceso. De que esa dama está protegida bajo pena de muerte por los Doins, para quien le toque un solo pelo de la ropa.

"En suma, de que sois un absoluto necio por no daros cuenta de la tormenta que se os viene encima.

—¿Quién te crees que eres para hablarme así? —se encrespó Calet; sin embargo, al cabo de unos momentos pareció tranquilizarse, aunque su ánimo seguía alterado—. Vaya, he perdido los estribos. Mis disculpas, debería tener más cuidado...

Cuando el mercenario entró en la vivienda, su faz presagiaba tempestad; caminó nervioso de una habitación a otra, hasta que por fin dio con Dartia en el patio de entrenamiento.

—¡Dartia! —exclamó.

—¿Qué ocurre?

—Que procures no entrometerte más de la cuenta en mi vida —advirtió ceñudo—. Espero no necesitar recordarte las condiciones de nuestro trato.

La mujer le miró asombrada durante unos instantes, hasta que la comprensión iluminó su rostro; casi de inmediato, un gesto de fría furia asomó a sus rasgos. Por un momento el tiempo pareció congelarse entre ambos, la tensión creciendo en el ambiente, tan densa que un cuchillo podría cortarla… hasta que, por fin, la antigua capitana alzó su arma sin una palabra, el rostro vacío de expresión, y se lanzó a una brutal acometida que obligó a su oponente a recular bajo una feroz lluvia de golpes y tajos.

Poco a poco, Calet comenzó a recuperar el terreno, bloqueando con suma facilidad los violentos ataques; la ira hacía que la mujer perdiera el control y no fuera capaz de concentrarse en las técnicas aprendidas durante los entrenamientos, por lo que se convertía en presa fácil de un guerrero tan experimentado. Con una sonrisa hosca, el hombre arrancó la espada de sus manos con tal violencia que le hizo daño en la muñeca.

—Te ofrezco dos salidas —gruñó con fiereza, poniéndole una de sus armas en la garganta—: o procuras mantenerte al margen, o aquí mismo finaliza nuestra asociación.

—¿Estarías dispuesto a asesinarme a sangre fría? —le espetó Dartia.

El hombre la contempló durante unos momentos, la hoja temblando apenas sobre la piel, dejando un leve arañazo; por fin, con una exagerada lentitud, la bajó y, en un rápido gesto, la enfundó a su espalda.

—No, no voy a matarte —admitió, sopesando con sumo cuidado sus palabras—. En atención a la deuda que tengo contraída contigo, no voy a hacerte daño alguno.

"Mas no pienso tolerar más injerencias en mi vida privada, al menos no sin mi consentimiento —frunció el gesto en una mueca feroz—. Así pues, Dartia, debes elegir.

La mujer lo contempló con furia, una fría cólera que crecía en su pecho como una ponzoñosa flor; sin una palabra, recogió su espada y entró en la casa bajo la mirada de Calet, que meneó la cabeza en expresión desaprobadora.

Unos momentos más tarde, la taliria salía de la casa con un fardo a la espalda, el paso rápido, la sangre hirviendo en sus venas; desde el umbral, el mercenario la vio internarse en las callejas con gesto impasible, los brazos cruzados sobre el pecho...

—Mi Señora, esto es una locura —se encrespó Tenauch—. ¿Vais a poner en peligro esta unión por un advenedizo, un chacal rastrero cuya ansia sólo es la muerte?

—Tenauch, ¿dejaréis en algún momento de mostrar tal insistencia en un asunto que resulta por completo baladí? —le respondió la mujer en tono suave—. ¿Acaso hago comentarios acerca de vuestros escarceos nocturnos con una de mis sirvientas?

—Dama Haram, sólo es un perro de fortuna...

—¡Ya basta! —le interrumpió ella con voz dura—. Os aseguro que el único riesgo de que nuestras casas no lleguen a unirse es vuestra terquedad.

El noble la observó en silencio durante unos instantes, con los ojos entrecerrados y el gesto hosco; su orgullo le impedía aceptar aquella amenaza sin responder ante ella, mas, a pesar de todo, la influencia que la mujer ejercía sobre él era tal que le resultaba difícil, por no decir imposible, mantener la irritación durante demasiado tiempo.

—Sea como vos digáis, Señora —aceptó con mansedumbre—, mas sabed que estoy en contra de tal actitud...

En la Casa de Zexcal se habían encargado de correr la voz acerca del desafío entre su señor y un afamado mercenario, por lo que cuando llegó el día del dumask, en el patio, alrededor de la tarima de combate, se arremolinó una muchedumbre compuesta en su mayor parte por los soldados de las Casas de Verans y Zexcal; fuera de los muros de la vivienda, atraída por el evento, se congregaba una turba de ciudadanos entre los que se cruzaban apuestas de todo tipo… Entre ellos, Dartia esperaba con nerviosa paciencia a que comenzara aquel sinsentido, una vana pelea de arrogantes varones por una mujer…

Al cabo de un tiempo se extendió por el gentío un profundo rumor, a la vez que se abría un corredor humano junto a las verjas de la casa y aparecía Calet tras un guardia con los colores de la Casa; su rostro era sombrío, ceñudo, sin mirar a ningún lado, como si a su alrededor no hubiera nadie… Las espadas cruzadas a su espalda hicieron levantar algunas protestas, sobre todo entre los sirvientes de Tenauch, acerca de si el combate iba a ser a hierro o madera…

Tras subir a la tarima, el mercenario se llevó las manos a sus armas y las descolgó, bajándolas ante sí y presentándolas al haler; éste las recogió y las apartó a un rincón fuera de la zona de lucha.

Un rato después, las puertas de la casa se abrían y en el umbral aparecía Tenauch: avanzando ceremonioso, con pasos medidos y elegantes, tal si se encontrara en pleno desfile, subió a la tarima con una espléndida sonrisa que se torció en desdén al girar sus ojos hacia Calet.

—Vais a arrepentiros de haber aceptado el desafío —

gruñó malévolo.

—No lo creo probable —le contestó a su vez el guerrero con gesto hosco—. Mas dejemos que sean las armas quienes decidan.

—Caballeros, el dumask va a comenzar —intervino el haler, interponiéndose entre ambos—. Elijan sus armas.

—Espada —sugirió Tenauch.

Durante unos instantes, Calet lo contempló con gesto indescifrable.

—Espada —aceptó con una misteriosa sonrisa.

Entre la muchedumbre, Dartia dio un pequeño respingo al escuchar la elección de su antiguo compañero. Aunque era bueno con la espada, toda su destreza la demostraba cuando tenía ambas manos llenas de hierro, así que, ¿a qué obedecía tal decisión? ¿Tanta confianza tenía en sus habilidades como para dar ventaja de aquella manera al noble?

Tras proporcionar las armas de madera a los contendientes, el haler se retiró de la tarima y se situó en un punto algo más elevado, desde el que disponía de una visión completa de la zona de lucha.

—Que comience el dumask —anunció.

Tenauch apenas esperó un latido de corazón antes de lanzar un golpe bajo, lateral, al costado del mercenario, que lo paró sin dificultad y, a su vez, respondió con un ataque fulgurante al cuello del noble, que hubo de saltar hacia atrás para evitar recibir un duro golpe.

Durante unos momentos el combate fue una sucesión de fintas y estocadas de tanteo, comprobando cada uno de los rivales las defensas del contrario, hasta que por fin Calet saltó hacia atrás y bajó por unos momentos su arma, sonriendo avieso.

—Ya tengo las medidas de vuestra tumba, Tenauch —gruñó.

—No creo probable que un perro como vos pueda

enviarme al Purasna —objetó el noble con irritación—: os enfrentáis a la mejor espada de Mor Talir…

—Tenéis razón en una cosa —sugirió el mercenario—: no os voy a enviar al Purasna, puesto que las armas son de madera.

"Mas también es cierto que si se tratara de espadas reales, no sería en el Purasna donde terminaríais, sino en el ardiente Halasna, a los tiernos cuidados de Asm'Dur.

Rabioso por las palabras de su rival, Tenauch se lanzó a un nuevo ataque más salvaje aún que el primero, intentando colocar un golpe afortunado, mas no era capaz de romper la defensa de Calet, que parecía detener sus golpes con facilidad.

Sin embargo, a medida que el combate transcurría y los dos contendientes iban agotando sus fuerzas, Dartia comenzó a notar que algo extraño ocurría: conocía a la perfección a su compañero y sus letales técnicas, mas en aquella ocasión lo veía distraído, más a la defensiva de lo habitual, fuera de la lucha… No tomaba la iniciativa como era habitual en él, ni desplegaba todos sus trucos, era como si su mente estuviera en otro lugar, y la taliria sabía sin duda alguna dónde, en una figura etérea cual visión del Purasna… Sólo era cuestión de tiempo que el arma del noble manchara de pintura un punto crítico del cuerpo de Calet.

—Traición… —murmuró, haciendo que las miradas de la gente que tenía a su alrededor se volvieran hacia ella—. Traición.

De forma inconsciente, su voz se fue elevando, repitiendo la palabra con cada vez más fuerza, hasta que, por un misterioso efecto de empatía, se le fueron uniendo cada vez más personas. Al cabo de unos momentos, alrededor del dumask sólo se coreaba la palabra "traición", aunque nadie sabía por qué lo hacía.

Los contendientes acabaron por detener el combate,

sorprendidos ante el cariz que parecía haber tomado la situación, contemplando a su alrededor la marea de voces... El haler intentó intervenir para poner orden en aquel pandemonium, mas tardó un largo tiempo en conseguir que el gentío se acallara.

—¡Por los dioses! —exclamó con gesto impaciente—. ¿Por qué clamáis traición en este combate?

La antigua capitana intentó abrirse paso a codazos entre la muchedumbre hasta llegar a la base de la tarima.

—Este combate no puede ser válido —comenzó—. Calet dar Gaur no está en disposición de enfrentarse al Señor de Zexcal.

—¿Qué motivos aducís para tal insensatez, mujer? —inquirió Tenauch con hosquedad—. No observo nada en este combate que resulte extraño...

—Conozco a ese perro que se enfrenta al noble —explicó ella, intentando poner en orden sus palabras; no sabía cómo explicarlo sin que sonara a necio—. No está luchando como suele hacerlo, y sólo se me ocurre una explicación para ello: está bajo la influencia de un hechizo.

Un rumor de indignación comenzó a extenderse con lentitud entre los asistentes al dumask, haciendo que el haler palideciera de ira y los dos oponentes se miraran entre sí con gesto ceñudo.

—¿Es eso cierto? —murmuró Calet sombrío.

—Me niego a aceptar semejante acusación —gruñó el noble, alzando su arma—. No necesito de tales subterfugios para vencer a este desarrapado.

—¿Tenéis alguna prueba de tal felonía? —inquirió el haler, dirigiéndose a Dartia.

—No, tan sólo lo que he observado durante este combate —contestó ella—. Por ello, solicito ocupar el sitio de Calet dar Gaur en el dumask.

Los tres hombres la miraron con sorpresa: no podían creer lo que estaba ocurriendo, jamás en los anales de la historia había sucedido algo parecido. ¿Que un guerrero deseara ocupar el lugar de otro? Sí había habido lides en las que se habían advertido indicios de engaño, mas aquello era insólito a todas luces.

—Ante el cariz que está tomando esta competición, es mi deber y potestad detenerla —anunció el haler, el rostro contraído en una máscara de perplejidad—. Declaro que ninguno de los dos contendientes ha resultado vencedor.

—No acepto tal decisión —advirtió por fin Tenauch—. Exijo que el combate prosiga hasta que uno de los dos caiga derrotado.

—Existiendo la más mínima sospecha de acto indebido durante un dumask, éste ha de ser detenido de forma inmediata —sentenció el haler con firmeza—; en este caso, la petición de esta mujer de reemplazar a Calet dar Gaur —señaló a Dartia— es absolutamente injustificada, puesto que no toma parte en la lid en ningún momento; en consecuencia, y por el poder que me ha sido concedido por los Doins de Mor Talir, declaro finalizado este dumask sin posibilidad alguna de recomenzarlo.

El mercenario abrió la boca dispuesto a protestar, empeñado, al igual que su oponente, en proseguir con el combate, mas se lo pensó mejor y decidió mantenerse en silencio: protestar en demasía la decisión de un juez de dumask podía resultar tan peligrosa como molestar a los propios Doins. Sin una palabra, dejó en el suelo su espada de madera y bajó de la tarima, saliendo de la Casa de Zexcal por el pasillo que la muchedumbre le había abierto en el más absoluto silencio; tras él, a unos pasos de distancia, una oscura Dartia le seguía, observándole pensativa…

Dos días después, a primera hora de la mañana, Saini fue a buscar de nuevo al mercenario a comunicarle que se personara en la Casa de Verans para comenzar el viaje para visitar el Oráculo de Sienti.

—¿Acaso no vive ya con vos la guerrera pelirroja? —demandó con semblante sorprendido.

—No, hace unos días decidió tomar las riendas de su propia vida —contestó Calet con acritud, cerrando la puerta tras sí e indicando a la mujer que esperara un momento a que recogiera su montura antes de guiarlo.

La soldado le miró por encima del hombro con gesto ceñudo; su puño se cerró con fuerza en torno a la empuñadura de su arma, un hacha de una mano colgada a la cintura…

—Sois necio, Calet dar Gaur —aseguró dándole la espalda y echando a andar—. Sois necio más allá de toda medida.

—¿Quién sois vos para juzgarme de esa manera? —se encrespó el hombre, herido en su amor propio, mientras la seguía a través de las calles de Mor Talir—. No tenéis ni idea…

—No os equivoquéis, mercenario —le interrumpió Saini con brusquedad—. Quien no tiene idea alguna de la auténtica situación en la que está viviendo, sois vos: vivís por la ley de la espada, lleváis en vuestro corazón la marca carmesí de la violencia, y os habéis olvidado de todo lo demás…

—Primero una posadera, y ahora una guardia se arrogan el derecho de juzgar mi vida —advirtió severo el mercenario con gesto agrio—. Creéis saber todo lo necesario acerca de mi persona, y con eso es suficiente para decidir que soy un necio. Bien, tal vez lo sea, mas ésa es una cuestión mía y de nadie más. ¿Ha quedado claro?

Saini no le respondió, se limitó a esperar a que el

guerrero regresara con su montura de las riendas; después, aceleró el paso para llegar cuanto antes a la Casa de Verans. Una vez allí, Calet comprobó con sorpresa que no había más que un caballo y un elaborado carro cubierto con una lisa tela azul celeste en cuyos laterales, recamado en oro, aparecía el escudo de la Casa.

—¿Qué significa esto? —preguntó a su acompañante—. ¿Qué escolta va a llevar una dama de la alcurnia de la Señora Haram?

—No soy yo quien debe cuestionar las decisiones de mi señora —contestó la guardia, fría como el hielo—. Podéis esperar aquí hasta que la expedición se ponga en camino.

Calet la observó mientras se alejaba; con expresión seria, meditando acerca de las palabras de Ladmar y Saini, dio unas suaves palmadas en el hocico de su animal y lo dejó suelto, dirigiéndose a un banco de piedra, donde se sentó a esperar.

Durante unos largos momentos estuvo embebido en sus pensamientos, meditando acerca de la increíble arrogancia que habían demostrado aquellas dos mujeres a la hora de entrometerse en su vida. ¿Y qué ardite les importaba a ellas lo que él hiciera o dejara de hacer? En el ojo de su mente no quedaba en aquel momento más que una imagen, el reflejo de una increíble visión de belleza que le turbaba más de lo que podía haber imaginado. Aunque no quisiera reconocerlo, debía admitir que Dartia había tenido razón al interrumpir el dumask: no estaba lo suficientemente concentrado en el combate como para poder dar una lección adecuada a aquel fatuo noble, Tenauch dar Zexcal o comoquiera que se llamara…

Tal vez se tratara, en efecto, de algún hechizo, de algún conjuro de ilusión lanzado sobre la Dama Haram por algún mago para protegerla…

—¿Dónde está la mercenaria que os acompaña de modo habitual? —demandó una áspera voz frente a él, sacándolo de su ensimismamiento; al alzar la mirada vio a su oponente observándolo con sorna—. Tenía entendido que érais inseparables...

El arrogante sujeto apenas vio venir el golpe: con una velocidad pasmosa, Calet se levantó de su asiento y largó un brutal puñetazo que alcanzó a su rival en pleno rostro; el crujido de los huesos fue audible con meridiana claridad, la sangre saltó de la nariz y empapó los nudillos del agresor.

Tenauch salió despedido hacia atrás, cayendo de espaldas con un aullido de dolor; durante unos momentos permaneció quieto, atontado por el salvaje ataque... Los criados que se afanaban para finalizar los detalles del viaje se acercaron corriendo para ayudarlo, mientras un grupo de guardias se plantaban frente al mercenario y le apuntaban con sus armas; tras toda aquella escena, la Señora de Verans lo contemplaba todo con expresión de sorpresa.

Calet alzó sus manos tendidas hacia delante, con las palmas abiertas hacia arriba, la sangre goteando de los nudillos.

—Era una cuenta pendiente que tenía con vos —aseguró torvo, mirando con frialdad al caído—. No es necesario que aparezcan las espadas.

Resultaba muy probable que el Señor de Zexcal no hubiera oído las palabras del guerrero con la cabeza dándole vueltas a causa del tremendo impacto; con los sirvientes sujetándole más parecía un muñeco desmadejado que un ser humano, la cabeza caída sobre el pecho, el rostro contraído en un gesto de dolor y perplejidad...

—¿No creéis que os habéis excedido? —le advirtió severa la Dama Haram—. ¿Era en verdad necesario recurrir a tal violencia?

—Señora, mi honor había sido puesto en entredicho —comentó con fiereza el mercenario, aunque su expresión cambió al observar a la mujer que se acercaba a él—. No podía pasar por alto tal afrenta y mantener la cabeza alta...

Se interrumpió sobresaltado al recibir una sonora bofetada.

—Tentada estoy de anular la tarea que os había encomendado —aseguró la mujer con sequedad, aunque sus brillantes ojos parecían desmentir tal apreciación—, mas sois la mejor opción de que disponemos en estos momentos en Mor Talir, por lo que os mantendré en esta expedición.

"Ahora bien, vuestro impulsivo acto hace que el viaje haya de ser postergado hasta que Tenauch pueda viajar en condiciones —explicó volviendo su mirada hacia el noble, que parecía estar recuperándose por momentos—. Hasta ese momento, vos y vuestra compañera podréis disfrutar de la hospitalidad de mi Casa. Saini os guiara... —calló al comprobar que Dartia no se hallaba por ninguna parte—. ¿Puedo preguntar dónde se halla vuestra compañera?

—Dartia ha decidido abandonar vuestra empresa —comentó Calet con un encogimiento de hombros—. Ha preferido tomar su propio camino antes que acatar las reglas preestablecidas.

Haram le contempló escrutadora, intentando penetrar en sus pensamientos, mas el hombre se había parapetado tras una máscara de imperturbabilidad que impedía que fuera capaz de llegar a él.

—Sea como decís —admitió la mujer con un suspiro—. Saini, acompaña a Calet dar Gaur y ofrécele nuestra hospitalidad.

—No será necesario —aceptó el hombre con una inclinación de cabeza—. Puedo permanecer aquí esperando hasta que comience el periplo —echó una ojeada a Tenauch, que se dirigía a la casa flanqueado por un par de sirvientes—. Puedo suponer que no tardaremos demasiado tiempo en ponernos en camino…

Sin una palabra, tras una interrogadora mirada, la Señora de Verans le dio la espalda y se acercó a su prometido, caminando a su lado hasta entrar en la vivienda. Mientras tanto, Calet volvió a sentarse en el banco de piedra, retomando los tortuosos pensamientos que le asaltaban una y otra vez...

La expedición al Nordeste, al Oráculo de Sienti, comenzó bajo malos auspicios: apenas habían salido de la ciudad cuando el cielo comenzó a nublarse para, unas horas más tarde, comenzar a llover copiosamente; al mismo tiempo, la tensión entre Calet y Tenauch, con una aparatosa venda en el rostro, parecía crecer por momentos. Entre los dos jinetes y el carro cubierto se cernía un ominoso silencio, tan asfixiante como una mortaja, tan denso que casi podía cortarse con un cuchillo.

Ninguno de los dos estaba dispuesto a ceder un ápice ante el otro, eran demasiado orgullosos para tal deshonor, por lo que ambos prosiguieron imperturbables bajo la cortina de agua a pesar de la sugerencia de la Dama Haram de buscar un refugio hasta que amainara la tormenta.

Por fin, al cabo de un tiempo, alcanzaron a distinguir un pequeño caserío; al acercarse comprobaron que se trataba de un pequeño villorrio de apenas una docena de casas rodeado de cultivos y un par de rediles en los que pacían unas ovejas y unas vacas.

—Os ordeno que nos detengamos a descansar aquí —advirtió la Señora de Verans, con tono irritado, encolerizada ya a causa de la situación creada entre los dos hombres.

Ninguno puso objeción alguna: ambos descabalgaron a la vez y, tras una mirada asesina entre ellos, se dirigieron al unísono a la primera vivienda que encontraron.

—Que Dan'Nan sea con vos —saludaron a la mujer que salió a recibirlos ante sus insistentes requerimientos.

—Y con vos, señores —aceptó ella, manteniendo la puerta entornada y los ojos entrecerrados por la sospecha—. ¿Qué se os ofrece?

—Refugio y viandas para nuestra dama —intervino raudo el Señor de Zexcal con tono brusco, tratando de empujar la hoja de madera. Calet lo apartó con un firme empujón y se encaró con la mujer.

—Señora, llevamos varias horas de viaje y necesitamos descansar y tomar un refrigerio —sugirió con tono suave, enseñando un tintineante saquillo que había recogido de su faltriquera—. Os pagaremos bien por vuestra hospitalidad.

A la vista de las monedas, la campesina abrió los ojos como platos y su rostro se distendió en una débil sonrisa mientras se apartaba del umbral y les cedía el paso.

—Os quedamos muy agradecidos —se sinceró el mercenario, mientras Tenauch se volvía hacia el carro cubierto y hacía un gesto al sirviente.

Los dos hombres se apartaron de la puerta mientras la Señora de Verans, cubierta su cabeza por un artilugio de tela y madera sujeto por su servidor, descendía del carro y se dirigía hacia ellos. Nadie se dio cuenta de la figura que vigilaba sus movimientos desde la linde de una arboleda cercana…

Tras una frugal comida Tenauch se asomó a una de las ventanas, comprobando que aún caía un incesante diluvio.

—Si esto sigue así, los caminos estarán impracticables —gruñó.

—Si deseáis daros la vuelta aún estáis a tiempo —sugirió Calet en tono venenoso mientras se bebía el último trago de cerveza.

El hombre lo fulminó con la mirada, echando mano a la empuñadura de su espada. Después de haber acabado empapados por completo, los dueños de la casa les habían prestado unas ropas secas mientras las suyas se secaban ante el fuego de una chimenea.

—Tenauch, señor Calet, acercaos aquí —ordenó Haram.

Ambos se acercaron con rapidez, pugnando por sentarse junto a ella, bajo su desaprobadora mirada.

—¿Qué es lo que sucede entre ambos? —demandó con tono furioso—. Quiero que cese todo tipo de violencia de inmediato, ¿ha quedado claro? Parecéis dos chacales desde que os mandé llamar —miró ceñuda al mercenario—. ¿Acaso habéis pensado por un solo momento que pudieran cambiar las cosas de cómo son ahora?

—Señora, os dije desde el primer momento que este perro desarrapado no era adecuado para vuestro viaje —comenzó su prometido—, que no necesitabais más escolta que la mía y la de mis hombres...

—Señor Tenauch, me habéis faltado al respeto y habéis ofendido mi honor en más de una ocasión —le advirtió Calet en tono amenazador—. Vuestra arrogancia sólo es comparable a vuestra incontinencia verbal.

—¡Ya basta! —intervino Haram—. No quiero volver a oír ninguna inconveniencia más por parte de ninguno de los dos.

—¿Puedo haceros una pregunta, señora? —inquirió el guerrero.

La mujer se lo quedó mirando durante unos momentos.

—Si alguno de nosotros dejase escapar alguna de esas inconveniencias, ¿qué haríais al respecto?

Por un momento un incómodo silencio planeó sobre los tres.

—¡Perro rastrero, ésta es la gota que colma el cáliz de mi cólera... —gritó el noble levantándose de un salto.

—Siéntate, Tenauch —le ordenó la mujer con firmeza—. Calet ha hecho una buena pregunta, a la que debo contestar de la forma apropiada.

"Señor Calet —volvió sus oscuros ojos hacia él—, no

voy a tolerar que mis dos escoltas se maten entre sí por unas rencillas que no tienen razón de ser; mas, puesto que no puedo evitar que tales enconos se produzcan, ni deteneros en vuestras necias lides, voy a exigir de ambos aquí y ahora un juramento por la Diosa de que durante el tiempo que dure este viaje no habrá ningún combate entre vosotros dos.

—¿Y si no hacemos el juramento? —insistió Calet al cabo de unos momentos de silencio.

—Seguiré yo sola.

Por un largo instante el tiempo pareció congelarse: ambos la miraron con sorpresa, alarmados ante el cariz que parecía tomar la situación.

—¡No podéis estar pensando tal cosa en serio! —exclamó Tenauch.

—Calmaos, señor —le advirtió el mercenario—. Da lo mismo lo que pueda pensar, puesto que ella misma puede darse cuenta de que no tiene opción alguna.

"No voy a hacer ningún estúpido juramento que pueda atarme ante posibles eventualidades, mas por mi honor tampoco voy a permitir que la Dama Haram haga este viaje sola, puesto que para ello se me contrató; así pues, me comprometo ante vos —volvió sus ojos hacia la mujer— a escoltaros hasta vuestro destino, procurando evitar roces entre el Señor de Zexcal y yo; mas no permitiré que pueda zaherirme con tal impunidad…

Tras varias horas de tensión y silencio, la pequeña expedición volvió a ponerse en camino. El terreno estaba tan embarrado por la lluvia caída que había momentos en que Calet y Tenauch debían desmontar para sacar el carromato del lodo…

A medida que se dirigían hacia el Norte el terreno se iba volviendo más abrupto, con colinas y roquedales entre los que brotaban pequeñas arboledas y grandes zonas de arbustos que hacían que el viaje fuese un poco más llevadero, mas también un tanto más peligroso…

Mientras cabalgaban entre unas colinas bajas, una mujer les salió al paso: ataviada para el combate, armada con una gran hacha de combate, era muy alta y corpulenta, de tez morena, curtida por el sol y corta cabellera roja como el fuego.

—Atención —susurró Calet mientras se acercaban—. Si se muestra de esta manera, habrá arqueros apostados.

Tenauch le dirigió una mirada despectiva, para a continuación adelantarse.

—Que Dan'Nan sea con vos, señora —saludó ceremoniosa—. ¿Qué os trae por estos lares?

—Vuestras riquezas —contestó seca la guerrera—. Dejadlas todas aquí, delante de mí, o mis hombres os dejarán como acericos.

"¿Quién viaja en ese carro cerrado? —inquirió mirando tras ellos—. Desde aquí distingo el escudo de una Casa Noble… Así pues, hoy nos sonríe la fortuna.

Dejó escapar una malévola carcajada.

—No oséis siquiera pensar en poner una mano encima de la Señora de Verans —advirtió severo el Señor de Zexcal, llevándose la mano a la empuñadura de la espada.

Tras él, Calet había descabalgado y vigilaba con suma atención los alrededores, dispuesto a entrar en combate en cualquier momento: no vio demasiados lugares adecuados para que pudiera ocultarse un grupo numeroso de salteadores, por lo que sospechó que pudiera tratarse de algún tipo de engaño.

—Parecéis muy segura de vos —comentó con despreocupación, dirigiéndose hacia la mujer con pasos mesurados y las manos a lo largo del cuerpo—. Creéis que habéis atrapado unos gatos, mas tal vez os hayáis topado con un dientes de sable sin saberlo.

La asaltante lo contempló con asombro, sorprendida de la audacia del hombre.

—¿De qué habláis, escoria? —se indignó—. ¿Acaso estáis cansado de vivir?

—Tal vez seáis vos la que lo esté —replicó Calet sonriendo como un lobo; al pasar junto a Tenauch, éste le miró con odio, mas no intentó nada: no sabía qué estaba haciendo el mercenario, ni le importaba—. ¿Vuestros exploradores os han advertido de la columna de soldados que nos sigue a cierta distancia?

"¿Por un solo momento habéis llegado a creer que una dama de la nobleza podría viajar con una escolta tan nimia? Nosotros sólo somos el cebo de la trampa, la Señora está a salvo entre los suyos, que a buen seguro estarán sospechando que algo ocurre y se prepararán para atacar…

Con un rugido de rabia, el noble espoleó su caballo y, enarbolando su espada, se abalanzó sobre la salteadora, que se aprestó de inmediato para el combate tras dejar escapar un penetrante silbido.

De manera inopinada, una flecha surgida de la ladera izquierda se clavó en el brazo izquierdo del Señor de Zexcal que, sorprendido, dejó escapar un gemido de dolor y cayó de su montura; al mismo tiempo, Calet se movió con la velocidad del rayo, sabedor de que por la derecha aparecería casi con total seguridad alguna más: aquello le salvó, pues en el lugar en el que había estado un instante antes, como una rama brotada del suelo por arte de magia, apareció un vibrante dardo.

En un momento, el mercenario había caído sobre la guerrera con sus armas en la mano, obligándola a defenderse de un virulento ataque; la lluvia de estocadas le impedía intentar contraatacar, por lo que a no tardar se encontraba en el suelo, con la garganta rebanada por una de las espadas de Calet.

El guerrero miró a su alrededor: tal parecía que aquella demostración había enfriado el valor de los saqueadores, pues no caían más saetas ni salía nadie de las angosturas para intentar atacarlos... Tal parecía que no debían ser demasiados...

Decepcionado por la brevedad del combate, se volvió para observar a Tenauch, caído en medio del camino, sujetándose el brazo herido; se acercó a él y le ayudó a levantarse a pesar del gesto de rencor que su enemigo jurado le mostró. Después lo sujetó y lo acompañó hasta el carro, apoyándolo contra un costado.

—Necesito un pedazo de tela —advirtió al sirviente, que se apresuró a obedecer con prontitud.

—¿Estáis bien, Tenauch? —inquirió Haram, asomándose con gesto de preocupación.

—Sobrevivirá —contestó escueto el antiguo asesino, rasgando la manga de su arrogante rival—. Sujetadlo fuerte.

El criado agarró a su señor por el brazo derecho, mientras Calet sujetaba el izquierdo con una mano y con la otra agarraba la flecha clavada mientras la examinaba con atención; con un seco tirón que arrancó un aullido de dolor al herido extrajo la saeta, y a continuación sugirió que hicieran una hoguera.

—Podría haberse infectado —advirtió con sequedad.

Extrajo su cuchillo y lo puso en el fuego, esperando a que la hoja se calentara lo suficiente; después, advirtiendo al siervo que no soltara a Tenauch, aplicó el hierro candente a la herida, haciendo que el aire se llenara con los alaridos del hombre... Por fin, vendó la herida con rapidez y eficacia.

—Ahora habrá que ir limpiando el flechazo y cambiar las vendas cada cierto tiempo —explicó—, o de lo contrario podría contraer una enfermedad mortal.

—Gracias, Calet —le dijo Haram tras comprobar que el herido se había desvanecido—. Os quedo muy agradecida por haberos mostrado honorable con mi señor Tenauch.

—Mi señora, no tenéis por qué hacer tal cosa —su interlocutor la miró con expresión impasible—. A pesar de la inquina que dispenso a vuestro señor Tenauch, como guerrero que vive por la ley de la espada no debo dejar a nadie herido detrás de mí: si es un enemigo podría recuperarse y acabar con mi vida, y si es un amigo sería una traición.

"En el caso de vuestro señor, sería indigno por mi parte aprovecharme de su situación para tomar ventaja...

—No es eso lo que dicen las habladurías sobre vos —comentó la mujer mirándolo con largueza—. Y tampoco lo que he comprobado las tardes que os he mandado llamar.

—Eso es porque no suelo permitir que nadie conozca mis verdaderas emociones —admitió el mercenario sin tapujos—. Mi mera existencia es un compendio de armaduras y protecciones que me impiden ser capaz de demostrar lo que en verdad siento, hasta que hago algo que contradice a todo lo anterior. Tú —miró al servidor—, alimenta esa hoguera: vamos a quedarnos aquí hasta que el Señor de Zexcal se reponga y pueda continuar.

Por un momento, el criado estuvo a punto de responder, el rostro agriado en una expresión de desdén, mas un gesto de su señora le hizo callar y obedecer.

—Deseo preguntaros algo —inquirió Haram con tono cauto—. ¿Qué ha sido de vuestra compañera, Dartia creo que se llamaba?

—Ya os he dicho que decidió tomar las riendas de su destino en solitario —Calet frunció el entrecejo.

—Sí, lo habéis dicho, mas no el porqué —insistió la Señora de Verans—. Ahora bien, si no deseáis hablar sobre el tema, no insistiré más...

Durante un instante, el rostro del hombre se mantuvo impasible, hasta que por fin se quebró y dejó traslucir un dolor interno, una intensa amargura.

—Mi señora, temo que mis pensamientos son en exceso transparentes —comenzó—. Creía haberlos ocultado, mas a lo que veo todo el mundo sabe algo que yo he ignorado hasta ahora.

"Como ya os he dicho, mi propia existencia es un agravio para la propia naturaleza, una vida robada a la muerte para buscar algo que me dejó aún más vacío de lo que ya estaba. Ese vacío comenzó a llenarse a medida que iba comprendiendo la desmesura de mis actos, el error de mis atrocidades... Y cuando Dartia, llevada por su orgullo, decidió retarme y, más tarde, entrenar conmigo y compartir mis combates...

"Sin embargo, a pesar de apreciar a esa guerrera, no había caído en la cuenta de la soledad de mi alma hasta que os he conocido a vos y la he perdido a ella: una mujer que está más allá de las posibilidades de un simple perro de fortuna, y otra que me había brindado su apoyo y a la que he fallado cuando he sido incapaz de hablar con ella, echándola de mi lado por considerar que se estaba metiendo donde no debía...

"Ahora veo lo necio que he sido, ahora comprendo sus palabras, las de una tabernera que apenas me conoce e incluso las de vuestra guardia Saini. He estado ciego más allá de toda medida durante toda mi vida, y ahora debo pagar las consecuencias de ello.

—No tenéis por qué ser tan duro con vos mismo —aseguró Haram con una dulce sonrisa—. El hecho de ver con claridad os resultará de gran ayuda para clarificar vuestros sentimientos.

Tenauch rebulló inquieto a sus pies; el mercenario puso su mano en la frente del hombre, para comprobar la fiebre, mas no encontró nada raro.

—A pesar de todo, no puedo obviar lo que veo y siento —admitió Calet encogiéndose de hombros.

La mujer permaneció en silencio mirándolo con curiosidad, tratando de descifrar los pensamientos del luchador; percibía en él algo peligroso, destructivo, mas no era capaz de entenderlo con claridad.

—Sois más extraño de lo que hubiera pensado —comentó.

—Ahora, descansad —sugirió el hombre en tono abrupto, interrumpiendo las palabras que ella estaba a punto de expresar—. Mientras vuestro señor no esté más recuperado, no continuaremos viaje…

Aún tardaron dos días en arribar a los roquedales en los que se encontraba el Oráculo de Sienti, un terreno abrupto, quebrado, en el que apenas crecían ralas plantas y aún menos árboles. La abertura de la cueva era pequeña y oscura, apenas lo suficientemente amplia como para que una persona pasara erguida…

Calet fue el primero en atravesar el tenebroso umbral, seguido por Tenauch, que entró apoyado en el criado, el rostro pálido, aún turbado por la herida del brazo, con gesto de pocos amigos; tras ellos, la Dama Haram caminaba cautelosa, el gesto alarmado, observando a su alrededor las ásperas paredes, la lóbrega oscuridad apenas disipada por la antorcha que portaba el mercenario…

Al cabo de unos minutos la galería por la que avanzaban desembocó en una gran sala natural surcada por numerosas grietas de las que brotaban ligeras volutas serpenteantes de humo; a medida que se adentraban en ella, el fuego de la antorcha iba iluminando sucesivos postes de madera en los que se advertían restos de animales y plantas; en el ambiente flotaba un fuerte olor en el que se entremezclaban diversos aromas...

Al fondo de la sala advirtieron una especie de escabel, una silla de apariencia endeble hecha de madera y huesos, tras la que se advertía una pequeña abertura, por la que apareció un estrafalario personaje: un joven de apenas veinte años envuelto tan sólo en un taparrabos de piel, delgado como un espíritu, con los huesos marcados por debajo de una piel cetrina; su rostro, similar al de un hurón, estaba enmarcado por una corta cabellera oscura.

—¿Quién acude al Oráculo? —clamó con una voz grave que los sorprendió.

—La Dama Haram de Verans, de Mor Talir —presentó Tenauch.

—No es necesario que haga su petición —anunció el Oráculo—. Sabemos a qué ha venido.

Durante unos momentos el silencio se extendió por la sala; después, el hombre comenzó a hablar.

—Traición dentro de la traición, oscuridad que se ha vuelto sangre, tridente alzado; negra serpiente acechante ante el tiempo detenido, una oscura muerte para la purificación del alma vacía. Vidas entrelazadas, dolor y sufrimiento, un corazón quebrado por el arma más poderosa.

—¿Qué significa esa jerigonza? —inquirió el noble con el ceño fruncido.

—El Oráculo sólo expresa la voz de los dioses —advirtió severo el joven—. Es labor de los mortales interpretar las sagradas palabras.

"Inocencia tras el conocimiento, blancura nívea entre las sombras, paloma ignorante de las garras de halcón y águila. Destino cierto en el seno de Psaidon, gloria e imperio.

Calet volvió la mirada hacia sus compañeros y se encogió de hombros; a él le daba lo mismo lo que pudiera decir aquel jovenzuelo, tan sólo estaba allí como escolta.

—¿Podéis decirnos que significan vuestras crípticas palabras? —inquirió la mujer.

—Dos profecías se han hecho —comentó el Oráculo—, una para la marca carmesí y otra para el signo albo; a vosotros corresponde decidir a cuál deberéis hacer caso. Ahora, la consulta ha finalizado para vosotros, por lo que habréis de abandonar este lugar.

—Mas no nos habéis dicho nada de provecho —insistió Haram—. Necesitamos una respuesta más clara. Ni siquiera habéis oído nuestras preguntas…

—Los dioses no contestan preguntas —advirtió el joven con severidad—, sólo ofrecen pequeños retazos de su conocimiento.

Les hizo un gesto conminatorio con la mano; tras unos instantes de indecisión, el mercenario se dio la vuelta e inició el camino de salida de la gruta. Mientras la Señora de Verans, encogiéndose de hombros, seguía sus pasos, Tenauch permaneció unos instantes más dejando escapar gruñidos de exasperación.

El atardecer los esperaba a la salida de la cueva; las sombras comenzaban a extenderse entre las colinas, creando un misterioso efecto de seres acechantes por todas partes… Los últimos rayos del sol arrancaban destellos de las rocas mientras los tres volvían al lugar donde habían dejado al sirviente con el carro y los animales.

—¿Y bien? —demandó Calet sarcástico—. ¿Qué habéis sacado en claro?

—Vos no sois quién para cuestionar las palabras de un Oráculo de los dioses —le increpó Tenauch.

—Ni vos quién para cuestionar las mías, señor —ironizó el guerrero—. Veo que lleváis tiempo intentando humillarme, y a fe mía que tarde o temprano vais a encontrar más de lo que esperáis.

—No pudisteis vencerme en el dumask, chacal

advenedizo —se ofendió el noble—. Eso es ya motivo suficiente como para despreciaros, escoria callejera.

Por un momento, Calet se quedó en silencio; después, con deliberada lentitud, volvió su cabeza hacia Haram.

—Mi señora, temo que no voy a poder aguantar mucho más tiempo las sandeces de vuestro señor —advirtió sombrío—. Tentado estoy en este preciso momento de empuñar mis espadas y darle un escarmiento adecuado. Mas si algo hay que me retenga, es la herida de su brazo...

—Si es por eso, no os pondré obstáculo alguno —gruñó el Señor de Zexcal desenvainando su arma—. Adelante, Calet dar Gaur, demostradme que sois capaz de vencerme.

—¡Teneos ambos! —exclamó la dama Haram, tratando de interponerse entre ellos.

—No, señora, esta vez no habrá contemplaciones —aseguró seco el mercenario, apartándola y desenfundando sus espadas—. Si en el dumask me contuve, ahora no pienso hacerlo.

Con un rugido de rabia, Tenauch se lanzó sobre su rival; su brazo herido le impedía moverse con fluidez, por lo que sus golpes eran torpes, desmañados, sin el estilo que los había caracterizado durante el combate en la Casa de Zexcal. Calet los detenía o esquivaba con suma facilidad, obligando al hombre a mantener la posición, sin poder avanzar ni retroceder un paso...

Por fin, abriendo un hueco en las defensas de Tenauch, su oponente le dio un violento empellón que lo arrojó de espaldas al suelo; un rápido movimiento de sus armas, y la espada del caído voló lejos.

—Y ahora, necio gallo, vais a recibir vuestro merecido —gruñó.

Las armas se elevaron sobre el cuerpo de su rival, dispuestas a caer cual guadañas.

—¡No lo hagáis! —exclamó Haram, tratando de detenerle.

Por un momento, las miradas de ambos se cruzaron, un destello de comprensión entre ellos… Después, en un veloz movimiento, ante el grito de horror de la mujer, las armas cayeron sobre su objetivo.

Tenauch había cerrado los ojos esperando la muerte, mas parecía que tal cosa no llegaba; abriéndolos apenas, vio con espanto que las espadas de Calet estaba clavadas a ambos lados de su garganta, cruzadas sobre ella, en un claro gesto de admonición.

—¡No le hagáis daño! —exclamó aterrada la Señora de Verans—. ¡Por el favor de la Diosa, no le hagáis daño!

—Rezad a la Dama Haram por vuestro segundo nacimiento —gruñó entre susurros el vencedor del breve combate, acercando su rostro al del hombre—, porque es la diosa que ha salvado vuestra miserable vida.

"Pensad que a ella le debéis todo, y adoradla como lo que es, pues de lo contrario, si en algún momento descubro que sufre algún tipo de daño o tormento por vuestra causa, sabréis quién es de verdad Calet dar Gaur.

—¡Habéis puesto vuestras indignas manos sobre ella! —se encrespó el noble mientras se retiraban las armas de su cuello—. ¡Habéis mancillado su cuerpo con vuestra grosera naturaleza! ¡Esa es una afrenta que sólo puede ser pagada con la muerte más terrible y dolorosa!

—Estúpido arrogante —murmuró Calet—, nada le he hecho a vuestra dama. Su interés hacia mí es distinto a lo que pensáis…

—¡Mentís!

—¿Cómo queréis que os lo diga más claro? —se ofendió el guerrero—. Por mi honor me he sometido a un voto de silencio en lo tocante a este tema, mas si la Señora me da su permiso, estoy dispuesto a romperlo.

Tenauch miró con furia a Calet; después, sus ojos se volvieron hacia la Dama Haram, que contemplaba la escena con gesto ceñudo.

—Adelante, mercenario —admitió por fin la mujer tras un prolongado suspiro—, podéis hablar con entera libertad. Hubiera preferido que las cosas se mantuvieran como estaban, mas veo que no habrá paz entre vosotros dos hasta que uno muera o se aclare esta situación...

—Muy bien, señora, sea como decís —aceptó Calet con una inclinación mientras envainaba de nuevo las espadas—. Señor Tenauch, no deberíais dudar de vuestra señora, puesto que no tiene mácula alguna.

"Si me he reunido con ella estos días de atrás ha sido a petición suya, y con el único y expreso motivo de contarle algunas de mis aventuras.

—¿Qué sandeces decís, perro? —se encrespó el noble.

—Ésa es la única verdad —intervino Haram—. Mis motivos son exclusivamente míos para actuar de esta manera, no he de responder ante nadie de mis actos.

—Pero señora...

—No protestéis, Tenauch —le advirtió severa la mujer—, no hagáis que me arrepienta de mis decisiones.

El noble iba a seguir protestando, mas la expresión firme de Haram le hizo cerrar la boca en un gesto de cólera. Parecía evidente que no se rendiría y seguiría insistiendo ante ella...

Calet se encogió de hombros y comenzó a pasear de un lado a otro.

—Habrá que montar un pequeño campamento —sugirió, recogiendo algunas ramas del suelo.

Al cabo de unos minutos ardía una pequeña hoguera entre unos riscos donde se habían refugiado los viajeros; al menos en aquel lugar estarían en un lugar cubierto, al abrigo de depredadores y saqueadores.

Mientras hacía su turno de guardia, Calet daba vueltas en su mente a las palabras del Oráculo: ¿qué podían significar? Lo del tridente alzado sonaba a Lemuria, a la posibilidad de una guerra; y, de hecho, en Mor Talir ya había oído rumores al respecto debido al asesinato del embajador... ¿Y lo demás? Era un galimatías propio de un loco, no parecía tener sentido alguno...

Mientras intentaba desechar tales pensamientos oyó que alguien se movía con sigilo cerca de donde se encontraba; poniéndose alerta, se dispuso a esperar a quienquiera que estuviese acechando...

—No es necesario que te pongas tenso —aseguró una voz que conocía bien.

—¿Dartia?

—¿Quién sino? —se burló ella, saliendo de entre las sombras.

—¿Qué haces aquí? —inquirió su antiguo compañero—. ¿No habías decidido proseguir con tu vida?

—Por fortuna o desgracia, decidí cambiar de idea y seguirte a distancia —admitió la guerrera encogiéndose de hombros mientras se sentaba ante el fuego, frente a su compañero—. No me pareció que estuvieras en las condiciones más adecuadas como para razonar.

—Veo que sigues juzgándome a la ligera —le advirtió Calet con severidad—. Sin embargo, aprecio tu gesto en lo que vale, así que, ¿compañeros de nuevo? —le tendió la mano.

Ella le contempló durante unos instantes hasta que, sin una palabra, aceptó la mano tendida con una leve sonrisa.

—Esta tarde oí lo que le decías a ese asno pomposo tras derribarlo —comentó en voz baja—. No entiendo bien tus intenciones, y mucho menos las de ella...

—Y es mejor que no lo intentes —le interrumpió el hombre—. Ahora estarás cansada —sugirió—. Duerme un poco...

Regresaron a Mor Talir sin incidente alguno en el viaje; pararon primero en la Casa de Zexcal, donde los sirvientes se hicieron cargo de Tenauch; después los mercenarios escoltaron a la Dama Haram hasta su vivienda, donde ella les invitó a pasar a la sala del trono.

—El Oráculo no parece haber dicho nada de lo que yo esperaba oír —comenzó—. Sin embargo, a tenor de lo que se oye por ahí y de las propias palabras del Oráculo, he de colegir que sucede algo muy grave entre Lemuria y Atlantis.

"El tridente de Lemuria se alza de nuevo, los vientos de la guerra parecen soplar de nuevo entre los imperios, la marca carmesí se extiende como una lacra por la tierra... La muerte del embajador lemurio ha sido un grave error, mas no por ello es menos cierta.

"No entiendo bien las profecías del Oráculo, mas una cosa sí está clara: los rumores de guerra han de ser investigados, por lo que yo os encargo la tarea de viajar a Reinai[1] y tratar de averiguar a qué se refiere el Oráculo con lo de "traición dentro de la traición"; tal vez este vacuo asesinato no haya sido planeado por atlantes, sino por algún grupo lemurio renegado que pretende la guerra...

—Se hará como vos digáis, señora —aceptó de inmediato Calet, sin parar mientes en su compañera, que lo miró furiosa—. Partiremos de inmediato a Otzaan en busca de respuestas.

—¡Calet, eso está en la otra punta del mundo! —exclamó la guerrera sin poder contenerse.

---

[1] Reinai: Capital del imperio lemurio, en la actual Australia.

—Pues viajaremos en vimana[2] —le contestó él sardónico.

—Te has vuelto loco —le advirtió la ex capitana con fastidio—. ¿Cómo vamos a viajar a la capital de nuestros más antiguos enemigos sin despertar sus sospechas o recelos?

—Yo os proporcionaré un salvoconducto para que no tengáis problemas —intervino la Señora de Verans con una sonrisa—. El embajador Borail os pondrá en contacto con los lemurios adecuados para que podáis comenzar vuestra investigación sin ser entorpecidos, y tratar de convencer al emperador de Lemuria para que no movilice a sus ejércitos....

El vimana era una estructura de barras de hierro forrada en madera y cuero, de alrededor de seis metros de longitud; de apariencia de punta de flecha, su envergadura rondaba también dicho tamaño, con una altura aproximada de unos tres metros; su parte trasera portaba el mecanismo del vril, mientras que el resto de la nave tenía capacidad para piloto, copiloto y cuatro personas más.

Tras un par de días de vuelo, Calet y Dartia se sentían como si los hubieran introducido en una pequeña jaula: era tal la incomodidad de los aparatos que de forma habitual solían hacerse varias paradas para que los viajeros pudieran estirar las piernas.

Cuando llegaron a Reinai los estaba esperando un

---

[2] Vimana: aparato aéreo que se mueve y sustenta por el aire a una gran velocidad gracias a una energía misteriosa llamada vril que los atlantes han conseguido controlar, aunque no por completo.

comité de bienvenida: una compañía completa de soldados lemurios, formados, con las armas preparadas. Al bajar del vimana, el capitán se adelantó hacia ellos.

—¿Qué hacen unos atlantes en tierras lemurias? —inquirió con severidad.

—Venimos a ver al embajador Borail —explicó Calet calmoso—. Hemos sido delegados para...

—Acompañadnos —ordenó el capitán sin dejarle terminar—. No os resistáis, o será peor.

—¿Acaso estamos presos? —inquirió Dartia ceñuda—. Sabed que disponemos de un salvoconducto...

—Eso ya se lo explicaréis al consejero del emperador —gruñó el soldado, agitando su espada—. Vamos, en marcha.

Los mercenarios se miraron entre sí durante unos instantes; después, asintieron con la cabeza y se pusieron en marcha rodeados por los guardias.

Reinai era la capital del imperio lemurio, una población de más 5000 habitantes llena de tortuosas callejuelas que la hacían parecer más un dédalo que una ciudad en sí misma; de casas bajas y una muralla de alrededor de dos metros de altura y veinte centímetros de grosor, sobre el conjunto destacaba, en su centro, el gran palacio del emperador, una construcción de unos treinta metros de altura con varios niveles, diseñada como un enorme dragón rojo enroscado sobre sí mismo en una espiral que se alzaba hacia el infinito.

Calet y Dartia fueron conducidos al interior de aquel edificio, atravesando varias salas hasta llegar al corazón del palacio, el salón del trono, un lugar que parecía extraído de la imaginación de un loco: por todas partes se veían objetos de todo tipo sin orden ni concierto, desde armas hasta cojines podía verse una profusión de elementos tan dispares que más parecía un cuarto de juegos de un niño que el salón principal del imperio lemurio.

En el centro de aquel pandemonium, sentado en un trono

de mármol con incrustaciones de piedras preciosas de todo tipo con una cabeza de dragón proyectada por encima de su testa, un hombre enjuto, de tez oscura, observaba a los guerreros con ojos astutos; de cabello corto y negro como la pez, su expresión mostraba recelo hacia los recién llegados.

—¿Qué hacen estos atlantes aquí? —demandó en tono imperioso—. ¿Por qué me presentáis la escoria?

—Mi Señor Ostiman, os presentamos a unos recién llegados —explicó el capitán de la guardia—. Sospechamos que pueda tratarse de unos espías enviados por los Manes de Poseidonia para averiguar nuestros planes de guerra.

—No, mi señor —intervino Calet con una profunda inclinación—, no somos espías; venimos en nombre de una Casa de la Nobleza de Mor Talir, delegados para averiguar qué hay de cierto en los rumores acerca de la muerte de vuestro embajador en la capital atlante.

—¿Y esas gestiones no tendríais que hacerlas en la propia Poseidonia? —inquirió el emperador con gesto receloso—. Si no me equivoco, el asesinato se produjo cerca del Gran Palacio.

—Tenéis razón, señor, mas existen fundadas sospechas de que los asesinos no obraron por cuenta del Imperio —aseguró Dartia—. En nada beneficiaría una nueva guerra a ninguno de los dos bandos, tan sólo serviría para enriquecer a los comerciantes de armas.

"Además hemos escuchado una profecía que parece aludir a una traición interna, aunque no sabemos con claridad a qué se refiere. Tal vez se trate de atlantes o lemurios renegados…

—O quizás resultéis tan necios que sois incapaces de interpretar un oráculo —intervino un hombre que se situó al lado de Ostiman, una figura alta, delgada, cubierta con una túnica verdeazulada, de piel arrugada y pálida como la de un cadáver, de rostro de halcón enmarcado por una revuelta cabellera cana... En una de sus manos portaba un nudoso bastón de madera, de alrededor de metro sesenta.

—Os presento a mi consejero Arum Matai —anunció el emperador—, uno de los mayores sabios de la corte; su poder no tiene parangón en todo el Imperio, casi podría apostar a que en todo el mundo.

—A lo que veo, en Atlantis están preocupados por el desarrollo de los acontecimientos —sugirió perezoso el hechicero en voz baja—. Tal vez lo que pretendan es confundirnos para poder atacarnos por sorpresa.

—No, mi señor —aseguró Calet con vehemencia—. En el Imperio sólo pretendemos la paz, por eso traemos un salvoconducto para ponernos en contacto con el embajador Borail y que éste nos permita, con vuestro permiso, investigar desde aquí el asesinato cometido.

—Es una idea cuanto menos extraña —dudó Ostiman—, no sé si debo permitiros llevarla a cabo o encerraros en nuestras cámaras de tortura para averiguar si en verdad sois quienes decís ser o no.

—Sugiero la tortura —comentó el mago con gesto sarcástico—. Al menos podremos divertirnos un rato con estos sucios atlantes...

—Sois demasiado sanguinario, consejero —le advirtió el emperador en tono de chanza—, a veces es mejor la diplomacia.

"He tomado una decisión —continuó al cabo de unos instantes de silencio—. Permitiré que llevéis a cabo vuestras pesquisas bajo una condición: estaréis vigilados en todo momento. Si os escabullís de vuestros guardianes, daré de inmediato orden de que os ejecuten en cuanto os encuentren. Y quiero estar informado de todos vuestros descubrimientos.

—Aceptamos vuestra generosa oferta —admitió Dartia con una inclinación—, aunque la presencia de vuestros soldados tal vez haga que no podamos conseguir toda la información que necesitamos.

—Nadie ha hablado de que vayáis escoltados —se chanceó Ostiman—: puedo poner hombres que os acechen, o incluso pedir a mi consejero —señaló a Arum Matai— que os lance un conjuro para teneros controlados.

—Será como vos lo pidáis, mi señor emperador —aceptó el hechicero con un gesto de su cabeza.

—Entonces, podéis retiraros —ordenó Ostiman con gesto displicente—. No quiero atlantes en mi palacio más tiempo del necesario...

Durante varios días los mercenarios anduvieron por los bajos fondos de Reinai, visitando tabernas y antros de todo tipo, inquiriendo sin saber bien qué era lo que estaban buscando... No hallaban respuesta alguna a sus indagaciones, topaban siempre con un muro de silencio, hasta que por fin sus esfuerzos comenzaron a verse recompensados con la aparición de un nombre entre susurros, en un antro de mala muerte del puerto.

—Si buscáis intrigas, pensad entonces en Arum Matai —les sugirió la mujer a la que habían conocido, enjuta, de crespa cabellera rubia, con una cicatriz en la mejilla derecha—. No hay ser más retorcido que él, ni criatura más traidora y despiadada; se rumorea que ha acabado con varios pretendientes al trono porque él es el auténtico gobernante en la sombra.

"¿Qué cuáles son sus intenciones? Nadie lo sabe excepto él. No me sorprendería que fuera su mano la que estuviera detrás de estos vientos de guerra que corren en la actualidad, es posible incluso que los asesinos del embajador estuvieran hechizados por él, mas es algo que jamás podréis demostrar…

—¿Qué haces hablando con escoria atlante? —tronó una voz tras Calet—. Por los dioses, Mirsia, ¿es que te has vuelto loca?

Los compañeros se volvieron y contemplaron a un hombre alto, grueso, rapado, con una descuidada perilla oscura y grises ojos amenazadores; tras él, una cuadrilla de media docena de sujetos malencarados los observaban hoscos.

—¿Qué quieres, Deravi? —inquirió con gesto ceñudo la mujer—. ¿Es que no ves que estoy ocupada?

—¿Con atlantes? —se mofó el hombre—. Son enemigos del Imperio, deben morir.

—¿Quién os envía, chacales? —demandó Calet con voz sombría.

—Eso no es de tu incumbencia, perro —le espetó el llamado Deravi—. Haces demasiadas preguntas, y eso es muy peligroso para la salud.

Echó la mano a la cintura, tratando de desenvainar su espada; ése fue su último acto, pues con la velocidad de una flecha, el antiguo asesino se levantó del asiento que ocupaba y extrajo sus dos armas de la espalda, cruzándole el pecho con un tremendo tajo que lo arrojó hacia atrás.

Aprestando sus hojas, el mercenario se plantó ante sus adversarios mientras Dartia se situaba a su lado dispuesta al combate.

Sin embargo, su acción había enfriado el ardor de sus rivales, que retrocedieron un paso ante la ferocidad de las dos figuras; al cabo de unos instantes parecieron envalentonarse y avanzaron con las armas en la mano.

Calet no los esperó: con un gruñido de satisfacción saltó hacia delante, obligando al sicario más cercano a detener un violento golpe contra su cabeza; al mismo tiempo, otro de los maleantes avanzó creyendo que el mercenario había quedado desequilibrado, mas se encontró con una hoja de hierro en el pecho, que le atravesó con absoluta limpieza.

Mientras tanto, Dartia no había permanecido inactiva: con una hábil finta desvió una estocada dirigida a su vientre, lanzando a su vez una patada que derribó al rufián que se le enfrentaba; su hueco lo ocupó de inmediato otro que le rasgó el brazo izquierdo de un hachazo, obligándola a retroceder y enfrentarse a dos a la vez.

Intentó avanzar para situarse al lado de su compañero, que ya se había deshecho de otro de sus enemigos, mas sus rivales le impedían moverse en condiciones y había de mantenerse a la defensiva una y otra vez; sin embargo, no hubo de esperar mucho a que Calet sajara a uno de sus rivales por la espalda; cuando el otro se alarmó, la mujer aprovechó para atravesarlo.

Sólo quedaba vivo el que había recibido la patada de la guerrera, al que su oponente agarró por el cuello y lo levantó con violencia, estrellándolo de espaldas contra una pared.

—Ahora me vas a decir quién os ha pagado para venir a por nosotros —sugirió siniestro, mientras el canalla pateaba con desesperación, intentando soltarse de su férrea presa—. Si lo haces, tal vez sigas vivo.

—Será mejor que lo escuches —le advirtió Dartia—. Se pone muy nervioso cuando no le hacen caso.

En un salvaje gesto, el hombre fue arrojado al suelo sin miramientos; sus ojos se pusieron por un momento en blanco, un gemido de dolor escapó de sus labios... La mano férrea de Calet se cerró en torno a su cuello, mientras la otra extraía de su funda un largo cuchillo.

—¿Y bien? —demandó en tono perentorio—. ¿Vas a hablar, o necesitas que te haga alguna caricia?

—No... No sé quién nos pagó —contestó el hombre meneando la cabeza con expresión aterrada—. El que lo sabía era Deravi. Creo que se trataba de alguien importante, alguien de la Corte del Emperador.

—¿Un consejero, tal vez? —sugirió Dartia con voz melosa.

—No lo sé —insistió el hombre—, sólo sé lo que ya he dicho.

—¿Cómo nos encontrasteis? —demandó Calet.

—Deravi era el que nos guiaba —aseguró el hombre—, nos indicaba donde debíamos ir.

Los guerreros se miraron durante unos instantes.

—¿Y él con quien hablaba? —inquirió Dartia.

—Nadie lo sabía —insistió el hombre—. Se ocultaban entre las sombras... Sólo se oía hablar a Deravi, del otro apenas sonaba un leve susurro.

Con un rápido tajo, el mercenario cortó el cuello de su víctima antes de que tuviera tiempo de darse cuenta de lo que ocurría, bajo la atónita mirada de su compañera.

—¿Qué haces? —exclamó con irritación.

—No dejar enemigos a mi espalda —aseguró Calet torvamente—. A éste ya no íbamos a poder sacarle más información, así que me deshago de él.

—¡Estás loco! —se encolerizó la mujer—. No puedes ir por ahí asesinando a todo el mundo...

—Si se interponen en mi camino, si —advirtió el mercenario con una seca sonrisa—. Vamos, Dartia, prosigamos con nuestra investigación. ¿Dónde se ha metido la mujer con la que estábamos hablando?

—Huyó en cuanto brotaron las espadas —aseguró la mujer con gesto burlón—. Pero al menos nos ha dejado una pista interesante: el consejero Arum Matai.

—Sí, es posible que tenga algo que ver en todo esto —aceptó Calet—. Sin embargo, tenemos que asegurarnos antes de acusarlo ante el emperador Ostiman, o podríamos vernos envueltos en un buen lío...

La investigación parecía interminable: durante varios días más, los dos compañeros indagaron por todas partes en busca de algún dato sobre Arum Matai y el complot contra el embajador lemurio, mas lo único que conseguían era abundar en la sensación de que el consejero era una rastrera serpiente, astuto y peligroso como él solo, capaz de cualquier venganza contra quien creyera que le ofendía. Cuanto más pasaba el tiempo, más se convencían de que era el tipo idóneo para tramar un plan como aquél.

Por fin, y sin pruebas claras de la implicación del hechicero en el asunto del embajador, decidieron presentarse ante el Emperador.

—¿Y bien? —demandó Ostiman con altivez.

—Nada hemos encontrado acerca de la muerte de vuestro embajador, señor —admitió Calet con una inclinación—; sin embargo, tenemos fundadas sospechas de saber quién está detrás de ese asesinato.

—Hablad entonces.

—Se trata de vuestro mago, Arum Matai —sugirió Dartia procurando no levantar demasiado la voz; sabía que estaban en una posición muy comprometida, y que cualquier error podía costarles muy caro—. Al parecer, sus objetivos andan por caminos distintos de los vuestros…

—¡Necedades! —exclamó el Emperador—. Este hombre es por completo leal al Imperio y a mi persona; si bien es cierto que tiene una gran propensión a la sangre y la muerte, no tengo nada que objetar a su presencia.

—Entonces —sugirió el guerrero—, ¿cómo explicáis que esté tan bien relacionado con los bajos fondos de Reinai? Porque todo el mundo lo conoce en el Barrio Negro, aparte del hecho de que, por lo que hemos podido averiguar, utiliza cuadrillas de asesinos para deshacerse de sus rivales; así parece que lo ha intentado con nosotros, pero no le ha salido bien.

—Esto ha de ser una broma —intervino el nigromante, que había aparecido de manera inopinada al lado del estrado—, porque de lo contrario habré de tomar medidas serias para limpiar mi honor de tal afrenta.

—Decidme, hechicero, ¿podéis explicar vuestra relación con la escoria de la capital? —insistió Dartia—. ¿Sois capaz de explicar las opiniones que hay en esos lares acerca de vos, de vuestros retorcidos pensamientos, de vuestra artera capacidad para engatusar, mentir e incluso matar? ¿Y los rumores acerca de vuestros rivales que desaparecieron de forma misteriosa?

—Ésas son cosas que no incumben a nadie más que a mí —respondió agrio Arum Matai—. No tengo por qué responder ante nadie...

—Excepto ante mí —intervino Ostiman, molesto ante aquel cruce de declaraciones, volviendo su fría mirada hacia el mago—. Consejero, ¿qué habéis estado haciendo a mis espaldas en Reinai?

El anciano observó por un momento en silencio a su emperador con expresión impasible; por fin, con un encogimiento de hombros, dejó escapar una seca carcajada.

—¡Bah! —exclamó burlón—. Pensaba madurarlo más, pero no es necesario: el regreso de los Señores de las Estrellas está próximo, tan sólo tengo que abrirles la puerta de par en par en el momento adecuado. Sus servidores se encargarán de darme el tiempo que necesito para ello...

—¿De qué estáis hablando, hechicero? —se interesó Calet.

—De una nueva era —explicó Arum Matai sin ambages—. De un tiempo, hace eones, que regresará cuando los Hijos del Dios Loco vuelvan a reptar sobre este mundo, bajo él, y lo dominen a su antojo y capricho; de una era en que el caos y la locura imperarán por doquier.

—¡Habéis perdido el juicio! —exclamó el antiguo asesino, desenvainando sus espadas y lanzándose sobre el mago en un movimiento fulgurante.

Mas, si Calet fue rápido, el anciano lo fue mucho más: con un simple gesto de su mano lo obligó a detenerse cuando las armas ya se abatían sobre su cuerpo.

—¡Necio ignorante! —gruñó, vigilando por el rabillo del ojo a los demás: Dartia se había aprestado al combate mientras Ostiman, tras llamar a sus guardias, se escabullía con rapidez—. ¿Creéis acaso que podéis derrotarme con las armas? Estoy tan por encima de todos vosotros como cualquier mortal de una hormiga…

La mercenaria intentó atacarlo, pero Arum Matai levantó su otra mano y la detuvo a su vez; las puertas se abrieron de golpe, y un grupo de guardias de palacio entraron en tromba, sus armas alzadas apuntando a Calet y Dartia.

—¡Es el hechicero! —exclamó el emperador desde un rincón—. ¡Se ha vuelto loco!

El breve tiempo que los soldados se detuvieron sorprendidos ante las palabras de su Señor fue suficiente para que, con una carcajada, el hechicero pronunciara una palabra arcana.

—¡Todos los servidores de los Señores de las Estrellas se alzarán en loa a los que han de llegar! —gritó, mientras se desvanecía con lentitud—. ¡C'Tl, Y'Sot, N'Rlotap, H'Stu… Todos volverán, y sus infinitas glorias batallaran sobre este mundo, dejando tras sí el caos más absoluto, la mayor desolación jamás conocida! ¡Los mortales serán sojuzgados, vivirán una eternidad bajo el temor de sus nuevos dioses! ¡Los pueblos reptil, los hijos de las arenas, los señores del mar… Todos se levantarán en alabanza a sus creadores, humillando a una humanidad confiada! ¡El monte sagrado…

El hechizo que atrapaba a Calet y Dartia pareció desaparecer en el preciso instante en que el anciano se desvanecía en la nada, haciendo que sus armas se abatieran sobre un espacio vacío...

—¡Maldición! —exclamó el guerrero, mirando a su alrededor, preparado a luchar ante el círculo de guardias que los rodeaban—. ¿Dónde ha ido ese maldito mago?

—¡Teneos todos! —ordenó el emperador, saliendo de su escondite—. ¡No hay ya conflicto alguno en esta sala! ¡El enemigo es mi consejero Arum Matai!

El ambiente pareció relajarse por momentos, las armas bajaron al suelo... Los dos compañeros se mantuvieron alerta a pesar de todo, a su alrededor había una docena de soldados con tridentes, hachas y espadas y no era cuestión de descuidarse...

—Esta pareja nos ha prestado un buen servicio —continuó Ostiman, sentándose en el trono—. Por ello, ordeno que se los deje libres para circular por donde deseen, con la condición de que me traigan la cabeza del nigromante.

—Podéis contar con ello, señor —aceptó Calet con una inclinación—. Tan sólo necesitamos saber a dónde ha huido ese perro. Ha hablado de un monte sagrado...

—A buen seguro se haya referido al Ulru, la montaña mágica de Otzaan, el corazón del Imperio —explicó el emperador—. Una vez al año viajo allí a efectuar la ofrenda sagrada a los dioses. A su alrededor viven los hijos de las serpientes, los pueblos yanktara y uniatara. Está en dirección nordeste, en el centro de la isla. Si Arum Matai busca más poder del que ya tiene, sin duda alguna se dirigirá allí.

—Entonces, allí acabaremos con él —gruñó el luchador.

—Mientras tanto, como Emperador de Lemuria, designaré un nuevo embajador que me represente ante los Manes atlantes —indicó Ostiman con gesto serio—. Y esta vez llevará vigilancia para evitar que pueda haber nuevos intentos de asesinato —frunció el ceño sombrío—. Para vosotros extenderé un salvoconducto que os abra las puertas que necesitéis. Mas, ay de Atlantis si descubro que todo esto es una impostura para llevarnos a la guerra...

LA ISLA DEL SUEÑO
OLVIDADO

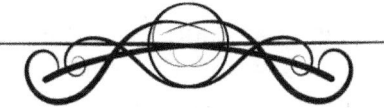

—Sorprendente tierra es ésta —aseguró Calet, contemplando el terreno a su alrededor; hasta donde alcanzaba la vista todo era un paisaje de bajo verdor, con extensiones de arboledas que salpicaban aquí y allá un horizonte inmenso, ilimitado, roto apenas por suaves colinas que muy poco se elevaban del suelo; en la lejanía, en la dirección que seguían, podía distinguirse un leve atisbo del lugar que buscaban, el sagrado monte Ulru de los lemurios.

—Tienes razón —admitió Dartia—, es en verdad sorprendente; jamás había visto criaturas como éstas, diríase que aquí el tiempo se ha detenido, que estamos en un lugar donde crecen extraños sueños.

Llevaban varios días de viaje, durmiendo al raso, cabalgando entre seres como nunca habían imaginado: enormes aves de cortas alas incapaces de volar, tan sólo de correr, grandes criaturas bípedas con una bolsa en el estómago de la que asomaban las crías, poderosos depredadores de líneas negras que caían verticales por los costados deslizándose sigilosos, como fantasmas, entre la vegetación, vigilando cautos a los viajeros, evaluando la posibilidad de un ataque que no llegó a producirse...

Un poderoso rugido interrumpió su conversación: procurando controlar el miedo de sus monturas, desenvainaron sus armas y buscaron el origen del sonido: a su izquierda, contemplándolos con fieros ojos, un felino de dientes de sable gruñía amenazador, dispuesto a saltar sobre ellos.

—No hay tiempo para huir —advirtió Calet, descabalgando con movimientos lentos—. En carrera son muy rápidos aunque se cansen pronto, está demasiado cerca y nos daría alcance: hay que afrontarlo. Dartia, sepárate un poco para obligarle a elegir a uno de los dos, así el otro tendrá una opción de producirle una herida seria.

Obediente, tras desmontar la mujer se apartó de su compañero un par de metros; el animal los contemplaba alternativamente, gruñendo, examinándolos en busca del más débil, hasta que por fin su mirada se detuvo, mientras se relamía de placer, en la mercenaria.

—Ya ha elegido —murmuró ella con un estremecimiento; conocía por oídas las letales cualidades de aquellas poderosas máquinas de matar, y no se hacía demasiadas ilusiones acerca de sus posibilidades de sobrevivir ante semejante encuentro.

—Preparada para actuar —susurró entre dientes Calet—. No te descuides, o te destrozará antes de que puedas parpadear.

Apenas había terminado de hablar, cuando el animal se lanzó al ataque, enfilando hacia Dartia como una flecha; en el mismo momento, con un grito de furia, el luchador saltó hacia él, enarbolando sus espadas en busca de una buena estocada.

El movimiento sorprendió por un momento al

depredador, que pareció detenerse por un instante para revolverse con salvaje ferocidad contra su atacante; al mismo tiempo, la guerrera buscó la espalda de su enemigo y le asestó un tajo, abriendo una ligera herida en el lomo que hizo que el gran gato rugiera de dolor y se girara hacia ella.

—¡Bien! —gruñó Calet, golpeando a la criatura con sus armas y arrancándole nuevos gruñidos, no sin evitar por completo un violento zarpazo que abrió sangrientos surcos en su pecho—. ¡Vamos, Dartia!

Cada vez que el animal se revolvía contra uno de sus enemigos, el otro aprovechaba para azuzarlo, provocándole heridas cada vez más serias, hasta que por fin una estocada afortunada de la mujer consiguió penetrar por debajo de la paletilla y alcanzar su corazón; con un último aullido de desafío y agonía, el enorme ser se derrumbó con pesadez mientras los guerreros se apartaban de él, cubiertos de sangre, sudor y polvo.

—Lo hemos conseguido —exclamó Dartia mientras limpiaba la espada—. Nunca pensé que pudiera sobrevivir al ataque de un dientes de sable.

—Como puedes comprobar, cualquier criatura, humana o animal, puede ser vencida —explicó Calet con brevedad—. Sólo hay que encontrar la manera de doblegarlo.

"Si hubiera estado yo solo, es probable que hubiera acabado devorado —continuó encogiéndose de hombros—. Estas criaturas son demasiado poderosas para poder afrontarlas un guerrero en solitario, un solo zarpazo puede partirte por la mitad, y sus fauces pueden arrancarte la cabeza de un bocado… La mejor opción es huir mientras se pueda.

—Ya veo —admitió la mujer con un estremecimiento, contemplando la pesada mole del depredador.

Durante la refriega los caballos habían huido, aterrados

por el olor del animal y de la sangre; debido a ello, los mercenarios hubieron de perder varias horas hasta que consiguieron encontrarlos pastando algo más lejos.

—Esperemos que todo este alboroto no haya atraído más peligros —gruñó Calet, dirigiendo su montura hacia el Ulru…

—¿Habéis llamado, mi señor? —inquirió el hombre, un tipo alto y delgado como una soga, de tez oscura, mirando el reflejo de un liso disco plateado colgado ante él de unas cadenas doradas sujetas al techo.

"Sí, mi fiel Tasmi, tengo una tarea para ti: busca a la Hermandad del Tiburón, y pon precio a la cabeza de dos mercenarios que podrían amenazar mis planes. Sus nombres son Calet dar Gaur y Dartia dar Sarama. Ambos se encuentran en estos momentos en Otzaan, dirigiéndose hacia el corazón del imperio en mi busca. Observa sus rostros, y transmítelos con fidelidad a los asesinos".

—Así se hará, mi señor —aceptó servil el criado, mientras en la lámina metálica comenzaban a aparecer volutas de vapor que giraban sobre sí mismas hasta cubrirlo por completo; con movimientos lentos, la niebla así formada se apartó y los rostros de los dos compañeros aparecieron marcados, nítidos, sobre la superficie…

Mientras Calet dormía, Dartia vigilaba junto al fuego; la oscuridad de la noche, las nubes cruzando por delante de la luna creciente, daban a la zona un halo mágico, de sombras movedizas, danzantes, amenazantes... La oscura mole del monte sagrado era como un ser vivo a punto de despertar.

Un leve movimiento puso en alerta a la mujer, que se levantó de inmediato y enarboló su espada, girando sobre sí misma en busca de un posible enemigo. No quería despertar a Calet, no aún, pues no sabía si en verdad se trataba de un peligro...

Una figura comenzó a avanzar con pesadez hacia el campamento, una silueta apenas entrevista entre las sombras, que iba perfilándose a medida que caía dentro del radio de luz de la hoguera; unos pies escamosos, garrudos, un cuerpo similar, una cabeza...

¡Un gorgón! La guerrera no tenía ni idea de que aquellas criaturas pudieran existir fuera del Gran Pantano[3]. De una patada despertó a su compañero, que se levantó como una exhalación y las armas prestas para el combate.

—¿Qué hace aquí? —demandó ella entre susurros, mientras la criatura se detenía a escasa distancia de ellos sin gesto alguno de hostilidad—. Yo creía...

—No es un gorgón, aunque estén emparentados —le advirtió el luchador—. Mira, sus escamas son negras casi por completo, y los rasgos reptílicos son más marcados; incluso su envergadura es menor...

La criatura comenzó a hablar en una mezcla de gruñidos y palabras ininteligibles que desconcertaron a los guerreros; sus brazos, acabados en afiladas garras, se agitaban nerviosos al compás de su incomprensible perorata.

—No entiendo nada de lo que pueda estar diciendo —se quejó Dartia.

—No te preocupes, por sus gestos sabremos sus

---

[3] El Gran Pantano Tritho es la desembocadura del río Stigium, al sur de Antilea, que se convierte en un gran delta.

intenciones —sugirió Calet, bajando sus armas.

El ser pareció cansarse de aquel inútil monólogo, y se dio la vuelta señalando en la dirección por la que había venido, limitándose a hacer con insistencia el gesto de que le siguieran.

—Parece que quiere que vayamos a alguna parte —advirtió el antiguo asesino.

—Tal vez a su poblado —comentó la mujer nerviosa—. Es posible que estemos rodeados y no tengamos otra opción que seguirlo.

—No lo creo —aseguró el hombre enarcando las cejas—. No parece ser hostil, y yo diría que no habrá más de dos o tres de esas criaturas entre las sombras vigilándonos.

—¿Cómo puedes saber algo así? —inquirió ella mirando a su alrededor con sorpresa—. Yo no veo nada...

—Instinto —explicó el mercenario con una leve sonrisa—. Y sobre todo, que es muy probable que no anden solos por ninguna parte, teniendo en cuenta el odio que por norma general les tenemos los humanos.

"También está el hecho de que tal vez se te haya pasado por alto un leve sonido siseante que se ha producido hace unos momentos detrás de nosotros.

Dartia le miró de reojo, procurando no perder de vista al reptil que los miraba y les instaba, cada vez más perentorio, para que lo siguieran.

—Será mejor que hagamos lo que insinúa antes de que se encolerice —advirtió la mujer.

—Creo que no hay peligro —comentó Calet, encogiéndose de hombros y guardando sus espadas—. Es más, casi te diría que podría estar protegiéndonos de otras criaturas más peligrosas.

De una patada arrojó tierra sobre la hoguera, medio apagándola; tras asegurarse de que ya no quedaban rescoldos, ambos recogieron sus cosas y siguieron al reptil, que se puso en marcha a un buen ritmo.

Casi al momento aparecieron a ambos lados un par de seres idénticos al que los guiaba, manteniendo su misma dirección sin mirarlos apenas. Los caballos piafaban nerviosos y tiraban de sus bridas ante el penetrante olor a almizcle, mas los guerreros consiguieron controlarlos y hacer que los siguieran.

Al cabo de una media hora entraban en un pequeño conjunto de bastas chozas de madera y barro endurecido situado entre unos peñascales, donde un pequeño grupo de "gorgones" apenas les dedicaba una ligera mirada antes de seguir con sus tareas.

Fueron conducidos a una destartalada cabaña, donde entraron tras atar a sus monturas junto a la abertura.

El interior estaba apenas ocupado: toscos bancos de madera, paja y telas tendidas en el suelo a modo de catres… La vida de aquellas criaturas era muy elemental, el barniz de la civilización no había llegado hasta ellas debido a la detención de su proceso evolutivo.

Sin embargo, lo que en realidad sorprendió a los compañeros fue la presencia que se hallaba en aquel lugar: tres humanos, vestidos apenas con taparrabos, que los contemplaron con una agradable sonrisa.

—Aishan descienda sobre vosotros —saludó uno de los hombres, bajo y delgado, de tez aceitunada y rasgos suaves enmarcados por una larga cabellera negra como la pez y una barba igual de oscura—. ¿Qué os trae a la tierra de los yanktara?

—Un cometido delegado por el mismo emperador Ostiman de Lemuria —contestó Calet con un gesto de aquiescencia—. Que la Diosa sea con vosotros —miró a su alrededor con curiosidad—. ¿Qué lugar es éste? ¿A estas… cosas las llamáis yanktara?

—A lo que veo, sois extranjeros en estas tierras —intervino otro de los desconocidos, de mediana estatura y rasgos anodinos en los que brillaban unos grandes ojos verdes, gatunos—. Mi nombre es Ralomi, y mis compañeros son Diertan —señaló al que había hablado primero— y Borosat —indicó al tercero del grupo, un sujeto de mediana estatura y corto cabello negro—. Os halláis en Shsassui, una de las aldeas de las tribus yanktara de Otzaan.

—Mi nombre es Calet, y el de mi compañera Dartia —se presentó a su vez el guerrero—. Somos mercenarios, contratados por el emperador para buscar a un hombre, a un traidor a la ley del imperio. Se nos ha informado que se ha dirigido al monte Ulru...

—No hace falta que nos digáis más —le interrumpió Diertan—. Hace unos días pasó por nuestra aldea un hombre, un hechicero, que se dirigía hacia la montaña sagrada; aunque parecía sereno, dejaba traslucir una cierta impaciencia, una urgencia por llegar al Ulru que no parecía demasiado normal. A buen seguro era uno de tantos magos que acuden aquí cuando empiezan a sentir que su poder se debilita, para recuperarse.

—¿Tal vez su nombre era Arum Matai? —aventuró Dartia.

—¿Quién? ¿El Consejero del Emperador? —inquirió con sorpresa Borosat—. Bien pensado es posible, porque no recuerdo que nadie, salvo los más allegados a Nuestro Señor Ostiman, haya llegado a ver a ese personaje, del que se llega a decir incluso que no existe, que sólo es una falacia para asustar a la gente con los relatos sobre su carácter implacable y que no se amotinen.

"He oído que es anciano, mucho más de lo que la gente cree, y que posee la sabiduría y el conocimiento de los tiempos más remotos; su poder es formidable, parece estar más allá de toda medida, y lo usa tanto en beneficio del Imperio como propio, aplastando sin piedad a todo aquel que se opone a sus designios.

"Si le estáis siguiendo, guardaos de él: es ladino, artero, retorcido como un condenado chacal; se muestra como un fiel servidor, mas algunos de sus actos se han mostrado no abiertamente contrarios a los designios de Ostiman, pero sí al menos... diferentes. No se sabe con exactitud qué es lo que busca, ni del lado de quien está, mas sí hay una cuestión clara: el Emperador tiene en él un fiel baluarte, y lo protege con sumo celo.

Calet y Dartia cruzaron entre sí miradas de comprensión: para cuando les llegaran las noticias a aquellos lemurios, era muy posible que hubieran acabado su tarea con el hechicero.

—¿Habéis acampado todo este tiempo al raso, encendiendo hogueras? —indagó Ralomi, frunciendo el ceño—. ¿No habéis sufrido contratiempo alguno?

—Salvo el ataque de un dientes de sable, apenas hemos tenido incidentes —contestó la mujer encogiéndose de hombros.

Los lemurios se miraron entre sí con gesto de preocupación.

—Tal vez deberíamos advertir a los yanktara —sugirió Diertan.

—Sí, no estará de más estar prevenidos —admitió Borosat.

—¿Prevenidos? —se sorprendió Calet—. ¿Sobre qué?

Mientras Ralomi y Diertan salían de la cabaña, Borosat se encaró con los recién llegados.

—Además de los yanktara, existe otro grupo de reptiles humanoides en estas tierras —comenzó—. Los uniatara, muy parecidos a nuestros anfitriones, pero con las escamas de una tonalidad más verdosa y algo más altos; son muy agresivos, nómadas que se mueven sobre todo por el sur de estas tierras, aunque en sus incursiones pueden desplazarse en cualquier dirección. Usan armas muy primitivas que emponzoñan para el combate.

"Suelen ser muy tenaces, cuando encuentran un rastro lo siguen allá donde les lleve; no tienen miedo a nada, excepto al propio monte Ulru, hogar de la Serpiente del Arco Iris, a la que adoran como a un dios, y a las rocas de la Era de los Sueños, de las que se dice que las pintaron los dioses Wandji o sus elegidos, según la versión de la leyenda que oigáis. Es un lugar muy extraño, considerado sagrado, que se encuentra en el sudeste de la isla, cerca de la costa

"Resulta extraño que en todo este tiempo que habéis estado viajando hacia el interior de Otzaan no os hayáis tropezado con ninguna partida de caza —comentó con preocupación—. De forma habitual, para evitar a estas criaturas, quienes se adentran tanto en el territorio suelen hacerlo o escoltados en grado sumo o en vimana, para evitar dejar rastros que los uniatara puedan seguir.

"Sabemos de caravanas desaparecidas, aldeas atacadas… La única ley que entienden esos saqueadores es la de la espada. Es casi seguro que hayan encontrado algún rastro vuestro y lo estén siguiendo, así que más tarde o más temprano los tendremos aquí.

"Se complacen en torturar a sus víctimas, y en algunos casos… —se estremeció de manera involuntaria—, en algunos casos siguen un extraño y sanguinario ritual por el que devoran a algunas de ellas.

—Si existe la certeza de que vendrán aquí y atacarán la aldea por nuestra causa —terció Dartia—, entonces es nuestra obligación quedarnos y defender este lugar.

—No hubiéramos venido si no nos hubieran traído los yanktara —advirtió Calet con tono serio—. Así pues, la responsabilidad de un ataque de esas criaturas no es en realidad nuestro, sino suyo.

Su compañera lo miró con incredulidad, mientras el lemurio parecía sorprendido por la aseveración del mercenario. ¿Cómo era posible que pretendiera eludir su responsabilidad de aquella manera?

—Aun así, teniendo en cuenta las circunstancias —el hombre sonrió con gesto torcido—, creo que un poco de ejercicio no nos vendrá mal. No deberíamos perder tiempo en alcanzar a Arum Matai, mas a lo que veo no nos quedará otra opción que esperar aquí a esos uniatara, o comoquiera que se llamen: si nos pillaran al descubierto...

—No duraríais apenas nada —aseguró Borosat con firmeza—: su arma favorita es el boorag, una pieza de madera arqueada con pedernales incrustados que lanzan contra sus enemigos con una habilidad infernal, y que vuelve de inmediato a sus garras. Antes de que supiérais quién os ataca, tendríais la garganta seccionada.

"Aunque no suelen ser partidas muy grandes, sus boorags hacen tremendos estragos entre sus enemigos antes de entablar combate cuerpo a cuerpo. Ésa es su principal baza, pues como luchadores no son gran cosa, han de fiar ante todo en su habilidad y número...

—Entonces, es probable que sean presa fácil —sugirió Calet en tono burlón—. Si tus yanktara procuran mantenerse a cubierto de esas cosas, Dartia y yo tal vez podamos libraros de esta partida sin demasiadas dificultades.

—No los subestiméis —le advirtió el lemurio—. Son muy inteligentes, y el veneno que usan es mucho más eficaz de lo que pensáis, suele matar en cuestión de instantes. Basta con un rasguño para quedar infectados.

—Lo tendremos en cuenta —aceptó el guerrero, dirigiéndose hacia la salida—. ¿Vienes conmigo a dar un paseo, Dartia?

La mujer lo miró extrañada, sin acabar de entender del todo cuál era el juego que se traía su compañero: no podían perder demasiado tiempo o el hechicero se les escaparía, mas tampoco podían abandonar a su suerte a los yanktara y los lemurios. Sin pronunciar una palabra, lo siguió mientras el hombre caminaba a través de las chozas en dirección contraria a la que habían llegado.

—¿Qué piensas? —preguntó por fin, cuando se habían alejado de la aldea yanktara.

—¿Qué crees tú? —inquirió a su vez Calet, volviendo apenas la cabeza.

—No lo sé —admitió ella, encogiéndose de hombros—. Cuando creo que empiezo a entender tu modo de actuar, tu carácter, haces algo que me desconcierta de nuevo.

"Ni estos seres ni los lemurios te importan lo más mínimo, eres un completo egoísta que sólo piensa en sí mismo; y sin embargo, por el placer de la lucha, vas a ayudarlos. ¿Es que acaso lo único que queda en tu interior es el ansia de la batalla?

—Como de costumbre, no ves más allá —respondió el hombre reduciendo el paso para esperar a su compañera—. Ya te dije en una ocasión que no intentaras comprenderme, que sería una tarea inútil: acepta las cosas tal como son.

"No es una cuestión de mero egoísmo, sino de pragmatismo: no puedo decir que confíe en ellos, no sé si son los uniatara de los que nos han hablado... Sólo sé que son lemurios, y que como tales son traicioneros por naturaleza.

"Cuando el zorro ronda a las gallinas, hay que tomar medidas para no perder ninguna de ellas; una buena trampa debería ser suficiente para controlar la situación. En este caso, puesto que no me fío, creo que voy a ver las cosas por mí mismo.

"Si nos están espiando desde la aldea, déjalos que piensen que los abandonamos a su suerte; nosotros vamos a tomar posiciones en algún lugar desde el que podamos contemplarlo todo con claridad.

"Si atacan los uniatara, podremos cazarlos por la retaguardia; y si no aparecen, habrá que pensar por qué pretendían engañarnos esos lemurios...

—Pudieron habernos atacado cuando estábamos

acampados —protestó Dartia.

—¿Tres gorgones contra dos mercenarios? —se burló el guerrero—. Me parece más probable que prefirieran engañarnos y llevarnos a su aldea, donde podrían tendernos una trampa con más posibilidades de éxito.

—Pero, ¿con qué motivo? —insistió la mujer.

—No pretendo saberlo —aseguró Calet sombrío—, mas una cosa sí está clara: éste es territorio desconocido para nosotros, y como tal hemos de tratarlo, con prevención hacia todo lo que hay en él hasta que podamos distinguir con claridad al amigo del enemigo.

Dartia se quedó callada por unos momentos, meditando acerca de las palabras del antiguo asesino.

—¿Y Arum Matai? —inquirió por fin.

—Lo cazaremos —afirmó con severidad el guerrero—. Tarde o temprano lo alcanzaremos y acabaremos con él...

A medida que se alejaban de la aldea iban haciendo un amplio giro que, poco a poco, los llevó hasta un punto desde el que podían ver las cabañas desde la parte por la que habían llegado; la actividad de los reptiles era frenética, disponiéndose para el combate, apilando piedras, afilando sus armas... Los humanos andaban de un lado a otro dando órdenes, organizando la defensa del pequeño poblado.

—Tal parece que, en efecto, están esperando un ataque —sugirió Dartia en voz baja.

—Entonces, los uniatara sabrán de nosotros —aseguró Calet con gesto duro—. Mientras se lancen a la carga los cazaremos desde atrás; si son tan malos luchadores como nos ha dicho Borosat, será fácil acabar con la partida.

—No te confíes demasiado —le advirtió ella con severidad—. Recuerda que las armas de esas criaturas están envenenadas.

—Entonces habrá que impedir que tengan tiempo de usarlas —sugirió él con expresión malévola, acomodándose en el suelo—. Duerme un poco mientras yo vigilo, ya te avisaré para cambiar el turno…

El amanecer sorprendió a Dartia profundamente dormida; cuando los primeros rayos del sol cayeron sobre su rostro se agitó unos momentos, abrió los ojos y se incorporó con premura. A su lado, su compañero estaba sentado, tranquilo, con la vista fija en las casas de los yanktara.

—¿Me has dejado dormir toda la noche? —le reprendió áspera, con un puñetazo en el hombro.

—Apenas si quedaban un par de horas de oscuridad —aseguró Calet con tono de chanza—. ¿Para qué dormir cada uno una hora? Además, no ha ocurrido nada: esos de ahí —señaló con displicencia a los defensores— están preparados, en principio nerviosos, pero no ha llegado nadie a importunarlos.

Un extraño zumbido, similar al de las abejas pero más fuerte, comenzó a oírse en la quietud de la mañana; una serie de objetos aparecieron de la nada, surcando el aire, girando sobre sí mismos, en dirección al poblado; un yanktara se desplomó con una de aquellas cosas clavada en la frente, mientras otras se incrustaban en las paredes de las chozas o rebotaban en las defensas; sin embargo, lo que resultó más sorprendente a los guerreros fue que unos cuantos de aquellos boorags, al no impactar en ninguna parte o sólo rozar algo, describieron una larga parábola que los hizo regresar por donde habían venido; unos momentos después, eran arrojados de nuevo, una y otra vez, hasta que aparecieron sus dueños, unas criaturas similares a los defensores, algo más altas, con las escamas verduzcas, dejando escapar siseos de furia…

Dartia hizo el ademán de levantarse para lanzarse a la refriega, mas Calet la cogió por el brazo y la retuvo con fuerza.

—Aún no es el momento —sugirió—. Espera a que estén más cerca del poblado, a que hayan rebasado nuestra posición; el elemento sorpresa es fundamental, sobre todo si queremos evitar resultar emponzoñados.

Enarbolando primitivas armas de madera y piedra, y algunas espadas y hachas robadas a víctimas anteriores, los atacantes cargaron contra las casas entre feroces rugidos.

—Ahora sí —aseguró el mercenario, levantándose y descolgando las hojas de su espalda—. Vamos, Dartia, acabemos con esto cuanto antes: golpea rápido y duro, esa piel escamosa parece resistente...

Alcanzaron a los uniatara por la retaguardia, mientras estaban enzarzados intentando romper las defensas de sus supuestas presas; para cuando quisieron darse cuenta de lo que estaba ocurriendo, dos de las criaturas habían caído, una de ellas decapitada y la otra de una estocada en el corazón.

Las espadas de los luchadores se movían como centellas entre los cuerpos de los reptiles, sajando miembros, abriendo profundas heridas... La sorpresa había impedido que los uniatara pudieran reaccionar a tiempo, por lo que ante aquellos demonios desatados se limitaban a defenderse, apenas hacían intención de golpearlos.

La partida no había sido muy grande, apenas una veintena que cayeron ante el empuje de los guerreros y sus parientes humanoides.

—Gracias por vuestra ayuda —Diertan se adelantó hacia ellos con la mano tendida—. No eran muchos, pero a buen seguro nos hubieran puesto en serios apuros con sus armas envenenadas.

—Hemos perdido a cinco yanktara —advirtió Ralomi, saliendo de una de las cabañas—; y otros dos están heridos.

No sé si he conseguido extraer toda la ponzoña, eso sólo el tiempo lo dirá...

—Si nos permitís tomar un refrigerio, proseguiremos nuestro camino —sugirió Calet sin inmutarse—. Debemos encontrar cuanto antes al hombre al que perseguimos.

—Por supuesto, todo aquello que deseéis será vuestro —aseguró Diertan con una sonrisa de oreja a oreja—. Sólo tenéis que pedirlo. Venid conmigo, y comed cuanto gustéis...

Cabalgaban en dirección nordeste; tras varios días de viaje sin incidentes relevantes, en el horizonte se perfilaban ya con claridad los rojizos perfiles del corazón del imperio lemurio, el sagrado monte Ulru; a aquella distancia apenas distinguían las quebradas que partían la roca, dándole una forma característica.

—Espero que no sea demasiado tarde —advirtió con seriedad el hombre—. Si Arum Matai se nos ha escapado, no tendremos manera de saber dónde está y habremos de volver a Reinai sin cumplir nuestra tarea...

—No seas pesimista —sugirió Dartia con gesto contemporizador—. Si ha venido aquí a recuperar poder, lo más seguro es que necesitará algún tiempo para ello; es probable que lo encontremos sin demasiados problemas.

—Yo no estaría tan seguro —comentó Calet con preocupación—: hemos de tener en cuenta que es un hechicero poderoso, con el respaldo de un lugar sagrado que aumenta su magia. Espero que podamos detenerlo sin demasiados problemas...

La mujer lo miró adusta; en el tiempo que llevaba con aquel hombre aún no había acabado por completo de entenderlo; a pesar de ver sus actitudes, de escuchar sus palabras, sus sentencias, seguía siendo un completo desconocido, dentro de él aún se hallaba el espíritu de Ornay, un ser sanguinario, sin escrúpulos ni remordimientos... A pesar de haber intentado que aquella parte de su alma se mantuviera presa, oculta, a veces no podía evitar pensar que, en el fondo, el mercenario no era otra cosa que un demonio disfrazado de ser humano. En ocasiones tenía miedo por sí misma, por un momento en el que el asesino pudiera volverse contra ella y acabar con su vida; había aprendido mucho durante los intensos entrenamientos, mas no era suficiente como para atajar la fiereza, la habilidad, el instinto homicida con el que se comportaba Ornay cuando entraba en combate.

Apenas hablaban; el carácter de Calet no se prestaba demasiado a las conversaciones largas, aunque en algunos momentos tal parecía que se libraba de un pesado manto de silencio y Dartia conseguía arrancarle algo más que meros monosílabos o escuetas frases que dejaban en el aire más interrogantes que respuestas.

Por fin, una mañana llegaron a las estribaciones de la montaña; vista desde tan cerca resultaba impresionante, una mole roja surcada de grietas y escarpaduras que en ocasiones parecían talladas a zarpazos.

—Y ahora, ¿qué? —inquirió el luchador, descabalgando—. ¿Por dónde buscamos al hechicero?

—No lo sé —admitió Dartia encogiéndose de hombros y siguiendo el ejemplo de su compañero—. Supongo que tendremos que internarnos en la montaña...

Un sordo rugido los interrumpió abruptamente; al mirar en la dirección de la que procedía, vieron algo que les heló la sangre en las venas: una criatura bípeda, enorme, de unos dos metros y medio de altura, recubierta de pelo por completo, de apariencia humanoide, los contemplaba con unos brillantes ojos semiescondidos tras una espesa mata de cabello que permitía apenas entrever unos rasgos un tanto simiescos, aunque en buena parte humanos.

—¿Qué es eso? —exclamó Dartia, desenvainando su espada.

—No lo sé —admitió Calet, aprestándose para el combate—. Por si acaso, estate alerta. Tal vez sea una criatura de estos lares, acaso una creación del nigromante...

Retrocedieron cautos, vigilados por el ser, que no dejaba de gruñir; cuando estuvieron a suficiente distancia, pareció perder interés en ellos, introduciéndose en una hendidura de las rocas.

—Es posible que sólo estuviera protegiendo su cubil —sugirió la mujer.

—Es probable —aceptó el hombre, encogiéndose de hombros y mirando a su alrededor—. Y ahora, a buscar a Arum Matai...

—No es necesario que os esforcéis, necios —exclamó una voz por encima de sus cabezas.

Al levantar la mirada vieron al mago sonriendo avieso, las manos alzadas sobre su cabeza, de pie en una repisa rocosa a unos metros sobre ellos.

—Aquí me tenéis, condenados perros —gruñó—. Para vuestra perdición.

"El poder del sagrado Ulru recorre mi cuerpo, inundándolo de una energía capaz de abrasar el mundo de esquina a esquina. ¿Y vosotros pretendéis oponeros a mí? Vanos mortales, antes de partir hacia el hogar del Gran Demonio, sentiréis toda mi furia...

De sus manos comenzaron a brotar pequeñas chispas que, poco a poco, fueron conformando sendas bolas blancas de luz.

—¡Sufrid el fuego blanco del Halasna! —exclamó, arrojando las esferas contra sus adversarios, que trataron de apartarse de la trayectoria; al mismo tiempo, ambos extrajeron sus cuchillos y los lanzaron al unísono contra

Arum Matai, que dejó escapar una seca risa mientras los desviaba con un simple gesto.

Sin embargo, la triunfante expresión murió en sus labios cuando observó, atónito, cómo sus hechizos se desviaban de forma brusca hacia la ladera de la montaña y se desvanecían inofensivos contra ella; irritado, volvió a generar otras dos esferas y lanzarlas, con el mismo resultado.

—¡Por la sangre de Asm'Dur! —gruñó con fiereza, retrocediendo unos pasos.

Calet y Dartia miraron a su alrededor en busca de una manera de trepar hasta el lugar que ocupaba el antiguo hechicero, mas lo único que encontraron fue una angostura que se apartaba hacia su izquierda, subiendo en una dirección indeterminada. Echaron a correr hacia allí con las espadas desenvainadas mientras les perseguían las maldiciones de su antagonista, que seguía lanzando hechizos contra ellos que parecían no funcionar, consumiéndose contra las rocas del Ulru como si éste las atrajera con una fuerza misteriosa, inexorable.

Siempre que podían giraban hacia su derecha, intentando acercarse a la posición de su rival, mas éste en todo momento parecía estar fuera de su alcance. A su alrededor, las rocas retumbaban con el eco de los improperios y los conjuros de Arum Matai, que intentaba localizarlos para acabar con ellos como fuera…

—¡Mira, Calet! —advirtió la mujer.

El mercenario giró la cabeza para ver, con sorpresa, que un vimana estaba aterrizando lejos de las laderas del monte; de su interior salió un grupo de personas que se desperdigaron en su dirección.

—¿Quiénes demonios serán? —gruñó el guerrero, volviendo de nuevo a su frenética subida en pos de su enemigo.

Cuando por fin consiguieron llegar hasta el lugar en el

que se había hallado el hechicero, éste se había volatilizado, huyendo a través de una angosta quebrada que parecía dividirse en varios caminos.

—¿Por dónde? —demandó Dartia jadeando.

—No lo sé —admitió su compañero, agotado también por la larga subida—. Si seguimos así acabará por escaparse, y huir a ese sitio que llama el Hogar del Gran Demonio…

Por encima de ellos, en la lejanía, oyeron unos roncos cánticos que les hicieron apresurarse; las sombras parecieron cernirse sobre el Ulru, como si la noche estuviese cayendo de repente, la temperatura comenzó a bajar de manera brusca…

—¿Qué está haciendo ahora ese maldito anciano del demonio? —inquirió el guerrero con hosquedad—. Tenemos que alcanzarlo cuanto antes…

Llegaron a una pequeña explanada; al fondo, recortada contra un cielo oscuro, la silueta de Arum Matai se alzaba, empequeñecida por los peñascos de la montaña.

—¡Ya es nuestro! —exclamó Calet, obligándose a un último esfuerzo para correr en pos del nigromante.

Cuando el hombre los vio agitó los brazos en un gesto mágico, intentando defenderse de su acoso, mas de modo repentino ocurrió algo que lo detuvo en mitad del conjuro: la oscuridad pareció replegarse sobre sí misma como si la absorbiera el suelo, y la temperatura comenzó a ascender de nuevo hasta alcanzar la normalidad.

—Pero, ¿qué…

Todo el monte tembló, arrojándolos al suelo.

—¿Y ahora qué sucede? —gruñó Dartia, intentando ponerse en pie; tal parecía que se hallaban no en tierra firme, sino en un proceloso y agitado mar.

—¡Sujétate fuerte a lo que puedas! —le advirtió su compañero a gritos—. ¡Sujétate, o saldrás despedida con estas sacudidas!

Cuando pareció que el movimiento se calmaba, algo comenzó a asomar por el suelo, algo que lo atravesaba como un fantasma; en lento movimiento, como en un sueño, vieron un enorme hocico que se elevaba hacia el cielo, seguido por unos inmensos ojos amarillos de negra pupila vertical en una irisada cabeza escamosa, reptilesca, como la de una víbora... Poco a poco, un larguísimo, gigantesco cuerpo, emergió hacia las alturas, una silueta que parecía ir cambiando de tonalidad a medida que le alcanzaban los rayos de sol, despidiendo reflejos multicolores de unas escamas del tamaño de escudos de los Pueblos Rojos[4].

A medida que ganaba altura, aquella colosal figura ofídica se retorcía sobre sí misma, formando figuras en el cielo mientras parecía sujetarse de forma precaria sobre una cola que seguía brotando del suelo como una flor.

—¡La serpiente del Arco Iris! —jadeó Arum Matai, aterrorizado ante la aparición—. ¡No puede ser, sólo es una leyenda del Tiempo de los Sueños, no existe en realidad!

Retrocedió unos pasos, intentando apartarse de la criatura que se interponía entre él y sus adversarios; con un traspiés, cayó hacia atrás, sentado, sin poder apartar los ojos del mito que intentaba negar a toda costa.

Por fin, la cola de la criatura se liberó de su asidero y ascendió hasta mezclarse con el resto del cuerpo en una amalgama de coloridos anillos tras los que se adivinaba a duras penas una feroz mirada; cerniéndose letal sobre el Ulru, se dedicó a ejecutar una complicada danza de sinuosos movimientos, sin apartar los fulgurantes ojos de aquellos que habían osado despertarla.

"Fuera de mi territorio".

---

[4] El escudo de los Pueblos Rojos, por lo general, suele ser redondo y de alrededor de 50 cm. de diámetro.

La voz, grave y resonante como una campana, penetró en sus mentes como un cuchillo afilado, sin pasar por sus oídos, taladrando sus pensamientos con un agudo dolor que los hizo doblarse y caer al suelo.

—¿Qué ha sido eso? —demandó Dartia asustada cuando consiguió recuperarse.

—Esa... cosa... nos ha hablado —aseguró Calet con gesto de preocupación—. El maldito anciano la ha llamado serpiente del arco iris, pero que se me lleven todos los demonios del Halasna si alguna vez había oído o visto cosa igual.

—¡Necios, estúpidos! —les increpó con dureza el mago—. ¿Qué habéis hecho? ¿Cómo habéis podido invocar a la suprema Señora de la Creación y la Destrucción?

—¿Nosotros? —se burló la mujer—. El hechicero eres tú, condenado, nosotros no hemos hecho nada...

"¡Fuera de la Montaña Sagrada!"

—¡Oh, gran Serpiente, me postro ante vuestra regia presencia! —exclamó con abyecto servilismo Arum Matai, arrojándose al suelo de rodillas y agachando la cabeza hasta tocarlo—. ¡Suplico vuestra clemencia, concededme el honor de ser vuestro más humilde servidor!

"Estás mancillado por C'Tl, mortal. Sal de este lugar antes de que decida castigarte por tu osadía".

—Ese hombre es nuestro, serpiente —gruñó Calet furioso—. Tenemos la misión de acabar con su miserable vida.

—Jamás podréis tocarme mientras disponga de mi poder —se burló el antiguo consejero—. Y menos mientras esté en este lugar sagrado, alimentándome con su energía.

"No hay más poder para ti, humano. Toda magia usada en el Sagrado Ulru vuelve a él. Desde el Tiempo de los Sueños, las criaturas mortales han olvidado el conocimiento, la sabiduría más ancestral, la comunión con la tierra y el mundo, recordando tan sólo la fuente de

energía mágica que es esta montaña. Y ahora, un servidor de los Antiguos Demonios pretende tomar poder para despertarlos".

Aterrado por el tono del inmenso reptil, Arum Matai levantó la cabeza y contempló ensimismado la regia magnificencia de la criatura, las diferentes tonalidades que adquiría el colosal cuerpo al reflejo de la luz del sol, y se estremeció sin poder evitarlo.

Vio que los mercenarios se adelantaban hacia él con sus espadas en alto, y les lanzó un conjuro de fuego que se desvaneció en el momento en que se separó de sus manos. Al comprobar que no era capaz de deshacerse de aquellos persistentes enemigos, decidió intentar una maniobra desesperada.

—Acabaré con vosotros en otro momento, ratas asesinas —escupió en tono venenoso, tras pronunciar unas breves palabras—. Me aseguraré de que los servidores de C'Tl se den un festín con vuestros huesos en su hogar ancestral.

Su cuerpo comenzó a hacerse traslúcido, trasparente, en el momento en que los guerreros le alcanzaban e intentaban atravesarlo con sendas estocadas; sin embargo, fue como acuchillar el aire, pues pasaron a su través como si de un fantasma se tratase.

—¡Maldición, se nos ha escapado! —gruñó Calet lleno de furia—. ¿Dónde ha ido?

—A ese maldito sitio del que no ha parado de hablar —contestó Dartia con gesto molesto—. Al hogar de C'Tl, el Gran Demonio.

"Marchaos de este lugar, o desataré mi furia sobre vosotros", aulló el gran dios en sus cabezas. A continuación, como en un sueño, fue perdiendo solidez, volviéndose paulatinamente insustancial hasta desvanecerse como si nunca hubiera existido.

Sin decir una palabra, los guerreros se dispusieron a descender del monte; con cuidado para no resbalar deshicieron el camino hasta encontrarse con un par de sujetos que les observaron con suspicacia.

Antes de que pudieran decir una palabra, uno de aquellos personajes dejó escapar un prolongado silbido que resonó por toda la montaña, y desenvainó su espada para enfrentarse a sus oponentes; siguiendo su ejemplo, el otro tomó un hacha que llevaba al costado y lo enarboló en gesto agresivo.

—Los dos al hachero —murmuró Calet, descolgando sus armas de la espalda mientras su compañera hacia lo propio—; en el último momento golpea al asesino de la espada, del otro me encargo yo.

Sin una palabra, ambos cargaron contra sus enemigos, que alzaron sus hojas y se prepararon para detener la embestida; el espadachín sonrió torvo al ver que ambos iban a por su aliado, disponiéndose a lanzar una fulgurante estocada.

En el último momento, Calet se frenó un leve instante para dejar pasar por delante de él la hoja de Dartia, que atravesó el corazón de su oponente, mientras lanzaba un tajo a la garganta del otro hombre que le obligó a defenderse en lugar de atacar a la mujer.

Mientras el herido exhalaba su último estertor, Dartia pasó sobre él y se giró como un gato, disponiéndose a golpear a su enemigo, que reculó asombrado ante la sorprendente reacción de sus rivales.

—¡Maldición! —exclamó, retrocediendo mientras detenía los golpes de sus oponentes, intentando ganar tiempo hasta que llegaran sus compañeros.

No tuvo apenas tiempo para esperar: tras una rápida y letal lluvia de tajos y estocadas, un golpe de la mujer en el estómago le arrancó un gemido de agonía; al inclinarse hacia delante, Calet le alcanzó en el cuello y lo segó con salvaje limpieza, haciendo saltar la cabeza unos metros.

—Temo que habremos de luchar durante el descenso —

sugirió el guerrero, adelantándose—. Me ha parecido ver que eran miembros de la Hermandad del Tiburón.

—¿Y qué tienen que ver esos con nosotros? —inquirió Dartia con sorpresa—. ¿Quién los ha podido poner tras nuestra pista?

—Ésa es, ahora mismo, una cuestión baladí —aseguró Calet sombrío, mientras vigilaba a su alrededor—. Si pudiéramos hacernos con el vimana, nuestro regreso a Reinai sería mucho más tranquilo que atravesar el territorio a caballo.

En aquel momento oyeron el chasquido de un arco; casi al instante, una flecha se rompió contra una roca junto al cráneo del hombre.

—¡Lo que nos faltaba! —gruñó el mercenario, poniéndose a cubierto—. ¿Tú no tenías arco?

—Sí, colgado del costado de mi montura —aseguró ella con resignación—. ¿Qué vamos a hacer ahora?

—Seguir bajando procurando que los peñascos nos cubran —comentó Calet con cierto tono irónico—. ¿Qué otra cosa podemos hacer? Adelántate, te sigo en un momento…

Dartia contempló a su compañero con suspicacia.

—¿No pretenderás utilizarme como cebo? —demandó un tanto picada.

—Por supuesto que no —le contestó el hombre con fingida alegría.

Tras unos momentos de vacilación, la mujer comenzó a descender por el sendero cautelosa, pegada a las paredes de roca; Calet la observó durante unos instantes, y después volvió sus grises ojos hacia el lugar del que había partido la flecha.

Con sumo cuidado, se deslizó en silencio camino arriba hasta dar con un punto en el que pudiera trepar para salirse de él; asomándose cauto, buscó con la mirada al arquero, pero no vio a nadie: al parecer, su enemigo no iba a permanecer quieto en la misma posición, por lo que hubo de seguir arrastrándose en su busca.

Al cabo de un buen rato oyó gritos y el entrechocar de las armas: al parecer, su compañera se había tropezado con el resto de los asesinos, enzarzándose con ellos en un violento combate de incierto final.

Por un momento dudó: tenía que encontrar cuanto antes a su invisible oponente o les daría un disgusto; mas tampoco podía abandonar a Dartia a su suerte, había demostrado ser lo suficientemente leal como para tenerla en cuenta. Así pues, a pesar de las reverberaciones del sonido, comenzó a guiarse en la dirección en la que parecía se encontraba la batalla hasta llegar, unos minutos después, a un punto desde el que podía observarla; a su alrededor, su rival parecía haberse desvanecido, mas no cabía duda alguna de que se ocultaba en alguna de aquellas anfructuosidades de la montaña, esperando el momento adecuado para asaetearlos.

La mujer estaba apoyada de espaldas en la pared de roca, acosada por cuatro rufianes: tres eran lemurios, mas el cuarto era un jalal barbudo de corta estatura, que blandía una lanza con la que intentaba alcanzar a su antagonista.

Antes de que ninguno de los contendientes tuviera tiempo de darse cuenta de lo que estaba ocurriendo, Calet saltó desde su posición y se dejó caer sobre uno de los lemurios: al impacto de sus botas sobre el cráneo se oyó un ominoso chasquido que parecía indicar que le había partido el cuello.

Ambos cayeron al suelo en un revoltijo, el muerto hecho un ovillo y el guerrero rodando sobre sí mismo para equilibrarse y contraatacar.

La sorpresa de los tiburones fue mayúscula: por un momento detuvieron su ataque, contemplando atónitos la aparición que se les enfrentaba desde su retaguardia. Aquella vacilación les costó cara, pues Dartia atravesó el pecho de uno de ellos, mientras su compañero segaba de un golpe seco el brazo derecho del jalal.

Sólo quedaba ya un lemurio en pie, que inicio un conato de huida ante aquellos dos demonios, mas tres espadas, al unísono, le atravesaron por la espalda arrancándole un agónico alarido de dolor.

Más abajo oyeron gritos y órdenes: aún quedaban más rivales que vencer, y alguno de ellos mago a juzgar por los resplandores que aparecían y desaparecían de forma esporádica.

—Qué, ¿nos olvidamos del arquero y acabamos esta faena de una maldita vez? —inquirió Calet con tono de mofa.

—Me has mentido —le amenazó la mujer, levantando el puño izquierdo en un gesto agresivo—. Debería matarte por esto…

—Pero no lo vas a hacer porque en este momento nos necesitamos el uno al otro —le interrumpió su compañero encogiéndose de hombros—, al margen de otras consideraciones de las que ya habrá tiempo de hablar en su momento. ¿Vamos?

La ex capitana le contempló durante unos instantes con ojos fulgurantes, para al final sonreír con expresión seria.

—Vamos —sugirió, echando a andar.

Mientras bajaban vieron acercarse a media docena de sujetos: hombres rojos, lemurios, atlantes, wigurs… Tal parecía que la Hermandad aceptaba a cualquiera que demostrara un mínimo de habilidad y falta de conciencia, pues los rostros que los observaban carecían de toda piedad, eran tan implacables como un dientes de sable.

—Tres para cada uno —sugirió Calet con alegría—. No está mal la proporción…

Con un breve grito saltó hacia delante y cayó entre sus enemigos, agitando sus espadas de una forma que semejaba caótica, torpe; sin embargo, cuando consiguió abrir brecha y situarse detrás de ellos, uno yacía en un charco de su propia sangre, sujetándose las tripas que se le desparramaban de una amplia herida en el vientre.

Al mismo tiempo, Dartia había entrado en combate, obligando a sus adversarios a decidir con cuál de los dos demonios iban a enfrentarse, sorprendiéndolos con la ferocidad de sus golpes.

Otro de los oponentes del mercenario cayó con la cabeza abierta como un melón, mientras el tercero intentaba colocar una estocada que fue repelida con facilidad.

—Esto es muy fácil —se lamentó Calet, obligando a uno de los rivales de su compañera a darse la vuelta para enfrentarse a él—. Creí que los asesinos de la Hermandad eran mejores…

En respuesta a su desafío, el atlante que acababa de darse la vuelta le largó un tajo que esquivó a duras penas, dejándole una larga señal en el brazo izquierdo; contraatacando, obligó al hombre a retroceder y tropezar con una espadachina roja, que dejó escapar un reniego sin mirar hacia atrás.

Dartia aprovechó el traspiés de la mujer para decapitarla de un golpe y saltar a continuación hacia atrás, evitando por muy poco la espada del lemurio que se enfrentaba a ella; sin embargo, los entrenamientos con Calet habían sido lo suficientemente buenos como para tomar la iniciativa y obligar a su enemigo a ponerse a la defensiva hasta encontrar un hueco por donde introducir su arma: la punta se clavó en la garganta, arrancándole un borboteo de dolor.

Mientras tanto, el mercenario parecía tener problemas con el último de los tiburones: el atlante era un buen luchador, hábil con la espada y el escudo, que impedía a su oponente tomar la iniciativa con claridad. La guerrera intentó ayudarle, mas se vio sorprendida cuando su compañero le hizo un gesto para que se apartase.

—Pero, ¿qué… —comenzó a protestar, mas las palabras

murieron en su boca ante el espectacular despliegue de esgrima que ambos contendientes practicaron durante un tiempo que le pareció una eternidad.

Calet se lanzó a fondo en una estocada que su contrincante consiguió esquivar a duras penas, dejándole una marca en el costado izquierdo, a la altura del pulmón; al mismo tiempo, el atlante intentó introducir su espada por el lateral, buscando el corazón de su oponente, mas la hoja de Calet la desvió hacia fuera sin demasiados problemas.

El asesino había quedado desequilibrado por la maniobra, momento que aprovechó su rival para arrojarse sobre él y darle un empellón que lo arrojó al suelo; casi al momento, el tiburón rodó sobre sí mismo para alejarse y ponerse en pie de nuevo, mas hubo de detener un feroz golpe a su cabeza con el escudo; su espada se movió en un amplio arco en busca de las piernas de su antagonista, mas éste saltó con agilidad; al caer clavó su arma derecha en el suelo, y lanzó la otra por debajo del escudo, directa al rostro de su contrincante, que apenas tuvo tiempo para hurtar la cara: la hoja penetró brutal por la mejilla derecha y atravesó el cráneo.

Tras extraer su arma, Calet la limpió en las ropas del caído.

—¿Por qué no me has dejado intervenir? —se irritó Dartia.

—¿Acaso no has visto a ese rufián? —preguntó el luchador con una hosca sonrisa—. ¿Acaso no has visto su habilidad?

"Piensa que si a mí me ha costado derrotarlo, es posible que tú hubieras salido con alguna herida seria.

La mujer le miró fría durante unos momentos.

—¿Debo recordarte nuestro trato? —demandó con severidad.

—No —aceptó el hombre—. No necesitas recordármelo, mas deberías saber que siempre me reservo el derecho a romperlo cuándo y de la manera que me plazca.

—Así pues, ¿has quebrado el pacto?

—No —afirmó él, apoyando de repente su mano en la cabeza de ella y obligándola a agacharse mientras una flecha pasaba por donde un instante antes había estado su cráneo—. Y ten cuidado, que ese arquero aún anda por ahí, igual que el hechicero.

"Es probable que se estén retirando hacia el vimana, así que tenemos que darnos prisa si no queremos volver a hacer el camino a Reinai a caballo...

Para sorpresa de su compañera, su rostro se contrajo en un leve gesto de dolor; al bajar la mirada, la mujer vio el astil del dardo que había pasado por encima de ella clavado en el hombro derecho de Calet.

—Vámonos —advirtió éste, sin hacer caso del gesto de horror de Dartia—. Sólo es una herida menor.

—¡Pero si prácticamente te ha atravesado! —exclamó ella, sujetándolo—. Tenemos que bajar hasta los animales. Ahí tengo lo que necesito para detener la hemorragia...

—Tenemos que capturar ese vimana —insistió el guerrero, tocándose el hombro herido—. Vamos, hay que seguir adelante, o no adelantaremos nada...

—Ya es demasiado tarde —se lamentó la mujer, señalando al cielo—. El aparato se larga.

—Entonces, hay que bajar hasta nuestras monturas —aseguró Calet, echando a andar.

Una saeta pasó cerca de Dartia.

—Lo han dejado abandonado —musitó con frialdad la mujer, agachándose de nuevo y obligando a sentarse al herido—. Esto se está complicando...

—Quédate aquí —sugirió el hombre—. Espera a que me haya alejado lo suficiente atrayendo su atención, y después intenta rodearlo. No te dejes ver ni oír hasta estar segura de que lo tienes al alcance de tu espada.

—Pero...

—¡Obedece, maldición! —gritó Calet levantando la espada y golpeando el astil de la flecha con furia, partiéndolo de un tajo y dejando fuera de la carne apenas un fragmento de madera; a su alrededor, la sangre brotaba con lentitud, retenida por la propia saeta. Tras colgar a su espalda el arma, recogió la otra y se puso en pie con trabajo, apoyándose en la pared del sendero—. Hazme caso, o no saldremos ninguno de los dos de aquí.

Comenzó a caminar senda abajo, dejándose ver de vez en cuando para llamar la atención del invisible enemigo. Dartia le observó alejarse con gesto preocupado, mas el sentido común acabó por imponerse: se sentó con paciencia a esperar hasta que consideró que había pasado el tiempo suficiente, y retrocedió en absoluto silencio sobre sus pasos, buscando un lugar por el que trepar para salirse del camino, al igual que había hecho su compañero con anterioridad.

Oyó el zumbido de un dardo al volar; siguiendo el sonido, lo vio dirigirse en la dirección en la que se había alejado Calet.

Calculando el lugar del que había partido, intentó apresurarse sin llamar la atención del invisible oponente, mas cuando consiguió llegar allí ya había abandonado su escondite. Dejando escapar un quedo reniego, se quedó allí en silencio, intentando escuchar el movimiento del enemigo; su mirada se movía nerviosa de un lugar a otro, procurando penetrar las grietas de las rocas, las sombras que parecían acecharla…

Por un momento creyó ver moverse algo cerca de ella; se adelantó hacia aquel lugar, y se encontró con la espalda de una esbelta mujer que llevaba el negro cabello recogido en una coleta, con una saeta aprestada en un arco largo característico de los pueblos rojos.

En silencio se acercó a ella, con la espada enarbolada para administrarle un letal golpe, mas al final se lo pensó mejor: descargó el pomo en la nuca de su rival con fuerza, derribándola sin contemplaciones.

—Ahora sabremos algo más de vosotros —murmuró, recogiéndola de la mejor manera que pudo para bajarla hasta los caballos…

Cuando Dartia alcanzó el lugar en el que habían dejado a sus monturas comprobó con preocupación que su compañero no había llegado aún; tomando una cuerda y atando con fuerza a su prisionera, se dispuso a recorrer el sendero por el que habían subido en un principio.

Lo encontró tendido en el suelo, boca abajo, con el fragmento del astil de la flecha aún más clavado que antes, tanto que casi no se veía. Agotada por los esfuerzos realizados a lo largo del día, mientras el crepúsculo se cernía sobre el Ulru, se dejó caer con pesadez al suelo, sentándose durante unos momentos; después, se puso en pie y comenzó a arrastrar a Calet camino abajo…

—¡Maldito necio…—gruñó.

Cuando arribó junto a los animales dejó el cuerpo del mercenario y se dispuso a preparar una fogata de campamento; la asesina se había recuperado del golpe y se revolvía con furia, increpando a su captora, exigiendo que la soltara…

—¡Cállate de una vez, condenada! —le ordenó Dartia, agitando una rama en su dirección—. ¡Cállate, o te rebano el cuello!

La arquera cerró la boca de inmediato, fulminando con la mirada a su antagonista, sin dejar de removerse e intentar deshacerse de las ataduras.

Tras encender el fuego, la mercenaria se dispuso a tratar

en la medida de lo posible la herida de Calet; tenía un feo aspecto, llena de tierra y sangre, por lo que lo primero que hizo fue limpiarla con sumo cuidado; a continuación, tras rasgar un trozo de tela, se dispuso a extraer el dardo clavado. ¿De qué tipo sería la cabeza de la saeta[5]? Decidió que no podía arriesgarse a empeorar aún más la herida, por lo que, aprovechando la inconsciencia de su compañero, extrajo su espada y su cuchillo y apoyó la parte plana del filo de éste último en los escasos centímetros que sobresalían del hombro del guerrero.

Haciendo acopio de valor, golpeó con fuerza con el pomo de su arma sobre la corta hoja, empujando la madera de la flecha para que entrase aún más profundamente y extraerla por la espalda.

—No podías haber cortado menos... —murmuró en un quedo lamento, mientras martilleaba una y otra vez hasta que la vara desapareció por completo dentro de la carne, dejando salir la sangre con más fuerza; a cada golpe, el hombre se estremecía en violentas convulsiones...

Con cuidado, Dartia dio la vuelta al herido, asegurándose de colocar el trapo de manera que no entrase más suciedad en la herida, y buscó la punta de la saeta; la cabeza había asomado casi entera, era de origen lemurio, doble punta para rasgar aún más la carne alrededor del corte.

Sonrió para sus adentros, pues aquella circunstancia iba a favorecerle de forma notable: insertando el cuchillo entre los dientes de la flecha tiró hacia fuera con fuerza, extrayéndola un poco; insistió de nuevo hasta que consiguió ver la cabeza completa, momento en que cambió el cuchillo de ubicación y lo interpuso entre la carne y el

---

[5] Cada imperio usa cabezas de flecha ligeramente distintas: de filo aserrado, liso, curvado hacia fuera...

hierro, para tirar de nuevo y acabar de extraer el astil partido.

Calet dejó escapar un gemido de dolor mientras la mujer rasgaba otro trozo de tela y se lo colocaba en la herida para detener la hemorragia.

A continuación depositó el cuchillo en la hoguera, atizando el fuego para que se avivara. Tras unos minutos de espera, se puso un guante y lo recogió, aplicándolo con rapidez en la desgarradura de la espalda: un siseo, un poco de humo, el olor a carne quemada... y el grito de agonía del hombre, que abrió los ojos e intentó incorporarse, por lo que la mujer hubo de retenerlo con firmeza..

—Tranquilo, estoy intentando cauterizar el flechazo —explicó con suavidad—. Ahora tengo que darte la vuelta...

Buscó una rama gruesa y se la puso a su compañero en la boca; después, procedió de nuevo a la misma operación que había hecho en su espalda...

—Y ahora, estate quieto mientras te pongo una venda —le advirtió con severidad—. Cuando volvamos a Reinai tendrá que verte un sacerdote.

Cuando acabó la cura, dejó que Calet durmiera mientras se volvía hacia la cautiva.

—Hablemos un poco —sugirió con el ceño fruncido—. ¿Quién os ha pagado para que intentéis asesinarnos?

—Yo sólo obedezco órdenes —escupió la arquera con expresión venenosa—. No sé quién paga, sólo lo que se me manda hacer...

—Pues ahora vas a saber más cosas —le amenazó Dartia, poniéndole el puñal en la mejilla—. Quiero saber quién os ha puesto tras nuestra pista, quién da las órdenes...

—Yo sólo soy una asesina contratada —contestó su víctima en tono burlón—, el último eslabón de la cadena, al igual que todos los que habéis matado; los jefes no se implican en los crímenes, permanecen en las sombras dando órdenes.

—Alguien tiene que conocerlos —sugirió la guerrera, haciendo que la hoja se deslizase con suavidad, dejando una marca escarlata a lo largo del pómulo—. Alguien que reciba las órdenes.

—Os juro que nada sé —insistió la mujer intentando apartar la cabeza y consiguiendo tan sólo que el reguero escarlata se extendiera hacia su sien—. Sólo puedo deciros que se nos encargó acabar con vosotros, que estábais en Otzaan, camino del Ulru...

Con un rápido movimiento, Dartia alzó el puñal y lo clavó al lado de la cabeza de la arquera.

—No más mentiras —gruñó fiera—. Cuéntame todo lo que sabes, o dejaré que sea mi compañero —señaló a Calet— quien se encargue de interrogarte; y te aseguro que él no es tan compasivo ni piadoso como yo...

—No creo que esté en muy buen estado para eso —se burló su rehén.

—Tal vez acabe mejor que tú —le advirtió su antagonista sombría—. No tientes a la suerte...

—No sois capaces de torturarme para sacarme información —sugirió mordaz la mujer—, no tenéis redaños para tales tareas. Así pues, dejadme dormir y no me molestéis.

Irritada consigo mismo al darse cuenta de que su prisionera tenía razón, alzó de nuevo la daga y la clavó con fuerza en una de las piernas de la mujer, que dejó escapar un desgarrador aullido de dolor.

—¿Estás dispuesta a hablar? —demandó Dartia en tono perentorio.

—No podéis matarme —gruñó la asesina—, y el dolor no importa, es algo pasajero.

—Entonces, te ofrezco otra alternativa —sugirió Dartia, encogiéndose de hombros—: si hablas te perdonaré la vida, de lo contrario morirás como un despreciable gusano, arrastrándote de dolor y sufrimiento.

Por un momento, la cautiva la observó con fijeza, intentando estudiar aquellos duros rasgos.

—¿Es una promesa? —inquirió cauta.

—Es una promesa.

—Entonces, os diré que no sé nada más que lo que os he dicho —aseguró la arquera con una sonrisa lobuna—. En la Hermandad del Tiburón hay una estricta jerarquía, desconocida por completo para los sicarios como nosotros.

"Las órdenes se dan mediante mensajes enviados por medios mágicos desde el Gran Templo del Tiburón, en Poseidonia, al que todos nosotros nos dirigimos al menos una vez al año para honrar la memoria del fundador de la Hermandad, Tsauden dar Dovaris, apodado el Tiburón por ser tan implacable como un escualo.

"Nadie puede cuestionar una orden bajo pena de muerte. En el mensaje se puede hacer constar, si así lo desea el contratador, que la víctima sepa, en el momento de su deceso, quién ha ordenado su final.

"Eso es todo lo que puedo deciros: nada más sé al respecto, no se nos ha advertido quién desea vuestra muerte...

—Me estás mintiendo —advirtió Dartia en tono peligroso—, sé que me estás mintiendo. Te prometí una muerte lenta y dolorosa, y eso es lo que vas a tener...

—¡No! —exclamó la mujer con voz temblorosa—. ¡No os he mentido!

—Déjamela... a mí.

Las dos mujeres volvieron la mirada hacia Calet, que estaba intentando incorporarse trabajosamente sobre su costado izquierdo; sus grises ojos mostraban un brillo peligroso, con una tenebrosa promesa de muerte para la prisionera.

—Yo le... sacaré... lo que sepa.

Su compañera se le acercó y le obligó a tumbarse de

nuevo.

—Estate quieto y no hagas ninguna locura —le amenazó—. Ya me encargo yo.

Calet sonrió con debilidad.

—Como bien dijo esa serpiente —susurró—, no tienes redaños para lo que yo sería capaz de hacer.

"Sin embargo, creo que no va a hacer falta, tiene razón: los asesinos no tienen conocimiento más que de las tareas que se les encargan, no tienen siquiera la opción de elegir o protestar bajo pena de muerte. Están atados por un juramento que los conmina a cumplir su objetivo o morir.

"El mago que salió huyendo en el vimana está condenado, en cuanto sus superiores sepan de su cobardía...

Dartia volvió la mirada hacia la yaciente.

—No te molestes más con ella —insistió el mercenario—, lo mejor que puedes hacer es quitarla del medio y dejar un enemigo menos a nuestras espaldas.

—Le prometí que la dejaría vivir si me lo contaba todo —se defendió la mujer, mordiéndose los labios en gesto de duda—. No soy como tú, Calet, yo no mato por placer, sin piedad...

—Pero ésa sí —le advirtió el hombre en tono severo—. Aprende cuanto antes, Dartia, que has de ser capaz de evaluar a todo aquél con el que te encuentres y tomar decisiones rápidas, sean buenas o malas: ante un oponente sólo hay dos opciones, convencerlo para que deje de serlo o acabar con él.

"De forma habitual tendrás que decantarte por la segunda opción, puesto que no te quedará otro remedio; y en este caso, si dejas vivir a esa mujer, como miembro de la Hermandad del Tiburón está atada a sus juramentos, por lo que puedo asegurarte que nos la volveremos a cruzar y tendremos que matarla de igual manera; así pues, si solucionamos ahora el problema, no tendremos que hacerlo más adelante.

—Pero está indefensa —insistió la guerrera.

—Si tú has dado tu palabra, yo no —gruñó Calet con gesto de dolor—. Ayúdame a levantarme, y yo me encargaré de ella...

—No seas necio —le increpó Dartia—, ahora mismo no serías capaz ni de sostener las bridas de tu caballo...

Dejándolo tumbado, se irguió y se dirigió hacia la arquera, que había estado observando la conversación con curiosidad y una ligera expresión de sorna.

—Debería matarte —comenzó—, pero te he dado mi palabra.

—Entonces, suéltame —demandó la rehén con gesto triunfal.

—No te prometí que te soltaría —sugirió amenazadora la mercenaria—, tan sólo que no te mataría. Piensa en ello.

Sin una palabra más, haciendo caso omiso a las imprecaciones e insultos de la asesina, se dio la vuelta y se acercó a Calet, sentándose junto a él para montar guardia...

Con el alba, Dartia se levantó y se estiró perezosa, mirando el paisaje a su alrededor: el sol comenzaba a salir por detrás del Ulru, un disco rojo que iba extendiendo poco a poco su luz, apartando las sombras de la noche...

Miró a su compañero y comprobó que su sueño parecía regular; después, volvió sus castaños ojos hacia la cautiva, que parecía dormir con placidez.

Comprobó los vendajes del herido, y se dispuso a cambiarlos.

—Aguantaré hasta Reinai —aseguró Calet sin abrir los ojos—. No te librarás de mí con tanta facilidad.

—¿Eso crees? —se burló ella—. Entonces, tendré que recurrir a medidas más drásticas.

Tras un frugal refrigerio, la mercenaria apartó una pequeña parte de las provisiones y la metió en un pequeño saco; después, ayudó al guerrero a incorporarse y montar en su caballo.

—Y ahora, te toca a ti —gruñó, volviendo la mirada hacia la arquera, que había abierto los ojos y la contemplaba con gesto sombrío.

—¿Qué vas a hacer? —demandó.

Por toda respuesta, Dartia desenvainó su cuchillo y se agachó junto a su antagonista.

—¡Me diste tu palabra! —exclamó ésta.

Con un rápido tajo segó las cuerdas que la ataban; después, guardando su arma, le dio la espalda y se aupó a su montura.

—Prometí que no te mataría —aseguró con firmeza—, pero nada más. Ahí tienes provisiones —señaló el saquillo que había apartado—, tendrás que arreglártelas para encontrar un lugar donde comprar un caballo y más alimentos.

—¡Pero no podré sobrevivir sin un arma! —se lamentó la mujer, acercándose a Dartia mientras se frotaba los entumecidos miembros—. ¡Están los uniatara, los grandes depredadores…

Durante unos tensos instantes, la mercenaria contempló con fijeza a su enemiga; por fin, acercó su animal al de Calet y tomó una de las espadas del hombre, arrojándola al suelo.

—Al menos tendrás una oportunidad —gruñó furiosa—, que es más de lo que pensabais darnos a nosotros…

Tras unos instantes de inmovilidad, la asesina se agachó y recogió el arma, sin dejar de observar con gesto impasible a Dartia, mientras ésta, desdeñosa, le daba la espalda y, sujetando las bridas de la montura del guerrero, se alejaba hacia el sudoeste.

—Gracias... —murmuró.

—No tiene buen aspecto —advirtió serio el clérigo de Aishan mientras examinaba la herida de Calet—. A pesar de haber hecho lo que habéis podido, se ha infectado.

—Han sido muchos días de viaje desde el Ulru hasta aquí —explicó Dartia con gesto preocupado—. Se ha caído un par de veces del caballo, y le ha debido entrar algo de arena en el flechazo. Apenas ha comido...

—Necesita tiempo para sanar —comentó el hombre ceñudo—. Con un poco de suerte podremos eliminar la infección, pero no podrá moverse durante bastante tiempo.

—Tiempo es lo que no tenemos —le advirtió la mujer con rudeza—. El propio Ostiman nos ha encomendado una importante misión, y me temo que cada instante cuenta.

—Pues entonces, arriesgaos a perder a vuestro compañero —sugirió el sacerdote con mala cara—. En su estado no podría derrotar ni a un ratón...

Por un momento, la mujer pareció a punto de responderle con acritud, mas consiguió contenerse; tras pensárselo durante unos instantes, decidió que no podía hacer nada más.

—¿Puedo preguntaros algo? —inquirió.

—¿Qué deseáis?

—¿Podríais explicarme lo que sabéis acerca de las leyendas del demonio C'Tl, y de su hogar? Creo recordar que está bajo el mar...

—¿Por qué pretendéis saber de aquello que debe permanecer aherrojado bajo siete sellos hasta el fin de la eternidad? —demandó el hombre con el semblante pálido como la ceniza—. Nadie en su sano juicio debería tomar interés alguno en el Gran Demonio, tal cosa es anatema entre los temerosos de los dioses...

—Debéis saber, pues, que hay un hechicero que desea devolver a ese *dios* a nuestro mundo —advirtió Dartia con semblante serio—. Huyó de nosotros clamando que iría al hogar de C'Tl a sacarlo de su letargo de eones, por lo que tenemos que alcanzarlo antes de que consiga su objetivo.

—¡Santa Aishan! —exclamó el hombre—. ¿De qué abominable sacrilegio me estáis hablando, mujer? ¿Despertar a Aquél que trae el caos, la locura y la desolación? Ningún mortal, por poderoso que sea, tiene tal capacidad; y si el que vos decís tiene tales pretensiones, una inmensa fuente de magia en verdad ha de poseer, mas inútil en su empresa, puesto que los sellos que los Guardianes impusieron en el encierro de Quien yace en la oscuridad de su Hogar sin conocer la muerte son inamovibles, durarán hasta que la infinita compasión de la Diosa caiga hecha pedazos...

—Nada es eterno, monje —gruñó la guerrera—. Nada, excepto la muerte.

—Debéis saber que C'Tl venció aun a la muerte —explicó con gesto cansado el hombre—, que aunque yace desde hace incontables eones en su morada bajo el mar, cerca de Guntana[6] , no yace muerto, sino dormido, esperando el momento en que las estrellas le den poder suficiente para quebrar el encierro de Quienes, en su incomparable magnificencia, lo atraparon.

"Nuestros dioses no son más que pálidos reflejos de la esencia de Aquellos que crearon todo lo que no vemos más allá de las lejanas estrellas, meras sombras emanadas de

---

[6] Guntana: isla del imperio lemurio en el Pacífico Oriental, cerca de la costa asiática. Su capital es Matoli.

nuestras mentes al intentar alcanzar la idea de los Antiguos. ¿Y alguien pretende que despierte C'Tl? Si Él se levanta, todos los demás le seguirán de inmediato...

—Entonces, ¿el destino del nigromante sería Matoli? —inquirió Dartia.

—Es la capital más cercana al hogar de C'Tl —aseveró el clérigo—. Las leyendas dicen que se hallaría sumergido cerca de la costa oriental de Guntana...

—Así pues, nuestro destino nos obliga a embarcarnos en un impredecible viaje —murmuró la mercenaria—. Sólo Dan'Nan sabe qué nos deparará...

CRIATURAS DE LAS PROFUNDIDADES

P oseidonia, la capital del imperio atlante en la isla de Khemt, la población más esplendorosa de todos los reinos, desde donde los Manes gobiernan con mano de hierro un pueblo en expansión... Una ciudad orgullosa de sus grandes templos de H'Ursk y Dan'Nan, del Palacio Imperial, del poder que ostentan y que el resto de las culturas del mundo envidian...

Mas en tan magnífico lugar hay una sombra, una lúgubre construcción que no enorgullece a nadie excepto a sus peligrosos moradores, tolerada tan sólo por los servicios que presta en determinadas ocasiones a todo aquel que necesita librarse de alguien que le resulta especialmente molesto. Una edificación de aspecto vulgar en apariencia, de gran tamaño y dos plantas, en cuyo frente, a media altura, se puede apreciar la efigie de un gran tiburón blanco. Nadie sin un motivo en verdad justificado osa acercarse aquí, ni mucho menos entrar, so pena de una terrible muerte.

Las sombras danzan en su interior a través de los apenas iluminados pasillos y habitaciones, recovecos de luz y oscuridad que inundan de insano temor el alma de aquellos que se atreven a penetrar hasta el más recóndito de sus abominables enigmas, el sancta sanctórum del edificio, una amplia sala sin apenas decoración, en cuyo centro, flanqueado por dos grandes estatuas de tiburones erguidos, se halla un trono de marfil elevado sobre tres peldaños; en la parte superior del respaldo, cual pavoroso vigilante, la escultura de un pulpo extiende sus tentáculos hacia abajo, envolviendo la cabeza de quien allí se sienta entre las tinieblas...

—Así pues, acudís a la Hermandad en busca de un servicio especial —habló éste, con una voz afilada.

—En efecto, oh poderoso —admitió un hombre que, entre las sombras, se hallaba frente al trono—. Deseo contratar a vuestros asesinos para acabar con la vida de un hombre, un maldito chacal mercenario...

—Os ruego, caballero, que no os dirijáis a nosotros con tan desagradable término —le reprochó el Señor de la Hermandad, con un suave tono en la voz que hizo que su interlocutor se estremeciera de forma involuntaria—. No es digno de vuestra alcurnia, ni agradable para esta honorable sociedad, definirnos como vulgares asesinos; somos profesionales, profesionales de la muerte, y como tales trabajamos por un precio que pocos pueden pagar. ¿Acaso pretendéis una mera labor de carnicería, o, como imagino, un escarmiento adecuado a la ofensa que habéis sufrido?

—No he sido el único afrentado por ese sucio ganapán —se defendió el desconocido—, hablo en nombre de quien ha sido ultrajada por sus arteros modos.

"Si tan sólo hubiera sido yo, le buscaría y me enfrentaría a él en persona, humillándolo; mas, en vista de su deleznable comportamiento, he decidido que seáis vos y los vuestros quienes os encarguéis de que pague por sus pecados, y que sepa quién es el vengador que acaba con su lamentable vida...

—Seguid hablando —le animó el hombre del trono, meditando acerca de las curiosas circunstancias que se estaban produciendo en los últimos tiempos—. Me interesáis...

Tas escuchar con paciencia la descripción de sus futuras víctimas, comprobó con ironía un detalle revelador en grado sumo que se cuidó sobremanera de expresar en voz alta, dejando asomar a sus labios una sonrisa seca, peligrosa, que su interlocutor no pudo ver a causa de las sombras: la cabeza de aquel hombre al que aludía ya tenía precio, y bastante alto por cierto; al parecer era alguien a tener en cuenta, puesto que ya había puesto en jaque a la Hermandad y eliminado a algunos de los miembros en la lejana Otzaan. Habría que tomar medidas al respecto: podía ser un peligroso enemigo, o convertirse en un valioso aliado...

Oscuridad... Tinieblas, sombras dentro de las movientes sombras, una nada en el denso vacío llena de presencias incorpóreas, de energías sutiles... Nada vivo puede sobrevivir en este lugar que no es lugar, mas nada muere, sólo es una esencia que existe, insana, malevolente, pavorosa, que yace en larga eternidad en un estado latente, esperando un suceso que acaso jamás llegue, agitándose con una paciencia infinita y un hambre capaz de devorar universos enteros...

Algo maligno se revuelve inquieto, algo que intenta huir de este limbo de olvido y perdición, algo cuya rabia podría hacer estallar el mundo en un paroxismo de locura y caos...

En una fugaz ocasión ha estado a punto de conseguirlo, ha rozado de modo tenue, pasajero, la gloriosa posibilidad de escapar y caminar de nuevo por el mundo que una vez conoció su terror, mas fue rechazado de una manera inesperada por la sorprendente fortaleza de un hombre que estuvo a su merced; sin embargo, tras esperar un breve y a la vez eterno tiempo recomponiendo los pedazos sueltos en que se disgregó cuando su ser fue quebrado, volverá a intentarlo de nuevo: la voluntad de los patéticos seres mortales es débil, lo suficiente como para engañar a alguien a quien poder manipular para regresar a la vida de los humanos y extender de nuevo el anárquico orden de los Antiguos doquiera que vaya…

"Crees haberte librado de mí, Ornay, mas yazgo en el fondo de tu alma, un rescoldo de dolor y sufrimiento que me mantiene atado a ti por un lazo más fuerte que la propia muerte; volveré de nuevo a caminar por el mundo, te reclamaré una y otra vez hasta que seas mío para toda la eternidad, te haré sufrir el mayor de los tormentos, la peor de las vejaciones, hasta que no seas otra cosa que una quejumbrosa masa de arcilla moldeable en mis manos; y entonces, sólo entonces, abriré los sellos para que mis Señores regresen de sus prisiones y lo renueven todo a su imagen y semejanza…"

Desde los tiempos más inmemoriales de que se tiene recuerdo, los habitantes de la isla de Guntana estaban acostumbrados a los frecuentes seísmos que azotaban la zona, por lo que no se sorprendieron demasiado cuando comenzó uno más que sacudió la isla con una fuerza inhabitual; el mar se agitaba con salvajismo, rugiendo contra la costa, mientras se abrían grietas por todas partes que se tragaban todo aquello que se hallaba en sus cercanías. Durante varias horas, el caos y la desolación se enseñorearon de las poblaciones, dejando un reguero de destrucción y muerte a lo largo del territorio.

Sin embargo, hubo quien se mostró en verdad espantado ante aquel suceso en principio trivial: los guntanis de la costa oriental presenciaron, primero anonadados y después aterrorizados, cómo con una aterradora lentitud surgía algo del proceloso océano, apartando las aguas como si aun el propio líquido huyera del mero contacto con aquella superficie, conformando una pequeña isla a pocos cientos de metros de ellos, que finalizó por unirse, mediante un estrecho istmo, con la tierra lemuria.

No era el aspecto fangoso, lleno de algas y animales marinos de las más remotas profundidades lo que llegaba a aterrar a unas gentes acostumbradas a lidiar con criaturas como el kraken, sino los ciclópeos restos que habían emergido entre el oscuro légamo: ruinas de una arquitectura imposible, ajena a cualquier pensamiento humano, llenas de ángulos y aristas que no parecían provenir de éste ni de ningún mundo en el que imperase el más mínimo vestigio de cordura, llenas de titánicas tallas de aspecto tétrico, pavoroso, figuras tentaculadas que conocían demasiado bien, imágenes del Gran Demonio C'Tl y sus perversos servidores... A lo que parecía, el espectro de la locura se cernía de nuevo sobre todo lo que conocían y amaban, el regreso de los Antiguos se discernía ya cercano, el caos y la desolación volverían a campar de nuevo a sus anchas por el mundo...

El anciano se encontraba en una oscura caverna, contemplando con detenimiento un estanque en el que se podían observar las imágenes de una pareja de mercenarios a bordo de un barco, su arrugado rostro contraído en un rictus de irritación.

—Empiezo a sospechar que estos perros son más molestos de lo que en un principio pensé —murmuró—. Mas no debo desperdiciar con ellos poder, no son más que simples insectos a los que la fuerza de las armas podrá sin duda aplastar.

—¿Qué deseáis, amo? —inquirió un hombre enjuto entre las sombras.

—No debo postergar mi conjuro más allá de lo indispensable, o los Sellos que retienen a los Antiguos no se quebrarán —gruñó el hechicero—. No, mi poder no será malgastado con tales necedades. Arcun —se volvió hacia su servidor—, toma el Cuerno de F'Tan y convoca a los Hijos de C'Tl: que sean ellos quienes se encarguen del trabajo sucio, y mantengan ocupados a esos malditos mercenarios hasta que haya acabado con mi tarea…

Tras la recuperación de Calet de las heridas recibidas en el monte Ulru, él y Dartia embarcaron en el "Serpiente Marina", un barco que se dirigía hacia la isla de Guntana[7].

---

[7] En parte veleros y en parte mecánicos, el poder del vril unido a la fuerza del viento da a los barcos una velocidad que los vimanas no son capaces de alcanzar, por lo que cuando se trata de un viaje largo se suele preferir el mar al aire.

De figura rechoncha, era la típica nave de carga lemuria, con el depósito y la maquinaria del vril a popa. Aunque no fuera demasiado marinera, se mostraba muy resistente ante las tormentas que azotaban aquel océano.

Los mercenarios no lo estaban pasando demasiado bien: ya habían capeado dos, y ahora se hallaban ante una nueva tempestad que zarandeaba el navío de un lado a otro como una cáscara de nuez; poco acostumbrados a la navegación, la indisposición regresó de nuevo a sus cuerpos.

—¡Maldita nave! —exclamaba el guerrero una y otra vez—. ¡Deberíamos haber tomado un vimana aunque hubiéramos tardado más tiempo!

—Ya es inútil quejarse —le advirtió su compañera por enésima vez—, a no ser que pretendas hacer lo que queda de viaje a nado. Te recuerdo que nuestra misión no debe demorarse, y que Ostiman no está muy contento con nuestros progresos. Ha hecho las paces con los Manes, mas aún está resentido por el asesinato de su embajador…

—Sí, ya sé que quiere la cabeza de Arum Matai —se defendió Calet con hosquedad—, pero esto es peor que el Halasna…

Por fin, después de una azarosa travesía, atracaron en el puerto de Matoli, al Sur de Guntana, en la desembocadura del río Oibani; asombrados, contemplaron la población más extensa de todo Parnays[8], una urbe que había crecido sobremanera al situarse como cruce de caminos entre las tierras de todos los reinos. Pocos cargamentos de importancia circulaban de un imperio a otro sin pasar previamente por la capital de la isla, por lo que su nombre se había convertido en paradigma de la riqueza.

De alrededor de 7000 habitantes, sus edificios de piedra

---

[8] Parnays: El mundo en los tiempos del imperio atlante.

y adobe eran únicos: a excepción hecha de las humildes viviendas de los ciudadanos de menor clase social, los templos, las casas señoriales y el palacio de los gobernantes competían entre sí en elegancia y esplendor, creando un conjunto que rivalizaba con la gloria de Poseidonia, la capital del imperio atlante.

—¿Dónde hemos de dirigirnos? —inquirió Dartia.

—¿Dónde crees que podríamos encontrar a ese maldito hechicero? —demandó a su vez Calet con sonrisa torcida—. No tengo idea alguna de dónde puede haberse metido, tal vez se halle en el Gran Palacio, intentando engatusar al Gomoru[9]. O quizás...

Caminaron por el puerto hasta entrar en la ciudad, en un barrio donde la suciedad y las gentes malencaradas parecían ser la tónica predominante; al parecer tratábase de la zona donde se reunían los elementos criminales de Matoli, la escoria de la sociedad guntani, una parte de la población de estrechas y serpenteantes callejas sobre las que planeaban las oscuras sombras de ladrones, asesinos y gentes de similar jaez.

Al cabo de unos momentos de pasear por aquel lúgubre barrio, media docena de siniestras figuras les salieron al paso.

—¿Atlantes en nuestra isla? —se mofó la que parecía la jefa, una exquisita belleza morena de mediana altura, esbelta como un junco, con una cicatriz en el pómulo derecho que estropeaba aquella imagen de apariencia delicada. En su costado, colgada de la cintura, una espada de hoja recta descansaba enfundada en una gastada vaina de cuero—. ¿Habéis pagado el peaje por ventura?

—¿De qué peaje habláis, señora? —inquirió Calet con

---

[9] Gomoru: Enviado del Emperador Lemurio para gobernar cada una de las regiones del imperio.

expresión ceñuda.

—Una cosa es llegar al puerto, y otra entrar en la ciudad —explicó la mujer encogiéndose de hombros—. Somos los guardianes de esta entrada, y debéis pagar diez sialans cada uno si queréis pasar.

—Lo que sois es una banda de ladrones —terció Dartia con irritación—. Apartad de nuestro camino, o afrontad las consecuencias.

—¿De qué consecuencias habláis, señora? —se burló su antagonista—. ¿Acaso creéis que esa espada que portáis os va a abrir camino entre todos nosotros?

El mercenario evaluó la situación de un rápido vistazo: seis saqueadores de aspecto recio, con armas variopintas, algunas de ellas de basta apariencia... No creía que hubieran de tener demasiados problemas para acabar con ellos.

—Señora, os ruego que hagáis lo que os pide con tanta amabilidad mi compañera —advirtió, el semblante adusto, descolgando sus espadas—. No creo que os convenga enfrentaros a nosotros.

—A mi humilde entender, no me parece que estéis en disposición de exigir nada —se burló la mujer.

—Mirad, os ofrezco un trato —sugirió el guerrero con las armas bajas—: un combate singular entre ambos, vos y yo; si vos vencéis, podéis tomar todo lo de valor que llevamos, mas si perdéis nos dejaréis pasar sin molestarnos.

"Es lo mejor que puedo ofreceros, puesto que en un enfrentamiento más de uno de los vuestros perderá la vida. ¿Quiénes están dispuestos a ser los sacrificados para que el resto puedan disfrutar del exiguo botín que unos mercenarios podrían ofreceros?

Por un momento, la indecisión apareció en los rostros de los bandidos, que se miraron entre sí con gesto adusto; al comprobar su reacción, su jefa contrajo el rostro en una mueca de irritación y alzó su espada.

—Sea —admitió furiosa—. Vos y yo, necio; y para igualar un poco la lid —tendió la mano izquierda hacia atrás con la palma hacia arriba, esperando a que uno de sus hombres depositara en ella la empuñadura de una espada—, lucharemos ambos con dos hojas. Veamos si sabéis usarlas.

—Os vais a llevar una buena sorpresa, señora —se chanceó Calet, aprestándose para el combate.

Durante unos instantes se observaron el uno al otro, estudiándose cautelosos antes de atacar, los grises ojos de Calet frente a los negros de su oponente. Por fin, avanzando en un movimiento tan rápido que sorprendió al mercenario, la mujer hizo un molinete con ambas armas que casi consiguió cruzarle el pecho, mas consiguió saltar hacia atrás y esquivar los golpes; afianzándose, detuvo las siguientes estocadas que le dirigió la mujer con relativa facilidad, aunque percibió que no se trataba de un adversario fácil.

—Veo que tenéis una buena técnica —admitió con sorna.

—Vos también, mercenario —aceptó la mujer, retrocediendo de un salto ante un tajo a su garganta.

—Sin embargo, la técnica no lo es todo —advirtió el hombre con una leve sonrisa.

El tiempo transcurría como un sueño, los granos de arena se deslizaban con suavidad mientras la pelea se prolongaba en golpes y contragolpes que no alcanzaban su destino; parecía no decantarse hacia ninguno de los dos contendientes ante la impaciencia de los espectadores que habían ido reuniéndose poco a poco tras los ladrones y Dartia; tan pronto se oían vítores hacia a la mujer, a la que llamaban Stien, como hacia Calet, mas todo descansaba en el filo de las hojas; ora uno atacaba con saña intentando romper las defensas de la otra, ora ésta respondía con un rabioso contraataque que obligaba a retroceder a su rival…

El cansancio comenzaba a hacer mella en ambos, por lo

que el mercenario decidió que había que acabar cuanto antes con todo: con una finta obligó a la mujer a alzar las espadas y retroceder; ésta, viendo la oportunidad, se lanzó a fondo, en un intento de golpear con ambas armas la cabeza del hombre, que detuvo el golpe cruzando sus hojas frente a su rostro; el sudor perlaba los rostros de ambos, resbalando por las manos, haciendo que las empuñaduras se volviesen resbaladizas…

Las cuatro espadas estaban bloqueadas, ambos frente a frente contemplándose con fiereza, sin ser capaces de romper las defensas del contrario; aunque la fuerza de Calet parecía imponerse y obligar a echarse un poco atrás a su enemiga, ésta no parecía estarle a la zaga: intentó darle un rodillazo, mas el mercenario lo estaba esperando y lo detuvo con insultante facilidad.

Poco a poco, pareció que Stien se imponía a su rival, que sonreía con queda suavidad como si supiera algo que ella desconocía; de forma repentina, se dejó caer hacia atrás, permitiendo que las hojas de su rival presionaran con más fuerza, al tiempo que volteaba las suyas y golpeaba el mentón de la mujer con violencia, que echó hacia atrás la cabeza con un quejido de agonía y retrocedió unos pasos intentando mantener el equilibrio; sin embargo ya era demasiado tarde para ella, pues el mercenario se había rehecho raudo y estaba empujándola, por lo que cayó al suelo de espaldas, uno de los hierros abandonado. Las armas del guerrero se alzaron y, destellando en el aire de la mañana con un resplandor azulado, cayeron como veloces serpientes sobre la garganta de la mujer, que mantuvo los ojos abiertos en un gesto de desafío.

Cuando quiso darse cuenta, la ladrona se encontró sujeta por el cuello mediante dos filos cruzados sobre él.

—Se acabó el combate —anunció Calet con rostro serio—. ¿Lo aceptáis, o debo llegar hasta el final?

—Acepto mi derrota —admitió la mujer con una mirada

de respeto hacia el hombre que la había derribado—. Por mi honor, cumpliré mi parte del trato.

—Es bueno saber que incluso entre los criminales existe ese concepto —contestó el antiguo asesino, apartando sus espadas y colgándolas de nuevo a sus espaldas en un fluido movimiento; a continuación, tendió la mano a Stien para ayudarle a levantarse.

Durante un instante la mujer contempló aquella mano tendida y el rostro serio, impasible, del mercenario; por fin, dándose cuenta de que aún aferraba con su diestra una espada, la soltó y aferró el antebrazo, alzándose al tiempo que él tiraba de ella.

—Y ahora, deberíais cumplir vuestra palabra —sugirió Calet con una media sonrisa—. Dejadnos paso, puesto que no tenemos tiempo que perder.

—Así se hará —aceptó la mujer, con un gesto que hizo que sus seguidores se apartaran y se desvanecieran entre las sombras—. Podéis proseguir vuestro camino, mercenarios. Que Aishan sea con vosotros.

—Y con vos —se despidió el hombre, comenzando a caminar seguido por una ceñuda Dartia.

—¿A qué ha venido todo esto? —le preguntó ella cuando se apartaron lo suficiente—. Podríamos haberlos quitado del medio con facilidad...

—Sí, podríamos haberlo hecho, o no —le contestó Calet encogiéndose de hombros—. ¿No has visto el estilo de esa Stien? Es muy buena, lo suficiente como para ponernos en apuros si está apoyada por sus sicarios. ¿No me aconsejas siempre buscar la manera más sencilla de salir de apuros?

—Supongo que tienes razón —aceptó la mujer tras unos instantes de vacilación—. No ha habido muertos. Tal vez por fin te estés volviendo más humano, Calet...

—No lo pienses —le advirtió el mercenario, interrumpiéndola con brusquedad mientras volvía hacia ella una irritada mirada que la hizo estremecerse—. El espíritu de Ornay está aún dentro de mí y jamás me abandonará, eso es algo inevitable con lo que tengo que vivir, tan sólo puedo controlarlo en la medida de lo posible; el veneno de Og Sabn aún no ha terminado de disiparse, y aunque la sed de venganza ha desaparecido con los que la provocaron, la sed de sangre que la acompaña sigue estando ahí, pues yo soy el Desalmado ahora y para siempre.

"Dartia, debes asumir que caminar a mi lado es retar una y otra vez a la muerte, que en un momento dado podría malinterpretar un gesto tuyo y acabar contigo sin el menor escrúpulo. Piensa en ello, y no lo olvides jamás.

"Ornay no ha desaparecido, tan sólo está dormido, esperando un momento de descuido para resurgir de sus cenizas. Sólo espero que tarde en hacerlo, o que si lo hace no estés cerca…

La mirada pensativa de Dartia se detuvo sobre su compañero; era la primera vez que le oía manifestarse de aquella manera de una forma tan abierta, como si en verdad le importara lo que pudiera ocurrirle… En verdad era un hombre impredecible.

—Pero ahora tenemos cosas más importantes que hacer —advirtió Calet, cambiando rápido de tema al advertir los ojos de la mujer fijos en él con una expresión indescifrable, o quizás no tanto…—. Hemos de visitar al Gomoru y descubrir qué es lo que está tramando Arum Matai en este lugar.

—Sí, hemos de resolver la situación del hechicero cuanto antes —aceptó ella en voz baja, desviando la mirada…

El Palacio del enviado del Muror[10] era una espléndida construcción de piedra, con una larga escalinata que llevaba hasta un pórtico decorado con columnas que semejaban el animal enseña del Imperio, un poderoso dragón que simbolizaba el espíritu guerrero del pueblo lemurio. Las grandes puertas dobles, en maderas nobles, estaban custodiadas por cuatro soldados de la elite del Emperador, que cruzaron sus tridentes al ver acercarse a los mercenarios.

—Nadie puede entrar a ver al Gomoru sin una acreditación —les advirtió uno de los guardias severo—. Volved por donde habéis venido.

—Venimos en misión designada por el propio Emperador —advirtió Calet en tono duro—. Es urgente, hemos de verlo de inmediato.

—Si no disponéis de ningún tipo de salvoconducto, no podéis pasar —insistió el soldado.

Por un momento, la mano del mercenario se alzó hacia su espalda en busca de una espada, mas Dartia le detuvo con un gesto.

—Tenemos un salvoconducto —explicó, mirando a su compañero.

Con un gesto de fastidio, el hombre rebuscó entre sus ropas y extrajo la hoja que Ostiman les había dado, enseñándosela a los guardias.

—Siendo así, disponéis de entrada franca —aceptó de mala gana el soldado—. Mas, por muy urgente que sea vuestra misión, no es probable que Cer Taren os preste atención alguna.

Sin hacer caso de la áspera aseveración, Calet avanzó hacia las puertas seguido por una compañera que meneaba la cabeza con pesar al comprobar que el carácter del

---

[10] Muror: nombre con que se conoce al Emperador de Lemuria.

guerrero no se suavizaba lo más mínimo…

En el interior, una mujer togada, rolliza, de largo cabello rubio platino recogido en una trenza que le caía por la espalda, los recibió con una obsequiosa reverencia.

—Seguidme si os place, señores —sugirió amigable—. El Gomoru os atenderá en un momento.

Tras atravesar una serie de pasillos y estancias a cual más lujosa, fueron introducidos en un salón circular, de paredes revestidas por completo de telas en las que figuraban los pendones de las principales Casas de Lemuria; en un extremo, frente al estandarte del imperio, un sitial de negro basalto tallado en la forma de una serpiente marina en cuyo regazo se sentaría el enviado del Emperador parecía formar un extraño contraste con el resto de la colorida decoración…

—Esperad aquí, y seréis recibidos —comentó la mujer.

Después de unos momentos de espera que se les hicieron eternos, una de las colgaduras se apartó dejando ver una puerta que cruzó un hombre alto, apuesto, de largos cabellos oscuros y cuidada barba; su aspecto era majestuoso, altivo, y observaba de reojo a los mercenarios con una expresión indescifrable mientras avanzaba hacia su trono.

—Inclinaos ante el Gomoru de Guntana, Cer Taren —ordenó la lemuria.

Cuando estuvo cómodamente arrellanado, su cabeza se inclinó y miró a los guerreros que parecían haber hecho caso omiso de la orden.

—¿Qué falta de respeto es ésta? —les espetó la mujer furiosa.

—Con todos nuestros respetos, señor, nosotros sólo debemos obediencia a aquellos que contratan nuestros servicios —sugirió con amabilidad Calet—. Por supuesto que aceptamos la categoría que comporta vuestro rango y nos inclinamos ante ella, mas no debéis esperar servilismo ni gestos fútiles de nuestra parte...

El hombre miró al guerrero con interés, al tiempo que Dartia, presta a dar un codazo a su compañero, se detenía asombrada ante las audaces palabras que había escuchado.

—Veo que sois osado, por no tacharos de imprudente o temerario —sugirió Cer Taren—. Decidme vuestros nombres, y qué es lo que deseáis al acudir ante mi presencia.

—Mi nombre es Calet dar Gaur, y el de mi compañera Dartia dar Sarama —se presentó el mercenario—. Señor, hemos sido delegados por el Muror Ostiman en persona con la misión de capturar o eliminar a su principal consejero, el hechicero Arum Matai.

—No podéis estar hablando en serio —les advirtió con gesto serio el Gomoru—. ¿Capturar a la mano derecha del Imperio, a quien gobierna en la sombra? Si no me mostráis una prueba de lo que estáis diciendo, mandaré llamar a mis guardias y os pudriréis en las mazmorras más profundas que encuentre por sedición.

—He aquí la prueba que necesitáis —aseguró el mercenario, sacando de entre sus ropas el salvoconducto—. Supongo que ahora nos prestaréis un poco de atención.

—¿Con qué derecho os atrevéis a hablar así al enviado del Muror? —se solivianó la mujer que les había acompañado, por fuerza alguien de alto rango a juzgar por su tono—. Mi Señor, permitid que llame a los guardias y que echen a estos chacales de aquí...

—No, Marauri —el lemurio la detuvo con un brusco gesto de su mano mientras leía con atención el documento que el mercenario le había entregado—, déjalo estar. Es una acreditación en regla, y aunque sus modales no sean los mejores, he de atenderlos como es debido, puesto que la situación parece ser peligrosa.

"Contadme, pues, cuál ha sido la grave falta del hechicero para haber caído en desgracia de tal manera.

—Pretende provocar el regreso de los Grandes Demonios Antiguos —intervino Dartia con gesto preocupado—, romper los Sellos que los atan en sus eternas prisiones.

—Se nos escapó en el monte Ulru —terció Calet con un gruñido—; por algún motivo que no alcanzamos a comprender del todo no pudo usar su magia contra nosotros, lo único que consiguió fue despertar a la Serpiente del Arco Iris. Y para complicar aún más una situación de por sí difícil, la Hermandad del Tiburón va tras nuestros pasos...

—Está claro que ha debido acumular una gran cantidad de poder —comentó Cer Taren pensativo—, lo más probable que para lanzar un conjuro de enormes proporciones. Más... ¡Alto! —exclamó al recapacitar acerca de las palabras de aquella pareja—. ¿Habéis dicho que despertó a la Serpiente del Arco Iris? Sólo es una criatura de leyenda, tal ser no existe más que en la mente de nuestros antepasados.

—Lo que os contamos es por completo cierto, señor — le advirtió la guerrera con el ceño fruncido—. Hemos estado frente a frente con eso que vosotros llamáis leyenda, y no nos ha parecido tal, sino algo muy real, y en verdad demasiado peligroso como para intentar jugar con ello. Como atlantes, la Serpiente del Arco Iris no representa nada para nosotros, así que no tenéis ningún motivo para pensar que podamos estar mintiéndoos.

"Arum Matai nos rehuyó en Otzaan, por eso hemos acudido a vos...

—¿Por qué motivo suponéis que pueda estar aquí? — demandó el Gomoru atusándose la barba.

—Porque habló del Hogar Ancestral de C'Tl —contestó el mercenario con un encogimiento de hombros—. Al parecer, las leyendas lo sitúan cerca de esta isla, bajo el mar...

—Ya no —advirtió el lemurio torciendo el semblante—. Reylh ya no está bajo el mar, surgió hace un par de días de las profundidades. Todos los habitantes de la costa oriental están aterrados, y aún más desde que esta mañana se ha oído un sonido misterioso por toda la costa, un gemido pavoroso que generaba un pánico cerval entre los guntanis.

—¿Podría ser ese maldito nigromante? —inquirió torvamene Calet.

—¿Quién sabe? —aceptó Cer Taren encogiéndose de hombros—. Desde los tiempos más lejanos se conocen en las profundidades de estas aguas unas criaturas de aspecto humanoide, a los que algunas personas dicen haber visto. De momento se contentan con mantenerse alejados de nosotros, mas temo que puedan estar relacionadas con Reylh y los Antiguos Demonios... Así pues, es posible que incluso lleguen a aliarse con ese hechicero.

Apenas había acabado de pronunciar aquellas palabras cuando un ingente vocerío se alzó al otro lado de las puertas, gritos y carreras que se acercaban presurosos.

—Id, Marauri, y ved qué diablos ocurre —ordenó el Gomoru con irritación—. Si no es importante, hacedlos callar.

Con una inclinación, la mujer se dio la vuelta con rapidez y se acercó a la salida del salón en el preciso momento en que los guardias exteriores las abrían para dar paso a una figura tambaleante.

—¿Qué significa esto? —exclamó Marauri encolerizada—. ¿Cómo osáis...

—Señora, es necesario que el Gomoru atienda a este hombre —advirtió uno de los soldados—. Si sus palabras son ciertas, corremos un grave peligro...

—Traedlo a mi presencia —ordenó Cer Taren.

El hombre, con las ropas hechas jirones, lleno de sangre y polvo, caminó con evidente esfuerzo hacia el trono sujeto entre los dos guardias; al soltarlo, se derrumbó a cuatro patas, incapaz de sostenerse.

—Mi Señor, ha sucedido algo terrible —comenzó tembloroso, jadeando exhausto—. Ainatu[11] está bajo asedio, los seres marinos de las leyendas han salido del mar y están arrasando todo lo que encuentran.

"Sólo los muros de la ciudad han conseguido detenerlos, todo lo demás está presto a caer ante su implacable avance...

—¡Marauri! —exclamó el delegado del Muror, sacando a la mujer del estupor en el que se encontraba—. ¡Convoca al ejército de inmediato, y que vayan a reforzar las posiciones de Natanau[12]!

—Si no os importa, señor, nos gustaría acudir con los soldados —comentó Calet con aparente despreocupación—. Es posible que hallemos allí a Arum Matai y podamos finalizar por fin nuestra encomienda; si además podemos resultar de ayuda para frenar el ataque de esos seres...

—No conozco el estilo de vuestras espadas —dudó Cer Taren—, mas cualquier ayuda será bienvenida. Adelante, seguid a Marauri y ella os indicará dónde se hallan los cuarteles del ejército...

—¡No! —exclamó un soldado con las insignias de general, de mediana estatura, corpulento, cabello corto y negro y facciones como el granito en las que brillaban, con la fría luz de la furia, unos ojos azules como el mar—. ¡No, y mil veces no! ¡No estoy dispuesto a permitir de ninguna

---

[11] Ainatu: población de Guntana oriental.

[12] Natanau: región oriental de Guntana, a la que pertenece, entre otras poblaciones, Ainatu.

manera que unos sucios mercenarios atlantes luchen en las filas de mi ejército!

—El Señor Cer Taren ha dado su aquiescencia a tal hecho —insistió Marauri en tono condescendiente—. Ramug, deberíais ser un poco más tolerante...

—¡Por Oriban[13], que todas esas tonterías no son de mi incumbencia! —gruñó el hombre—. ¡Podrían sembrar la discordia entre mis hombres o aun peor, espiarnos para nuestros enemigos de más allá de las Tierras Rojas!

—No es ésa nuestra tarea —advirtió con sequedad Calet—. Nosotros buscamos a un hombre, a un traidor al imperio lemurio, enviados directamente por vuestro señor el Muror Ostiman. Sospechamos que pueda encontrarse tras los disturbios de la costa oriental, por lo que os agradecería poder partir con vuestro ejército y, si ello es posible, participar en la defensa de vuestra tierra para mostraros nuestra buena fe.

Por unos momentos pareció que el general iba a seguir protestando, mas una mirada a la severa expresión de Marauri le hizo desistir por fin y levantar los brazos en un gesto de resignación.

—Está bien —admitió con desgana—. Que vengan, pero con una condición: que no estorben.

—Puedo asegurarle que no seremos ningún obstáculo para sus soldados —advirtió el mercenario.

—¿Sabéis manejar esas espadas que portáis? —se burló Ramug.

—Podéis comprobarlo por vos mismo, si así lo deseáis —comentó Dartia con despreocupación, mientras en un rápido movimiento desenvainaba su arma y la lanzaba en un fulgurante tajo horizontal contra la garganta de su compañero; éste, a su vez, se agachó y descolgó de la

---

[13] Oriban: dios principal del panteón lemurio, consorte de Aishan.

espalda sus hojas, que cruzó sin golpear ante el pecho de la mujer.

—No está mal, Dartia —admitió con una sonrisa, colgando de nuevo las espadas—. ¿Qué es lo que esperabas, esto o que intentara bloquear el golpe?

—No esperaba nada —aseguró ella, envainando a su vez—; sólo sabía que no conseguiría alcanzarte, así que amenazarte de esta guisa no ha supuesto riesgo alguno.

Ramug y Marauri los contemplaron con sorpresa; ¿qué clase de personas eran aquellas, que peleaban entre sí con tanta ligereza? El general decidió poner a prueba a los mercenarios: desenvainando su espada, les apuntó con ella con gesto severo.

—Quiero saber hasta qué punto puedo confiar en vuestra destreza —demandó con aspereza.

—Entonces, os sugiero que os midáis con ella —señaló Calet con expresión desenfadada—. Podríamos decir que es mi aprendiz.

—¿Acaso pretendéis que me enfrente a alguien manifiestamente inferior a mí? —le increpó el general—. ¿Una aprendiz?

—Probadla —sugirió el mercenario—. Tal vez os sorprendáis. Y pensad ante todo que si no conseguís vencerla a ella, menos aún podríais derrotarme a mí.

—Muy seguro estáis de vos mismo —gruñó Ramug con irritación—. Sabed que pienso quebrar esa soberbia con mi arma.

—Sea como vos queráis —aceptó Calet con una seca sonrisa, mientras descolgaba de nuevo sus espadas—. Armaos, y preparaos para el combate. Espero que no pretendáis que sea a muerte…

—¡Por los dioses, no! —exclamó el general con expresión abrupta, recogiendo un escudo alargado de alrededor de un metro de altura, ahusado en su parte inferior y curvo en la superior, con el dragón lemurio

grabado, en cuyo centro podía observarse una afilada púa—
. Sólo deseo daros una lección de humildad.

Mientras se aprestaban para la lucha comenzaron a llegar soldados atraídos por el rumor de una pelea, formando un amplio círculo alrededor de los contendientes; mientras en voz alta animaban a su general, por lo bajo se cruzaban apuestas de todo tipo…

Un repentino salto de Ramug dio comienzo al combate: su espada salió como una cobra, disparada hacia el pecho de Calet, que la desvió con relativa facilidad; al mismo tiempo, el lemurio interpuso su escudo para evitar un contragolpe e intentó empujar al mercenario para clavarle la hoja, obligando a su rival a saltar hacia un lado, momento que el general aprovechó para mover el escudo en su dirección.

El mercenario sintió un fuerte dolor en el brazo izquierdo; al mirarlo de reojo, contempló con estupor una delgada línea sangrante que lo cruzaba casi por completo.

—¿Qué dem… —exclamó, apartándose de un salto; sentía que le costaba sostener la espada. Sabía que la púa no lo había tocado, que apenas había sido rozado…

—¿Sorprendido, Calet? —se burló el general observándolo con sorna—. ¿Acaso no sabéis que los escudos lemurios tienen los bordes afilados para hacer aún más daño?

—Siendo así, veo que no necesito andarme con cortapisas —gruñó el guerrero, disponiéndose para el ataque.

Sus armas fulguraron en el aire, golpeando las de su rival una y otra vez, obligándolo a retroceder con una furiosa acometida; sabía que no podía mantener demasiado tiempo aquel ritmo, que el brazo izquierdo se debilitaba por momentos a causa de la pérdida de sangre, por lo que decidió buscar una manera rápida de acabar con aquella situación; sin embargo, Ramug era un veterano de incontables batallas, duro y recio como un viejo roble, que no cedía un ápice ante las fintas de su oponente.

Calet pensó que tal vez pudiera aprovechar la herida del brazo como una ventaja para cazar al lemurio: su guardia se abrió apenas, dejando entrever un hueco que su rival pareció estudiar durante un instante que al mercenario se le antojó eterno; después, en un velocísimo ataque, la espada de Ramug se lanzó contra el costado izquierdo del guerrero, que giró sobre sí mismo con una mueca de dolor al notar el mordisco de la hoja, alzando sus dos espadas en un movimiento horizontal que terminó, cuando completó la vuelta, en sendos golpes al escudo y a la pierna del soldado, que dejó escapar un gemido de dolor mientras se tambaleaba; al mismo tiempo, una salvaje estocada hizo que el escudo saltara de sus manos, mientras la otra espada se situaba sobre su desprotegida garganta.

—Se suponía que era un combate de prueba —advirtió el mercenario, sujetándose el costado—. Esta herida no es lo que se dice leve, buscabais un órgano vital…

—¡Por la sangre de Oriban! —exclamó el general—. Sois atlante, ¿qué esperabais? Una lid entre enemigos mortales con armas afiladas… ¿qué pensabais, que contendría mis golpes? ¿Qué clase de prueba o demostración hubiera sido ésa?

—En eso estoy dispuesto a daros la razón —aceptó el mercenario, bajando sus armas—. Mas para ello hubiera sido menester utilizar armas de madera…

Durante unos momentos se contemplaron el uno al otro, estudiándose entre sí, como si no acabaran de creerse el uno al otro.

—Puesto que no ha habido muertos y habéis demostrado gran habilidad —comenzó Ramug saludando con ademán militar—, os concedo viajar con mi ejército hacia Natanau.

—Acepto vuestro elogio —contestó Calet, devolviéndole el saludo—. No os arrepentiréis de esta decisión…

Cuando llegaron a Ainatu sus ojos contemplaron una imagen de pesadilla, un paisaje que parecía salido de los pozos más profundos del Halasna: el humo aceitoso y el olor de la carne quemada se elevaban hacia los cielos desde numerosos lugares, mientras las aves de rapiña se enseñoreaban de una campiña repleta de restos de todo tipo. Nada se movía alrededor de la población, la muerte y el silencio eran los amos absolutos de aquella hecatombe; tan sólo los defensores, unos lemurios que apenas eran capaces de reconocer a los suyos, murmuraban entre ellos o para sí mismos, esperando con resignación una oleada de seres marinos que los barriera por fin de la faz de la tierra.

En la lejanía, surgida del mar, como una tétrica amenaza de tiempos tan antiguos que la humanidad no tiene memoria, la isla en la que yacía el Gran C'Tl se erguía en una pavorosa amalgama de sillares gigantescos, unas ruinas en las que la lógica no existía, ángulos imposibles entre estructuras que desafiaban el equilibrio y la cordura… Alrededor de aquella pavorosa edificación se movían unos seres humanoides, de grandes ojos saltones, una extraña mezcla entre seres humanos, peces y pulpos que producía una extraña repulsión. Muchos de ellos se inclinaban en ostentosos gestos de adoración ante una enorme piedra que parecía hacer las veces de puerta bajo un oscuro monolito, sobre la que se había grabado una gran estrella de cinco puntas con lo que parecía un pilar llameante en el centro.

—¿Qué son esas cosas? —exclamó Dartia, horrorizada porel abominable aspecto de los enemigos a los que habían de enfrentarse— ¿De qué profundo pozo del Halasna se han escapado?

—Son los Hijos de C'Tl, sus servidores más fieles, los habitantes de las simas más profundas del oscuro océano —explicó Ramug—. Nada cuenta para ellos salvo el objeto de su veneración, el Gran Demonio; si Él lo ordena, el mar hervirá de criaturas dispuestas a asolar Parnays de una esquina a otra.

"De hecho, esta carnicería es obra suya —continuó con el ceño fruncido—. Al parecer, han esperado con suma paciencia a que el Hogar de su Señor se alzara para intentar limpiar el lugar donde aparecerá...

—No, si podemos evitarlo —sugirió Calet sombrío. La visión de aquellas criaturas pululando por todas partes le resultaba asquerosa, aunque algo en su interior parecía llamarlo, incitarlo a que se uniera a ellas en su infinito y devorador ansia de caos, muerte y destrucción; la larga sombra de Og Sabn se cernía aún sobre él, terrible, amenazante, dispuesta a reclamarlo en el momento en que tuviese el más mínimo descuido. Sacudiendo la cabeza para despejarse, trató de enfocar la mirada en el enemigo.

—¡Vuelven al ataque! —exclamó alguien.

—¡Buscad una posición que defender, y adelante con ellos! —ordenó el general, contemplando las irregulares hordas de seres marinos que salían del agua chorreando, avanzando con pasos torpes y lentos por la playa hacia los muros de la ciudad—. ¡Que esas cosas sepan quiénes somos los lemurios!

Los mercenarios desenvainaron sus armas y se aprestaron para la inminente batalla, examinando con atención los movimientos de las criaturas.

—Parecen lentos —sugirió Dartia—. No creo que presenten demasiados problemas...

—Nunca te fíes por completo de lo que ves —le advirtió su compañero en tono agrio—. Es probable que esos escamosos pellejos sean duros, difíciles de cortar... Tal vez para esta tarea sea mejor usar hachas en lugar de espadas.

La predicción de Calet no tardó en cumplirse: implacable, inexorable, la oleada de servidores de C'Tl llegó a las muros entre rugidos y alaridos de furia y comenzó a escalarla; su piel escamosa resultaba más resistente de lo normal a los filos, y los defensores se veían obligados a usar sus armas más como hachas que como espadas, sajando y cortando como posesos mientras las garras de sus enemigos destrozaban carne y huesos como si sólo fueran mantequilla...

Sin embargo, en medio de aquel maremagno lleno de olor a sangre, miedo y muerte, había un lugar de la muralla en el que las criaturas marinas no sólo no conseguían avanzar, sino que habían de retroceder de forma significativa ante el empuje a que eran sometidos por Calet y Dartia.

Los defensores, enardecidos por la visión de los dos mercenarios obligando a los asaltantes a detenerse, dejaron escapar un grito de rabia y se arrojaron hacia delante, apoyados por el ejército de Ramug, que al salir de los muros se extendió como una marea por la playa...

—Ilusos... Creen que van a poder evitar el regreso del Gran C'Tl.

Arum Matai murmuró para sí, contemplando la carnicería con perversa satisfacción en el agua de un estanque, en medio de una extraña y tenue luminosidad de tonos verdosos, sólo quebrada por un par de antorchas que iluminaban lo que parecía una lúgubre caverna dominada por las sombras, por cuyas paredes se deslizaban leves hilos de agua.

Levantó la mirada hacia el inexistente techo de la cueva: las paredes se alzaban a gran altura, abriéndose al aire libre y mostrando un cielo cuajado de estrellas.

—Ya falta poco, la conjunción se acerca. Si los Hijos del Mar consiguen mantener entretenidos a los lemurios y a esos condenados mercenarios durante un par de días más, todo estará preparado para el gran conjuro que levantará el Sello de contención de los Antiguos...

La batalla había terminado por el momento: los humanos retiraban sus muertos, amontonándolos para hacer piras con ellos, mientras los seres marinos se replegaban entre aullidos de frustración, arrastrando con ellos a los suyos; la noche iba dando paso al amanecer, y con él a nubes negras de tormenta que amenazaban con descargar un diluvio sobre Ainatu.

—Dentro de lo que cabe no ha ido del todo mal —comentó Calet con despreocupación, mientras afilaba las hojas de sus espadas.

—¿Bromeáis, mercenario? —se sorprendió Ramug—. Frente a nuestras pérdidas, la masacre entre los peces ha sido enorme. ¿Acaso no veis la playa cubierta de la asquerosa sangre de esas criaturas? —señaló la arena, que presentaba una extraña coloración rojizo verdosa.

—Acepto vuestro razonamiento, mas no lo comparto del todo —comentó el mercenario con gesto seco.

—Es cierto —intervino Dartia, sentada junto al guerrero—. ¿Cuántos estamos defendiendo estos muros? ¿Dos mil aproximadamente? Esas bestias marinas son incontables, para poder igualar las tornas habríamos de aniquilar al menos a cien de ellas por cada uno de nosotros, y aun así acaso pueda estar siendo optimista. Estamos hablando de toda una raza, no de un mero ejército...

El general la miró con desdén. Aunque sabía de sus hazañas durante el combate, le costaba aceptar que una atlante fuera capaz de luchar con la bravura que ella lo hacía. Y qué decir de Calet... Le costaba admitirlo, mas la envidia le corroía por dentro: tratábase de un guerrero excepcional, de una valía por completo incuestionable... Lástima que perteneciera a la raza de sus más enconados enemigos, podría haber llegado a ser un gran general en el ejército lemurio.

—Vamos, no debéis ser pesimistas —les animó con semblante distendido—. No creo que a esos bastardos les queden más ganas de enfrentarse a soldados de verdad...

—Os advierto que aún quedan batallas por librar —dijo Calet—. Esos engendros siguen las órdenes de su Señor, al que no le importa sacrificarlos si con ello consigue llevar a cabo sus planes. Mientras eso —señaló la isla emergida— siga ahí, no habrá paz para nosotros.

—Mas, ¿cómo pretendéis destruir o hundir de nuevo ese lugar? —se sorprendió Ramug, mirándolo con los ojos muy abiertos.

—No pretendo hacerlo —sugirió el guerrero torvo—. Sin embargo, tal vez podamos hacer algo al respecto: si encontráramos a ese hechicero del demonio, Arum Matai, y nos deshiciéramos de él, desbarataríamos sus planes y acaso, aunque el Hogar de C'Tl permaneciera sobre la superficie del mar, dejaría de ordenar a sus servidores que intentaran invadir la tierra firme. ¿De qué le serviría a él, encerrado como está?

—Es una posibilidad, aunque remota —admitió el general encogiéndose de hombros—. Mas, ¿cómo vais a buscar al mago si no sabéis por dónde empezar? Y sobre todo, unas espadas tan valiosas como las vuestras hacen más falta aquí que en ningún otro lugar.

Calet y Dartia se miraron durante unos momentos, hasta que, por fin, se volvieron hacia el veterano.

—Bien, haremos todo lo que podamos aquí —aceptó el mercenario—. Mas ha de ser a condición de que cuando todo esto termine pongáis todos vuestros recursos en nuestras manos para encontrar y eliminar al traidor.

—Yo no puedo tomar esa decisión —advirtió serio Ramug—, eso ha de ordenarlo el Gand[14] de Matoli, o en última instancia el Gomoru. Mas no dudo que sabrán estar agradecidos por el servicio que nos prestéis, si llegáis a sobrevivir a él.

—A juzgar por lo que puedo observar, tenemos muy pocas posibilidades de sobrevivir a esta guerra —sugirió Calet con gesto sombrío—. Si el destino no da un giro repentino, la marea de estos engendros nos barrerá y se extenderá por toda la isla.

"Y, sin embargo... —durante unos momentos se quedó pensativo—. Sin embargo, podrían habernos aplastado desde la primera oleada, son suficientes para ello, pero se conforman con atacar y retirarse una y otra vez... es como si no pretendieran asaltar Ainatu, tan sólo hacernos creer que lo intentan...

—¿Hacernos perder tiempo? —inquirió Dartia ceñuda.

—¿Qué sentido tendría eso? —se soliviantó Ramug—. ¿Cómo podéis pretender tal cosa?

—Hacernos perder tiempo... —musitó el guerrero con la cabeza baja—. Dartia, empiezo a sospechar que Arum Matai sabía que veníamos y ha montado todo este escenario para entretenernos y evitar que le demos caza.

—Entonces...

—Hemos de ir a buscarlo cuanto antes —aseguró el hombre, volviéndose hacia el soldado—. General,

---

[14] Gand: gobernador de una población en el imperio lemurio.

lamentamos tener que abandonar el frente, mas sospechamos que esto no es otra cosa más que una elaborada trampa del hechicero para avanzar con sus retorcidos planes sin que le estorbemos.

"¿Sabéis de algún lugar en dónde pudiera ocultarse alguien como esa maldita rata?

—No... —admitió Ramug con un encogimiento de hombros—. Acaso en las Cavernas de Starmaq, al norte de Guntana, en las montañas, cerca del nacimiento del Oibani[15]. O tal vez en algún rincón de las catacumbas que se ocultan bajo Matoli, apenas exploradas debido a las desapariciones de algunos de los que se internaron en ellas.

"Mas sois más necesarios aquí, hay que detener a esas cosas sea como sea...

—¿A qué distancia están las cavernas de Starmaq de Ainatu? —le interrumpió Dartia.

—Aproximadamente a día y medio —contestó el general receloso.

—Entonces, permitidnos tomar nuestros caballos y partir cuanto antes —solicitó la mercenaria—. Casi podría aseguraros que en cuanto nos alejemos de este lugar, la virulencia de los combates irá disminuyendo; si podéis aguantar lo suficiente hasta que hallemos a Arum Matai y nos encarguemos de él, tal vez consigamos dar con la solución a este enredo que ese hechicero renegado ha provocado.

Por un momento, el soldado los contempló con expresión recelosa, poco dispuesto a ceder ante aquella componenda.

—Sea —admitió por fin de mala gana—. No pertenecéis al ejército lemurio, por lo que no estáis sometidos a mi

---

[15] Oibani: río principal de Guntana, que recorre la isla de norte a sur y pasa por la capital, Matoli.

autoridad. Podéis hacer lo que deseéis, siempre y cuando no provoquéis ninguna turbación que cree malestar en el Imperio.

Con un sencillo asentimiento de cabeza, los mercenarios se apartaron de él y se dirigieron hacia los establos, donde recogieron sus monturas y se dispusieron a salir de la población.

—Hemos de ser lo más rápidos posible —comentó Calet mientras azuzaba al caballo—. Si no se halla en esas cavernas habremos de regresar hacia Matoli. Y peinar una isla como Guntana va a requerir tiempo, mucho tiempo, a buen seguro el suficiente como para que Arum Matai lleve a cabo sus planes…

—Condenados mercenarios…

El rostro del nigromante se contrajo en una mueca de fastidio; toda la trama que tenía en mente dependía de que cumpliera con el plazo establecido por las estrellas, y ahora aquellos necios se lanzaban a su busca, sin preocuparse de lo que dejaban en Ainatu. ¿Acaso los había juzgado tan mal?

La distracción de los seres marinos había funcionado sólo en parte, y ahora ya no tenía demasiado sentido: ¿de qué serviría arrasar aquella mota de polvo? Como mucho podría ser una lección para los pobres mortales de Parnays, mas el dilema surgía en torno a Calet y Dartia.

Si conseguían llegar a tiempo a su santuario, podían dar al traste con los objetivos que se había marcado; tendría que rodearse de servidores adecuados, y emplear sus fuerzas en acabar con ellos, lo que supondría una merma en su poder para lanzar un conjuro tan poderoso como pretendía; si los Grandes Antiguos no regresaban, de nada serviría que sus Hijos arrasaran el mundo de esquina a esquina.

Arum Matai permaneció pensativo durante unos momentos acariciándose el mentón, dilucidando la manera de solucionar aquel pequeño obstáculo que parecía interponerse, la mejor manera de deshacerse de las molestas piedrecillas que se habían colado en sus sandalias. Todo lo que había elaborado con tan sumo cuidado parecía hallarse en el filo de la espada de aquellos guerreros que lo buscaban...

Cuando decidieron detenerse a montar un pequeño campamento para pasar la noche, las Maroari[16] estaban a la vista, unas formidables cumbres cubiertas de nieve a lo largo de todo el año; durante el día brillaban como espejos debido al hielo y los glaciares formados en sus picos, y durante la noche parecían tener luz propia.

—Es un hermoso espectáculo —comentó Dartia con un suspiro.

—Supongo que sí —admitió su compañero encogiéndose de hombros—. He pasado tanto tiempo pendiente de mi venganza y de mi afán de lucha, que temo que ya no sea capaz de apreciar en lo que vale la belleza de un paisaje.

—Ni el carácter de una persona —aventuró la mujer en un quedo susurro, volviéndose hacia la hoguera que habían

---

[16] Maroari: cordillera que recorre el norte de la isla de Guntana, donde nace el Oibani.

encendido y extendiendo las manos hacia las llamas; había refrescado bastante, mas la gelidez que sentía en su interior no era por entero debida a la temperatura nocturna.

—¿Has dicho algo? —preguntó Calet.

—No, no era nada —disimuló ella, esquivando la inquisitiva mirada del hombre.

—Te ocurre algo —insistió el mercenario—. No sé qué es, pero tienes algo en mente que me ocultas.

—Nuestro trato no incluye tener que sincerarnos uno con otro —le advirtió ella con sequedad—. Sólo viajamos juntos, ¿recuerdas?

—¿Acaso te ha mordido una araña[17]? —se irritó el guerrero.

—Déjalo estar —sugirió Dartia encogiéndose de hombros y torciendo el gesto en una expresión de cansancio—. No merece la pena…

El chasquido de unas ramas hizo que ambos se pusieran alerta y desenvainaran sus espadas de inmediato, volviéndose hacia la oscuridad y oteando en busca de un posible peligro.

—Ya continuaremos hablando —gruñó Calet con acritud.

Un heterogéneo grupo apareció ante sus ojos, surgiendo de las sombras de la noche como si se hubieran materializado de ellas, tétricos fantasmas de aspecto humano; media docena sonreían como lobos, avezados asesinos contratados entre la más baja ralea de la sociedad, mientras otros dos se mantenían detrás, impasibles en su extraño aspecto: altos y delgados como espigas, envueltos en grises túnicas que les llegaban hasta los tobillos, sus rostros de una tonalidad entre cenicienta y amarillenta

---

[17] "¿Acaso te ha mordido una araña?": Expresión equivalente al actual "¿Qué mosca te ha picado?"

tenían un aspecto extrañamente animal, de nariz chata y ancha, ojos rasgados como los de los orientales y labios finos, casi inexistentes, todo ello bajo una cabellera muy corta, negra como el azabache. Aquella apariencia de malignos espectros hizo que, por unos breves instantes, a los luchadores se les erizase la piel, aunque lograron reponerse de inmediato a la repulsión que aquellos seres les inspiraban.

No hubo palabra alguna: mientras Calet y Dartia situaban el fuego entre ellos y sus enemigos, éstos se abalanzaron aullando como almas en pena y las armas en alto, quedándose atrás los dos altos sujetos, inmóviles e impasibles como oscuras estatuas de frío granito.

El primero que llegó fue recibido por una estocada baja de la mujer que detuvo a duras penas; tras él tropezó otro, que lo empujó hacia delante y lo empaló en la hoja de la mercenaria; al mismo tiempo, su compañero se defendía de una pareja que lo acosaba con sendas hachas, tratando de obligarle a retroceder; sin embargo, el guerrero hizo una finta a la oponente que le enfrentaba y a continuación hundió su filo en el vientre del otro atacante. En un rapidísimo remolino obligó a retroceder a su siguiente rival, mientras saltaba la hoguera al tiempo que otro de los antagonistas se lanzaba contra él.

Calet y Dartia se pusieron espalda contra espalda, defendiéndose de sus adversarios durante unos instantes; después, tomaron la iniciativa en un repentino estallido de violencia que dispersó durante unos momentos a los asesinos.

Las espadas del hombre brillaron ante él como relámpagos azulados, cayendo sobre la mujer que se le enfrentaba y abriendo una honda herida en su pecho; al mismo tiempo, con un hábil giro de muñeca, detuvo un lanzazo dirigido a su costado. Unos momentos después, cortaba el astil del arma y lanzaba su otra hoja contra la garganta desprotegida de su enemigo, cercenándole la cabeza de un solo golpe…

La mercenaria se defendía bien de sus dos atacantes, atajando sus estocadas y golpes con facilidad, hasta encontrar un punto desguarnecido en uno de ellos y empujar su espada por debajo del brazo del hombre, clavándola con fuerza en el pecho de su contrincante; ese hecho hubiera podido costarle caro cuando su otro enemigo, una fibrosa mujer que enarbolaba un hacha sobre su cabeza, se abalanzó sobre ella con gesto triunfal; sin embargo, su gesto se desvaneció, transformado en uno de sorpresa, al comprobar con estupor que una hoja surgida en apariencia de la nada detenía su embate y la frenaba, al mismo tiempo que otra hoja penetraba por su costado con absoluta limpieza.

—Gracias —Dartia sacó con cierto trabajo su arma del cadáver, y se volvió hacia los dos únicos rivales que aún permanecían en pie, los misteriosos personajes de tan extraño aspecto.

—Somos compañeros —gruñó Calet situándose a su lado.

Durante un largo tiempo en el que el silencio se cernió sobre el campamento como una pesada losa, todos se contemplaron con cautela; los negros ojos de los hombres altos no tenían expresión alguna, eran como profundos pozos sin fondo, como simas abismales en las que se perdía todo aquello que pudiera llegar a caer, como lejanos golfos cósmicos perdidos entre estrellas desconocidas de un universo malevolente.

—¿Recuerdas Ulru? —inquirió el mercenario en un susurro—. Pues adelante…

Sin una palabra, ambos se lanzaron al ataque, buscando cada uno el corazón de uno de sus enemigos; sin embargo, en el último momento cruzaron sus armas para sorprenderlos.

Sólo encontraron el vacío: al mirar a su alrededor descubrieron con asombro que los dos hombres se habían separado y estaban a cada lado de ellos, a escasos metros.

—¿Cómo lo han hecho? —demandó furioso Calet.

—No lo entiendo, no los he visto moverse —asintió Dartia.

—Magia —advirtió seco el mercenario—. Hemos de andarnos con mucho cuidado.

Con un gesto indicó a su compañera que se aprestara para el combate con el sujeto que tenía a su lado, mientras él iba de nuevo, esta vez más cauteloso, a por su rival.

Fue en vano: cada vez que intentaban golpear a alguno de ellos parecía desvanecerse y aparecer en otro lugar... Se deslizaban como espectros, a la velocidad del pensamiento, sin dar opción alguna a los guerreros a combatir.

—¡Malditos sean! —gruñó el hombre—. ¿Por qué no se están quietos y pelean?

—Porque quieren agotarnos —sugirió su compañera con brusquedad.

—Entonces, por mi parte se acabó el combate —aseguró Calet con firmeza, apartándose de un salto y bajando sus armas—. Si quieren matarnos, que sean ellos los que vengan a por nosotros. A mi espalda, Dartia, que no tengan hueco por el que penetrar nuestras defensas.

La mujer obedeció sin decir una palabra; los dos personajes se quedaron plantados frente a ellos, a unos metros, observándolos con aquella expresión indescifrable que no había variado lo más mínimo en ningún momento.

—¿A qué esperan? —murmuró Dartia.

—A buen seguro estarán evaluando las posibilidades de que disponen —comentó Calet en tono agrio—. No les veo arma alguna, pero no me fío lo más mínimo.

Como si sus palabras hubieran sido una señal, sus antagonistas se deslizaron en un movimiento fluido, suave, instantáneo, tan rápido que estuvieron encima de ellos antes de que pudieran parpadear.

En un gesto instintivo el mercenario interpuso su espada izquierda, oyendo cómo algo metálico golpeaba la hoja, mientras lanzaba la derecha en un movimiento circular que alcanzó a la criatura en el costado, mordiendo la carne, penetrando en profundidad; al mismo tiempo, oyó el gemido de su compañera y giró la cabeza: la mujer se derrumbaba con la mano sujetándose el costado en un gesto de dolor...

Con un rugido de rabia el guerrero se lanzó salvaje sobre su enemigo, que retrocedió en un abrir y cerrar de ojos a una prudente distancia; en su cenicienta mano brillaba una daga de larga y estrecha hoja plateada, manchada de carmesí, goteante de un denso líquido escarlata.

—¡Maldita rata cobarde! —exclamó Calet, agachándose sobre el cuerpo de Dartia sin perder de vista a su oponente—. ¿Estás bien?

—Recuerda el trato —le advirtió ella jadeante—: si resulto un obstáculo, me dejas atrás...

—No lo olvido —aseguró él, alzándose con gesto serio—. Ahora vas a saber lo que es enfrentarse a un guerrero de verdad —señaló con fríaldad a su rival, cruzando las espadas frente a él.

Durante un momento que pareció una eternidad ambos contendientes se observaron: una mirada brillante, gélida, frente a otra insondable, lejana...

Con una seca exclamación de cólera, el mercenario se lanzó contra su rival con las hojas por delante, dispuesto a todo; su espada derecha se alzó sobre su cabeza en un claro intento de golpear el cráneo del sujeto.

En el preciso instante en que el hombre alto comenzó a desplazarse, el guerrero detuvo su mano y, haciendo girar la empuñadura para cambiar el agarre, lanzó la siniestra hacia atrás en un corto arco bajo, esperando haber calculado bien las intenciones de su antagonista...

Por un momento pensó que había errado, mas el impulso de su arma se vio detenido de modo súbito por un golpe blando y un quedo gemido; al girarse vio que su oponente se derrumbaba con una mano sujetándose el costado izquierdo, que sangraba copiosamente.

Olvidándose de él, Calet dejó caer sus espadas y se dirigió hacia Dartia, que yacía inmóvil a unos metros.

—¿Cómo estás? —demandó al acuclillarse junto a ella.

—He conocido… tiempos mejores —admitió la mujer—. Menos mal que… aunque es una cuchi… cuchillada profunda —se le escapó una breve tos—, el peto la desvió… lo suficiente… Recuerda… el trato…

No pudo seguir hablando, la negrura se cernía sobre sus ojos como una sombría extensión de la oscuridad nocturna.

Preocupado, el mercenario intentó cortar la hemorragia. Después, con un gesto de rabia, se alzó del suelo y, recogiendo las armas que había abandonado, miró a su alrededor; las montañas estaban aún a un día de camino, demasiada distancia para dejar abandonada a Dartia, mas la idea de que aquel maldito mago pudiera salirse con la suya hacía que le hirviera la sangre.

Durante unos momentos se sintió desorientado, sin ser capaz de tomar la decisión adecuada, hasta que, por fin, tras una tensa vacilación, mirando por momentos a las cercanas montañas y a su yaciente compañera, hizo su elección.

—Bien, parece que la madeja comienza a desenmarañarse —dijo Arum Matai, contemplando la imagen de los dos guerreros en el estanque—. Ocupado como está con su compañera, no tendrá tiempo de encontrarme antes de que ponga en marcha el hechizo de apertura.

Con una seca risa, el hombre introdujo los dedos en el agua y enturbió la imagen, que se desvaneció casi de inmediato para dejar lugar a un reflejo de su decrépita apariencia.

—Arcun —llamó con suavidad—, convoca a los condenados y que den el recibimiento adecuado a esos malditos mercenarios. ¿Está ya todo preparado para el hechizo que devolverá a los Señores Demonios a nuestro mundo?

—Las condiciones son las idóneas, mi señor —advirtió una voz entre las sombras—; vuestros cálculos han sido en extremo correctos y precisos, las estrellas estarán en la posición adecuada en el momento preciso, la conjunción se producirá cuando vos lo predijisteis. Nada hay en este mundo que pueda impedir el regreso de los Antiguos...

—Muy bien, Arcun, muy bien —aceptó el nigromante con una seca sonrisa; le gustaba oír la adulación servil de sus esclavos, podía notar con deleite el miedo que se deslizaba por sus corazones como una siseante serpiente—. Entonces, supongo que puedo dejar en tus manos todo lo referente a esos dos necios que pretenden detenerme.

—Sí, mi amo.

—Y que no se te ocurra fallarme —le advirtió con severidad el hechicero, dejando entrever en sus palabras una nota de gélida amenaza que no pasó desapercibida para su sirviente—. Ya se interpusieron en el Ulru, no quiero más fracasos.

"Te hago responsable de todo. Si consiguieran llegar hasta este lugar —señaló con un amplio gesto de la mano la gran caverna—, más te valdrá que te maten ellos, porque si sobrevives no encontrarás grieta tan pequeña que pueda ocultarte de mi ira.

"Aunque seguro que no tendrás demasiados problemas: ese necio de Calet dar Gaur no abandonará a su compañera, puedo apostar a que perderá demasiado tiempo llevándola a presencia de algún clérigo de Aishan u Oriban, y me dará el margen suficiente como para poder lanzar el conjuro final sin ningún tipo de estorbos…

—Scatha, los mercenarios han sido localizados —advirtió el Señor de la Hermandad del Tiburón—. Se hallan en Matoli.

"Toma todos los asesinos que necesites y parte en su busca de inmediato —su voz se volvió terrible, abrumadora—. Y procura no fallar esta vez, o las consecuencias para los que sobreviváis serán nefastas.

"Esas ratas consiguieron escapar de nuestras asechanzas en Otzaan, pero tal cosa no volverá a ocurrir. Nadie —su tono se volvió iracundo, letal—, absolutamente nadie, había sido capaz de salir bien librado de una celada de la Hermandad. Por el bien de todos nosotros, por la reputación que nos hemos creado durante todo este tiempo y que hemos de mantener para poder seguir medrando entre esta estúpida plebe, han de morir de la manera más terrible que podáis hallar; su agonía, su escarnio, han de ser públicos y largos —la voz se convirtió en un quedo susurro, en un siseo como el de una víbora—, muy, muy largos.

"Lo dejo todo en tus manos, Scatha. Si fallas, reza para que te mate alguno de esos dos, porque los colmillos del tiburón muerden por lejos que te halles…

El aludido, un hombre de mediana estatura y cabello y barba rubios, tragó saliva mientras se inclinaba en ceremoniosa reverencia ante su amo; a sus costados colgaban sendas espadas que tintineaban, embutidas en sus fundas de cuero, contra los muslos desnudos del sicario.

—Se hará como decís, señor —aseguró con aparente firmeza—. Calet dar Gaur y Dartia dar Sarama pueden darse por muertos...

De forma misteriosa, los ataques a Ainatu fueron disminuyendo a medida que pasaba el tiempo; los habitantes del mar se retiraron a sus tenebrosas guaridas submarinas, aunque la amenaza permanecía aún pendiente bajo la forma del hogar ancestral del Gran Demonio C'Tl frente a las costas guntanis.

—No sé qué relación tendrán esos mercenarios con todo esto —comentaba Ramug con sus capitanes, observando las evoluciones de sus enemigos desde el muro—, mas una cosa parece clara: su marcha ha supuesto el final de las hostilidades por parte de esos engendros de las profundidades.

"Razón llevaban en sus palabras acerca de las retorcidas intenciones del Consejero del Muror. Ahora sólo nos resta esperar que consigan su objetivo e intentar apoyarlos en todo aquello que esté a nuestro alcance...

—¿No deberíamos contraatacar ahora que esos malditos bichos se repliegan? —sugirió uno de sus hombres.

—Temo que mejor será no provocarlos en demasía —advirtió cauteloso el general lemurio, contemplando con expresión pensativa las imposibles estructuras pétreas que habían emergido del fondo marino—. Nuestras fuerzas están muy mermadas, y no podrían aguantar muchas más oleadas.

"No, dejemos las cosas como están, y confiemos en que esos guerreros sepan lo que están haciendo...

José Francisco Sastre García

172

MÁS ALLÁ DEL TIEMPO

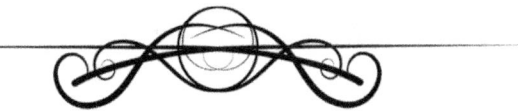

Una rabia sorda, tan intensa que le resultaba incluso dolorosa, aprisionaba entre sus crueles garras su corazón; al hecho de haber tomado la terrible decisión de abandonar a Dartia a su destino, se unía el desolador panorama que contemplaba en aquellos momentos: se hallaba ante la escarpadura de las Maroari, tratando de averiguar cómo encontraría a Arum Matai en medio de aquel tenebroso laberinto de túneles que abrían una docena de bostezantes bocas ante él.

Por unos momentos que se le antojaron una cruel eternidad, Calet se sintió desesperado: la elección no había sido fácil, elegir entre dejar morir a su compañera o permitir que el hechicero se saliera con la suya y arrasara el mundo. Y ahora, comprobaba con un profundo pesar que apretaba su corazón con una tenaza más dura que el más resistente hierro, que ninguna de aquellas opciones era la buena, pues por mucho que lo intentase, tendría que producirse un milagro para encontrar a aquel maldito nigromante a tiempo. En caso de que intentara salvar a su compañera, lo haría sólo para que muriera en la destrucción provocada por el renegado; y si iba a por el nigromante, la perdería de la misma manera a manos de las criaturas de los bosques.

Con un suspiro en el que se entremezclaban el dolor y la furia, descolgó las armas de su espalda y se internó en la primera caverna que se le ocurrió...

Dartia yacía inconsciente junto a la hoguera de la que apenas quedaban escasos rescoldos; su respiración era agitada, intranquila, con la mano en el costado herido por la daga del servidor de Arum Matai. Se removía inquieta, aunque apenas le quedaban fuerzas para ello.

Sobre ella se proyectaban ominosas sombras, reflejos de muerte de los mensajeros de los dioses oscuros: los buitres planeaban en lo alto expectantes, pacientes como la propia Parca, sabedores de que pronto podrían darse un gozoso festín. Aunque la mayoría se mantenían vigilantes ante los leves movimientos de la mujer herida, algunos ya habían descendido y comenzaban a afanarse en torno a algunos de los cadáveres. De forma repentina, entre atroces graznidos, miraron a su alrededor y alzaron el vuelo entre furiosos revoloteos, molestos por la intempestiva interrupción.

Unos arbustos crujieron y se apartaron para dejar entrever unos rasgados ojos amarillentos; tras unos instantes de tensa quietud, una nervuda figura gris avanzó, seguida por varias más, dejando entrever las formas de una manada de lobos que observaban con devoradora ansia los yacientes cuerpos entre quedos gruñidos.

Olisqueaban el aire en busca de la sangre que impregnaba las ropas de la mercenaria, excitados y dispuestos a saltar sobre aquella silueta que apenas se removía; el resto de los cadáveres no requerían prisa alguna, allí estarían para devorarlos más adelante. Sin embargo, había dos de aquellas criaturas tendidas que provocaban en su instinto una repulsión natural, un atávico temor que no podían evitar: no osaban ni por la más mínima ventura acercarse a aquellos seres altos y entunicados cuyo olor, cuya penetrante esencia, era en sí misma repugnante, perversa, obscena más allá de cualquier sensación que los lobos pudieran tener.

Despacio, con infinita cautela, se acercaban al cuerpo de Dartia…

Al comprobar la oscuridad que acechaba en el interior de las cavernas, Calet retrocedió y salió al aire libre en busca de una rama que pudiera usar como tea; cuando la encontró la envolvió en un pedazo de tela que empapó en aceite, y le prendió fuego.

Entró de nuevo en la cueva, chapoteando entre pequeños charcos formados por la humedad que se deslizaba por las paredes, iluminando un tétrico paisaje de roca desnuda. Por encima de él, a una altura insospechada, contempló cientos de pequeñas formas colgadas boca abajo, acurrucadas bajo sus membranosas alas, que no parecieron inmutarse ante la luz de la antorcha.

Caminó durante un buen rato hasta llegar a un cruce del que partían varias ramificaciones; cualquiera de ellas podía conducirle hasta Arum Matai, por lo que apenas dudó a la hora de elegir.

A medida que iba pasando el tiempo la desesperación iba aumentando en su interior como un ponzoñoso icor que todo lo corrompe, aparentemente perdido en un dédalo de galerías sin fin que no parecían conducir a ninguna parte, salvo guiar a los incautos en círculos para volver sobre sí mismas...

El túnel que iba siguiendo descendía en un ligero desnivel hasta desembocar en una sala llena de estalactitas y estalagmitas, con charcos de humedad por todas partes y un indefinible olor a almizcle, podredumbre... La luz de la antorcha producía una tétrica danza de extrañas sombras, tenebrosas figuras que parecían ir a saltar sobre él de un momento a otro, una tétrica sensación de amenaza que hacía saltar todos sus instintos...

Al fondo de la caverna se abría la ominosa boca de otro lóbrego y húmedo pasillo, hacia el que se dirigió con premura, esperando con intenso fervor que su periplo acabara cuanto antes; sin embargo, un sonido procedente de la oscuridad lo detuvo, decidiéndole de inmediato a ocultarse tras una columna.

Poco a poco, como surgidas de las más pavorosas simas del Halasna, aparecieron varias figuras: guerreros de diferentes lugares y épocas, con armas herrumbrosas y protecciones que parecían caérseles a pedazos; la apergaminada piel se pegaba a los huesos, creando descarnadas, esqueléticas siluetas de ultratumba de rostros impávidos y ojos sin vida en las hundidas cuencas. A medida que salían de las sombras se iban desplegando con lentos movimientos, formando una fantasmagórica fila en espectral silencio, aprestándose para el combate en una tenebrosa parodia de vida.

Calet comprendió de inmediato el peligro al que se enfrentaba: aquellas cuatro pavorosas siluetas, si eran lo que parecían, podían ser más que suficientes como para detenerlo...

Con un gruñido de rabia, intentando tomar la iniciativa, se lanzó al centro de la fila de enemigos asestando un feroz golpe horizontal con su espada, que se hundió con profundidad en el costado del guerrero a su izquierda, cortando la reseca carne como tela, lanzándolo como un muñeco contra su cadavérico compañero y abriendo un hueco en la exigua formación; pasó como una exhalación esquivando un hachazo a su cabeza, girándose como un gato para golpear el cráneo de otro de sus oponentes.

Comprobó, sin demasiada sorpresa, que los dos caídos se levantaban con torpeza y volvían de nuevo al ataque sin dar señales de haber sufrido daño alguno, a pesar de resultar evidente el enorme tajo en el costado de uno de ellos.

No podía, no debía permitirse perder demasiado tiempo, mas aquellos seres no muertos se interponían en su camino. Si no caían a pesar de recibir serias heridas, tendría que partirles el espinazo o cortarles las piernas, por lo que se movió entre ellos a gran velocidad, lanzando molinetes bajos, esquivando con facilidad lentas acometidas, segando miembros… Al cabo de unos momentos, sus oponentes se arrastraban por el suelo en su busca, intentando alcanzarlo con macabra desesperación; por un instante se le pasó por la cabeza dejarlos atrás y continuar su camino, mas acabó por imponerse el hecho de que mantener adversarios en la retaguardia podía suponer más problemas a la hora de dar con Arum Matai.

Parecía claro que se trataba de muertos alzados de sus tumbas para servir al nigromante, por lo que las armas normales no harían ningún efecto definitivo contra ellos, así que les aplicó la antorcha que llevaba: de inmediato el fuego prendió en aquellas resecas carnes, consumiéndose como la paja seca en una infernal pira de la que se apartó apresurado…

Dejando detrás de él un penetrante olor a carne quemada, se internó en el pozo del que habían salido sus oponentes y prosiguió su interminable búsqueda del condenado mago…

El lider de la manada se acercó a olisquear el cuerpo tendido que se estremecía de vez en cuando; cauteloso por naturaleza, notaba en al aire el olor a las únicas criaturas a las que temían, aquellos seres que caminaban sobre dos patas y los perseguían con una fiereza implacable...

Dio una vuelta alrededor de la yaciente Dartia: había dos aromas distintos, el del animal que contemplaba y otro. ¿Tal vez una trampa? Receloso por naturaleza, contempló el terreno a su alrededor, en busca del otro bípedo, mas nada veía que pudiera alarmarlo. Despacio, con una paciencia infinita, volvió a centrar su atención en el cuerpo, dispuesto a clavar sus afilados colmillos en la desprotegida garganta, mientras el resto de los lobos se agitaban nerviosos, acercándose por momentos a su líder.

Las peludas orejas se alzaron de repente, las cabezas se giraron inquisitivas en un gesto de alarma: podían oír, acercándose con rapidez, el golpeteo de unos cascos de caballo en gran número; con un gruñido furioso, los belfos retraídos en amenaza y las orejas pegadas al cráneo, el lobo se apartó de su víctima retrocediendo poco a poco, mientras los demás seguían su ejemplo y se internaban entre la maleza sin alejarse demasiado; era una presa tentadora, mas la presencia de los odiados seres humanos, con sus mortales objetos metálicos, era un obstáculo insalvable. Si tan sólo pasaran de largo...

Pronto apareció en el claro un numeroso grupo de soldados lemurios, que refrenaron sus monturas ante la imagen de los cadáveres yacientes por el campo y el cuerpo de Dartia removiéndose con debilidad. Durante unos breves instantes contemplaron con asombro y temor a los dos hombres altos que parecían reflejar sus más oscuros terrores surgidos de las tétricas leyendas relativas a los servidores de los Grandes Antiguos mas, por fin, dominando el instintivo afán de huida que pugnaba por adueñarse de ellos, consiguieron rehacerse y concentrar sus esfuerzos en la única persona viva en aquellos parajes.

—¡Será malnacido… —gruñó uno de los hombres, descabalgando raudo e inclinándose sobre la herida—. ¡La ha abandonado! Todavía está viva…

—Entonces, habrá que curarle esa fea herida —advirtió una mujer de abundante melena rubia, con la insignia de capitana—; el general Ramug nos ha ordenado que cuidemos de esta pareja —escupió al suelo—. ¡Bah! Unos advenedizos atlantes, mercenarios sin padre que luchan por fortuna en lugar de la gloria de su imperio. No sé qué habrán visto en ellos, mas una cosa está clara: nuestras órdenes son cubrirlos, y eso haremos.

"Maruc, Oustai —señaló a dos soldados, uno de ellos portador del sello de clérigo de Oriban—, recogedla con cuidado y llevadla a Ainatu, que se haga cargo de ella el sacerdote de Aishan. Que nadie pueda hacernos recriminación alguna. Los demás, conmigo a las cavernas de Starmaq, en busca de ese estúpido que pretende enfrentar una espada contra el poder de Arum Matai…

Calet pronto tuvo la sensación de haberse perdido por completo: la laberíntica red de galerías se extendía en todas direcciones, con infinidad de ramificaciones que se entrecruzaban por doquier, volviendo sobre sí mismas una y otra vez, subiendo y bajando… Durante un tiempo que le pareció eterno vagó por aquel lugar, espantando las sombras con la antorcha, apartando de sí los molestos murciélagos que aparecían una y otra vez al calor del fuego revoloteando sobre él.

Antes de darse cuenta se encontró ante una entrada bloqueada en apariencia por una sustancia densa, engañosamente blanda, blanquecina... Su naturaleza le recordaba a la de una telaraña, lo cual a buen seguro significaba que se trataba de una trampa: mirando a su alrededor, alzó su arma.

Cauteloso, acercó la tea a la maraña y se apartó de un salto cuando se produjo una feroz deflagración que llenó el pasadizo de un nausebundo hedor a quemado. Casi al mismo tiempo, una voluminosa forma pareció surgir de las sombras al otro lado del obstáculo con una velocidad pasmosa y alejarse de la brillante luz, que apenas duró el tiempo que la sustancia tardó en consumirse.

A la vista de aquello, el mercenario dudó por un corto momento: la fetidez que emanaba del interior de aquella galería indicaba que allí se ocultaba una criatura, casi con total seguridad un depredador; más adelante podía observar más salidas laterales, lo que parecía indicar que había llegado al territorio de caza por el lado contrario. ¿Debía retroceder, o tal vez era mejor afrontar lo que quiera que fuera que se escondía en aquel lugar? A juzgar por la masa blanquecina que había quemado era probable que se tratase de una araña de un tamaño descomunal... ¿Merecía la pena tal riesgo?

La pregunta obtuvo su respuesta cuando su enemigo salió como un relámpago de una de aquellas aberturas y se lanzó sobre él: en efecto, se trataba de una araña tan grande como un felino de las densas selvas khoushíes, de tonos pardos con estrías rojas a lo largo de un abdomen abombado y los grandes ojos lanzando malignos destellos al fuego de la antorcha; las pinzas chasqueaban ominosas, goteando un verdoso icor que el guerrero supuso sería un potente veneno…

En la angostura del túnel no había sitio para fintas o requiebros: Calet recibió la salvaje embestida retrocediendo con premura e interponiendo la espada y el fuego, consiguiendo a duras penas que la luz y el calor detuvieran a la peligrosa criatura…

Contraatacó adelantando la tea y lanzando una estocada contra una de las patas del monstruo, que dejó escapar un estridente chirrido de dolor y se apartó por un breve instante; después, con un perverso fulgor en la mirada, el arácnido volvió de nuevo al ataque al ver que el mercenario retrocedía con lentitud en busca de un lugar más seguro desde el que defenderse.

El mercenario recibió al terrorífico animal con la antorcha por delante, intentando frenar por todos los medios la letal masa que se le venía encima; por un momento pareció que estaba perdido, que no podría esquivar las venenosas pinzas, mas en el último momento su enemigo reculó, asustado por la luz y el calor, momento que el guerrero aprovechó para intentar golpear su cabeza.

La araña no consiguió esquivar por completo la espada, que penetró más de una cuarta en uno de sus perversos ojos, apagándolo en medio de un espantoso chirrido de agonía; al retroceder con una violencia desusada arrancó el arma de las manos de Calet, que de inmediato echó mano a la otra hoja para tratar de rematar a su rival.

Avanzando con celeridad, intentando no darle tiempo a que pudiera ocultarse y atraparlo por sorpresa, el hombre se lanzó una y otra vez hacia delante, hiriendo al monstruo hasta que, por fin, éste se derrumbó con pesadez, sangrando copiosamente por una multitud de cortes y tajos.

Fatigado por el breve pero intenso combate, apoyó la espalda contra la pared y se relajó durante un momento; la llama de la tea comenzaba ya a decrecer, por lo que sólo se tomó unos momentos de descanso antes de recuperar su arma de la cabeza de la araña y proseguir aquel interminable camino...

—¿Por qué hemos de proteger a un maldito perro atlante? —refunfuñó un soldado con gesto agrio—. Al fin y al cabo, no es más que un enemigo del Imperio...

—Porque se nos ha ordenado hacerlo así —le acalló en tono tajante su capitana, mientras caminaba por los primeros túneles bajo el brillo de varias antorchas portadas por sus hombres—. No quiero volver a oír ninguna queja más. ¿Ha quedado claro, Raust? —miró al hombre con firmeza a los ojos.

—Sí, capitana Taben —aceptó con gesto manso el lemurio, aunque su mirada furiosa desmentía sus palabras.

El grupo de guerreros miraba nervioso a su alrededor; apenas habían penetrado unos metros en las cuevas, mas la intensa oscuridad y la fama que tenían de profundas hacían que creyeran ver por todas partes criaturas malignas que los acosaban de forma incesante. Su imaginación corría más rápido de lo que podía hacerlo su mente...

Aunque aparentara confianza y seguridad, la mujer que capitaneaba el grupo se sentía tan apurada como sus hombres, convencida de que aquella misión era una locura. ¿Cómo podían pretender encontrar a un mercenario y a un mago renegado en medio de aquel dédalo de galerías que parecía extenderse hasta el infinito? ¿En qué estaba pensando el Muror Ostiman para proteger a una pareja de enemigos del Imperio? En cualquier caso, ella estaba allí para obedecer órdenes y no para cuestionarlas, por lo que apretó los labios en un férreo gesto de determinación y prosiguió el lento avance, en medio del tenso silencio de los soldados que la seguían, tan sólo quebrado por el chisporroteo de las teas y eventuales ruidos de criaturas que parecían corretear en la lejanía… Si después de todo aquel despliegue los atlantes resultaban no ser lo que habían aparentado, si tan sólo llegaban a demostrar en lo más mínimo que el Muror no debería haber confiado en ellos, juró para sus adentros que se lo haría pagar con creces.

El camino se hacía cada vez más largo, envuelto en la más completa oscuridad… Tan sólo la luz temblorosa de las llamas, cada vez más mortecina, rompía la tenebrosa negrura en grandes masas de sombras que danzaban perversas alrededor de Calet; las tétricas oquedades que se abrían por todas partes parecían llenas de sospechosos sonidos, de aparentes respiraciones, del tenue corretear de pequeñas criaturas. Todo aquello hacía que el guerrero estuviese en una tensión continua, pendiente del lúgubre entorno, dispuesto al combate…

Y a pesar de todo, ni siquiera su instinto ni su entrenamiento fueron capaces de evitar el brutal zarpazo que surgió de manera repentina de una galería que acababa de dejar atrás y que le rasgaba con extrema violencia el brazo izquierdo, dejándolo laxo al costado, obligándole a soltar la antorcha. Se volvió raudo con gesto de dolor, enarbolando su espada, para encontrarse ante una gran figura imprecisa, de aspecto humanoide, envuelta en lo que en apariencia era un pelaje blanquecino, cuyos rasgos quedaban ocultos tras la umbría danza procedente de la vacilante luz que se apagaba por momentos…

Sabedor de que no podía permitirse el lujo de quedarse en la mayor de las negruras en aquel lugar perdido de la mano de los dioses, lanzó un golpe a la desesperada intentando obligar a su enemigo a apartarse para poder recoger la tea. Vio que la criatura saltaba con agilidad hacia atrás, con movimientos más propios de un simio que de un ser humano, mas cuando se agachó e intentó agarrar la antorcha sintió un lacerante dolor que le recorrió todo el brazo.

—¡Mald...

Apenas tuvo tiempo de gruñir: de inmediato hubo de interponer su arma, pues su oponente apareció encima de él; sintió un chirrido, una inconmensurable fuerza deslizándose sobre el filo de su arma, y un sordo gemido; al mismo tiempo empujó con todas sus fuerzas, tratando de zafarse y poder colocar una buena estocada, mas sólo consiguió arrancar un nuevo lamento cuando la hoja pareció alcanzar carne.

A duras penas consiguió levantar la rodilla del suelo: con la espada cruzada ante él sintió una nueva arremetida, unas garras sujetando el metal y bajándolo con fuerza inexorable...

De modo instintivo lanzó una patada contra su rival, esperando que surtiera algún efecto: un rugido de dolor le indicó que al parecer había dado en el blanco, al tiempo que la presión sobre su hoja aflojaba lo suficiente como para liberarla y lanzarse hacia delante en una embestida que oraba para que fuera más efectiva que todo lo que había intentado hasta aquel crítico momento.

Al tiempo que el hierro encontraba carne y mordía con ferocidad, se agachó al intuir un poderoso manotazo que pasó por encima de su cabeza, agitando con fuerza el aire, haciendo saltar algo de cabello como una poderosa guadaña. La criatura retrocedió entre alaridos, intentando refugiarse en la galería de la que había surgido, mas el guerrero no le dio cuartel: a pesar de la semioscuridad insistió en hundir su espada en aquel cuerpo una y otra vez, hasta que oyó que caía con pesadez al suelo en un último estertor.

Tras asegurarse de que aquella cosa estaba muerta y bien muerta retrocedió en busca de la antorcha, que apenas lucía ya, su fuego agotado casi por completo; recordando la herida del brazo izquierdo, colgó su arma a la espalda y recogió la tea con la diestra, disponiéndose a comprobar la identidad del misterioso atacante.

Por un momento no supo qué pensar: ante él, un ser de alrededor de dos metros de altura, de pelaje blanco sucio, yacía en el duro suelo de las cavernas; sus poderosos miembros acababan en largas y afiladas garras; de apariencia simiesca, lo más aterrador era su rostro, de rasgos entre animales y humanos: ojos pequeños, cerrados en la quietud de la muerte, unas fosas nasales similares a las de los gorilas khoushíes pero más pronunciadas, unos labios gruesos, entreabiertos, entre los que asomaban unos colmillos grandes, feroces, propios de un depredador, los grandes oídos apretados contra las sienes… En conjunto, la expresión de aquella criatura denotaba una remota antigüedad, una malignidad latente, primaria, más allá de toda medida, como de odio hacia todo lo vivo, eterna hambre de carne y sangre…

Había tenido suerte: al parecer, aquel ser había pretendido jugar con su víctima antes de devorarla, por eso su primitiva inteligencia le había dictado deshacerse en un principio del fuego que podía molestarlo.

Con un gesto de la cabeza, se tomó unos momentos para vendarse lo mejor que pudo la profunda herida que tenía en el brazo y después reinició su marcha en busca del maldito Arum Matai: juró por lo bajo que le haría pagar de la forma más cruel posible por el funesto destino que había padecido su compañera Dartia. La sorda rabia que crecía por momentos en su pecho hacía que el espíritu de Ornay el Desalmado resurgiera lento, ominoso, del abismo en el que había sido recluido…

—¡Maldita sea esa rata mercenaria! —gruñó el hechicero, observando la imagen de Calet en el agua—. ¿De dónde diablos ha salido? ¡Arcun! —exclamó con irritación.

—¿Sí, amo? —inquirió el sirviente, surgiendo de entre las sombras como un espectro.

—¿Qué demonios pasa con vosotros? —exclamó el mago con aspereza—. ¿Acaso un estúpido sin cerebro como ese atlante va a ser capaz de penetrar las filas de mis seguidores con tanta facilidad? ¿En qué estáis pensando, que ni siquiera las criaturas de las cavernas se muestran lo suficientemente fuertes como para detenerlo?

—Señor, al parecer es un gran guerrero —se defendió el llamado Arcun, encogiéndose de hombros en gesto fatalista, resignado—. Tiene un instinto para el combate superior al de la mayoría de los mortales…

—¡No me importa lo más mínimo su instinto de lucha! —le interrumpió furioso Arum Matai—. La conjunción está a punto, el hechizo ha de comenzar de un momento a otro, y no voy a permitir que un desarrapado lo arruine. Apáñatelas como gustes, mas ese condenado Calet no ha de llegar hasta este santuario. O vuelves con su cabeza, o no vuelvas…

—Podéis dejarlo en mis manos, señor —aseguró el criado con más énfasis que convicción—. Ese hombre no pasará del laberinto de Starmaq…

—¡Bendito Oriban! —gruñó triunfal Scatha, soltando la garganta de un aterrorizado lemurio y dejándolo caer al suelo como un fardo—. Así pues, Calet dar Gaur y su furcia partieron hace días hacia Ainatu.

Tras él, una docena de sombríos personajes, elegidos entre la élite de los asesinos de la Hermandad, observaban desapasionados la escena: en aquel estrecho callejón lleno de inmundicias de la capital guntani, yacían a sus pies varios matolios, mudos cadáveres con el horror y el dolor pintados en los crispados rostros.

—¿Qué es eso de que están en Ainatu? —inquirió una recia arquera atlante—. ¿Y qué condenaciones están haciendo allí?

—Este soldado hablaba de batallas y combates con unos seres surgidos del mar —sentenció un alto lancero rojo—. Tal vez hayan acudido allí a alquilar sus armas...

—Parece lo más probable —admitió Scatha con un gruñido de desprecio—. Así pues, caballeros, busquemos monturas y en marcha.

—¿Las buscamos o las compramos? —demandó un enjuto wigur en tono burlón.

—¿Acaso la Hermandad del Tiburón tiene necesidad alguna de suplicar o comerciar? —sugirió Scatha con gesto torvo—. Chai Len, no hagas preguntas que no merezcan contestación...

Cuando Maruc y Oustai llegaron a Ainatu con el cuerpo

de Dartia lo entregaron de inmediato al sacerdote de Aishan en la población, bajo la estricta observancia de Ramug. La mujer ardía de fiebre, apenas podía notársele un tenue indicio de respiración...

—¿Por qué me traéis a un enemigo atlante? —demandó imperioso el clérigo, un hombre desusadamente alto y delgado—. ¿Acaso no es preferible que muera para que no pueda luchar contra nosotros?

—El propio Ostiman ha aceptado a esta mujer y a su compañero como aliados —le explicó el general con gesto serio—. Es más, han prestado un buen servicio con sus armas en este lugar.

"Han conseguido mi respeto; sólo por eso os ordeno, Sarbonus, que cuidéis de esta mujer y hagáis todo lo que sea posible para salvar su vida; si así lo conseguís, es muy probable que obtengáis una interesante recompensa por parte del Muror.

El sacerdote contempló a Ramug con el ceño fruncido; conocía su recio carácter y sabía que en muy raras ocasiones bromeaba, por lo que decidió obedecer sin insistir en sus quejas: proteger a una enemiga del Imperio siempre había sido anatema para cualquier lemurio, conllevaba la ejecución inmediata; y, sin embargo, en Reinai habían decidido ponerse en manos de aquellos dos mercenarios. ¿Qué poder estaban ejerciendo sobre Ostiman? ¿Acaso eran alguna especie de hechiceros guerreros que habían sometido a Su Señor a algún tipo de conjuro de posesión?

—Haré lo que me ordenáis, general —aceptó con mansedumbre, mientras se apartaba del lecho y comenzaba a preparar el instrumental. En su fuero interno no estaba convencido de en qué se estaba involucrando, por lo que decidió comprobar en primer lugar hasta qué punto se trataba de vulgares mercenarios: un sencillo hechizo de detección le indicaría qué podría esperar de aquellos harapientos vagabundos…

La llama estaba a punto de apagarse, la oscuridad se cernía poco a poco sobre el mercenario, envolviéndolo en un negro y amenazador manto portador de las más terribles sombras que la imaginación podía desatar. El tiempo corría en su contra, alterando sus crispados nervios y haciéndole creer que llevaba una eternidad en el interior de aquella laberíntica negrura de tenebrosos pasillos y galerías.

Sin embargo, no todo parecían tinieblas: en la lejanía parecía divisarse una especie de luminiscencia de tonos verdosos, algo que no sabía con claridad si se trataba de un engaño de sus sentidos o de un fulgor real…

El largo túnel se internaba en las profundidades de la montaña, en un lento descenso que paso a paso se iba haciendo más pronunciado hasta desembocar en un nuevo salón pétreo iluminado por una tenue fosforescencia verdosa que parecía emanar de las paredes; avivada su curiosidad, Calet se acercó a los muros para comprobar el origen de tan sorprendente fenómeno, descubriendo que estaban recubiertos por una miríada de pequeños puntos de brillantes tonalidades verdes. Al levantar la mirada comprobó con sorpresa que las paredes se alzaban a gran altura, mas no llegaban a conformar techo, sino que como tal ejercían las estrellas del cielo.

En el centro de aquel gran salón natural yacía un estanque de aguas cristalinas, transparentes, de fondo escaso, en el que se reflejaban las estrellas a través de una abertura en el techo; la noche había caído, y Aldebarán parecía brillar con inusitada fuerza; la luna asomaba en parte por el pétreo vano, esplendorosa en su pálido rostro…

Al otro lado del agua se erguía una construcción de piedra, un altar lo más probable, en cuyos laterales se podían observar regueros secos de una sustancia marrón, a buen seguro sangre. Muy cerca, a la izquierda de la roca, se erguía una estalagmita de sorprendente aspecto sobre la que yacía un vetusto volumen; encima de él, una reluciente espada de hoja recta, de filo más claro que el habitual, parecía fuera de lugar…

Sospechando que se hallaba ante el sancta santórum del hechicero, y al comprobar que la tenue luminosidad parecía suficiente para ver a su alrededor, dejó caer la casi apagada tea y descolgó el arma de su espalda.

Avanzó con suma cautela, mirando a su alrededor en busca de nuevos enemigos; el brazo izquierdo le latía con un dolor sordo, molesto, que no le permitía pensar con la suficiente claridad… No podía, no debía perder la concentración: su instinto le decía que aún no habían acabado las sorpresas que Arum Matai le tenía reservadas.

Se arrimó a la pared izquierda de la caverna para guardarse las espaldas, avanzando con exagerada lentitud mientras recorría el contorno y vigilaba los alrededores en busca de posibles adversarios; por ello, cuando una alta figura pareció surgir de la nada junto a él enarbolando un largo cuchillo, como si hubiera brotado de la propia roca, fue capaz de detener la hoja que se dirigía a su garganta rápida y letal como una víbora.

—¡Chacal mercenario! —le escupió a la cara su agresor—. ¡Pagarás muy caro haber contrariado a mi Señor!

Calet no tuvo tiempo de contestar: Arcun le había dado una patada en la pierna que le había pillado por sorpresa, obligándole a retroceder con un gesto de dolor; mientras intentaba reponerse vio que su enemigo se abalanzaba sobre él con un brillo salvaje en la mirada, el puñal alzado sobre la cabeza en busca de un golpe certero.

Interpuso su espada para frenar el tajo, al tiempo que se dejaba caer hacia atrás y obligaba al hombre a caer sobre sus piernas, proyectándolo sobre él en un vuelo que terminó para el siervo del hechicero en un revoltijo; el simple contacto de su brazo herido con el duro suelo hizo que ante los ojos del guerrero brillaran chispas a causa del agudo dolor que le sobrevino.

Sin embargo consiguió sobreponerse y levantarse con esfuerzo, apoyándose en la punta de su arma y dirigiéndose hacia su rival, que se incorporaba también con expresión rabiosa.

—¡Perro! —gruñó el acólito—. ¡Rata de letrina! ¡Acabaré contigo para mayor gloria de Arum Matai!

—Ningún buen guerrero amenaza en vano —le advirtió severo el mercenario sin levantar apenas la voz, su espada aprestada para el combate—. Puedo ver que no eres más que un triste esclavo de tu mago renegado, alguien a quien se le niega la posibilidad de la hechicería más poderosa y al mismo tiempo la capacidad de entrenarse para ser un luchador.

"Seas quien seas, sabe que estás condenado…

—¡Estás herido! —exclamó Arcun furioso—. No puedes luchar bien, eres como un insecto en una telaraña.

—Por si no lo sabes, en mi camino hacia aquí he acabado con una araña bastante grande —sugirió chanceándose Calet—. Y después a un ser humanoide que es el que me ha dejado en este estado. ¿Acaso te crees mejor que ellos?

—¡Acabaré contigo!

El sirviente se lanzó en un golpe a fondo, intentando destripar a su enemigo, mas éste lo estaba esperando y lo único que hizo fue apartarse, dejando su espada horizontal; al ver aquello Arcun se inclinó aún más, esquivando el filo, mas era ya demasiado tarde: con un hábil giro de muñeca, el guerrero dejó caer la hoja con fuerza sobre la nuca desprotegida, desequilibrando a su oponente y arrojándolo al suelo; a continuación se inclinó sobre él y le puso la punta en la base del cráneo.

—Te lo advertí —comentó en tono desapasionado—. No eres un luchador, no has tenido en ningún momento la más mínima posibilidad.

Empujó con fuerza, y la pequeña herida que le había hecho al golpearle se convirtió en un enorme agujero del que brotó un violento chorro de sangre, entre el gorgoteo y los estertores del moribundo.

—Que los dioses te acojan —murmuró el mercenario.

Mientras limpiaba con trabajo su arma oyó a su espalda unas sordas palmadas, un sonido lento, irónico, que pareció clavarse en su alma como si de un afilado cuchillo se tratara. Tenso, lento, se alzó con la espada presta y se volvió, contemplando junto al altar la enteca figura del nigromante, que sonreía como una temible hiena de las regiones khoushíes mientras le aplaudía en un lento gesto sardónico, mordaz, provocador...

La capitana Taben estaba ya más que harta de aquella situación: ella y sus hombres no hacían más que dar vueltas y más vueltas por un dédalo de galerías que no parecía conducir a ninguna parte. La búsqueda del mercenario no daba frutos, y no tenían la más remota idea de por dónde había pasado.

Los exploradores no eran capaces de encontrar rastro alguno del hombre en el duro suelo, por lo que se dispuso a anular la orden del general Ramug y retroceder mientras les fuera posible: aunque se habían introducido bastante en las Cavernas de Starmaq, creía que podrían orientarse lo suficientemente bien como para salir de nuevo al aire libre. Tan sólo en una ocasión habían tenido la esperanza de ir tras sus pasos, cuando se habían encontrado con unos restos humanos carbonizados. Mas aquélla era la única pista, que no les había podido guiar más lejos…

—Nos vamos de aquí —anunció en tono tajante la mujer tras unos instantes de vacilación—. Es inútil buscar a nadie en este lugar, si acaso lo encontráramos sería más por buena fortuna que por cualquier otra causa. En consecuencia —dejó escapar un sonoro suspiro—, y a pesar de las estrictas órdenes del general, volvemos a Ainatu.

Los soldados, al escuchar aquellas palabras que llevaban tanto tiempo esperando, prorrumpieron en voces de alegría que la mujer atajó de inmediato.

—¡Silencio, necios! —ordenó irritada—. ¿Acaso deseáis llamar la atención de las criaturas que a buen seguro anidan en estos tenebrosos lares?

Observándose entre sí con gesto avergonzado, los hombres se dieron la vuelta en silencio y siguieron a la oficial, que había pasado entre ellos con gesto serio para encabezar la marcha hacia la salida.

—No parece probable que pueda salir de ésta —advirtió Sarbonus mientras aplicaba compresas de hielo a la frente de la yaciente Dartia—. Tiene una fuerte naturaleza, una voluntad de hierro que la hace luchar hasta el final, mas la herida es muy grave y se ha tardado mucho tiempo en atenderla; ahora está en manos de los dioses, sólo Aishan la Piadosa puede decidir su destino…

—Haced todo lo que podáis —le advirtió Ramug con gesto torvo.

Salió de la habitación sin cerrar la claveteada puerta de madera, absorto en sus oscuras cavilaciones. ¿Cuál habría sido el destino del mercenario? Había hecho bien en enviar a Taben a apoyarlos, de lo contrario ahora la mujer estaría muerta, devorada por las alimañas; mas, ¿sería capaz él, o nadie, de localizar en medio de un oscuro laberinto de túneles que horadaban las Maroari en incontable número al hechicero?

Un soldado se cuadró ante él, deteniendo sus pensamientos ante el gesto de aprensión que mostraba el hombre.

—Señor, han llegado noticias desde Matoli —anunció sombrío—. Se han encontrado los cuerpos de dos soldados del palacio del Gomoru, torturados con un desusado salvajismo, junto con los de varios matolios. A lo que parece, alguien más feroz de lo habitual ha estado recabando información de algún tipo.

El general contempló hosco a su subordinado. ¿Torturas? ¿Información? Desde que los mercenarios habían llegado a la isla, todo se había trastocado sobremanera. ¿Era una casualidad, o todo estaba relacionado entre sí? Diríase que había algún tipo de conjura en torno a los atlantes…

—Da aviso a todos —ordenó tras unos instantes de especulaciones—. Debéis estar al tanto de cualquiera que aparezca preguntando por los mercenarios. Si se trata de algo relacionado con ellos, no prendáis a quien esté interesado, limitaos a informarme. Averiguaremos qué se está cociendo en esta caldera.

—Pero señor, ¿qué nos importan a nosotros…

Ramug cortó de raíz las objeciones del soldado, que agachó la cabeza temeroso.

—Dejaos ya de prejuicios y de remilgos —exclamó el oficial—. Ya sé que los atlantes son enemigos del imperio, mas eso sólo resulta así durante el tiempo de guerra. En estos momentos hay una tregua declarada entre Lemuria y Atlantis, una paz en verdad no demasiado estable, insegura, que se tambalea debido al asesinato de nuestro embajador en Poseidonia.

"Calet dar Gaur y Dartia dar Sarama nos han prestado un buen servicio, y a lo que puedo entender también a nuestro glorioso Muror Ostiman. Sólo por eso debemos prestarles nuestro apoyo sin necesidad de más recelos, esperando que todo esto que nos rodea —señaló con un amplio ademán el mar y, en especial, la rocosa isla alrededor de la cual pululaban las criaturas marinas que los habían puesto en jaque— se apacigüe y podamos disfrutar de una calma real...

—Admirable —comentó Arum Matai con sorna—. Resulta admirable en grado sumo comprobar la vitalidad que demuestras como guerrero, la habilidad con la que te desenvuelves a pesar de tus heridas... —Sus labios se distendieron en una lobuna sonrisa, en un gesto que hizo estremecerse al mercenario—. ¿Por qué hemos de luchar, por qué no ser aliados? Te ofrezco todo un mundo, todo lo que ves, todo lo que puedas alcanzar... Vive a mi lado, y disfruta del espectáculo del regreso de los Grandes Señores Antiguos, del retorno de todo su Poder, del final del gobierno de la raza humana sobre este perdido grumo de tierra...

—Ofrecéis demasiado, renegado —le cortó Calet abrupto, avanzando a lentos pasos hacia su enemigo con el arma alzada ante él—. ¿Qué significa entregar el mundo a los Demonios Primigenios? ¿Qué significa el fin del gobierno de la raza humana? Eso nos incluye a ambos, por

lo que debo colegir que también estaríamos condenados.

El hechicero dejó escapar una suave risa cascada, un sonido sibilante que hizo que el guerrero se estremeciera de forma involuntaria.

—No, no todos estamos condenados —sugirió burlón—. Y tú y tu f... compañera podríais estar bajo mi protección. Porque hay algo que ignoráis acerca de todo esto, y es la naturaleza de lo que os rodea.

"Juradme lealtad, y me encargaré de que tengáis todo aquello con lo que podáis soñar. Unid vuestras espadas a mi magia, y seréis los amos incontestados de todo...

—Por supuesto, sería el perro que lamiera vuestras botas, y vos el chacal que lamiera las de vuestros Señores —ironizó el mercenario, dispuesto a acabar con su oponente—. ¿Creéis acaso que los Demonios permitirían que alguien inferior a ellos los gobernara? ¿Pensáis que C'Tl u Og Sabn van a respetaros tan sólo porque les habéis abierto la puerta hasta nuestro mundo?

—Veo que vas a ser un necio hasta el final —aceptó por fin Arum Matai, alzando los brazos—. Para tu desgracia, no tengo más tiempo que perder contigo, ni poder que desperdiciar en tu miserable caso.

"Una parte del conjuro ya se ha alzado hacia las estrellas, en busca del Sello que ha de ser quebrado; ahora debo completarlo, mas vuestra insistencia en reclamar mi alma resulta cada vez más irritante y molesta, por lo que debo tomar las medidas necesarias para evitar que interrumpáis el delicado proceso.

De sus labios brotó un prolongado suspiro rasposo, que dio paso a algo que Calet jamás hubiera llegado jamás a imaginar y que lo detuvo de forma eficaz: la piel del mago comenzó a agrietarse como si sólo fuese una máscara de cuero, incapaz de contener algo que pugnaba por salir a la superficie; poco a poco se iban desprendiendo fragmentos, dejando entrever algo oscuro, de tintes verdosos, hasta que por fin, con una sacudida que hizo caer los últimos restos junto con la ropa, apareció una figura de pesadilla: una criatura de apariencia vagamente humana, de rasgos que hacían recordar a los gorgones, con una piel de tonalidades verdosas y aspecto escamoso; sus manos y pies acababan en afiladas garras, mientras el rostro, ahusado como el de una serpiente, o tal vez más similar al de un gran saurio, mostraba una sonriente boca de la que sobresalían unos grandes colmillos goteantes; sus ojos se habían vuelto amarillos, con la pupila vertical como la de los ofidios, contraídos en expresión concentrada.

—Eres el único que ha tenido el honor de conocer mi auténtico aspecto —se burló del guerrero—. El último descendiente de una raza que gobernó el mundo mucho antes que los humanos, mucho antes que los gorgones, una raza que adoró a los Grandes Antiguos y los sirvió tan bien como las criaturas surgidas de sus caóticas mentes.

"Sólo los eones han sido capaces de agostar a los míos, nuestra existencia es por completo superior a la de cualquier ser mortal, con una innata y poderosa capacidad natural para la magia…

"Sigue hablando", pensó Calet sombrío mientras procuraba poner al renegado al alcance de su arma, "sigue con tus necedades, dame tiempo para alcanzarte y hacerte pagar caros todos tus desmanes".

Arum Matai calló de modo repentino y alzó sus manos sobre su cabeza con gesto solemne; de sus finos labios comenzó a brotar un sonido sinuoso, sibilante, que parecía contener en su ser la esencia de palabras desconocidas, imposibles de pronunciar por garganta humana alguna, una letanía indescriptible que hizo que el vello de la nuca del mercenario se erizara.

Calet consiguió sobreponerse a la sensación de miedo que amenazaba con atenazarlo, inmovilizarlo de forma tan efectiva como una fuerte soga, y saltar contra aquella cosa que se había escondido bajo una apariencia humana durante tanto tiempo. Su espada se alzó y saltó rauda como una cobra, buscando el desguarnecido cuello de la criatura, mas en el último momento una barrera invisible la detuvo a escasos centímetros de la escamosa carne.

Intentó una y otra vez golpear al engendro, pero resultaba imposible en apariencia: algo lo protegía, casi seguro que el conjuro que estaba lanzando; miró a su alrededor con desesperación, buscando algo que pudiera ayudarle a detener a aquel ser que amenazaba toda existencia sobre el mundo, mas lo único que alcanzó a ver fue la brillante espada y el libro abierto, un vetusto volumen de ajadas hojas y cubierta aún más estropeada. Tal vez…

Se adelantó hacia la piedra que hacía las veces de atril y apartó de un manotazo la reluciente arma, a la que prometió dedicar más atención cuando todo aquello hubiera acabado; contempló las palabras que figuraban en el manuscrito, expresiones sin significado ni sentido para él, a buen seguro letanías de conjuros y hechizos dispuestas para ser usadas en algún momento.

—¡Apártate de ahí, maldito perro! —oyó gruñir a Arum Matai; volviéndose con rapidez, comprobó que el renegado lo contemplaba con los ojos entrecerrados por la furia, la concentración en el conjuro medio perdida… Comprendió a medias la esencia de lo que aquel monstruo estaba haciendo, y decidió cortarla de raíz: girándose de nuevo, levantó su espada y la abatió sobre el libro.

—¡No!

Al contacto con las hojas, el filo de hierro pareció incendiarse de repente, una feroz llamarada que hizo que Calet soltara su arma; desde el volumen brotó hacia el cielo una intensa luz blanca que iluminó la caverna durante unos momentos como si fuera de día, para desvanecerse y dejar en su lugar los humeantes restos de lo que instantes antes había sido un libro.

Medio cegado por la luz, no pudo evitar un empellón que lo arrojó al suelo; su brazo izquierdo se resintió dolorosamente por el golpe. Después, notó el cuerpo del hechicero sobre él, y las garras cerrándose alrededor de su garganta en un fuerte apretón.

—¡Maldita serpiente! —oyó gruñir a su enemigo—. ¡No tienes ni idea de lo que has hecho!

"Ése era el Libro de las Condenaciones, el volumen en el que se contiene toda la sabiduría de los Antiguos Señores. Nadie sabe quién lo escribió, y tan sólo existe otra copia en algún lugar de Tharsia[18], encerrada bajo siete llaves, según las consejas, en lo más profundo del templo del Sol.

"En sí mismo, en la propia estructura de su mágica confección, posee suficiente poder como para que un mago poderoso pueda extraerlo y apoyar así el conjuro de Apertura de los Sellos; y un estúpido necio como tú, sin pararse a pensarlo, se atreve a golpearlo con una hoja de hierro, que quiebra el orden natural de cualquier hechizo.

Mientras la cabeza le daba vueltas, Calet tanteó desesperado a su alrededor con la diestra en busca de algo que pudiera utilizar para defenderse de Arum Matai.

—¡Perro atlante! —continuó su oponente—. Acabas de destruir la posibilidad de llamar a este mundo a los poderosos Primigenios, a Aquellos que si pudieses contemplar convertirían tu cerebro en gelatina.

"Mas si acabo contigo ahora, no me cabe la menor duda de que seré capaz de hacerme con la otra copia del Libro. Y aunque no pueda hacer que Ellos regresen de su exilio, al

---

[18] Tharsia: capital de la colonia atlante de Licusta, en el sur de lo que actualmente es la península ibérica; muy posteriormente a su destrucción se reconstruyó, dando lugar a Tartessos.

menos tendré la satisfacción de provocar la máxima destrucción posible controlando a sus servidores, desatando todas las iras del infierno sobre el mundo en una oleada de sangre y muerte como la que jamás se ha conocido.

La mano del mercenario tocó por fin algo duro, frío, que le provocó un súbito corte; casi sin darse cuenta reconoció la hoja de una espada, no sabía si la suya o la otra, por lo que se aferró a ella con desesperación y la arrastró hacia sí. Cuando tras un breve tanteo consiguió empuñarla, la dirigió hacia donde creía que estaría el cuerpo del renegado.

Notó un breve respingo, y el tacto de las garras aflojando por un momento la presión en su cuello. Removiéndose con violencia, consiguió zafarse de la criatura y apartarla.

Poniéndose trabajoso en pie, alzó el arma frente a sí, dispuesto a vender cara su vida: el hechicero, a un par de metros, le observaba burlón. En su diestra brillaba la hoja que había yacido sobre el volumen destruido.

—Apenas puedes tenerte en pie —se burló su enemigo, tocándose el costado izquierdo, donde un leve hilillo de sangre marcaba el lugar donde el filo apenas había arañado la áspera piel—. Ríndete, abandona tu inútil empeño y abraza el destino que elegiste cuando decidiste enfrentarte a mí, sin más dilaciones ni luchas.

Calet saltó hacia delante en un esfuerzo desesperado por alcanzar al mago, mas éste lo esquivó con facilidad y se apartó unos metros.

—Lástima, mercenario —la criatura continuó con sus pullas—. Podríamos haber formado un excelente equipo, tu habilidad y mi poder, mas has preferido caminar por la senda del dolor y el sufrimiento. Tu furcia ha muerto, y pronto irás a hacerle compañía...

Ante aquellas hirientes palabras, la rabia comenzó a nublar el entendimiento del guerrero; un velo escarlata pareció cernirse sobre sus ojos, una mirada asesina, descontrolada, asomó a su rostro: el asesino implacable resurgía de nuevo, Ornay el Desalmado regresaba a la vida en todo su antiguo esplendor, en busca de la sangre y muerte que le habían sido negadas durante tanto tiempo.

Arum Matai apenas tuvo tiempo de esquivar el repentino ataque de su oponente: antes de darse cuenta de lo que estaba ocurriendo saltaba hacia atrás por su vida, apartándose con premura de las estocadas que el luchador le largaba sin tregua ni cuartel, olvidado al parecer de sus heridas y agotamiento; comprendió que debía protegerse de inmediato, o de lo contrario alguno de aquellos golpes acabaría por alcanzarlo.

En un momento en que pareció que su rival flaqueaba y se detenía de forma momentánea para recuperar el resuello, el renegado pronunció en voz baja unas palabras mágicas que habían de sellar el destino de aquél que había osado desafiar su poder; alzó las manos, esperando que la muerte brotara de ellas... y dejó escapar un quedo gruñido de sorpresa al comprobar que no ocurría nada. ¿Qué estaba sucediendo?

Con un reniego comprendió la situación: aunque el conjuro de la Apertura de los Sellos no había sido completado, el poder había sido entregado a las estrellas, por lo que en aquel momento no era más que una carcasa vacía, sin capacidad para lanzar hechizo alguno. Tal vez, sólo tal vez...

No podía permanecer quieto durante demasiado tiempo: Calet fallaba tan sólo debido a la fatiga y las heridas recibidas. Esa velocidad, esa habilidad... Parecía imposible que un ser humano pudiese ser capaz de tal habilidad a pesar de las heridas y el cansancio, tal vez en realidad no fuera otra cosa que un auténtico demonio encarnado. Debía poner distancia por medio, o acaso fuera él, el más poderoso hechicero que haya conocido jamás el mundo, quien se encontrase con su funesto sino.

De nuevo se apartó de su perseguidor en busca de un momento para poder intentar un nuevo conjuro, esta vez de transporte a un lugar seguro. Al pronunciar las arcanas palabras sintió que un leve hormigueo recorría sus miembros, por lo que sonrió malévolo.

—Adiós, perro —gruñó con hosquedad—. Púdrete en este laberinto de oscuridad.

—No te va a resultar tan fácil escapar, maldita serpiente —advirtió el mercenario, saltando de inmediato hacia él en busca del golpe final.

Sin embargo, no llegó a alcanzar a su enemigo: un repentino estallido de luz blanca lo cegó de nuevo, obligándole a cubrirse con el brazo sano. Cuando consiguió recuperar la visión, no había rastro alguno de Arum Matai por ninguna parte. Al comprender que aquel engendro se le había escapado toda la energía que lo había inundado pareció desaparecer como por ensalmo...

—Lo siento, Dartia —murmuró, cayendo de rodillas y apoyando la punta de la espada en el suelo para no derrumbarse—. Te he fallado...

—Ha tenido suerte —gruñó Sarbonus—. Tras conseguir restañar la herida, la propia naturaleza de esta mujer —señaló a la yaciente Dartia— ha sido capaz de superar la prueba y sobrevivir. Ahora lo que necesita es descanso.

—El Muror sabrá de vuestros desvelos —aseguró el general con una leve sonrisa—. Estoy seguro de que recibiréis una recompensa adecuada.

—He pensado en todo lo que nos está sucediendo estos últimos tiempos —le respondió el clérigo con gesto inexpresivo—. Señor, mis tareas como sacerdote de Aishan incluyen la sanación: es una Diosa de Misericordia, no contiene germen de venganza, y extiende su manto sobre todo aquél que se acoja a ella. ¿Cómo puedo traicionar tal espíritu y negar mi ayuda a nadie, por muy enemigo que sea?

"No necesito recompensa alguna, general; tomaré como tal haber cumplido con mi cometido como servidor de Aishan. El hecho de que sea una hija de Atlantis no debería haber influido en mi decisión, cuando la trajisteis ante mí habló el lemurio en lugar del sacerdote.

—Me alegro de oír esas palabras, Sarbonus —aceptó Ramug—. No hará falta entonces que os insista en que cuidéis de ella todo lo mejor que podáis. Ahora que sé que sobrevivirá y que está en las mejores manos posibles, puedo concentrarme en otras tareas que me preocupan.

Salió de la habitación sin mirar atrás; frente a él, la plaza de Ainatu hervía de actividad: los soldados se afanaban de un lado a otro, pendientes de lo que ocurría en el mar, sobre todo alrededor de la renacida y mil veces maldita isla de Reylh; la puerta del muro se cerraba en aquellos momentos tras un variopinto grupo de personajes de torvo aspecto, una docena de malencarados sujetos que no se sabía que hacían allí, a no ser que se tratase de más mercenarios alquilando sus armas: las razas de los seis grandes reinos estaban representadas, y al parecer no precisamente lo mejor de ninguna de ellas…

—Señor, acabamos de avistar la patrulla de la capitana Taben —le informó un capitán—. En unos momentos se presentará ante vos…

—Muy bien —aceptó su superior con un vago gesto sin apartar la mirada del grupo que acababa de entrar—. Dormat, avisa a los arqueros que estén preparados por si surge alguna contingencia, y toma un grupo de unos cincuenta hombres.

"Dispérsalos por todo el patio, y que estén pendientes de

mí —sonrió como un lobo—. Si aparecen las espadas, intentad coged al menos a uno vivo para sonsacarle información. Ah —comenzó a caminar hacia los sujetos—, y avisad a la capitana y a sus hombres para que estén también pendientes: quizás una carga de caballería ayude un poco...

Mientras andaba hacia ellos, la mirada del general se cruzó con la del que parecía el líder de aquella caterva; se estudiaron el uno al otro, calculando ambos casi de inmediato las posibilidades que tenían en un combate.

—Malditos chacales... —murmuró.

—Aishan descienda sobre vosotros —les saludó cuando llegó a su altura.

—Y sobre vos, general —le contestó el hombre con una amplia y engañosa sonrisa—. Es un gran honor estar ante alguien tan insigne como vos...

"Mal asunto si comenzamos con tales muestras de servilismo", pensó sombrío el oficial lemurio.

—¿Qué os trae a Ainatu? —inquirió, mostrándose tan solícito como pudo, procurando que no apareciera en su rostro señal alguna de disgusto o recelo.

—Somos mercenarios en busca de trabajo —explicó el hombre manteniendo su taimada sonrisa—. Mi nombre es Scatha, y lidero a este grupo de luchadores que, a buen seguro, os resultarán necesarios a juzgar por el panorama que puedo ver más allá de la playa —señaló la isla de C'Tl—. ¿Qué son esas cosas? ¿Acaso las leyendas acerca de los Hijos de las Profundidades tienen un fondo más real de lo que parece?

"Que te devore uno de ellos. Si vosotros sois mercenarios, yo soy un atlante".

—Puedo comprobar que procedéis de distintos lugares —comentó Ramug—. Jalals, guerreros rojos, ramas, atlantes, lemurios, wigurs... ¿Cómo habéis conseguido que las sempiternas rencillas entre los pueblos desaparezcan?

—Siendo prácticos, señor —Scatha se mostró sardónico—: no se sobrevive si no se puede confiar en quien lucha junto a ti. Lo que importa no es el origen, sino la habilidad a la hora de combatir; y aquí, desde luego —señaló a sus hombres—, podéis contemplar a uno de los mejores grupos de guerreros de fortuna que recorren Parnays.

—¿Y cuál es por ventura vuestra soldada? —indagó el general con el mismo tono irónico. Si había algo de lo que podía estar seguro era de que no iba a dejarse amilanar por aquellos sujetos.

—Nos conformamos con diez sialans por persona y día —contestó el asesino encogiéndose de hombros—. No me parece que sea mucho pedir por alquilar nuestras espadas.

"Lo cual me recuerda, señor, que tal vez haya más mercenarios que hayan oído de vuestros apuros y se hayan ofrecido; como podéis imaginaros, los de nuestra catadura —sonrió con gesto irónico— hemos de unirnos para hacer frente común a las adversidades, tal vez incluso formar una compañía de guerreros libres…

—No, ningún mercenario ha alquilado su espada en Ainatu —aseguró el oficial con gesto impasible.

—¿Estáis seguro de ello? —insistió Scatha con expresión de sospecha.

—¿Dudáis acaso de mi palabra de general? —se encrespó su interlocutor—. Os repito que ningún mercenario ha alquilado aquí su espada.

Durante unos tensos instantes ambos se miraron con fijeza; los compañeros del Tiburón llevaron sus manos a la empuñadura de sus armas de forma involuntaria.

Su jefe miró a su alrededor: aunque la actividad proseguía sin tregua ni pausa de forma aparente, observó miradas de soslayo, recelos, y un numeroso grupo de soldados que parecían vagar ociosos sin perderlos de vista; al mismo tiempo, vio que una compañía que acababa de entrar se quedaba junto a las puertas sin descabalgar, charlando entre ellos y lanzando breves ojeadas hacia su grupo.

—No debo poner en duda el honor de un alto oficial del ejército lemurio —sugirió sonriendo, sabedor de que un paso en falso arrojaría sobre ellos un torrente que no podrían detener por muy buenos luchadores que fuesen—. Así pues, ¿aceptaréis nuestros servicios?

—El erario de Ainatu está muy mermado —advirtió severo Ramug—. He de pensar en ello con calma, pues vuestra petición no es tan ligera como pudiera parecer.

—Meditadlo entonces —admitió el asesino en tono calmo—. Si nos indicáis dónde podemos descansar, esperaremos a vuestra decisión; mas no os demoréis en exceso, tal vez nuestras armas no estén ociosas demasiado tiempo...

—Acudid allí —el general señaló un edificio de cuya pared colgaba un fragmento de madera con una inscripción descolorida que apenas resultaba legible—. Se os informará de mi decisión.

Con una breve inclinación de cabeza, el variopinto grupo se dirigió en la dirección indicada; durante unos instantes el general los vio marchar, el ceño fruncido ante el cariz que parecía estar tomando la situación. Después, con un encogimiento de hombros se volvió y se acercó a uno de sus capitanes.

—Que mantengan la vigilancia sobre esos hombres —ordenó de modo abrupto—. No quiero roces ni complicaciones con ellos, a no ser que lo busquen. Quiero estar informado de todos sus pasos y palabras.

"Y en cuanto a Taben, que acuda de inmediato a mi presencia y me informe de lo ocurrido en las cavernas de Starmaq...

EXTRANJEROS

B endita oscuridad... La negrura se cernía sobre él, envolviéndolo en un protector abrazo, una calidez, una serenidad como jamás había sentido. Si aquello era la muerte, la recibiría con los brazos abiertos, abandonaría el triste mundo sin lágrimas por lo que dejaba atrás.

Tan sólo lamentaba no haber sido capaz de haber enderezado su miserable vida, de no haber podido, o más bien no haber querido, cambiar ciertos aspectos de su azarosa existencia; había cerrado su corazón de tal manera a los sentimientos, que se había vuelto por completo ciego a todo lo que había a su alrededor. No subsistía en su interior otra cosa que la sed de sangre, el instinto de destrucción que lo había arrojado casi sin remedio a los brazos de un terrible demonio.

Al final había fallado, no había sido capaz de cumplir con la encomienda que se le había asignado; y en el camino, pérdidas... pérdidas irreparables, sin sentido alguno, que no deberían haber tenido lugar. Le resultaba evidente que aquél era el único destino que se merecía, una muerte innoble, ajena al honor del guerrero.

Y, sin embargo… ¿acaso aun después del final seguiría torturándose con tan negros pensamientos? La placidez fue desvaneciéndose poco a poco, dando paso a una amargura, a un profundo dolor que laceraban su alma como fríos cuchillos. Tal vez, sólo tal vez, seguiría vivo, muriendo en vida con cada aliento, con cada víctima de su sangriento anhelo. ¿Merecía la pena?

—No desea continuar en este mundo —oyó decir a alguien con el inconfundible acento lemurio—. Ha perdido toda su voluntad.

—¿Bromeáis, Sarbonus? Este hombre tiene una vitalidad enorme…

—Sí, tiene una gran vitalidad, pero no anhelo de vida. Está entregado por completo a los brazos de la Dama Oscura.

—Tenéis que salvarlo, sois un clérigo de Aishan.

Aquella voz… Le resultaba harto conocida, ¿no era acaso…

—Señora Dartia, hago todo lo que puedo —se defendió el sacerdote—. Mas si Calet no desea vivir, ni toda la magia sanadora del mundo sería capaz de arrancarlo del seno de los dioses oscuros.

¡Dartia! Recordaba haberla abandonado a una muerte cierta, con una herida muy grave en el costado, cerca de las montañas…

Pronunció su nombre con suavidad, en un susurro apenas audible; casi de inmediato creyó oír movimiento a su alrededor, respiraciones cercanas, casi ansiosas.

—¿Qué es lo que ha dicho?

Abrió los ojos con una dolorosa lentitud. Al principio sólo las sombras danzaban ante él, caprichosas formas que era incapaz de aprehender; después, las imágenes fueron centrándose, aclarándose, hasta conformar un rostro harto conocido, el de su compañera de aventuras.

—Lo siento —murmuró con un hilo de voz—. Lo lamento, Dartia…, te he fallado. No fui capaz… de protegerte… ni conseguir… la cabeza de tu asesino…

—Parecen delirios —sugirió cerca de él otra voz conocida, la del general Ramug—. No entiendo de qué diablos habla.

—Yo sí lo entiendo —comentó la atlante con gesto preocupado, inclinada sobre él. Dejó escapar un suspiro de resignación—. Lo entiendo a la perfección… —susurró.

El dolor regresaba de nuevo a enseñorearse de su cuerpo, un dolor físico, general, avasallador, junto con las temibles punzadas del remordimiento y la culpabilidad que asaeteaban su corazón de forma inmisericorde. Aunque había conseguido evitar que Arum Matai cumpliese su abominable objetivo, el precio había sido alto, demasiado alto.

—Debe luchar por su vida —sugirió el sacerdote lemurio—. De lo contrario, nada podré hacer por él.

—Intentadlo —le ordenó el soldado sin demasiada convicción—. Tal vez exista una mínima oportunidad —miró de reojo a la mujer. Sin una palabra más, se dio la vuelta y salió de la habitación.

La situación se estaba volviendo insostenible: aunque la lejana presencia de las criaturas de C'Tl ya apenas alterara los nervios de los habitantes de Ainatu, había un nuevo elemento de inquietud en la población. Se trataba de Scatha y sus mercenarios, que andaban haciendo preguntas incómodas desde el día que llegaron. Aunque trataran de disimularlo, era algo manifiesto que andaban en busca de Calet y Dartia; y el hecho de que la mujer se hubiera dejado ver no ayudaba demasiado…

Había ordenado que estuvieran bajo vigilancia continua; cada vez que se cruzaban, las miradas entre él y el líder de aquellos sujetos hubieran podido provocar un incendio.

—General…

"Hablando del diablo", pensó con gesto de resignación.

Recomponiendo de inmediato su expresión, se volvió con una sonrisa que esperase fuera lo más diplomática posible.

—Sois vos, Scatha —saludó sin demasiada ceremonia—. Que la bendición de Aishan sea con vos.

—Y con vos, señor —le aduló el asesino—. Creo que debería hablar con vos acerca de un pequeño asunto que nos concierne.

—Os ruego que seáis más explícito —sugirió el lemurio encogiéndose de hombros.

—Cuando llegamos a esta población me indicasteis que no había ningún mercenario en esta plaza —el hombre comenzó a explicarse. Se le notaba a las claras que contenía su irritación—. Y a lo que he visto, al parecer no fuisteis... muy claro.

—¿Acaso estáis insultando mi honor tachándome de embustero? —se solivantó Ramug.

—No, señor, nada más lejos de mi intención —se defendió su interlocutor, procurando calmar los ánimos—. Sencillamente, que durante estos días hemos visto a una atlante deambulando por ahí y no hemos podido evitar preguntarnos cómo es que una enemiga declarada del Imperio tiene tan libre acceso a las dependencias militares.

—Como bien me dijisteis cuando nos conocimos —el general sonrió sardónico—, lo que importa no es el origen, sino la habilidad a la hora de combatir y de actuar en equipo para poder sobrevivir.

"No tengo por qué daros explicaciones, mas por vuestra tranquilidad lo haré: no hay mentira alguna en mis palabras, esa mujer llegó aquí cuando comenzaron los ataques de los seres del mar, y se puso a nuestro servicio sin decir una palabra, sin reclamar soldada alguna; así pues, no hemos alquilado sus servicios.

"Y ahora, si no os importa, debo atender mis deberes

para con mis hombres…

—¿Qué es lo que ha sucedido? —demandó Calet con voz queda—. Debería estar muerto, me interné hasta lo más profundo de esas condenadas cavernas…

—Shh, no te esfuerces —le advirtió Dartia—, deja que Sarbonus haga su trabajo.

—Lo siento, Dartia —se lamentó el hombre con gesto de amargura—. Aunque conseguí evitar que abriera el portal de los Antiguos, no pude… no pude vengar el destino al que te abandoné.

"Ese maldito hechicero de negro corazón se me escapó… Ni siquiera es humano…

—Calla y descansa —insistió la mujer, apoyando un par de dedos sobre sus labios.

"Si estás vivo es porque Ramug se encolerizó con la capitana Taben al ver que volvía sin ti. De inmediato organizó una expedición más amplia a esas galerías con la intención de encontrarte fuera como fuera.

"Tardaron bastante tiempo, mas al final te localizaron en una cueva de techo abierto; al parecer tuviste algo de trabajo para llegar hasta allí, porque encontraron restos carbonizados, una araña enorme y una cosa que parecía un ser humano de aspecto simiesco.

"También ellos tuvieron sus problemas: ese oscuro laberinto debe estar lleno de criaturas letales, porque perdieron tres hombres a manos de cosas que vagaban por la negrura y que no fueron capaces de distinguir.

"Cuando te trajeron, yo empezaba a recuperarme poco a poco de la herida que me causó la daga del hombre alto; no me dejaron quedarme a tu lado, bastante tenía con lo mío…

El mercenario sonrió, apenas un leve gesto; el dolor aumentaba por momentos, abrasando su pecho con una intensa llamarada.

—Aquí ha habido mucho movimiento —continuó la taliria sin apartar los ojos—. Ha llegado un grupo de asesinos de la Hermandad del Tiburón, que están esperando el momento de poder rebanarnos el gaznate. De momento el general los tiene controlados, mas no creo que pueda mantenerse la tensión por mucho más tiempo: sólo se contienen por estar en una plaza con un amplio contingente militar, morirían todos y nadie podría llevar noticias de su éxito o fracaso a Poseidonia.

"En cuanto salgamos en busca de Arum Matai, nos seguirán como lobos famélicos.

—Déjalos... que vengan —se burló el atlante con amargura—. Yo los entretendré el tiempo suficiente para que puedas largarte de este lugar abandonado de la mano de los dioses.

Por un instante Dartia cerró el puño y lo levantó un poco, como dispuesta a asestarle un golpe, mas consiguió contenerse.

—No sé qué demonios te pasa —gruñó furiosa—, pero no voy a consentir ese derrotismo que estás mostrando. Cuando te hayas recuperado ya hablaremos.

—Sí, hemos de hablar —aceptó el hombre con mansedumbre—. Acerca de nuestro trato...

En aquel momento entró el clérigo de Aishan, que los observó a ambos con suspicacia; aunque sabía del servicio que habían prestado al Muror del Imperio, no podía evitar que el recelo surgiera en su mente al comprender que se trataba de dos enemigos jurados de su pueblo.

—Creo que podré hacer algo por vos —sugirió, controlándose y centrando su mirada en el yaciente—. Cerca de aquí, en Tininoa, hay una sacerdotisa de Aishan que al parecer posee —sus ojos se pusieron en blanco en una clara expresión de incredulidad— una capacidad de sanación muy superior a la mía. Ya he mandado llamarla, así que supongo que estará aquí en un par de días...

—No es necesario que os molestéis más por mí —aseguró el mercenario—, ya os he causado suficientes molestias.

"Restañad mis heridas lo suficiente como para que pueda caminar y blandir mis espadas, y yo me ocuparé del resto.

—Ya veo —aceptó el lemurio con calma—. Vuestra compañera ya os ha contado las nuevas acerca de quienes os buscan, ¿no es así?

—¿Y qué si así lo ha hecho? —se irritó el atlante—. Creo que nuestros asuntos no son de vuestra incumbencia, ¿no os parece?

—Sí, cuando esos asuntos incluyen problemas físicos, enfermedades... —le respondió Sarbonus con expresión airada—. ¿O acaso pretendéis que Ramug me despelleje vivo por no cumplir con mi deber como sanador?

—Nada más lejos de mi intención, clérigo —Calet suavizó apenas el gesto—. Está bien, aceptaré vuestros cuidados, mas no esperéis nada más de mí.

Con un gesto de irritación, Dartia se dio la vuelta y salió de la estancia dando un fuerte portazo.

—Una mujer de carácter... —comentó el hombre con una escueta sonrisa.

Mientras caminaba a través del desierto, el nigromante no hacía más que gruñir y dejar escapar improperios contra aquél que le había impedido liberar a los Antiguos de sus prisiones; perdida su apariencia humana y casi por completo agotada su reserva de magia, se sentía tan indefenso como un recién nacido: los nómadas de aquellas regiones no se tomaban demasiado a bien la presencia de extranjeros en las que consideraban sus tierras, y mucho menos a seres con la imagen que él ofrecía.

Condenado, maldito mercenario... Lo único de que podía congratularse era de que estuviera muerto y no podría volver a estorbarlo a la hora de recuperar su perdido poder y encontrar el ejemplar del Libro de las Condenaciones que se hallaba en algún lugar de Tharsia, a buen seguro muy bien vigilado. Mas ésa era una circunstancia que no le preocupaba en demasía: en cuanto se hubiera repuesto y volviera a experimentar el flujo de su energía, podría disponer de las defensas de los tharsianos sin mayor trascendencia.

Había tenido suerte de poder escapar de la maldita espada de ese tal Calet dar Gaur, había estado a punto de acabar con él. ¿Qué clase de hombre era, cómo podía haber superado a los Hijos de T'Satga, a sus condenados, y haber enfrentado con éxito los horrores del Laberinto de Starmaq? ¿Acaso era un demonio surgido de los abismos de los propios Señores de la Ruina? ¿Tal vez el propio Og Sabn? No, no era posible que se tratase de algo así: ¿cómo iban a enfrentarse los vástagos a sus progenitores de tal manera? No, la explicación no podía ser ésa, había de ser por fuerza otra...

¿Y si se trataba de un enviado de los grandes enemigos de los Primigenios, los Dioses del Orden? Sólo así podría explicarse su enorme vitalidad, su capacidad para superar cualquier vicisitud ante la que se encontrara... Sí, eso debía ser...

Mas, si de tal se trataba, ¿no sería factible pensar que ni siquiera la tenebrosa oscuridad de las cavernas fuera capaz de detenerlo, y que resurgiera de sus cenizas cual ave de fuego? Tal vez debiera buscar de inmediato un refugio donde descansar y preparar un recibimiento adecuado a aquel perro, en caso de que sobreviviera y encontrara su rastro…

La noche era calurosa, agobiante; el húmedo bochorno parecía presagiar una fuerte tormenta eléctrica. La luna, en creciente, creaba siniestros juegos de sombras al ocultarse y destaparse tras las oscuras nubes…

Cuatro soldados vigilaban el acceso a la habitación donde descansaba Calet; eran hombres especialmente seleccionados por el general, de lealtad inquebrantable y gran habilidad en el combate. Sus órdenes habían sido claras: bajo ningún concepto debía entrar nadie a ver al herido, a no ser que se tratara de su compañera, el clérigo de Aishan o él mismo.

Vigilantes de su entorno cual halcones, no se dieron cuenta de las silenciosas figuras que se deslizaban sobre ellos, por el tejado de la edificación; moviéndose como gatos, se situaron sobre los confiados centinelas y, a una muda orden, saltaron hacia ellos, los afilados cuchillos destellando en la estigia oscuridad.

Una breve escaramuza, y todo había acabado: cuatro cadáveres uniformados se desangraban con lentitud, las gargantas cortadas sin apenas haber dejado escapar un leve suspiro.

No intercambiaron una palabra: mediante gestos se acercaron a la puerta y la abrieron cautelosos.

En medio de la negrura apenas resultaba distinguible el lecho sobre el que yacía el herido; a su alrededor no se veía a nadie, por lo que el camino parecía expedito para sus macabros planes. En absoluto sigilo, se acercaron con las armas preparadas…

Sonó un golpe apagado, como de metal sobre carne, y uno de los asesinos se derrumbó con un gemido agónico; los demás se volvieron sorprendidos, y contemplaron una confusa forma que caía sobre ellos como un tornado, con un alarido escalofriante en los labios.

Pasó entre ellos como una exhalación, dando la alarma y repartiendo feroces golpes en amplios molinetes que dejaron tendido a un wigur con la cabeza separada del cuello y a un jalal gimiendo, sujetándose un brazo cercenado.

Para cuando los asaltantes se repusieron de la sorpresa, se encontraron con la figura de Dartia cerrándoles el paso hacia el cuerpo del mercenario, la ensangrentada espada en alto y con un feroz gesto de determinación en el rostro.

—Van tres ratas —gruñó rabiosa—. ¿Quién quiere ser el siguiente?

—¡Vamos! —ordenó Scatha, avanzando impetuoso hacia la mujer—. Hemos de acabar nuestra tarea antes de que la guarnición se ponga en pie.

—Ya es demasiado tarde, necios —se burló ella, amagando una estocada a una atlante que se había acercado demasiado y obligándola a retroceder—. ¿Acaso creíais que Calet iba a estar desprotegido?

El jefe de los asesinos hizo una finta, buscando dejar el cuerpo de la taliria al descubierto para que aprovechara alguno de sus secuaces, mas su esfuerzo fue en vano, la guerrera no se dejó engatusar: se limitaba a mantenerlos apartados del catre, haciendo tiempo para que los lemurios hicieran acto de presencia.

—¿Qué demonios está pasando…

La voz de Ramug acercándose hizo saltar todas las alarmas entre los conjurados, el nerviosismo comenzó a hacer mella en aquellos endurecidos sujetos, que veían ya cómo la mano de la muerte se cerraba en torno a ellos como un dogal.

—¡Acabemos con esto! —rugió Scatha, lanzándose en una estocada baja.

La atlante detuvo con facilidad el tajo y lo rechazó hacia un lado, usando el impulso de su arma para golpear el rostro de un lemurio que intentaba acuchillarla en el costado y derribarlo sobre una mujer en un revoltijo de miembros.

Los gritos de los soldados en el exterior, aproximándose a la carrera, hicieron que los atacantes perdieron la poca confianza que tenían; dos de ellos intentaron huir, mas fueron abatidos antes de que pudieran alejarse de la vivienda. A continuación, la guarnición de Ainatu cayó de inmediato sobre el resto de los atacantes.

—¡Quiero vivo al jefe! —exclamaba el general, intentando hacerse oír en medio de la vorágine de voces, lamentos y entrechocar de armas.

Al cabo de breves momentos todo había acabado: la habitación parecía un matadero, todos los asesinos habían muerto excepto Scatha, llevándose con ellos a cuatro lemurios y dejando heridos a otros cinco.

—¡Lleváoslo! —bramó Ramug. A continuación se volvió hacia la mercenaria—. ¿Estáis bien, señora?

—Sí, señor —aceptó la mujer sonriendo con levedad mientras limpiaba la espada; estaba empapada en sangre, mas la mayoría no era suya, sino de sus enemigos: tenía varios cortes sin importancia, de los que apenas manaban hilos escarlata—. Tuve suerte de oírlos cuando degollaron a los guardias, de lo contrario me hubieran cogido desprevenida...

—Mis hombres los estaban vigilando en todo momento —explicó el general con un breve encogimiento de hombros—; aunque no hubierais dado la alarma, habríamos acudido para protegeros a vos y a Calet.

—Bueno es saber que podemos contar con vuestro

apoyo —le agradeció ella, volviéndose hacia su compañero, que los observaba con expresión sarcástica.

—Me pesa no haber podido intervenir —se lamentó éste—. Los miembros no me sostenían lo suficiente...

—Déjate de necedades —le espetó la guerrera con sequedad—. Ya me ha costado mantener el ritmo a pesar del tiempo que he necesitado para recuperarme, y tú pretendes estar bien en un par de días. Valiente estupidez...

Linmay, la sacerdotisa de Aishan, llegó a Ainatu al cabo de un par de días; el estado de Calet había mejorado un poco, aunque no tanto como hubiera sido de esperar.

—Tal y como sugeristeis, Sarbonus, este hombre no tiene voluntad alguna de vivir —comentó con un encogimiento de hombros tras examinar las heridas—. Ninguna de nuestras medicinas, ninguna magia, podrá curar por completo el daño que tiene en el alma; tan sólo existe una posibilidad, y nada más que una, y reside nada más en su propia mente.

"Si no es capaz de convencerse a sí mismo de que merece la pena seguir en este mundo, aunque sus heridas se restañen irá apagándose como una vela.

Dartia observó con pesar la sombría expresión de la mujer; apenas un poco más alta que ella, era de constitución fuerte y rasgos ásperos, como tallados a cincel, en los que brillaban unos ojos verdes, intensos; su tez, más pálida de lo habitual entre los lemurios, quedaba enmarcada por una larga cabellera rubia recogida en una larga trenza.

—Entiendo —admitió la atlante.

Durante un breve lapso de tiempo estuvo mirando de forma alternativa a ambos clérigos, perdida en sus tumultuosos pensamientos, hasta que, al fin, con gesto de determinación, miró la puerta de la sala en la que se encontraba el yaciente.

—Adelante, entrad a hablar con él —sugirió Sarbonus con una suave sonrisa—. Tal vez podáis conseguir lo que nosotros no hemos sido capaces.

Linmay lo miró inquisitiva, a lo que el hombre respondió con un gesto paciente.

—Cada cosa a su tiempo —aseguró.

Tras unos momentos de vacilación cruzó el umbral y se acercó a su compañero.

—Hola, Calet —le saludó amistosa—. ¿Qué tal te encuentras hoy?

—Como siempre —contestó él en tono seco—. Postrado aquí.

—Ésa no es la actitud adecuada para un guerrero de tu categoría —le advirtió ella con severidad—. ¿Qué diablos te ocurre?

—Nada en lo que puedas ayudarme. Ahora, si no te importa, me gustaría estar solo.

—¿Por qué te empeñas en castigarte de esta manera? —le reprendió la mercenaria con dureza—. ¿Acaso has perdido el juicio?

—No, no lo he perdido —aceptó el hombre con una cansada expresión de resignación en los ojos—. De hecho, nunca he estado más cuerdo que ahora.

"¿Qué esperabas, Dartia? ¿Qué esperabas de alguien que no ha tenido alma y que ha vivido por y para la espada? ¿Qué esperabas de alguien que ha sido mancillado por la sombra de una criatura como Og Sabn?

"Te lo dije cuando aceptaste caminar a mi lado, mas no quisiste hacerme caso: la muerte me acompaña donde quiera que vaya, todo aquel que se relaciona conmigo suele acabar su vida de forma violenta.

—Pero…

—No, no digas nada, no es necesario —le interrumpió con un gesto—. Te he fallado, no pude protegerte cuando nos enfrentamos a esos servidores de los Antiguos, y lo peor de todo: juré que haría pagar a ese execrable hechicero por tu muerte, y no lo hice.

"Lo lamento de veras, se me escapó a pesar de todo…

—Pero conseguiste evitar que abriera el portal a los Demonios —se irritó la mujer, comenzando a perder la paciencia—. ¿Te parece eso poco?

—Me vi obligado a elegir —insistió él con terquedad—: la gravedad de tu herida me hizo ver lo fútil de todos nuestros empeños, la vacuidad de nuestros actos.

"Si intentaba salvarte, daría tiempo a Arum Matai para cumplir sus perversos fines, y te perdería en la vorágine de desolación que sucedería a continuación; y si intentaba detenerlo, te perdería también en las garras y colmillos de las alimañas.

"¿Qué podía hacer? —se lamentó con voz amarga—. Antepuse Parnays a tu vida…

—Hiciste lo que debías —aseguró la guerrera. Endureciendo la expresión, le agarró por la pechera de la camisa y lo levantó apenas, inclinando el rostro sobre él—. Sigo viva, ¿no? Todo salió bien, y eso es lo que debes pensar: todo lo demás no importa.

"¿Te duelen las heridas? Eso te recordará que sigues en este mundo, y que para bien o para mal tienes una misión que cumplir. Y te guste o no, yo estaré a tu lado cuando acabes con ese renegado lemurio.

—No es lemurio —advirtió Calet con el rostro crispado—, ni siquiera es… humano. En su aspecto real recuerda a un gorgón, pero más… saurio, más… cruel.

"Y, por supuesto, no permitiré que vuelvas a jugarte la vida a mi lado —aseguró con firmeza—. Es inútil que insistas, si salgo de ésta iré yo solo a buscar a Arum Matai.

—No te enteras de nada, ¿verdad? —se encrespó Dartia—. Acompañarte en tu camino fue y es mi decisión; jugarme la vida a tu lado es algo que yo decido, independientemente de lo que puedas pensar, que por lo que veo es poca cosa.

"¿Por qué no dejas de lado de una maldita vez esa capa de sombras en la que te gusta tanto envolverte? Og Sabn no llegó a contaminarte, de lo contrario ahora no serías más que una huera marioneta a sus órdenes.

"¿Dices que me has fallado? En realidad, con tu actitud te estás fallando a ti mismo. Si sólo supieras…

—En realidad, porque lo sé —le interrumpió el herido rabioso— no deseo que pierdas la vida por mi causa.

La mujer iba a continuar con su diatriba, mas se detuvo de modo repentino al asimilar las palabras de Calet; lo soltó con brusquedad, de un empujón, y lo contempló con fijeza.

—¿Cómo eres capaz de soltar tantas necedades en tan poco tiempo? —inquirió con gesto dubitativo.

—Porque, en el fondo, de esta sombría existencia en la que me muevo sólo tengo una cosa clara, tan sólo existe una pequeña luz que ilumina el camino.

—Pues aférrate a ella… —le advirtió la atlante con una leve sonrisa.

Tras un par de semanas, ambos mercenarios habían sanado por completo de sus heridas y se preparaban para partir en busca de Arum Matai.

—Aunque en realidad no se me ocurre por dónde podríamos empezar —comentó el hombre con desgana.

—Tal vez alguno de los magos del ejército lemurio podría echarnos una mano —sugirió Dartia.

—Mandaré llamar de inmediato a los hechiceros. Ahora que la situación aquí parece controlada —Ramug señaló displicente hacia la costa—, supongo que no serán necesarias vuestras espadas.

—¿Habéis conseguido sacar algo al tiburón? —demandó Calet.

—De momento no —admitió el oficial de mala gana—. A fe mía que es un hombre recio, que ha aguantado la tortura estoicamente, sin decir una sola palabra ni proferir queja alguna.

—Dejádmelo a mí —sugirió el guerrero torciendo el gesto en una mueca salvaje—. Estoy acostumbrado a extraer información hasta de los mudos...

—No me parece probable que con éste vayáis a tener mejor fortuna que nosotros —el general se encogió de hombros—. Se le ha aplicado el fuego, el ácido, el agua... Se le ha golpeado una y mil veces, se han usado con él las torturas más sofisticadas que conocemos, y aún así no hemos sido capaces de hacerle hablar.

—No contáis con un pequeño detalle —aseguró Calet torvo—: esos asesinos iban a por mí, tal vez enfrentado a su víctima se muestre más... comunicativo.

—Adelante, intentadlo vos mismo, mas dudo de los resultados que podáis obtener.

Su compañera le miró de soslayo: ¿era acaso un atisbo de su antiguo ser lo que veía brillar en su mirada? ¿Acaso Ornay estaba de nuevo libre?

A una orden del lemurio, un soldado los guió hasta la celda en la que se hallaba Scatha, que ofrecía una imagen de lo más deplorable: atado a una silla, mostraba magulladuras y quemaduras por todo el cuerpo, lleno de costrones de sangre seca.

Al ver a su pretendida víctima, el hombre entreabrió un poco el ojo derecho; el otro estaba tan hinchado que apenas se distinguía entre la carne de la cara.

—Vaya, bienvenidos a mi humilde morada —saludó mordaz—. ¿A qué debo el honor de tan sorprendente visita? Os hacía ya camino de Atlantis…

—No se trata de una visita de cortesía —le advirtió el mercenario con severidad—. Vengo a haceros unas preguntas, y por vuestro bien os aconsejo que las contestéis con prontitud y de forma adecuada.

—¿Pretendéis acaso conseguir lo que los lemurios no han podido sacarme?

—No dudéis de que me diréis lo que quiero saber —aseguró Calet sin inmutarse—. Os jugáis en ello vuestra alma.

—¿De qué demonios habláis, maldito perro?

El guerrero levantó la mirada hacia los dos soldados que permanecían junto al prisionero y los contempló con gelidez.

—Salid de aquí —ordenó frío—. Y tú también, Dartia. No creo que sea conveniente que contemples lo que se va a desarrollar.

—¿Crees acaso que no he presenciado torturas? —se irritó la mujer.

—No dudo de ello —aseguró el hombre sin alterar lo más mínimo su expresión—, mas esto no van a ser torturas, va a ser una carnicería.

El ensangrentado rostro del asesino pareció contraerse apenas al escuchar aquellas palabras, pero consiguió controlarse.

—No podéis hacerme más de lo que he sufrido ya —se burló—. No intentéis asustarme con hueras amenazas, pues os aseguro que no han de asustarme.

—¿Estáis seguro de ello? —los labios del atlante se distendieron en una amarga sonrisa, en una expresión que heló la sangre de los presentes—. Poco me conocéis entonces, para haberme seguido a través de medio mundo…

"¡He dicho que todos fuera!

—Pero el general… —comenzó uno de los guardias, mas la hosca mirada de su interlocutor lo acalló de inmediato.

—Salid de aquí… ¡ahora! —advirtió con ferocidad, llevando la mano a sus armas.

—No te reconozco, Calet —se quejó su compañera, dándose la vuelta y abandonando el calabozo.

Dubitativos, los dos lemurios salieron detrás de la mujer; uno de ellos se quedó cerca, mientras el otro iba a informar a Ramug de lo ocurrido.

—Bueno, ahora estamos solos —comenzó Calet, mirando a Scatha con gesto fiero—. Ahora puedo despacharme a gusto con vos sin la presencia de miradas mojigatas o indiscretas.

—No me dais miedo, mercenario —se chanceó el prisionero.

—Entonces, si no os importa, prescindiremos de los prolegómenos —advirtió severo el guerrero—. Decidme, si os place, quién ha pagado a la Hermandad del Tiburón para que me persiga. Y no se os ocurra intentar mentirme, porque lo sabría de inmediato.

—Fue la diosa Dan'Nan.

Por un momento el atlante permaneció mudo de sorpresa ante la inesperada contestación; después, al asimilar las palabras, adquirió un tinte rojizo, crispándose en una expresión de furia mal contenida.

—Habéis de saber que esa chanza no ha tenido el más mínimo humor —gruñó, sacando el cuchillo del cinturón.

—Pero si es la verdad —se defendió el asesino con gesto inocente, los ojos brillándole de malicia—. Fue la diosa en persona quien acudió a mi Señor para solicitar vuestra muerte y la de vuestra furcia.

Apenas tuvo tiempo de reaccionar: la zurda del

mercenario salió despedida en un fulgurante movimiento que impactó brutal en la mejilla de su interlocutor, derribándolo de lado.

—Ése sólo es el comienzo —aseveró con irritación, agachándose junto al caído—. Ahora, volvamos a empezar: ¿quién ha pagado para eliminarnos?

—A lo que se ve sois alguien muy solicitado —explicó con brevedad el agredido sin perder la sonrisa cínica—. Hay mucha gente interesada en haceros desaparecer.

—¿Qué? —se escandalizó Calet—. ¿Cuántas veces habéis cobrado por mi cabeza?

"Espera... Creo que empiezo a atar algún que otro cabo. ¿Por ventura no será Arum Matai uno de vuestros contratadotes?

—Nada sé de nadie llamado Arum Matai —se burló Scatha—. Sólo sé lo que nuestro Señor nos encomienda.

El guerrero conocía algunos de los entresijos de la Hermandad; si existía el odio suficiente, se podía pactar el asesinato de alguien con la humillación añadida de pronunciar el nombre de su verdugo en el momento del óbito de la víctima. Así pues, una de dos: o aquel miserable le estaba engañando, o no sabía si el hechicero estaba detrás de aquella conjura.

—¿Os habéis quedado satisfecho, señor?

Durante unos breves instantes la glacial mirada del hombre se fijó en el prisionero, indeciso acerca de si creerle o no: al fin y al cabo, el renegado era presa segura, habían dado su palabra de que lo cazarían; estuviera o no detrás de su muerte daba lo mismo, tenía una deuda pendiente que saldar con él; pero quizás hubiera más, mucho más...

Con un despacioso gesto, recogió al asesino y lo levantó, poniéndolo erguido de nuevo.

—Así pues, decís que no sabéis nada, ¿no es así? —inquirió con expresión lobuna—. No sabéis quién es Arum Matai, ni quién tiene tanto interés en verme muerto.

Entonces, permitidme que os diga que sois un redomado impostor, y que voy a hacer que deseéis contarme todo lo que sabéis.

"Para empezar, temo que no apreciáis en lo que vale vuestra piel, así que os la voy a arrancar a pedazos; sí —aseguró sombrío al comprobar el efecto que sus palabras tenían en su oponente—, os voy a desollar vivo, con exquisito cuidado para que no muráis demasiado deprisa. Sólo os dejaré viajar al Halasna cuando me hayáis contado lo que quiero saber.

—No os atreveréis a hacer tal cosa —se defendió Scatha con gesto nervioso—. No sois capaz.

—¿Pensáis que no tendré redaños para esta tarea? —se chanceó el hombre que tenía enfrente—. Entonces tendré que demostrároslo con hechos…

De un veloz tajo cortó la camisa que cubría el cuerpo del prisionero y la apartó con violencia; después, le apoyó el cuchillo sobre el pecho y, de forma suave, hizo un ligero corte vertical a la altura del esternón, que hizo que el asesino se estremeciera de modo involuntario.

—¿Seguís prefiriendo manteneros callado? —demandó con voz queda, suave—. Os advierto que a medida que vaya separando la piel de la carne iréis sintiendo más y más dolor…

Con sumo cuidado comenzó a introducir la punta del puñal, arrancando un leve gemido al tiburón, que se removió intentando apartarse.

—Cuanto más os mováis peor será para vos.

—¡Basta! —admitió por fin el cautivo—. Está bien, os contaré lo que sé.

La daga se alzó unos centímetros, a la espera de las palabras del hombre.

—Nada sé de ese Arum que habéis mencionado —comenzó—, más sí sé de la encomienda que se me ha hecho: nuestro Señor nos envió tras vos y vuestra compañera por encargo de un noble atlante, que solicitó que supiérais el nombre de vuestro vengador en el momento de vuestra muerte.

—¿Y cuál es ese nombre?

—Tenauch dar Zexcal.

La información cayó como un mazazo sobre Calet: ¿de modo que se trataba de eso? ¿A pesar de todo, aquel necio fatuo le guardaba tanto rencor como para poner tras él a la banda de asesinos más temida del mundo? Su rostro se ensombreció ante tal muestra de estupidez...

—Os habéis ganado el derecho a vivir un poco más —advirtió a Scatha, mientras meditaba acerca de las circunstancias: cuando acabara con el nigromante, tendría que saldar una deuda con cierto sujeto atlante...—. Os dejaré en las manos del general Ramug para que él decida vuestro destino.

Dándose la vuelta, salió de la celda envuelto en sus macabros pensamientos...

—Arum Matai habló de un libro maldito que pensaba buscar en Tharsia —explicó el mercenario tras relatar los sucesos de su deambular por las tenebrosas cavernas de Starmaq—. Con el poco poder que le quedaba es de suponer que no pudiera desplazarse muy lejos, así que resulta plausible que lo encontremos en tierras wigur.

—Mas no podéis partir sin esa certeza —le avisó Ramug—. Esperad a que nuestros magos localicen al hechicero, y os enviaremos a ese lugar de inmediato.

—Os agradecemos el interés que os tomáis en nosotros, señor —intervino Dartia—, y os juramos que acabaremos con ese renegado cueste lo que cueste.

—Mas, ahora que pienso en ello, ¿tenéis alguno nociones de la lengua wigur? —inquirió el general—. Al fin y al cabo, el lemurio y el atlante son hermanos a pesar de nuestras eternas discusiones y rencillas, mas en el continente occidental se hablan idiomas por completo distintos.

—No, no tenemos idea alguna de esas culturas —afirmó Calet encogiéndose de hombros—, mas alguna manera habrá de que nos entendamos.

—Quizás nuestros magos dispongan de algún conjuro de lenguas —sugirió Ramug contemporizador.

—Tal ayuda sería de agradecer —admitió la guerrera con una sonrisa—. Mas no debéis preocuparos en exceso: si no resulta posible hablando, disponemos del idioma universal de los gestos.

En aquel momento oyeron unos quedos toques en la puerta; al abrirse, entró un soldado acompañado por varios personajes con túnica.

—Señor, le traigo a los hechiceros tal y como ordenó.

—Muy bien, caballeros —comenzó el general—. Tengo tareas que encomendarles.

"En primer lugar, deberán localizar al antiguo consejero del Muror, el nigromante renegado Arum Matai. Sabemos que ha estado en Guntana, en las Cavernas de Starmaq, mas no tenemos idea alguna del lugar al que ha partido.

"En segundo término, deberéis indagar en busca de algún conjuro de lenguas que permita a estos atlantes entender y hablar el wigur —señaló a los mercenarios—, e incluso, si llegara el caso, cualquier otro idioma.

"Y, por fin, cuando ya todo lo anterior haya sido cumplido, habréis de enviarlos al lugar donde se halle el mago.

—Permitidme decir algo —pidió Calet, descolgando de su espalda el arma encontrada en la caverna donde combatió al engendro que se hacía pasar por humano—.

¿Por ventura sabe alguno de vosotros de qué material está hecha esta espada?

"La he probado y es mucho más resistente que las tradicionales de hierro, hasta el punto de partirlas en un choque fuerte; además, el filo resiste mucho más, es más brillante y no posee pátina alguna de óxido.

Entregó la hoja a uno de los hechiceros, que la sopesó y la contempló con cautela, dándole vueltas y buscando algún dato que le permitiera averiguar algo más.

—No sabría deciros —comentó mientras pasaba el objeto a sus colegas—; diría que es hierro, mas no está tratado de la manera habitual. ¿Habéis probado a preguntar al herrero cómo la obtuvo?

—No sé de qué forja salió —se disculpó el guerrero—. Sólo sé que la tenía esa serpiente de Arum Matai apoyada sobre el Libro de las Condenaciones, o algo similar.

—¿Habéis dicho el Libro de las Condenaciones? — exclamó alterado otro de los hombres, haciéndose eco de las expresiones de terror que asomaban a aquellos rostros.

—No podéis estar hablando en serio —intervino una enjuta mujer—, sólo existen dos copias y están a buen recaudo...

—Sólo queda una, y está en Tharsia —le advirtió el mercenario sonriendo con desgana—. Esa maldita serpiente tenía la otra, y pretendía usarla para abrir un portal de entrada a este mundo a los Grandes Antiguos.

—¡Santo Oriban!

—¡Bendita Aishan!

—¡Por los cuernos de Murkala[19]!

Dartia sonrió para sus adentros. "Vaya atajo de

---

[19] Murkala: diosa de la destrucción en la tétrada lemuria, consorte de Uskala. Suele ser representada por la serpiente-dragón, el nombre que recibía la anaconda.

santurrones, rezando a todos los dioses que conocen".

—¡Ese volumen ha de ser destruido de inmediato! —aseguró una de las hechiceras, de cabello blanco como la nieve—. No podemos permitir bajo ningún concepto que caiga en manos de nadie como Arum Matai, condenado sea por toda la eternidad...

—No podemos hacer eso —denegó otro, meneando la cabeza pesaroso—. ¿Y todo el conocimiento, todo el saber que esas páginas pueden mostrarnos?

—Esa sabiduría es impía —terció otro—, procede de los más obscenos abismos de maldad que podamos imaginar. ¿Acaso creéis que de ahí se va a poder extraer algo bueno?

"Pensad un poco, estamos hablando del mayor compendio jamás escrito acerca de los Antiguos Demonios y sus servidores, de la forma de invocarlos, de abrirles el paso para que asolen el mundo y lo conviertan en un erial... En esas páginas se encuentran aberraciones como el ser humano no es capaz de imaginar, capacidades sin fin para provocar el caos y la malevolencia más absolutos.

"No, resulta por completo inviable mantener, aunque sea escondido, el Libro de las Condenaciones. La única opción posible es destruirlo, aunque esté tan protegido que ni el hierro ni el fuego pueden nada contra él...

—Os equivocáis, señor —le corrigió el mercenario recuperando su arma—: una buena espada fue la que destruyó, o al menos eso me pareció a mí, el volumen que tenía el renegado.

"Cuando lo golpeé me quedé sin mi arma, se fundió en una cegadora deflagración, mas al recuperarme comprobé que el libro ya no estaba en su pedestal, y que el nigromante se había encolerizado en extremo por tal hecho.

—Extraño, en verdad —aceptó una mujer de penetrantes ojos azules—. Ya habíamos comprobado en alguna ocasión que el hierro y la magia suelen provocar extrañas reacciones cuando se unen, aunque aún no hemos sido capaces de determinar la relación existente entre ambos: hay ocasiones en que un arma detiene un conjuro, y otras que no...

—Tales disquisiciones las dejo para vuestras privilegiadas mentes —admitió Calet encogiéndose de hombros—. Ahora mismo, nuestra única prioridad es alcanzar a Arum Matai y acabar con él. Después... —sonrió como un lobo—. Después hay deudas pendientes por saldar...

Los preparativos para la partida llevaron un par de días, tiempo que los mercenarios emplearon en pasear por los alrededores de Ainatu y acercarse incluso al nacimiento de la lengua de tierra que unía la isla con el reino oscuro de Reylh, para comprobar que las cosas seguían como siempre y que los Hijos de C´Tl no preparaban ataque alguno contra los lemurios.

En el momento señalado se reunieron con el general y los magos en la plaza de la población: sus monturas estaban ya preparadas, pertrechadas con todo el bagaje de los guerreros.

—Ha llegado el momento —comentó Ramug—. Os deseo la mayor de las venturas en la tarea que tenéis encomendada, y que ese rastrero chacal renegado pague por todo lo que ha provocado.

—Gracias, general —aceptó el guerrero, sonriendo apenas y mirando a su alrededor.

—Arum Matai está muy lejos, viaja por las tierras de los wigurs tal y como sospechabais —explicó uno de los hechiceros—. El conjuro de transporte no os podrá llevar directamente a él, mas podemos dejaros a una distancia razonable como para poder alcanzarlo a uña de caballo.

"En cuanto al hechizo de lenguas, no hemos conseguido encontrar forma alguna de que sea permanente sobre vosotros: lo más a lo que hemos podido acceder es a encantar unos colgantes —entregó uno a cada uno de los viajeros— que mantendrían la capacidad durante un tiempo indeterminado, que hemos comprobado muy largo.

—Esto es una despedida —comentó el atlante, sujetando las riendas de su montura—. Que la bendición de Aishan sea con vosotros, y que la paz reine, eterna, entre los Imperios.

—Así sea —admitió Ramug cuadrándose en un gesto militar.

—Quedad con los dioses —se despidió Dartia—, que ellos puedan cubriros con sus doradas alas.

Mientras los lemurios comenzaban a recitar sus fórmulas mágicas, los mercenarios se juntaron y se tomaron de las manos.

Un repentino y vivo resplandor blanco que envolvió a ambos indicó que el hechizo había funcionado, haciendo que el general se cubriera los ojos con el brazo; cuando aquel fulgor se desvaneció, no quedaba rastro alguno de los luchadores ni de sus monturas.

—Ojalá les vaya todo bien —sugirió el militar lemurio.

Sarbonus y Linmay se miraron entre sí y asintieron en silencio.

—¿Llegaste a percibirlo? —inquirió la mujer.

—Sí —el clérigo se volvió hacia el jefe de la guarnición, que los observaba inquisitivo—. General, cuando trajisteis a Calet dar Gaur a mis cuidados preferí mantener el silencio: me asaltaban serias dudas acerca de lo que notaba alrededor del atlante.

"Mas la llegada de Linmay confirmó mis sospechas…

—¿De qué estáis hablando, Sarbonus? —demandó Ramug frunciendo el ceño.

—Del aura del mercenario —comentó la sacerdotisa—. Nada más acercarme a él pude sentir una especie de vacío, una falta de energía vital que al principio achaqué al agotamiento, las heridas y la pérdida de su voluntad de vivir.

"Mas, a medida que se iba recuperando, esa sensación se mantuvo incólume: alrededor de ese atlante hay un desequilibrio de fuerzas que no acabo de comprender, es como si su vida no fuese sino un mero artificio, algo similar a una marioneta de los niños.

—Diríase que no tiene alma —terció el Servidor de Aishan—, que en su interior se librara una batalla entre su espíritu y algún tipo de oscuridad.

—No tiene alma... —murmuró el oficial—. Eso me recuerda algo que he oído hace algún tiempo, algo relacionado con un guerrero sin alma... ¿Cómo se llamaba?

—Es la primera vez que conozco a alguien así —admitió Linmay sorprendida—. Si en verdad carece de alma, sería de algún modo inmortal y ninguna herida, por grave que fuera, podría postrarlo durante mucho tiempo.

—Ornay —gruñó Ramug de repente—. Ornay el Desalmado, un asesino atlante que dejaba en el Imperio su seña de identidad. Su cabeza valía diez mil sialans, mucho más que la de cualquier criminal de todo Parnays. Jamás había fallado ninguna encomienda, hasta que la Hermandad del Tiburón se puso tras sus pasos y lo cazó en Mor Talir, si no recuerdo mal...

"Mas no parece lógico pensar que pueda haber más de una persona en este mundo con las características de ese depravado; sin embargo, el carácter de Calet y la aparente certeza de la muerte de Ornay son contradictorias, diría que no son la misma persona...

—Es probable que no lo sean... —sugirió amistoso Sarbonus.

Chuen Hay cuidaba de su rebaño de cabras como si de sus hijas se tratara; nativo de la cercana población de Shiniang, no era habitual que se alejara apenas de los bajos muros de adobe para prevenir la posible aparición de los clanes nómadas, que se dedicaban a saquear y arrasar todo lo que encontraban en su camino.

Aquel día estaba sentado tranquilo a la sombra de un árbol, observando con atención a sus animales, dejando que su fiel *Ishin*, una perra de seis años, se ocupara de mantener agrupados a los animales. Había sacado de su zurrón un pedazo de queso y estaba disfrutando de un merecido refrigerio, cuando vio algo que le hizo levantarse de un salto.

A cierta distancia había aparecido una luminiscencia blanca, brillante, en cuyo interior parecían perfilarse unas tenues formas; los furiosos ladridos de su mascota le decían que no se trataba de un sueño, que estaba frente a algo desconocido... Empezó de inmediato a recoger las cabras y a dirigirse hacia su pueblo, sin quitar la vista de la luminosidad que poco a poco iba desapareciendo para dejar entrever figuras humanas y animales; por fin, cuando consiguió centrar la visión, contempló a un hombre y una mujer que llevaban de las riendas a un par de caballos. Eran a todas luces extranjeros, más altos que sus gentes, y sus monturas eran asimismo más grandes.

Les vio montar con ademanes pausados y volver la cabeza en una dirección y otra, como si buscaran algo, hasta que por fin le descubrieron y azuzaron a los animales hacia él con un paso lento, calmado.

Con un gemido de temor llamó a Ishin y le azuzó para que le ayudara a llevar las cabras cuanto antes a Shiniang, aunque no parecía probable que pudiera estar a resguardo tras los muros antes de que le alcanzaran aquellos guerreros.

Sus temores se cumplieron cuando vio de cerca a los dos jinetes, un hombre y una mujer, que le observaron con una fijeza impenetrable.

—Que Dan'Nan sea con vos, wigur —le saludaron a la vez, dejándolo por completo sorprendido al comprobar que hablaban su lengua casi mejor que él mismo.

—¿Q… Quienes sois? —inquirió, incapaz de evitar el temblor en la voz—. ¿Qué q… queréis de mí?

—Tranquilizaos, nada tenemos contra vos —explicó Dartia con una amplia sonrisa—. Tan sólo buscamos alojamiento e información. Y, a lo que veo —sus ojos se volvieron hacia las cercanas casas del pueblo—, podemos hallar ambas cosas aquí cerca.

—No podemos entretenernos demasiado tiempo —gruñó Calet removiéndose nervioso—. ¿Por ventura habéis observado a alguna criatura extraña en estos últimos tiempos? ¿Habéis tenido problemas con algún engendro de aspecto de reptil?

—Nada sé de eso, honorable señor —contestó el pastor rehaciéndose del asombro—, tan sólo me ocupo de mis cabras sin meterme en nada más…

—Entonces os dejaremos que apacentéis con tranquilidad vuestro rebaño —sugirió la mercenaria volviendo su caballo hacia la cercana población—. Que tengáis un buen día. Y, por favor —miró de reojo al perro, que no dejaba de ladrar y gruñir con fiereza—, os sugeriría que ordenarais a vuestro animal que se mantuviera tranquilo, no vaya a ser que sufra un accidente…

—Gracias, señores —aceptó Chuen Hay, inclinándose obsequioso mientras observaba cómo se alejaban de él. Con un suspiro de alivio, devolvió la atención a sus cabras…

Los guerreros no tardaron en plantarse ante las puertas de basta madera que cerraban el acceso al pequeño pueblo; sobre ellas, a ambos lados, se habían congregado varios hombres achaparrados con arcos tensados apuntándoles.

—¿Quién acude a Shiniang? —demandó uno de ellos, de rostro cetrino en el que una cicatriz bajaba desde el cuero cabelludo hasta la sien derecha—. ¿Con qué derecho llaman unos extranjeros a nuestras puertas?

—Que Dan'Nan sea con vos, señor —saludó Calet con gesto amistoso—. Acudimos a vos como viajeros en busca de comida y alojamiento.

—Habláis muy bien nuestra lengua —comentó el hombre receloso—. ¿Cuánto tiempo lleváis en las tierras de los wigur?

Los compañeros se miraron entre sí, sospechando de la pregunta.

—El suficiente —contestó por fin Dartia—. ¿Abriréis vuestras puertas o habremos de dormir al raso?

—Por los siete infiernos que sois impertinentes —gruñó Cicatriz—. Y maleducados por añadidura, puesto que no nos dais vuestros nombres. Como jefe de la guardia de esta población, ante vuestra evidente falta de modales no puedo permitiros el paso.

—¿Entonces permitiréis que pasemos la noche pendientes de los animales salvajes y los merodeadores? —se burló Calet—. ¿Ésa es vuestra cortesía?

El rostro del wigur se volvió como la ceniza, contraído en un rictus de rabia mal contenida.

—¿Cómo osáis cuestionarme? —bramó con repentina violencia—. Tamaña ofensa merece un castigo adecuado. ¡Soldados! ¡Abrid las puertas!

236

Algunas cabezas desaparecieron como por ensalmo del muro, mientras el resto permanecían amenazando a los dos mercenarios con potentes arcos recurvados.

Al cabo de unos momentos las hojas de madera se abrían con un siniestro chirrido, dejando entrever un numeroso grupo de hombres montados en pequeños caballos que se desplegaron de inmediato, rodeando a sus indeseados visitantes.

—Entregad vuestras armas y daos presos —advirtió Cicatriz con severidad—. En nombre de Ho Wun, toen[20] de Shiniang, os declaramos proscritos.

—¿Con qué derecho os permitís tal declaración, si no hemos cometido falta alguna contra vuestro pueblo? —demandó Dartia con irritación, con la mano apoyada en el pomo de su espada.

—¡Basta de palabrería! —exclamó airado el soldado—. Entregad vuestras armas de inmediato, o seréis muertos aquí y ahora.

Calet miró a su alrededor: calculó que serían una veintena de guerreros, suficientes como para acabar con ellos si entraban en combate, y eso sin tener en cuenta a los arqueros que acechaban desde el muro; y, sin embargo, no pudo evitar sonreír como un lobo al observar las expresiones entre dubitativas y temerosas de la mayoría de ellos, sorprendidos de hallar viajeros en sus tierras. Tal vez pudiera jugar una buena baza con el miedo que aquellas gentes parecían tener a los foráneos…

Con gesto lento, meditado, descolgó sus armas de la espalda y las ofreció al jefe del grupo, que hizo un gesto con la mano para que uno de sus subordinados las recogiera no sin mostrar temor.

Su compañera lo miró por unos instantes, para por fin

---

[20] Toen: gobernador de una población en las tierras wigur.

seguir su ejemplo y entregar su hoja; a continuación, escoltados por la guarnición y las miradas de asombro de una población que al parecer apenas había tenido visitantes extranjeros en muchos años, fueron guiados hasta una edificación de adobe, piedra y madera frente a la cual se erguían orgullosos cuatro soldados pertrechados con largas lanzas.

Tras descabalgar, fueron conducidos al interior de la casa, hasta una pequeña sala de apariencia espartana, rota tan sólo por unos cuantos cojines esparcidos por el suelo y varias telas colgando de las paredes con dibujos de diversos animales con un extraño estilo que jamás habían visto. En la pared más alejada, entre lo que parecían un tigre y una grulla, en una silla de recia madera se sentaba un hombre bajo, de apariencia rechoncha y piel oscura; sus ojos rasgados, característicos de aquel exótico pueblo, los contemplaban desde un rostro taimado, receloso, bajo un cráneo afeitado por entero.

—Techan con vosotros, viajeros —saludó ceremonioso mientras inclinaba la cabeza—. Estáis en presencia del augusto Ho Wun, Toen de Shiniang. ¿Qué os trae a nuestras tierras?

—Qué Dan'Nan sea con vos, señor —saludaron los mercenarios, inclinándose a su vez—. Somos Calet dar Gaur y Dartia dar Sarama —continuó el hombre con gesto serio—, viajeros en vuestras tierras hacia el occidente.

—¿Sólo viajáis? —inquirió con sospecha su interlocutor, observándolos con los ojos entrecerrados—. ¿No buscáis nada en concreto, armados como estáis para el combate? ¿Tal vez pretendáis hacernos creer que vuestro paso por aquí no obedece a, pongamos por caso, labores de información para conocernos e invadirnos?

—Nada de eso está en nuestro ánimo —respondió Dartia con expresión sorprendida—. Venimos persiguiendo a una criatura, a un engendro huido de los más profundos abismos del Halasna.

—Fantástico debe resultar ese ser cuando os ha traído de lejanos lugares hasta aquí —sugirió zalamero el Toen—. ¿Qué sois? ¿Atlantes? ¿Lemurios? Ramas desde luego, no, y jalals tampoco. De todos es sabido el afán de conquista que los pueblos isleños poseen, así que, al menos en apariencia, vuestras excusas resultan en exceso pobres como para concederos un pequeño atisbo de credibilidad.

"En lo que a nosotros respecta, podríais ser la avanzadilla de un ejército invasor. Vuestro excelente dominio de nuestra lengua puede ser un indicador claro de que lleváis tiempo entre nosotros…

—¿Cómo esperáis que os demostremos que no somos espías? —demandó el mercenario encogiéndose de hombros—. Nuestro honor descansa en la palabra empeñada, si no deseáis creernos no lo hagáis; mas la única verdad es la que os ha contado mi compañera.

"En cuanto a que seamos capaces de hablar y entender el wigur, el motivo es muy sencillo —señaló el colgante que llevaba al cuello—: estos amuletos están hechizados para que podamos comunicarnos con vosotros con facilidad.

"Hemos sido contratados por el propio Muror lemurio para dar caza a un enemigo que estuvo durante mucho tiempo escondido en el propio corazón del Imperio, en Reinai; cuando fue descubierto huyó, y desde entonces estamos tras su pista…

—Antes habíais hablado de una criatura —observó Ho Wun, contemplándolos con expresión inquisitiva—, y ahora de un enemigo. ¿No estáis siendo un tanto… contradictorios?

—Estamos hablando de un ser que no es humano —explicó Calet, comenzando a perder la paciencia—, que se disfrazó como tal durante mucho tiempo. Yo me he enfrentado a él y he visto su verdadero aspecto…

—¿Y no conseguisteis eliminarlo?

—Estaba agotado y herido —se defendió el guerrero—, y su magia es muy poderosa: a pesar de estar prácticamente exhausta, consiguió huir hasta estas tierras.

—Ahora veo que estáis mintiendo —comentó el wigur con una torva sonrisa—: si tal cosa hubiese ocurrido, yo sabría de su presencia y no se me ha comunicado nada en absolutamente al respecto de una criatura como la que describís...

—¿No se os ha notificado ningún hecho extraño? —intervino Dartia en tono amistoso—. ¿Ninguna muerte, ninguna desaparición, nada que os haya hecho pensar?

—Tan sólo que los clanes Cheng y Kuen Lay andan revueltos —comentó el Toen con indiferencia—: al parecer ha vuelto a surgir alguna cuita entre ellos. Bien, bienvenida sea —su expresión se tornó durante un instante ladina—, pues así nos dejan a nosotros tranquilos.

—¿Y no sabréis cuál es esa rencilla? —inquirió el mercenario.

—Da la casualidad de que sí la conozco: creo que se refiere a la muerte del hijo de Shou She, el kian[21] Cheng —explicó sucinto su interlocutor—. Es muy probable que algún Kuen Lay se lo encontrara en medio del desierto y lo atravesara de lado a lado...

Calet y su compañera se miraron durante unos momentos: aunque era muy probable que aquello no significara nada, debían apurar cualquier pista que les condujese hasta Arum Matai.

—¿Podríais indicarnos cuál es el camino para visitar a ese Shou She? —demandó el guerrero en tono solícito.

—¿Quién sabe? —respondió Ho Wun—. Aquí, allá... Los nómadas no son como nosotros, su hogar se halla allí donde plantan sus tiendas. Pretender encontrar un clan

---

[21] Kian: líder de un clan nómada entre los wigur.

wigur es como buscar un grano de arroz en medio del desierto.

"La paciencia es la madre de cualquier virtud, es más fácil que os encuentren los nómadas a que vosotros podáis localizarlos; sus rastreadores pueden detectar una pista aunque no parezca haber nada... —los contempló con una extraña sonrisa—. ¿Por qué no permanecéis aquí con nosotros como invitados?

—¿Invitados o prisioneros? —inquirió Calet frunciendo el ceño.

—Eso depende de vos —le respondió el Toen sin inmutarse—: mientras respetéis las costumbres de nuestras tierras y no creéis problema alguno se os considerará invitados. Mas debéis pensar que en todo momento habrá alguien que vele para que no os acaezca ningún mal...

—¿Somos libres de salir de Shiniang? —demandó Dartia.

—Podría decirse que sí —admitió el wigur encogiéndose de hombros—, siempre y cuando respetéis, tal y como se os ha dicho, las costumbres de nuestra raza.

—Para poder respetarlas hemos de conocerlas —sugirió el mercenario irónico—, y ello a buen seguro conllevará el que podamos cometer errores que de otra manera no ocurrirían...

—Con ello cuento... —aseveró Ho Wun.

Mientras paseaban por la población, los dos guerreros contemplaban la animación que se desplegaba ante ellos: vociferantes comerciantes llamaban la atención hacia sus coloridas tiendas, ofertando mercaderías de todo tipo y jaez, rodeados por el gentío que discutía con ellos por los precios. Entremezclados con la gente, ladrones y mendigos buscaban una sencilla manera de ganarse la vida. Un poco más lejos, en un callejón, un hombre les ofreció compañía si le seguían al interior de un destartalado edificio de madera y adobe...

—¿Crees que encontraremos a Arum Matai? —preguntó Dartia.

—Eso espero —aseguró Calet sin demasiado convencimiento—. Ese maldito renegado nos lleva mucha distancia, y estas tierras son muy extensas...

"No se me ocurre la manera de localizarlo —apartó con suavidad a un demacrado niño que tendía la mano ante él—; a menos que en ese clan Cheng o comoquiera que se llame hayan visto al engendro, me temo que no va a resultar nada fácil.

"Hay que tener en cuenta el carácter de estas gentes —continuó torciendo el semblante—: aunque los habitantes de la ciudades puedan ser más pacíficos, es muy probable que los nómadas no toleren presencia alguna en sus dominios, así que en principio hemos de suponer que si hubieran visto a una criatura como la que yo contemplé en las cavernas de Starmaq la hubieran dado caza de inmediato.

—¿Entonces? —inquirió su compañera con preocupación.

—Salir —comentó el hombre con gesto resignado—. Salir de aquí y vagar por el desierto con la esperanza de tener la suerte de encontrar algún clan o al mismísimo hechicero. O al menos seguir en dirección a Tharsia lo más rápido que podamos: si consiguiéramos adelantarlo y esperarlo allí, tal vez acabáramos por fin con esta malhadada tarea.

—Mas antes deberemos aprovisionarnos en condiciones —le advirtió con severidad la mujer—: sin saber el tiempo que vamos a vagar por las estepas, necesitaremos mucha comida y agua...

No podía perder tiempo; a pesar de llevar suficiente delantera a sus malditos perseguidores, aún no se había recuperado lo suficiente como para poder hacerles frente en las condiciones adecuadas para poder acabar con ellos y dejar sus huesos secándose al tórrido sol.

La rabia lo consumía por momentos; con el lento regreso de sus poderes, el nigromante comenzaba a tener de nuevo percepciones de su entorno, y lo que sentía no le gustaba lo más mínimo: los mercenarios estaban cerca, mucho más cerca de lo que esperaba y de lo que le hubiese gustado.

La muerte de aquel jovenzuelo wigur había sido un contratiempo, mas no podía de ninguna manera permitir que alguien pudiese hablar de su presencia allí; si además tal circunstancia se volviera contra los cazadores que lo acosaban, tal vez consiguiera el plazo necesario para poner espacio entre él y esas miserables ratas de fortuna...

¡Por los dioses antiguos, cómo odiaba al chacal llamado Calet dar Gaur! Su aura era distinta a la de los demás guerreros, había algo en él que le atraía y le repugnaba a la vez. Esperaba que los nómadas acabaran con él e hicieran el trabajo sucio. Maldecía el día en que lo había conocido, el momento en que se había cruzado en su camino en el Salón del Trono del Muror Ostiman de Lemuria. Cómo se había llegado hasta aquella situación era algo incomprensible para él, mas resultaba evidente que desde entonces todo había ido de mal en peor: obligado a huir al Ulru en busca del poder máximo, a Guntana a intentar liberar a los Grandes Demonios Antiguos, a estas desoladas tierras en las que se encontraba... ¿Cómo era posible tal debacle?

Salió de la pequeña cueva rocosa en que se hallaba; estrechando las pupilas verticales ante el inclemente sol del desierto, comenzó a dirigirse hacia el Oeste; aunque, meditando con frialdad la situación, tal vez pudiera viajar más rápido si se dirigía al Sur, hacia el Imperio Rama, y conseguía embarcar en algún vimana que lo llevara hasta el Occidente del continente...

—Así pues, Scatha ha fracasado en su misión —susurró el Señor de la Hermandad del Tiburón, acurrucado en su trono de sombras; la falta de noticias de su subordinado durante tanto tiempo sólo podía indicar que el asesino no había conseguido su objetivo y que, por tanto, había que seguir considerando a los llamados Calet dar Gaur y Dartia dar Sarama como objetivos.

Durante unos momentos meditó acerca de las consecuencias de tan nefasto hecho: parecía evidente que habían infravalorado a aquellos guerreros, y que habrían de tomar medidas más drásticas con ellos. A aquellas alturas no creía ya probable que estuvieran dispuestos a poner sus armas a su servicio, ya había habido dos intentos fallidos que resultaba muy posible que no perdonara.

Tal vez...

—Torqal.

La llamada había sido suave, susurrante, mas al cabo de unos pocos instantes se presentó ante él un atlante de alta estatura, rubio, de complexión fuerte; su moreno rostro resultaba agraciado, con unos brillantes ojos negros que parecían taladrar a quien observaban.

—¿Sí, mi Señor?

—Da las órdenes pertinentes para que se localice a esos dos mercenarios que tenemos pendientes de eliminar —ordenó con voz fría—. La última vez estaban en Guntana. En cuanto estén de nuevo ubicados, quiero que vayas a hablar con ellos y les ofrezcas una tregua.

—¿Perdón, Señor? —se sorprendió el llamado Torqal—. ¿Cómo habéis dicho?

—Quiero reclutarlos para la Hermandad —explicó el hombre del trono con tono paciente—. Ofréceles una tregua para que se lo piensen con calma. Si la rechazan, no te embarques en una pelea: al parecer son muy buenos en su oficio. Déjalos ir, no los provoques, ya se buscará una solución adecuada a este problema más adelante…

"Mientras tanto, espero que ese noble tan petulante y pesado que pretende su muerte deje de acosarme con su pertinaz insistencia, o de lo contrario podría acabar conociendo el color de su propia sangre…

Calet y Dartia habían salido de Shiniang y cabalgaban en dirección Oeste; estaban dispuestos a forzar en la medida de lo posible el paso para, por lo menos, alcanzar al hechicero antes de que pudiese recuperar suficiente poder como para enfrentarlos con éxito. A lo lejos, tras ellos, unas figuras montadas indicaban la presencia de los soldados que los vigilaban con sumo celo.

—No creo que tarden mucho en cansarse —sugirió Dartia—. En cuanto vean que nos internamos en el desierto o la estepa, lo más probable es que vuelvan corriendo a contárselo a su Toen y se olviden de nosotros.

—Sí, casi seguro que así será —admitió Calet, mirando a su alrededor—. La cuestión ahora es si tropezaremos con algún clan, o habremos de seguir avanzando hacia el poniente en busca de Arum Matai. Aunque, para serte sincero, estoy pensando en la posibilidad de adelantarnos a él...

—¿Cómo? —inquirió la mujer.

—El Imperio Rama —le contestó el mercenario con una fugaz sonrisa de complicidad—. También poseen vimanas que nos pueden llevar más rápidamente hasta Tharsia, con lo que podríamos esperar a que apareciera esa maldita serpiente renegada, ese engendro de lagarto, y acabar con él de una vez por todas.

—No es mala idea —admitió la guerrera mirándole con fijeza—. Vayamos entonces al Sur.

De común acuerdo hicieron girar sus cabalgaduras y las lanzaron a un corto trote; poco a poco, sus seguidores fueron quedándose atrás, hasta desaparecer en el horizonte.

Durante varios días cabalgaron hacia el Sur, cruzando las estepas, hasta que un día vieron una amplia polvareda dirigiéndose en apariencia hacia el Oeste.

—Jinetes —comentó Calet—. Muchos jinetes, casi seguro que uno de esos clanes de los que nos habló Ho Wun.

—¿Crees que hacemos bien en llamar su atención? —inquirió Dartia con preocupación.

—No tenemos más remedio —admitió el atlante encogiéndose de hombros y azuzando su montura—. A pesar de las palabras del Toen, a pesar de los recelos de estas gentes hacia los extranjeros, hemos de averiguar, si ello es posible, si Arum Matai anda por estos lares o ha conseguido tomar más distancia.

Frunciendo el ceño, la mujer le siguió; albergaba serias dudas de que los clanes wigur fueran a darles la más mínima oportunidad de hablar.

A medida que se acercaban iban distinguiendo poco a poco los detalles: docenas y docenas de wigurs montados en pequeños caballos o toscos carromatos, vigilando con fiera mirada a su alrededor, hasta descubrir a los dos extranjeros que se les acercaban a paso tranquilo. Uno de ellos dio la voz de alarma, y de inmediato una veintena se destacó, armas en mano, para hacer frente a los recién llegados.

—Que la bendición de Dan'Nan sea con vosotros —saludó el mercenario, alzando la mano en gesto pacífico—. Venimos a hablar, no a luchar.

—Ningún extranjero es bienvenido —les advirtió el que parecía el jefe, un sujeto achaparrado, de rostro picado y cerrada barba—. Los Tai Ming no aceptamos a nadie que no sea de nuestro clan. Prendedlos, conocerán nuestra cortesía.

—¿No nos daréis siquiera la opción de exponer nuestra situación? —demandó Dartia con expresión seria.

—El mero hecho de estar en nuestro territorio es ya condenable —le contestó feroz el hombre.

—No alzaremos nuestras espadas contra los Tai Ming —aceptó Calet encogiéndose de hombros—. Al menos, no mientras no pretendáis acabar con nosotros.

El kian los contempló con expresión severa, evaluándolos cauteloso; por fin, tras una ojeada a sus hombres, dio la seca orden de que se bajaran las armas.

—Acompañadnos —ordenó.

El atardecer los encontró en un campamento montado con rapidez: unas pocas tiendas de cuero, varias fogatas en las que se cocinaban ingredientes que dejaban en el ambiente un acre olor… En torno a la mayor de las hogueras se sentaban un grupo de wigurs y los dos viajeros.

—Somos Calet dar Gaur y Dartia Dar Sarama —se presentaron con una leve reverencia—, oriundos de Atlantis y en servicio para el Muror de Lemuria.

—Mi nombre es Hsiu, kian de los Tai Ming. ¿Qué os trae a unas tierras en las que nadie os aprecia?

La faz del guerrero se nubló de forma momentánea. ¿Por qué aquellas gentes habían de ser tan hoscas?

—Buscamos a una criatura huida de las tierras lemurias, un ser de aspecto de reptil que ha causado graves daños —comenzó Dartia—. Hemos de llevar su cabeza al Muror.

—¿Y por qué habéis de hacerlo vosotros? —inquirió receloso su interlocutor—. Por lo que tengo entendido, las islas estáis siempre en guerra, sois irreconciliables. ¿Desde cuando ayudáis a vuestros enemigos? ¿Acaso no es ésa una actitud cuando menos sospechosa?

—Hay un tratado de paz entre ambos Imperios —explicó Calet—. Esa... cosa intentó traicionarlo y llevarnos de nuevo a un conflicto, por lo que hemos de restaurar la confianza perdida.

—La violencia es el estado natural del hombre —terció uno de los wigurs allí reunido, un anciano de ralo cabello blanco—. Lo que no puede conseguir por la astucia lo adquiere por la fuerza.

"La espada es lo que mide la valía de un hombre, de un guerrero, eso lo sabemos muy bien los clanes nómadas. Los necios que se han asentado en las poblaciones cercanas a la costa se han ablandado, piensan ya como los decadentes occidentales.

"Vosotros sois luchadores, eso salta a la vista, mas estáis contaminados por las casas que os han rodeado desde vuestro nacimiento: no habéis vivido en constante lucha con los depredadores de la estepa, combatiendo con otras tribus por unas tierras que pertenecen a aquel que se muestre más fuerte para mantener su supremacía, cazando lo que necesitamos para comer y vestirnos...

"Así pues, nuestro respeto sólo hay una manera de conseguirlo: demostrando que sois auténticos hijos de la espada.

—¿Significa eso que hemos de entablar lid con vuestros guerreros? —preguntó el mercenario enarcando las cejas.

—Así es —intervino otro de los asistentes con voz cascada, un viejo tocado con un gorro de piel oscura—. Techan dicta la vida y la muerte de todos los hombres, habla a través de sus elegidos, y muestra el camino a seguir por todos sus servidores.

"Hace unos días tuve una visión —miró a Hsiu, que asintió con la cabeza—: sentí su Aliento, y flotando en él imágenes que en ese momento no parecían tener sentido alguno.

"Vi águilas luchando con una gran serpiente sobre un lugar extraño, pavoroso, del que brotaba una asquerosa y abominable miasma atemporal... El combate era feroz, brutal, la sangre salpicaba por todas partes, mas su resultado era incierto.

"Ahora, parece que la visión comienza a adquirir sentido: aunque el tótem de los atlantes es el halcón, puede ser reinterpretado como el águila, y la gran serpiente ese ser al que perseguís. El lugar de la batalla es algo que no soy capaz de entender, tan sólo que desprende una malevolencia como jamás he percibido, una malignidad ajena al mundo de los mortales...

Los mercenarios se miraron entre sí.

—¿Reylh? —sugirió Calet—. ¿Arum Matai habrá vuelto sobre sus pasos?

—Podría ser —admitió Dartia—. Mas, ¿es el único lugar que queda en pie de los reductos de los Antiguos Demonios?

—Ahora que lo mencionas, he oído algunas referencias a algún sitio aquí, perdido en medio de la nada, donde aún se adora a los Antiguos...

—Si os referís a la Meseta de Laueng, mas os vale olvidaros de ella —les advirtió con severidad el kian—. Nuestras leyendas hablan de esa abominación entre susurros, y siempre bajo el signo para abjurar la mala suerte —escupió al suelo mientras levantaba una mano en la que sólo había estirado los dedos índice y meñique—. Nadie en su sano juicio, entre los wigurs, osa siquiera pensar en tal aberración... De hecho, se trata de un lugar tan escondido que prácticamente no se conoce de ningún mortal que haya sido capaz de penetrar su secreto.

"Se cuenta que en tiempos tan antiguos como la propia eternidad los enemigos del Señor del Viento y los Espacios Abiertos fundaron en ese malhadado escondrijo un nido desde donde expandirse por todo el mundo y extender su pavoroso poder.

"Guardianes de otros mundos, seres de apariencia humana mas sin corazón que lata en su frío pecho, criaturas errantes que devoran no sólo el cuerpo sino también el alma de los desdichados que caen en sus garras... Todo eso y más se dice que se encuentra en Laueng.

"Mas ya basta de disquisiciones sobre esa llanura maldita de Techan: a pesar de las palabras y sueños de nuestro chamán, como ya se os ha informado habéis de demostrar vuestra valía, y eso es lo único que debería preocuparos en este momento.

A una orden de Hsiu se despejó una amplia zona circular, cercada por estacas de madera que delimitaban el espacio en que iba a desarrollarse el combate. A medida que la oscuridad se cernía sobre el campamento fueron prendiéndose antorchas que se clavaron junto a las estacas.

—Ko Wei, Yeng, preparad vuestras armas —demandó el jefe de los Tai Ming.

Los dos guerreros nombrados se adelantaron y se inclinaron ceremoniosos ante su kian; sus cabellos lacios, oscuros, brillaban aceitosos en unos rostros morenos, quemados por el sol de las estepas. Uno de ellos, el llamado Ko Wei, lucía una rala barba que le daba un aspecto aún más salvaje.

Con un escudo pequeño, ovalado, fabricado en madera y cuero, con una púa en su centro, embrazado en sus antebrazos, ambos extrajeron al unísono sus curvadas espadas de hoja ancha, con el filo serrado, y se situaron en la zona de lucha.

—No podemos perder demasiado tiempo con esto —murmuró Dartia—. A cada instante que pasa el hechicero se nos escapa de las manos.

—No podemos hacer nada —aseguró en tono lúgubre Calet—. Hemos de seguir sus costumbres y esperar que las cosas vayan bien.

"En cuanto a este combate, te aconsejo que tengas cuidado: parecen recios, y sobre todo usarán técnicas y trucos propios de esta raza. Tal vez lo mejor sea que nos vayamos cambiando de continuo, no darles tiempo a evaluarnos y cogernos por sorpresa…

Avanzaron hasta situarse frente a sus adversarios.

—Se va a celebrar un juicio de valor —anunció Hsiu en voz alta—. Estos dos extranjeros habrán de probar su valía frente a nuestros poderosos guerreros, o de lo contrario perecer como perros.

La mercenaria fue a protestar, mas su compañero la detuvo casi de inmediato.

—No merece la pena —comentó en voz baja—. Son sus costumbres.

—Son salvajes.

—Déjalo estar —sugirió Calet—. Lo mejor es que saques lo mejor de ti, libera tu parte oscura y verás como te va mejor. Recuerda lo que te he enseñado. Y quizás, sólo quizás, si se da la circunstancia, perdonar la vida a estos hombres pueda resultar provechoso.

La mujer lo miró por un momento; después, ambos desenvainaron sus armas y se aprestaron para el inminente combate. Casi sin hacerles caso, concentrados como estaban en los dos adversarios que tenían enfrente, apenas escucharon los murmullos de asombro y temor que se alzaron al contemplar la brillante espada del mercenario.

Sus oponentes saltaron al unísono con un aullante grito de guerra; el choque de metales resonó en el vacío espacio con estremecedora fuerza, casi ahogando las voces de los wigurs que jaleaban a sus hermanos de raza.

Dartia salió rechazada hacia atrás ante una repentina patada en su estómago; a duras penas consiguió interponer su arma ante la centelleante rapidez con que Ko Wei le largó un golpe a la cabeza; mientras tanto, Calet conseguía esquivar el ataque del escudo de su rival y le obligaba a retroceder ante una estocada a su garganta. Casi al instante, el atlante saltó hacia el guerrero que atacaba a su compañera y le obligó a apartarse mientras se defendía de Yeng.

—¡Vamos, arriba! —animó a la taliria—. ¡Recuerda lo que te dije!

Una hoja le pasó muy cerca del cuerpo, mientras detenía otra y se lanzaba a un ataque desesperado para intentar recuperar terreno; de modo repentino una figura salió de detrás de él y se lanzó sobre Yeng, obligándole a parar un mandoble a su cabeza; al mismo tiempo, Calet buscó el pecho de Ko Wei, que lo detuvo con su escudo mientras se lanzaba a una embestida que su adversario detuvo con cierta facilidad; sin embargo, la patada que intentó colar por debajo de la defensa de su rival fue detenida de manera inopinada por una rodilla interpuesta en el último instante...

Durante unos momentos que resultaron tan largos como una eternidad los cuatro guerreros estuvieron intercambiando feroces tajos, cubriéndose poco a poco de sangre que brotaba profusa de pequeñas heridas, hasta que, por fin, un golpe afortunado de Dartia hizo que su oponente, Yeng, tropezara y cayera al suelo; casi al instante la atlante se olvidó de él y se dirigió hacia el otro wigur, al que obligó a defenderse mientras Calet lo martilleaba sin piedad hasta arrancar el arma de sus manos; a continuación, de una patada apartó la hoja del círculo y se volvió hacia el enemigo armado, que al ver lo ocurrido con su compañero torcía el gesto.

Ko Wei creyó que había llegado su oportunidad: al ver que los dos extranjeros se lanzaban sobre su pareja se abalanzó sobre la mujer con el escudo por delante, esperando poder clavarle la punta antes de que pudiera darse cuenta de lo que ocurría. Sin embargo, se encontró de improviso con un filo apuntándole a la cara en un gesto que apenas había sido capaz de ver. Frenándose de golpe, no fue capaz de evitar el rodillazo que ella le lanzaba al vientre, aprovechando su propio impulso, por lo que se dobló hacia delante con un intenso dolor; un momento después, un fogonazo cegador, un intenso dolor en la nuca, y caía en la negrura de la inconsciencia…

El antiguo asesino y Yeng estaban, mientras, trabados en un salvaje combate en el que ninguno de los dos estaban dispuestos a perder ni el más mínimo ápice de terreno. Calet parecía haber tomado por fin la medida a la forma de luchar de aquellos hombres, y mantenía la posición con una relativa facilidad, esperando a que su compañera quedase libre y poder resolver la lid sin tener que matar al nómada.

El wigur comprendió de inmediato el peligro en que se hallaba y se lanzó a una furiosa andanada de tajos y estocadas que obligaron a su rival a ponerse a la defensiva, para cambiar de inmediato de enemigo y amagar una finta a Dartia, que interpuso su arma; sin embargo, no había contado con la pericia de ambos luchadores, que poco a poco lo fueron arrinconando a pesar de su extraordinaria forma de lucha, hasta arrancarle la espada y el escudo de las manos.

—¿Rendición? —inquirió Calet, con su espada apuntando al cuello de Yeng.

—¡Nunca! —exclamó el hombre rabioso.

—Las leyes son claras al respecto —intervino Hsiu,

JoseFranciscoSastreGarcia

acercándose por fuera del círculo de combate—: sólo el vencedor puede salir vivo del Círculo del Honor.

—Mas ésas son costumbres vuestras —advirtió la mujer desabrida—: ¿por qué hemos de matar a unos hombres que han luchado de modo honorable y han demostrado tanta valía como nosotros? ¿No podría bastar con mostrar que somos capaces de vencerlos?

—La ley es la ley —insistió el kian—, y como bien decís, son nuestras tradiciones, que deberéis acatar mientras estéis entre nosotros.

"Conformaos con que estemos incumpliendo una de esas normas —frunció el ceño sombrío—: las mujeres no toman armas, no combaten, se dedican a tareas menos peligrosas; como posibles madres, como mantenedoras de la estirpe del clan, han de ser protegidas de todo daño.

—No mataremos a estos guerreros —aseguró Calet con firmeza—: si vuestros usos os exigen eso, nuestro honor nos dice que no podemos acabar a sangre fría con los enemigos vencidos; si esto hubiera sido un combate real por nuestras vidas hubiéramos tomado otras medidas, mas entendemos que no se trata de otra cosa que de un duelo, por lo que nos basta con la victoria.

Hsiu los miró durante un rato, para volver sus fríos ojos hacia el wigur vencido, que no mostraba expresión alguna en su impasible rostro.

—Sea —admitió por fin—. Aceptaré vuestra muestra de honor. Sed bienvenidos al clan Tai Ming.

—Necesitamos alcanzar a esa criatura de la que os hablamos —sugirió el mercenario con cierta rudeza—. No podemos permitirnos el lujo de dejarla escapar de nuevo, hemos de acabar con ella antes de que pueda volver a provocar algún daño…

—Mas no sabéis dónde buscar —comentó el kian—. Tal vez nuestros chamanes puedan ayudaros en vuestra misión…

En aquel momento se oyó un penetrante grito que hizo que todos los hombres echaran a correr de modo repentino en todas direcciones.

—¡Tenemos visita! —aulló Hsiu con salvaje gozo, mientras se apartaba de los atlantes y comenzaba a escupir órdenes—. ¡Enemigos!

Los dos compañeros se apartaron de Yeng, que recogió sus armas de inmediato y se alejó de ellos; en todos los rostros se pintaba la salvaje satisfacción de una pronta batalla, los wigurs montaban y se dirigían hacia el sur, desde donde parecía llegar una lejana algarabía.

—¿Vamos? —demandó Dartia.

—Aunque es algo que no nos incumbe, pienso que debemos ayudarlos —sugirió Calet encogiéndose de hombros—. Sin ayuda de esta gente nos va a resultar muy difícil dar con Arum Matai.

Sin más palabras se dirigieron hacia sus caballos y montaron prestos; siguiendo a los pocos guerreros que quedaban en el campamento, llegaron hasta el grueso del clan, que cabalgaba desaforado contra un numeroso grupo de jinetes que, aullando como lobos, venían hacia ellos enarbolando sus armas.

—¿Qué te parece si damos una sorpresa a los que vienen? —sugirió el hombre con sonrisa feroz.

—¿En qué estás pensando? —inquirió su compañera.

—En romper sus filas, en dispersarlos más de lo que ya lo están —comentó Calet con expresión ladina—. Tú y yo por delante de los Tai Ming, ésos —señaló a los adversarios— se sorprenderán de nuestra llegada y a buen seguro refrenarán de forma inconsciente a sus animales, por lo que nuestra carga será aún más eficaz.

—Podría funcionar.

Ambos azuzaron a sus caballos para que adelantaran a los nómadas y se lanzaran a una veloz cabalgada hacia los wigurs que se acercaban…

Comenzó con un suave movimiento que apenas fue percibido por los habitantes de la isla; después, en un imparable progreso, fue en incremento hasta convertirse en un gran terremoto que pudo sentirse aun en la lejana Otzaan, un terrible temblor de tierra que abrió negras fauces en el suelo guntaní, tragándose a todo aquel desdichado que tuviese la desgracia de hallarse en las cercanías; las olas, inmensas paredes de agua, se abatían implacables sobre la costa, arrasando cualquier cosa que encontraban en su camino…

Aunque acostumbrados a sufrir de manera periódica movimientos de tierra de cierta magnitud, los isleños sintieron el temor en sus corazones ante la virulencia con que se desataba aquél. Rezaban a sus dioses, creyendo que se trataba acaso del día en que la tétrada sagrada había decidido juzgar las almas de sus fieles.

En la costa oriental, Ainatu recibía lo más duro de aquella desbocada tempestad: los muros eran apenas capaces de contener el embate del proceloso océano, que se llevaba a su seno cuantos desgraciados encontraba en cada embate.

—¡Por los dioses! —exclamó Ramug furioso, tratando de luchar contra el feroz vendaval—. ¡Hay que sacar a la gente de aquí, llevarlos hacia el interior, o perecerán!

—Señor, ya han comenzado a huir todos —explicó el sacerdote intentando hacerse oír por encima del rugido de la tormenta y los gritos de los heridos—. Debemos salir de aquí cuanto antes…

No tuvo tiempo de decir nada más: una inmensa cascada de agua más alta que la isla maldita de Reyhl cayó sobre ellos, aplastándolos como insectos y reduciéndolos a pulpa informe que arrastró a las insondables simas.

No llegaron a ver cómo, horas después, en medio de un inmenso fragor y de los detestables aullidos de los Hijos de C'Tl, la isla en la que reposaba el Antiguo Demonio comenzaba a sumergirse de nuevo en las más ignotas profundidades...

Zu Wien, kian de los Rou Hai, cabalgaba al frente de sus hombres contra el clan que sus exploradores habían descubierto; al parecer se trataba de los Tai Ming, por lo que sus anhelos parecían mil veces colmados: hacía tiempo que deseaba cruzar su acero con Hsiu, absorber los restos de sus gentes y convertirlos en auténticos guerreros wigurs. A su sencillo entender, ninguno de los nómadas que viajaban por las estepas merecían ese título excepto los suyos, acostumbrados a luchar desde que salían del vientre de sus madres.

Se relamía por anticipado por la gloriosa matanza que iba a provocar entre aquellos comedores de estiércol, por la carnicería que estaba a punto de llevar a cabo, por el saqueo y la violación de las mujeres Tai Ming... Hasta que, de manera repentina, ante él aparecieron dos enormes figuras que llegaban sobre ellos sin una palabra, con tan sólo el estrépito de sus monturas; con un gesto instintivo refrenó su caballo, lo justo para que se perfilaran sobre él las imágenes de un hombre y una mujer sobre inmensos equinos, que lo contemplaron con ojos llameantes antes de derribarlo con el pecho atravesado.

Sus hombres habían sentido el mismo pavor ante aquella súbita aparición, cosa que los mercenarios aprovecharon para introducirse como una brutal cuña en sus filas golpeando a un lado y otro en letales molinetes; antes de que pudieran reorganizarse para combatir de un modo adecuado a aquellos enemigos, el clan a quien habían creído presa fácil cayó sobre ellos.

Calet y Dartia aún derribaron a algunos wigurs más antes de mirar tras ellos y galopar fuera de la batalla que se desarrollaba con ferocidad.

—No puedo distinguir a amigos de enemigos —comentó el hombre—, así que lo mejor será que les dejemos terminar la tarea a ellos.

—¿Y si los que nos acogieron son derrotados? —inquirió la mujer con preocupación.

—No lo creo probable —explicó el guerrero encogiéndose de hombros—: para empezar los hemos desorganizado lo suficiente como para que los Tai Ming puedan masacrarlos; también —guiñó un ojo a su compañera— creo que influirá el hecho de que es muy posible que estén sin líder, puesto que el tipo que cabalgaba delante de ellos cayó bajo nuestras armas.

La mujer lo miró por un momento; la expresión del rostro del atlante era fría, impasible, sin el más mínimo asomo de piedad o conmiseración por la barbarie que se desarrollaba ante ellos.

—Son sus costumbres —continuó Calet sin alterar su tono de voz—. Si quieren matarse entre ellos, adelante.

"Si encontrara un motivo concreto por el que defender a uno u otro bando tal vez me involucraría, mas este sinsentido es por completo ajeno a nosotros: clanes que tienen rencillas eternas entre ellos, que se degüellan con feroz alegría cuando se encuentran... No, no puedo ser partícipe de esto. He ayudado a los que nos acogieron a tener una mayor oportunidad de victoria porque nos pueden ayudar a encontrar a Arum Matai, mas cualquier otra consideración es absurda e incongruente.

Uno de los jinetes se destacó del combate y se acercó a los extranjeros; era Hsiu, que sangraba profusamente por un corte en la frente.

—Gracias a vuestra audacia hemos conseguido reducir a esos miserables Rou Hai —aulló triunfal, agitando su espada en loco frenesí—. Ahora, sin su kian, habrán de unirse a nosotros y fortalecer nuestro clan, o vagar solos por las estepas y morir como perros.

"Venid, la batalla ya ha finalizado casi por completo; regresamos al campamento. Los chamanes cuidarán vuestras heridas y os atenderán en todo lo que necesitéis para cumplir vuestra sagrada misión; mas antes de todo ello los supervivientes Rou Hai habrán de cumplir el juramento de servir a su nuevo kian, Hsiu de los Tai Ming.

—¿Cuánto tiempo llevará ese ritual? —demandó Calet con gesto preocupado.

—Oh, poco —aseguró el wigur con una amplia sonrisa en la que aparecieron los dientes renegridos—, no más allá de un día.

Dartia pudo los ojos en blanco.

—A este paso será el renegado quien nos alcance a nosotros después de dar toda la vuelta a Parnays —murmuró contrariada.

—¿No podrían vuestros chamanes atendernos primero a nosotros, y darnos una guía de dónde se encuentra la criatura que buscamos? —inquirió el mercenario mientras cabalgaban de vuelta—. Como ya os hemos explicado, cada momento que perdemos ese engendro lo gana para alejarse y huir de nosotros.

El nervudo hombre de las estepas lo miró con gesto ceñudo por unos instantes.

—Tal vez tengáis razón —admitió de mala gana—. Puesto que no podemos agasajaros como os merecéis, os concederemos esa merced.

—Os damos las gracias por ello, gran kian —aseguró

Dartia inclinándose con un gesto ceremonioso.

Al cabo de un rato se hallaban en una de las tiendas, sentados alrededor de una hoguera junto con Hsiu y dos de los ancianos que habían estado en la primera reunión. Uno de ellos, con un pequeño pedazo de cuero tapándole el ojo izquierdo, comenzó a hablar con un ritmo lento, pausado.

—Queréis saber —recitó con tono monótono—. Buscáis el conocimiento que sólo los dioses dan. Mas esa sabiduría no se adquiere así como así, es necesario entregar una parte de cada uno para poder conseguir que Techan se digne concederos aquello que deseáis averiguar.

—¿Podéis hablar más claro, anciano? —inquirió Calet.

—El Aliento Sagrado sólo sopla sobre aquellos que demuestran merecer su favor —explicó el wigur calmoso. Recogiendo un pequeño tazón de madera que tenía a su lado, lleno hasta la mitad de un líquido azulado, se lo pasó al mercenario—. Probad la bebida de Techan, y sabréis si sois dignos de su Espíritu.

Sin apenas dudarlo, el atlante probó un breve sorbo que le dejó en la boca un amargo regusto en el que se entremezclaban sabores de todo tipo, tanto conocidos como desconocidos, y se lo pasó a continuación a su compañera.

El chamán recogió la taza y la volvió a depositar a su lado; de inmediato comenzó a hacer pases con sus manos sobre el fuego de la hoguera y a salmodiar una letanía en la que apenas se entendía el nombre de su dios; tomando un saquillo de entre sus ropas, extrajo unos polvos que arrojó a las llamas haciendo que éstas se elevasen de forma repentina, y continuó con las frases arcanas.

Calet y Dartia contemplaban alternativamente las bailoteantes lenguas de fuego y al anciano, hasta que sus miradas comenzaron a perderse en un extraño estado de ensoñación que intentaron sacudirse.

El guerrero cabeceó de modo involuntario, y sus ojos se cerraron por un breve instante; cuando volvió a abrirlos, el fuego ocupaba todo su campo de visión, un inmenso muro de llamas que se extendía hasta el horizonte; por encima de él, en lugar del cuero de la tienda donde habían entrado, pudo observar un cielo estrellado, oscuro, en el que destacaba sobremanera una sanguinolenta luna llena que parecía observarlo burlona.

"Busca en tu interior, oyó decir a alguien que no pudo encontrar, *busca a aquél a quien deseas hallar, y pregúntate si es en verdad justa la tarea que te ha sido encomendada. Siente el tótem en tu interior, siente tu verdadera esencia y vuélvete uno contigo mismo".*

Sintió que el vello de la nuca se le erizaba: algo se acercaba, algo que lo buscaba y lo reclamaba; en la rojiza faz de la noche comenzó a perfilarse una imagen, un rostro que le resultó conocido, una figura desagradable: Og Sabn lo contemplaba con una pérfida sonrisa, sus ojos brillantes como ominosas estrellas burlándose de él como un gato de un ratón.

"Eres mío, oyó en el interior de su cabeza, *mío ahora y por siempre, no podrás escapar de mí. Te doblegué una vez, Desalmado, y volveré a hacerlo cuando menos te lo esperes".*

Los rasgos de la pálida superficie comenzaron a cambiar lenta, paulatinamente, hasta convertirse en los suyos propios; podía percibirlos de una manera extraña, como distorsionados, con expresiones que iban desde la ira desbordada hasta una extrema melancolía por algo que no sabía qué podía ser; vio a aquella figurar abrir la boca como si fuera a hablarle, mas lo que ocurrió fue algo por completo distinto: crecieron los colmillos, y de donde tendrían que haber salido palabras sólo brotó un quedo gruñido; la piel se llenó de un pelo grisáceo, los ojos adquirieron un tono amarillento, mientras toda su faz se iba ahusando, el morro alargándose, hasta devenir en la cabeza de un feroz lobo gris que lo miraba con una fijeza extraña, salvaje, con una fría expresión de rabia.

Junto a aquella figura, perfilada sobre el cielo nocturno tachonado de blancas luminarias, apareció una nueva silueta, algo de aspecto reptílico que reconoció casi al instante: Arum Matai, el engendro que se había hecho pasar por humano, como consejero del Muror Ostiman; casi de inmediato el animal se arrojó sobre él, iniciando una batalla de proporciones inconmensurables en el cielo: ninguno de los dos contendientes parecía ser capaz de tomar la iniciativa, mientras la sangre se derramaba como una cascada carmesí, deviniendo en escarlatas candelas aquellas luminarias a las que tocaba...

El paisaje pareció cambiar mientras se libraba el cruento combate: poco a poco, las llamas descendieron hasta desaparecer, permitiendo a Calet ver cómo las áridas estepas de las tierras wigur se elevaban para transmutarse en colinas primero, y altas montañas después; no era capaz de reconocer aquellos lugares, aunque el hecho de contemplar la blancura de la nieve y el hielo le hizo pensar en las cumbres que se decía había al sur, separando las estepas del Imperio Rama.

Poco a poco el lobo se imponía al reptil hasta que, por fin, consiguió sujetarlo y asestarle una feroz dentellada en el escamoso cuello; las agónicas convulsiones del vencido indicaban a las claras la cercanía de su muerte, mas las terribles heridas que había infligido a su enemigo también se cobraban su precio: la peluda forma se tendió sobre un costado, sin dejar de mirar al mercenario con expresión lastimera, hasta que sus ojos se velaron con la sombra de la eternidad.

Calet sintió un terrible dolor por todo el cuerpo: al bajar la mirada se vio cubierto de sangre, con las mismas heridas que había sufrido su supuesto tótem; empezó a caer, a caer, a caer...

Abrió los ojos de golpe: frente a él, el anciano chamán

sonreía ladino, como si supiera lo que había estado ocurriendo, lo que había estado viendo.

—Techan ha hablado —anunció con pomposa solemnidad—. El Señor del Viento y los Espacios Vacíos anuncia que los hijos de los hombres prevalecerán, y los nacidos de la eternidad del tiempo deberán acogerse a su destino más allá de él.

"El destino ha sido decretado, escrito en las estrellas, mas se permite que tal suerte pueda ser cambiada si así se decide: para que muchos puedan vivir, dos habrán de entregar su alma a los Audai[22] y viajar más allá del tiempo y el espacio, al Tarmachi[23] donde podrán guerrear para toda la eternidad.

"Las águilas vuelan alto, vigilan a la serpiente más allá de las montañas, donde tendrán la oportunidad de atraparla y cortarle la venenosa cabeza, mas el miedo y el recelo se interponen.

Los dos compañeros se miraron interrogativamente; habían creído entender a la perfección lo que les decía el anciano, y no les resultaba demasiado convincente. ¿Dos almas para el paraíso? ¿Acaso habían de morir para poder acabar con aquel engendro nacido de cocodrilo?

—¿Y bien, Fou Lo? —demandó Hsiu con aspereza—. ¿Cuál es la voluntad de Techan? ¿Ayudará o no a nuestros invitados?

—Los ayudará —aseguró el chamán con firmeza—. Es su voluntad que alcancen y acaben con aquél que ha jurado destruir toda vida, por lo que me ha conferido el poder para

---

[22] Audai: en la mitología wigur, son los espíritus guerreros que guían a los muertos en combate al paraíso.

[23] Tarmachi: en la mitología wigur, es el paraíso de los guerreros, el lugar al que viajan los muertos en la gloria del combate.

llevarlos más allá de las Jamlayi[24] y acercarlos al enemigo, que las está atravesando en estos cruciales momentos.

La nada informe que era aquel limbo se agitaba con inquietud; sombras que no eran sombras, sustancia sin sustancia, parecían removerse en un fluido movimiento a pesar de permanecer inmóviles desde el amanecer de los tiempos; entre todos aquellos pensamientos que se estremecían, repletos de sueños de destrucción, de lamentos por unas eras perdidas, por un poder arrebatado, uno mantenía una especial fijación sobre un punto, un ancla que lo mantenía atado al mundo material del que había sido expulsado de una forma tan ignominiosa.

Og Sabn seguía con el ojo de su mente a aquél a quien había jurado poseer por encima de todo, mientras al mismo tiempo buscaba una manera de regresar a la tierra de los mortales, de aquellos insectos que se hacían llamar hombres, para convertirse en la llave que abriera el portal a los Antiguos; buscaba sin cesar, incansable, sin conseguir hallar recipiente adecuado que pudiera contener toda su maldad y expresarla de la manera más conveniente, consumido en su rabia contra Calet—Ornay, en su ferviente anhelo de corromperlo por completo y usarlo como instrumento de su furia aniquiladora, desatada sobre un confiado mundo que no podía imaginar ni en lo más remoto lo que se ocultaba más allá de las esferas, lo que tenía previsto desatar para convertir el planeta en una desdichada

---

[24] Jamlayi: Cordillera del Himalaya, que separa el Imperio Rama de las tierras wigur.

bola de caos informe…

Mas, por fin, algo atrajo su atención: ¿era acaso el cuerpo que estaba buscando para su regreso? ¿Sería suficiente para dominar al Desalmado y poder moldearlo a su antojo? Así esperaba que fuera, así debía ser, o de lo contrario el asesino volvería a escapársele de las manos, y en esta ocasión tal vez para siempre…

Los cánticos de los chamanes retumbaban en el reseco aire de las estepas; sus palabras, incomprensibles para Calet y Dartia, parecían evocar en los espíritus de ambos reflejos de algo largo tiempo perdido y anhelado, una sensación de melancolía que les resultaba difícil de dominar; al mismo tiempo les envolvía un manto de calidez, de paz, de seguridad, como si sobre ellos se estuviesen extendiendo unas enormes alas protectoras.

Se encontraban en el interior de un círculo formado por una docena de wigurs con las manos extendidas hacia ellos, sujetando sus monturas que piafaban nerviosas, asustadas por las voces de los ancianos.

Fuera del círculo, Hsiu contemplaba la escena impasible, sin asomo alguno de emoción en sus negros ojos.

—Que Techan os sea propicio, guerreros —murmuró para sí, atusándose la barba—. Vuestra tarea no es fácil, quizás debáis dejar la vida en el empeño…

Los cuerpos de los atlantes y sus caballos comenzaron a brillar poco a poco, a adquirir una tonalidad que se volvía azulada por momentos; de forma paulatina fue brotando un sonido distinto a las letanías de los chamanes, una especie de zumbido similar al de enjambres de abejas acercándose. El resplandor se intensificó hasta devenir en un intenso fulgor azulado que desapareció de modo repentino, llevándose con él a los que había envuelto...

UNA PRESENCIA PELIGROSA

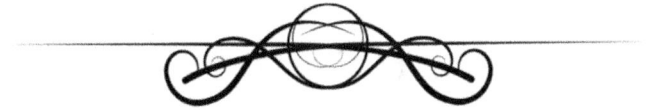

P oco a poco iba recuperando el poder perdido en Guntana; lentamente, las chispas de energía comenzaban a recorrer su escamoso cuerpo, sus miembros, excitando su impaciencia, sus deseos de aplastar con sus propias manos a aquél que se había atrevido a desafiarlo…

Mientras caminaba con rapidez, cruzadas ya las Jamlayi en un crudo viaje que a punto había estado de costarle la vida, el engendro que había sido Arum Matai meditaba acerca de lo que haría con el mercenario cuando por fin consiguiera recuperar toda su magia; mil y una muertes le tenía reservadas, a cual más sangrienta, más cruel.

Con el paulatino regreso de su poder aparecía también una extraña urgencia, una inquietud que le corroía con inquietante insistencia; parecía percibir que el objeto de toda su ira se encontraba detrás de él, muy cerca, demasiado para su gusto. ¿Cómo era posible que la

Hermandad del Tiburón fracasara de forma tan estrepitosa con esa maldita rata llamada Calet? Los asesinos más temidos del mundo habían demostrado ser un gran fiasco, no habían sido capaces de acabar con un mero perro. Bien, ya se encargaría de ellos después de eliminar a su insistente perseguidor...

En el Paso de Kybiar, al norte del Imperio Rama, todos los sonidos de la naturaleza se aquietaron de modo repentino cuando algo, una vibración, un tenue sonido apenas perceptible, comenzó a extenderse por todas partes; en la dura tierra apareció una leve luminosidad azulada que fue creciendo, brotando como una fuente, hasta devenir en un brillante halo en el que se perfilaron unas sombrías figuras.

Despacio, como si se tratara de un sueño, las siluetas fueron condensándose hasta mostrar a dos guerreros con sus monturas, un hombre y una mujer atlantes a juzgar por sus hechuras. El brillo que los envolvía fue apagándose poco a poco, ciñéndose a sus cuerpos hasta desaparecer por completo.

—¿Qué lugar es éste? —inquirió Dartia, mirando a su alrededor.

—No lo sé —admitió Calet sin reservas, encogiéndose de hombros—. La magia del shaman wigur nos ha traído hasta aquí, y por lo que creí entender Arum Matai se dirigía al Sur, cruzando las montañas, en busca del Imperio Rama y un vimana que le llevara hacia Occidente.

"Así que podemos imaginarnos que estamos ya en territorio rama: habremos de andarnos con tiento, porque aquí tampoco somos bien recibidos desde que Atlantis desató contra ellos una guerra que se convirtió en la mayor de las catástrofes conocidas. Recuerda, Dartia, que desde entonces para estas gentes nosotros somos raksas, demonios.

Montando en sus caballos iniciaron un pequeño trote que los llevó en dirección al Sur…

Torqal cabalgaba por las estepas wigur acompañado por un par de asesinos de la Hermandad del Tiburón; embebido en sus pensamientos, meditabundo acerca de las sorprendentes órdenes de su señor respecto a los dos mercenarios que había de buscar, no miraba a su alrededor: esa tarea se la dejaba a sus hombres, profesionales de la muerte dedicados en cuerpo y alma a la sociedad para la que trabajaban.

De aquella guisa, no se dio cuenta de lo que ocurría a su alrededor hasta que uno de sus acompañantes dejó escapar una exclamación de disgusto.

—¡Jinetes!

El atlante alzó la mirada con un gesto de frustración, que cambió de inmediato a alarma cuando comprobó que una veintena de guerreros se abalanzaban sobre ellos entre salvajes aullidos. Al frente de ellos, un hercúleo wigur, de cabeza rapada excepto una larga coleta que se agitaba al viento, agitaba sobre su testa en desenfrenada alegría un hacha de combate.

Tras él, unas palabras en una lengua desconocida y una bocanada de calor le indicaron que el hechicero acababa de lanzar un conjuro de ataque contra los asaltantes; apenas un instante después, comprobó con cruel satisfacción cómo una esfera de energía pasaba junto a él y caía entre los achaparrados nómadas, abrasando a varios de ellos que quedaron tendidos entre espasmos y alaridos de agonía.

Torqal y el otro asesino desenvainaron sus armas y se aprestaron a la defensa: no se hacían demasiadas ilusiones acerca del resultado del combate, eran demasiados enemigos para ellos tres a pesar de la ayuda que pudiera suponer el mago, mas eran profesionales y no estaban dispuestos a caer como mansos corderos: aquellos chacales wigur iban a saber lo que era luchar contra la Hermandad del Tiburón.

Esquivó una estocada a su cabeza y hundió su arma en un pecho; apartó presuroso su montura y se agachó cuando una hoja se dirigió, en movimiento cargado de veneno, contra su cuello, logrando a duras penas hurtarse y frenar otra acometida; en un ataque de furia lanzó su caballo contra la masa de guerreros y desequilibró a un par de ellos, momento que aprovechó para derribar a otro con el cráneo abierto hasta los dientes.

A su lado, su acompañante cayó con el pecho atravesado por una lanza, mientras tras él un gemido de agonía le indicaba el destino que acababa de cebarse en el nigromante; así pues, ésa era la ironía final: aprender habilidades sin par con las armas, convertirse en una auténtica máquina de matar, para acabar sus días asesinado por una banda de desarrapados nómadas...

Un filo le dejó una marca escarlata en la frente; otro, en el brazo derecho, profundo, dejándolo entumecido e incapaz de blandir la espada; desesperado, miró a su alrededor para comprobar, sin demasiada sorpresa, al volver al mirar al frente, que el que parecía el líder de aquella caterva le contemplaba con gesto triunfal; unos instantes después, un hacha de doble hoja segó con absoluta limpieza su garganta e hizo saltar la cabeza de sus hombros, la faz demudada en un infantil gesto de terror...

Cuando cayó la noche los mercenarios habían avanzado un buen trecho; poco a poco la vegetación había ido aumentando hasta devenir en una lujuriante selva; a su alrededor, los sonidos mostraban la explosión de vida que se desarrollaba: los monos chillaban por todas partes, graznidos de aves que no conocían asaltaban sus oídos, y eventuales rugidos les indicaban la presencia de depredadores no demasiado lejos.

Buscaron un pequeño claro y encendieron una hoguera que mantuviera alejados a todos las posibles criaturas peligrosas de la región.

—¿Qué piensas, Calet? —preguntó la mujer observando la expresión cavilante de su compañero.

—Si merece la pena todo esto —contestó el hombre sin

demasiada energía—. ¿No te das cuenta de que por mucho que corramos siempre vamos un paso por detrás de ese maldito renegado?

"Piensa un poco: Arum Matai no se detiene más que lo justo para descansar, mientras que nosotros nos vemos envueltos una y otra vez en batallas y eventos que nos detienen demasiado tiempo; a pesar de haber sido ayudados por la magia, seguimos estando a demasiada distancia de él. Mientras tanto, esa cosa recupera su poder mágico. ¿Crees que en todo este tiempo no habrá conseguido ya la suficiente capacidad como para darse la vuelta y enfrentarse a nosotros, y destruirnos?

—No, porque lo hubiera hecho —le advirtió Dartia con gesto severo—. No parece alguien que se dedique a huir eternamente, más bien diría que es de los que se revuelven contra quien lo acose. Si estuviera ya tan recuperado como para enfrentarse a nosotros, ya sabríamos de él, eso seguro.

—A buen seguro que tendrás razón —admitió el guerrero encogiéndose de hombros—. A pesar de todo, tengo la sensación de que nos hemos embarcado en algo que no parece tener fin. ¿Hasta dónde tendremos que seguirlo? ¿Hasta Tharsia?

—Hasta donde haga falta —le recriminó ella—. Vamos, ahora va a resultar que tengo que ser yo la que mantenga alto el espíritu de esta misión. ¿No eras tú el que intentaba convencerme de que esto era lo que había que hacer, de que esto era lo correcto?

—Sí, mas a medida que pasa el tiempo encuentro más dudas en todo ello —comentó Calet con gesto de preocupación—. Sólo espero que podamos acabar con todo cuanto antes y dedicarnos a tareas más sencillas.

—Ten fe…

El alba encontró a Calet aún despierto; la noche no le había traído el descanso que esperaba, tan sólo pensamientos turbadores que le asaltaban una y otra vez: había hecho el primer turno de guardia y ahora, tumbado de espaldas a la mercenaria que le acompañaba en aquel accidentado viaje, contemplaba la pared de verdor que los rodeaba.

Sintió que la mano de su compañera se apoyaba con suavidad en su hombro.

—Vamos, es hora de continuar nuestro camino —oyó.

Tras comer un poco, recogieron las cosas y montaron, dirigiendo de nuevo sus pasos hacia el Sur. Los animales se mostraban nerviosos, distendían los ollares ante olores que les resultaban inquietantes…

Un poderoso rugido hizo que el caballo de Calet se encabritara y lo arrojara al suelo, huyendo aterrado; el hombre se levantó de un salto desenvainando sus espadas y miró a su alrededor en busca del enemigo.

Una enorme figura salió con lentitud de entre la espesura, un magnífico animal de piel amarillenta rayada de negro; los ojos del tigre se mantenían fijos en ellos, acechantes, hambrientos… Un ronco gruñido brotaba del gran pecho, los pasos cautelosos, dispuesto a saltar en cualquier momento.

—No te muevas, Dartia —advirtió el mercenario al observar el terror que embargaba a la montura de la mujer—. No te...

El equino reculó aterrado a pesar de los intentos de la guerrera por controlarlo, lo que provocó el inmediato ataque del gran felino: de un gran salto lo derribó, arrojando al suelo a la atlante.

Calet saltó hacia delante con las armas prestas para golpear: si se quedaban sin cabalgadura estaban perdidos, por lo que los filos se abatieron sobre el lomo dejando anchas heridas que hicieron rugir de dolor a su oponente, revolviéndose con suma celeridad para acabar con la insolente criatura que se atrevía a hacerle frente.

Un feroz zarpazo estuvo a punto de partir al mercenario por la mitad; lo esquivó a duras penas, lanzando un tajo a la pata que dejó al animal cojeando de forma ostensible entre gruñidos de furia.

Dartia se unió a la refriega, obligando al tigre a defenderse de dos enemigos a la vez; de por sí era un rival formidable, mas la pericia de los dos luchadores hacía que todos sus esfuerzos por prevalecer resultasen vanos. Por fin, una estocada afortunada de la mercenaria consiguió penetrar por el cuello del animal y degollarlo.

Ambos habían salido del lance con diversas heridas de consideración, mas nada tan serio como para imposibilitarlos; sin embargo, la montura de la mujer había recibido un tremendo mordisco en la parte baja del cuello por el que salía la sangre a densos borbotones, lo que les obligó a sacrificarlo y recoger los pertrechos que llevaban y proseguir camino a pie.

—Espero que encontremos pronto el caballo huido —sugirió sombrío Calet…

El asesino yacía en un charco de su propia sangre, moribundo, esperando con una paciencia resignada el final; qué necedad la suya, pretender enfrentarse a un acuartelamiento completo de soldados del Palacio Imperial de Poseidonia. Con todo, no podía quejarse: como miembro de la élite de los más temibles degolladores de todo Parnays, la Hermandad del Tiburón, era uno de los mejores y se había cobrado su tributo antes de entregar su alma a la Dama Negra. Cuatro cadáveres y tres heridos daban fe de la habilidad con que se había desenvuelto. Si tan sólo Dan'Nan, la diosa, fuese misericorde con él y lo amparase en el Purasna… Mas no era probable que tal cosa sucediera, su vida se había desenvuelto en el sigilo y el crimen, y eso sólo podía dar lugar a un único destino, el Halasna, con los condenados.

¿Y qué más daba? Al fin y al cabo lo importante era vivir, no lo que hubiera más allá de la muerte.

"¿Deseas vivir?", oyó en lo más recóndito de su mente. *"¿Deseas seguir en este mundo a toda costa?"*.

—Por supuesto —murmuró el hombre en voz muy baja, apretando los dientes para controlar el intenso dolor que poco a poco iba dando paso a la eternidad de la muerte—. Quiero… seguir viviendo…

"Sea".

El yaciente sintió que algo se desgarraba en su interior, una sensación de frío glacial que lo invadía como una marea ártica; por un momento creyó que no sería capaz de soportar aquella gelidez, mas de un modo tan rápido como había llegado se pasó, dando lugar a una calidez que lo inundaba de bienestar; sentía que se elevaba como un pájaro…

Miró hacia atrás y vio su cuerpo tendido, contemplándolo con una terrorífica expresión de sorna que lo anonadó sobremanera; un tenue hilo plateado parecía unirlo todavía a él, mas sentándose en el suelo, el cadáver pasó su mano sobre él y lo partió sin esfuerzo, haciendo que el alma del condenado partiera con un agónico aullido de horror y orgullo traicionado…

—Ahora, a esperar con paciencia —gruñó el redivivo, recogiendo la espada del suelo y dirigiéndose hacia la salida de los cuarteles.

Fuera, los soldados se quedaron de piedra al ver aparecer a quien creían haber eliminado: una figura ensangrentada, con el pecho y el vientre atravesados por diversos tajos, sonriéndolos con ademán torvo. Como un solo hombre se lanzaron de nuevo contra él, mas esta vez el resultado de la batalla fue distinto: el asesino no había perdido la habilidad para el combate, y las estocadas que recibía no le hacían mella alguna, tan sólo debía proteger su garganta para evitar que un golpe afortunado cercenara su cabeza y perdiera lo que había conseguido.

Cuando abandonó el lugar, tras él dejaba una desoladora escena, una carnicería como pocas veces se había visto en la capital del Imperio: todo estaba salpicado de sangre y vísceras, los cadáveres yacían por todas partes, rotos y enfangados en escarlata como viejos juguetes, los heridos lanzaban al aire sus quejumbrosos lamentos de agonía...

—Prepárate, Ornay —gruñó el hombre—. Te espera una eternidad de tormentos como no has conocido...

Tras un largo tiempo caminando, Calet y Dartia encontraron por fin señales de vida humana: un sendero que parecía haber sido hollado muy a menudo; junto a él, dejando de ramonear, el caballo que había salido despavorido ante la aparición del tigre alzó la cabeza y los miró con fijeza; poco a poco, el guerrero se acercó a él para no asustarlo más de lo que con certeza estaría, y lo sujetó por las riendas.

—Trae tus cosas —sugirió a su compañera—, y monta. Al menos uno de nosotros estará descansado.

—No me trates como si yo fuera débil —se solivantó ella, arrojándole un fardo a la cabeza—. Te recuerdo que, al igual que tú, soy una guerrera atlante.

—No merece la pena discutir —comentó el mercenario, encogiéndose de hombros tras observarla por unos instantes—. Haz lo que quieras o debas.

Irritada, la mujer terminó de colocar en la montura todos sus enseres y se apartó, siguiendo el sendero con pasos rápidos.

—Vamos —gruñó.

Calet la contempló alejarse pesaroso durante unos

momentos y después, meneando la cabeza con gesto contrito, la siguió más despacio, llevando de las riendas al animal.

A no tardar descubrieron huellas de actividad reciente: unas rodadas parecían indicar el paso de carros tanto hacia el Sur como hacia el Oeste, con toda probabilidad caravanas que comerciaban entre distintas ciudades ramas.

—¿Hacia dónde? —inquirió Dartia sin perder el ceño.

—No lo sé —admitió el antiguo asesino—. Supongo que Arum Matai seguirá manteniendo dirección Sur, con la idea de llegar hasta Yiddha[25] y hacerse con un vimana. No sé cómo podremos reducir la distancia con él, tal vez si vamos hacia el Oeste encontremos un sitio desde el que poder adelantarnos de alguna manera.

La guerrera lo observó especulativa, intentando decidir cuál era la actitud de su compañero. Por fin, sin una palabra, se encaminó hacia el Oeste siguiendo el rastro.

Al cabo de un largo tiempo andaban bajo un denso dosel verde, una eclosión de vida de la que se maravillaban a cada paso que daban: animales que no habían visto nunca, plantas y árboles desconocidos, sonidos nuevos… Todo ello hacía que se mantuvieran en tensión, alertas ante la posibilidad de un nuevo ataque por parte de depredadores o de bandidos de aquel territorio.

Delante de ellos, un estrépito más allá de un recodo que describía la senda les indicó que alguien estaba muy cerca.

---

[25] Yiddha: capital del imperio Rama, situada en lo que actualmente es Ayodhya.

Acercándose cautos, se asomaron a una escena que les resultó en cierto modo familiar: una carreta de madera yacía semivolcada en medio del camino, con una de las ruedas traseras fuera de su eje; alrededor, una docena de hombres se afanaban para intentar volver a colocarla en su sitio, desmontados de unos caballos atados a un árbol cercano. De aspecto moreno, sus rasgos parecían duros, como cincelados en piedra, un tanto angulosos, y ojos grandes y oscuros que quedaban enmarcados por una larga melena negra como el azabache; algunos de ellos llevaban en la cabeza una especie de pañuelo enrollado, sujeto por una pequeña gema. Debían de ser soldados, pues a las espadas que portaban a la cintura se añadían los escudos y los arcos que podían verse enganchados a sus monturas.

—Que la bendición de Dan'Nan sea sobre vos —saludó Calet, saliendo al descubierto y haciendo que los desconocidos tuviesen un sobresalto; tras él, con un suspiro de resignación, Dartia avanzó con la mano apoyada en la empuñadura de su arma.

De inmediato, la mitad de los ramas desenvainaron sus armas y se aprestaron para el combate; para mostrar sus buenas intenciones, el mercenario alzó su mano izquierda ante él.

—No buscamos querella alguna contra vosotros —comenzó con tono amigable—, tan sólo ayuda para encontrar un lugar donde conseguir una montura.

—¡Por Hanama[26]! —exclamó uno de los guerreros, que llevaba en el pañuelo de su cabeza un rubí del tamaño de un

---

[26] Hanama: dios principal del panteón rama, Señor del Sol.

huevo de gallina—. ¿Quiénes sois, y como es que conocéis nuestra lengua?

—Somos viajeros perdidos en estas tierras —explicó el atlante—. Un gran felino acabó con uno de nuestros caballos, y ahora necesitamos encontrar un lugar donde conseguir otro.

—Sois raksas —advirtió receloso el hombre, sin bajar su arma—, demonios atlantes que traéis la violencia y la sangre a nuestras tierras. Nada bueno puede salir de vuestra presencia en el Imperio, así que lo mejor que podemos hacer es acabar con vosotros.

—No hemos venido a luchar con vosotros —insistió Calet, pasando las riendas a Dartia y alzando la otra mano en gesto amistoso. Si deseáis acabar con nosotros, será un asesinato a sangre fría, pues mis manos están vacías.

"De hecho, estamos dispuestos a ayudaros a volver a colocar de nuevo esa rueda en su eje…

El rama le contempló adusto durante unos momentos; después, con un seco gesto, advirtió a sus hombres que permaneciesen alertas mientras bajaba su hoja.

—Bien, hablemos —gruñó—. Para empezar, no habéis respondido a mi pregunta: ¿quiénes sois y cómo conocéis nuestra lengua?

—Mi nombre es Calet dar Gaur, y el de mi compañera Dartia dar Sarama —se presentó el guerrero—; en cuanto a conocer la lengua de los ramas, se debe a un conjuro lanzado sobre nuestras personas para poder movernos por estas tierras y entendernos con vosotros…

—Yo soy Barma, capitán de soldados de Harai, escolta de esta caravana con destino a Yiddha —se presentó el hombre con una leve inclinación—. ¿Por qué los raksas se interesan por nuestras tierras? ¿Acaso sois espías destinados como avanzadilla de un nuevo intento de invasión por parte de los demonios atlantes?

—Nada más lejos de nuestras intenciones, señor Barma —advirtió la mercenaria—. Sí es cierto que estamos cumpliendo una misión, mas no se trata de exploración para una conquista, sino de persecución de un renegado.

—¿Y puedo preguntar de quién se trata? —demandó el rama, aún desconfiado.

—De una criatura que se disfrazó de hechicero lemurio e intentó sembrar la discordia entre los Imperios —comentó el atlante sin querer dar demasiados detalles—. Cuando fue descubierto, mi compañera y yo recibimos el encargo de acabar con él.

—Ya veo —admitió sombrío el capitán—. ¿Y pretendéis hacerme creer que vais en busca de una... criatura, como la habéis llamado, a la que nadie en nuestras tierras ha visto?

—Podéis creernos, capitán —aseguró Dartia—. Calet combatió con él, y a duras penas consiguió salvar su vida...

—¿Y, a pesar de todo, sólo envían a dos mercenarios en su busca? —se burló Barma—. No parece creíble...

—Pensad lo que deseéis, señor —comentó el guerrero encogiéndose de hombros—, mas nada de ello cambiará en lo más mínimo la situación: a cada instante que pasa nuestra presa se aleja, la encomienda se hace cada vez más urgente

El rama los contempló receloso durante unos momentos más. Por fin, envainó su arma y ordenó con sequedad a sus hombres que hicieran lo mismo.

—No sois bienvenidos aquí —les advirtió severo—. Los raksas sólo traéis problemas. Debería acabar con vosotros ahora mismo, vuestras palabras suenan demasiado extrañas como para ser mentira, por lo que dejaré que sean los dioses quienes juzguen si debéis vivir o morir.

"Mas quedaréis a merced de vuestras propias fuerzas: seguid este camino en dirección Oeste, y a cuatro o cinco días a vuestro paso llegaréis a Harai, la población más importante de la región del Unduni después de su capital, Mijash Dir. Presentaos allí ante el raj[27], y que él decida vuestro destino…

Aunque viajaba esquivando cualquier centro urbano que pudiera distinguir, en aquel momento necesitaba crear una distracción en sus perseguidores para incrementar la distancia que los separaba; por ello, cuando descubrió aquel villorrio perdido de la mano de los dioses, cerca ya de las estribaciones de los montes Vaindani, decidió que podía ser un buen lugar para tender una emboscada a la rata mercenaria que se pegaba con tal insistencia a su rastro.

Agazapándose entre las sombras, robó una amplia túnica con capucha que se enfundó de inmediato; lo más difícil fue camuflar la larga cola bajo aquellos ropajes, mas por fin

---

[27] Raj: Rajá, gobernador de una ciudad del Imperio Rama.

consiguió que apenas se distinguiera.

Disfrazado de aquella guisa, entró en una pequeña taberna de las afueras del pueblo y se sentó a una mesa en la oscuridad.

Echó una ojeada a su alrededor, evaluando a los parroquianos que allí se encontraban, y descubriendo que ellos, a su vez, lo observaban con miradas furtivas. Bien, entonces a lo que veía había dado con el lugar adecuado para sus propósitos.

Un sujeto alto, cetrino, de amplio mostacho negro y largo y lacio cabello igualmente oscuro, se levantó del banco que ocupaba y, pavoneándose fatuo, se acercó a él.

—En la luz de Hanama, viajero —saludó con tono mordaz—. ¿Sois acaso un Rishi[28] o un Mahani[29] para venir a este lugar de forma tan despreocupada?

—Ni lo uno ni lo otro —susurró procurando ocultar su peculiar acento—. Mi presencia aquí tiene un motivo muy concreto, mas no sé si podréis ayudarme en tal empresa.

—¿Y se puede preguntar de qué estamos hablando? —inquirió el hombre ceñudo.

—Necesito a un grupo de personas capaces de detener a un mercenario curtido, en concreto a un raksa —explicó de forma escueta el renegado—. Tal vez venga acompañado de su fulana.

—Estáis hablando con la persona adecuada —comentó con una torcida sonrisa el rama—. Y si además podemos

[28] Rishi: Sabio del Consejo de Ancianos que gobiernan el Imperio Rama.
[29] Mahani: Hechicero rama que estudia como aprendiz de los Rishis, dedicado a materias de combate y sanación.

eliminar demonios atlantes, mejor aún. Hablemos del pago por este servicio…

Cuando llegaron a Harai, tras un agotador recorrido más largo del que les había indicado el capitán, se quedaron sorprendidos ante la visión que se ofrecía a sus ojos desde el sendero que comenzaba a bajar hacia la población: un montículo sobre el que se erguían, desafiantes, edificios de piedra de dos plantas: el templo de Hanama, el palacio del raj, algunas casas de nobles, el acuartelamiento principal de los soldados de la ciudad… Bajo todo aquello, rodeando la colina, una extensa red cuadriculada de edificios y calles de adobe y piedra mostraba una estructura diseñada con una precisión milimétrica; hacia el norte, cerca de la elevación, podían distinguir lo que a buen seguro fueran graneros en los que se almacenarían las cosechas, y hacia el sur los destellos ocasionales del agua parecían mostrar lo que tal vez fueran unos baños públicos.

En torno a la urbe, que tal vez albergara alrededor de cinco mil almas, se extendían hasta donde alcanzaba la vista extensas plantaciones de trigo, cebada, maíz, sésamo… e incluso arboledas de datileras.

Había dos muros: uno rodeando la ciudadela principal y otro el resto de la población, ambos de unos dos metros de altura, en los que distinguieron puertas vigiladas por guarniciones de cinco y seis soldados de rasgos de halcón.

El sendero que seguían les conducía a una de aquellas

entradas, desde donde los observaban, serios, un grupo de guerreros.

—¿Quiénes sois y qué buscáis aquí? —demandó uno de ellos a medida que los veía acercarse, el que parecía el capitán a juzgar por el rubí que lucía en la tela con la que se envolvía la cabeza. De repente, sus ojos se abrieron de par en par y desenvainó su espada con un siseo de furia—. ¡Raksas! ¡A las armas!

—Que Dan'Nan sea con vosotros, soldados —saludó Calet amistoso, deteniéndose ante ellos con las manos alzadas—. No pretendemos querella alguna con vosotros, tan sólo somos viajeros en busca de una montura y provisiones con que proseguir nuestro camino.

—¡Demonios! —exclamó otro de los hombres, avanzando furioso hacia ellos seguido por sus compañeros—. ¡Nada bueno puede salir de los atlantes o los lemurios!

De nada parecían servir las palabras de los mercenarios: con gesto de resignación desenvainaron sus armas y se aprestaron a defenderse.

Procuraban no contraatacar: no consideraron conveniente matar a ninguno de aquellos soldados, para evitar aumentar la enemistad manifiesta que los ramas tenían hacia ellos; desviaban las armas una y otra vez, las esquivaban y, cuando tenían ocasión, un golpe bien colocado dejaba fuera de combate, inconsciente, a uno de sus enemigos; sin embargo, la situación se iba volviendo insostenible, pues al estrépito del combate iban acudiendo cada vez más oponentes... Tras el maremagnum, una potente voz clamaba por capturarlos vivos para interrogarlos.

Por fin, la ingente marea pasó por encima de ellos y los arrastró al suelo, desarmándolos y sujetándolos con firmeza: una vez habían sido atados de manera rápida y ruda, sus captores los levantaron con brusquedad y los obligaron a caminar entre ellos, escoltados por una multitud que se había reunido ante el insólito evento y que ahora vociferaba contra los adversarios del imperio y les arrojaba todo tipo de objetos, desde fruta podrida a piedras.

La escolta los llevó hasta las puertas de la ciudadela, donde otro grupo de ramas los detuvo con gesto imperioso.

—Pandit Raj está esperando —advirtió uno de los guardias con severidad—. Habéis tardado mucho en reducir a estos miserables raksas.

—Se han defendido muy bien —gruñó el capitán de la muralla exterior; lucía magulladuras en el rostro y los brazos, y rastros de sangre en las comisuras de los labios—. En especial él —señaló al mercenario—, que parece en verdad un demonio surgido de las regiones más profundas de Sharvani[30].

El guardián de las puertas observó despectivo a los hombres que habían traído a los dos guerreros: bocas ensangrentadas, ojos semicerrados, hinchazones, moratones, correajes medio estropeados por la violenta pelea… Tal parecía que aquella docena de ramas se había enfrentado a un numeroso grupo de enemigos.

—¿Los demás atlantes están muertos? —inquirió con tono malévolo.

---

[30] Sharvani: en la religión rama, el infierno.

—¿Los demás? —inquirió molesto el capitán—. No había nadie más, sólo estos dos, que nos han dado tantos problemas como si hubieran sido veinte.

El soldado de la ciudadela sonrió sarcástico mientras él y sus compañeros se apartaban para dejar paso a los cautivos y sus escoltas.

Un camino de piedra conducía hasta una gran plaza, alrededor de la cual los mercenarios vieron de cerca los edificios que habían contemplado en la distancia. Fueron empujados sin miramientos hacia el palacio del Raj, donde los recibieron un par de guerreros ramas engalanados con capas blancas y plumas multicolores en las telas con las que envolvían sus cabezas.

Visto de cerca, el edificio parecía más imponente: construido en piedra y adobe sin excesivas pretensiones, tenía dos plantas sobre las que se erguían un par de cúpulas rematadas por pináculos; en la fachada principal, sostenida por columnas lisas, podían observarse imágenes talladas de personajes en diferentes actividades y animales de todo tipo, desde tigres hasta criaturas legendarias.

—¿Son estos los invasores raksas? —demandó uno de los soldados de la puerta, evaluando con expresión ceñuda el lamentable espectáculo que ofrecía el grupo que se hallaba ante él—. A juzgar por vuestro aspecto debían ser un grupo numeroso…

Ante aquellas palabras, demasiado conocidas ya por repetidas, el capitán suspiró resignado y se encogió de hombros.

—Sólo eran estos dos —admitió sin apenas levantar la voz.

—Entonces, o son muy buenos con las armas, o vosotros sois unos completos inútiles —le advirtió con severidad el guardia del palacio—. ¿Dónde está el honor de la bravura katra[31], dónde el orgullo del ejercito rama?

—Ese honor se mantiene intacto —se defendió el hombre de las puertas exteriores endureciendo el rostro—, pues a pesar de que mis hombres lucharon con valentía y habilidad, estos atlantes hicieron gala del apodo que les hemos dado, y lucharon como auténticos demonios; a buen seguro que si no se nos hubiera ordenado capturarlos vivos, más de uno de los nuestros yacería ahora en el limbo del Nharvani[32], puesto que no hicieron gesto alguno de ataque mortal, tan sólo defenderse y dejar fuera de combate a media docena de nuestros bravos soldados antes de ser reducidos.

—Debo creer tus palabras —admitió el del turbante emplumado, apartándose y haciéndole una seña para que pasara al interior del palacio—. O eso, o pensar que por algún motivo deseas ocultar que una avanzadilla de exploradores de nuestros más feroces enemigos está interesada de nuevo en nosotros.

—¿Estás cuestionando mi palabra? —se encrespó el capitán.

—No, no he de ser yo quién haga tal cosa —aseguró el otro con una seca sonrisa—. El Raj será quien haya de

---

[31] Katra: uno de los estamentos en los que se divide la sociedad rama, en concreto el militar, los soldados de mayor graduación o unidades más reputadas.

[32] Nharvani: en la religión rama, el paraíso, una especie de limbo sin más indicaciones que las de paz y serenidad.

pedir cuentas. Mas ahora entrad al vestíbulo, y esperad a que acuda una escolta adecuada —miró de arriba abajo a los presentes con gesto despectivo—. No resulta conveniente presentarse ante el Raj como pordioseros. Sanjit —señaló a su compañero—, avisa a Thanda y que venga con cuatro katras.

El capitán de las puertas exteriores le miró con fiereza. ¿Acaso despreciaba sus palabras, que pretendía presentar a sus enemigos con una nimia guardia de cuatro hombres cuando él había comprobado que se requerían al menos una docena o aun más para poder reducirlos? Aquel insulto no caería en saco roto, sería tenido en cuenta más adelante…

Tras cruzar las puertas del palacio, se encontró en una espaciosa habitación sin ningún tipo de ornamento, tan sólo una estatua de Hanama, acompañado por Unavashi[33] y Marakti[34], en el centro. A cada lado pudo distinguir un par de puertas de madera de caoba, y al frente una pequeña escalera que daba acceso al piso superior.

Se sintió nervioso: era la primera vez que entraba en el palacio y, aunque no fuera a acudir a la presencia del Raj, todo aquello le resultaba desazonador.

Por su parte, Calet y Dartia observaban su entorno con aparente despreocupación; llenos de cardenales y heridas,

---

[33] Unavashi: diosa perteneciente a la tríada principal de la religión rama; dependiente de Hanama como dios solar, es a la vez hija y compañera, diosa de la destrucción, representada con el rayo entre sus manos.

[34] Marakti: diosa perteneciente a la tríada principal de la religión rama; dependiente de Hanama como dios solar, es a la vez hija y compañera, diosa de la fecundidad y la creación, representada con flores de loto entre sus manos.

intercambiaban significativas miradas entre ellos.

Al cabo de un cierto tiempo aparecieron por las puertas un grupo de cinco hombres envueltos en costosas telas multicolores, con las armas colgando a sus costados de enjoyados tahalíes.

—Capitán Sirmata, a partir de ahora yo me haré cargo de los prisioneros —anunció el jefe de los recién llegados—. Quédate con sus armas hasta que sean reclamadas.

—Señor Thanda —aceptó sumiso el hombre, inclinándose ante él. Irguiéndose, hizo un gesto a sus hombres para que lo siguieran.

Los mercenarios fueron guiados a través de varios pasillos y estancias hasta la sala del trono, una espaciosa habitación decorada con telas pintadas con diferentes motivos relacionados con la vida habitual de las gentes de Harai; bajo el estandarte de la ciudad, en el extremo opuesto al lugar por el que habían entrado, un solio de ébano sin adorno alguno albergaba en su seno a un hombre alto, un rama de rostro oscuro y rasgos de halcón.

—Pandit Raj, aquí tenéis a los raksas que han osado presentarse ante nuestras puertas —anunció el katra.

—En la luz de Hanama, atlantes —saludó el rama con voz grave—. ¿Qué es lo que os trae hasta aquí?

—Que la bendición de Dan'Nan sea con vos —le saludaron ambos cautivos a la vez, inclinándose apenas—. Venimos en son de paz, cumpliendo una misión para el Muror Ostiman de Lemuria —explicó Calet.

—Esto sí que resulta por completo sorprendente —advirtió sarcástico—: dos atlantes trabajando para sus mayores enemigos, los lemurios. ¿Estamos hablando de traición?

—No, señor Pandit —explicó el guerrero—. Estamos hablando de una misión que comenzó en nuestro Imperio, de una traición que tenía por fin provocar una nueva guerra entre Atlantis y Lemuria, y que por fortuna pudo ser atajada a tiempo.

"Desde entonces, buscamos a una criatura que se ha refugiado en el continente, vagando a través de las estepas wigur hasta vuestras tierras en busca de un transporte que le lleve lo más rápido posible hasta las regiones del poniente.

—¿Habláis de una criatura? —inquirió el rama frunciendo el ceño—. ¿No de un ser humano?

—Sí, señor —continuó el hombre—. Hablo de una engendro nacido de reptil con un enorme poder que intentó usar para provocar el fin de nuestro mundo, disfrazado como un Consejero del Muror.

—Si algo así hubiera pasado por las tierras ramas, yo tendría conocimiento de ello —advirtió severo el raj.

—Podéis creernos, señor —insistió Dartia—. Ese ser puede haber tomado de nuevo aspecto humano, por lo que pasaría desapercibido.

—No puedo daros crédito —denegó Pandit en tono serio—. Ante mí veo a dos enemigos de nuestro Imperio, dos raksas que tal vez vengan como avanzadilla de un nuevo intento de invasión, contando una historia acerca de un ser monstruoso que está cruzando nuestro territorio sin nosotros saberlo; resulta harto difícil aceptar vuestras palabras, por lo que no puedo tomar otra decisión que no sea la de encerraros en una mazmorra hasta que el

Consejo[35] sepa de vuestra existencia y emita las órdenes correspondientes.

—Estáis cometiendo un grave error —insistió Calet. Dio un paso adelante, mas uno de los soldados interpuso una lanza ante su pecho—. No venimos en busca de vuestra sangre o de vuestras tierras, sino para evitar que sobre ellas se extienda la sombra de los antiguos demonios.

—Guardias, lleváoslos —ordenó el rama—. Mientras los Rishis no adopten una decisión al respecto, permaneceréis cautivos. No puedo permitir que dos raksas campen a sus anchas perturbando la paz…

La situación comenzaba a escapársele de las manos. Si la huida ante dos perros mercenarios era ya de por sí suficientemente vergonzosa y humillante, aún lo era más el hecho de tener que reservar las fuerzas mágicas que iban brotando y depender de chacales como los que había contratado.

El asesino había demostrado ser suspicaz: hasta que no había visto la ilusión de monedas no había aceptado la tarea de eliminar a sus perseguidores. De hecho, había tenido la suficiente suerte como para que no hubiera visto sus rasgos reptílicos. Debía andarse con cuidado, con mucho cuidado:

---

[35] Consejo de Ancianos: órgano de gobierno del Imperio Rama, formado por sabios a los que se denomina Rishis.

hasta el momento había dispuesto de una buena fortuna increíble, había conseguido pasar desapercibido sin que nadie lo viera en las tierras wigur y en estos territorios.

No, no podía dejar al albur su destino, no podía permitirse que en algún momento surgiera la alarma y se viera perseguido y acorralado por los ramas, los jalals o quienesquiera que pudiesen descubrir su presencia. No, por mucho que le pesase, debía emplear una parte de su poder para proporcionarse una cobertura, un disfraz adecuado mediante el que conseguir cruzar todos los reinos sin que nadie se fijase en él, o al menos sin que su apariencia resultase sospechosa.

Su camino hacia el sur le guiaba de manera indefectible atravesando territorios apenas habitados, acercándose con lentitud a las Vaindani[36], que podía distinguir en la distancia. El aura que lo envolvía hacía que a su paso todas las criaturas vivas contuvieran el aliento, manteniéndose escondidas en el mejor de los casos o huyendo aterradas; ni siquiera los grandes señores de la jungla, los tigres, se atrevían con él: uno de aquellos ejemplares, un magnífico animal de enorme alzada, se había cruzado en su camino y le había rugido con aspereza, mas al final había cedido en sus pretensiones y se había alejado en busca de otras presas…

Ahora que se había apartado lo suficiente del pueblo en el que pretendía frenar a Calet y Dartia, se internó entre

---

[36] Vaindani: Montes de mediana altura en la región norte del Imperio Rama, que separan las llanuras centrales de las zonas más montañosas del norte.

unos arbustos con el fin de ocultarse a ojos indiscretos; concentrándose en sus escasas reservas, murmuró unas sibilantes palabras y dejó que la magia fluyera con libertad por sus miembros, por todo su cuerpo, envolviéndolo en un suave brillo, retorciendo el aire a su alrededor... Sus rasgos parecían licuarse, retorcerse, adquirir un tinte rosáceo, más liso que las escamas propias de su raza; no quiso emplear demasiada energía, no la que hubiera necesitado para conseguir la apariencia que había poseído en Lemuria: aquello había sido una carcasa auténtica, una fachada que se había agrietado cuando su poder se consumió.

No, ahora iba a conformarse con una ilusión, con algo que tan sólo engañaría los sentidos de la mayoría de los necios humanos con los que a buen seguro se cruzaría en su búsqueda de un vimana que le llevara a Tharsia de la forma más rápida posible. Eso apenas le supondría una merma en su de por sí menguado poder; si tan sólo pudiera evitar ponerse en el camino de los magos ramas, quizás pudiera conseguir su objetivo de una maldita vez.

—He pagado por un servicio y hasta ahora no he visto resultado alguno —se encrespó el Señor de Zexcal—. ¿Acaso resulta tan difícil para la Hermandad más poderosa de asesinos acabar con una pareja de patéticos mercenarios?

El hombre que escuchaba imperturbable aquella diatriba frunció el ceño entre las sombras, cansado de tener que aguantar a personajes tan arrogantes y soberbios como aquel.

Más que escuchar, se limitaba a oírlo: ya había perdido a demasiados miembros de su banda en la persecución de Calet y Dartia como para empeñarse más en ello. Era evidente que detrás de todo aquello había aguas mucho más profundas de lo que parecían; a juzgar por lo que sus hechiceros habían visto, aquellos dos sujetos no sólo se habían embarcado en un extraño viaje a través del mundo, sino que, por algún extraño motivo que no era capaz de adivinar, conseguían granjearse si no la amistad, sí al menos la colaboración de aquellos con quienes se cruzaban. ¿Qué se traían entre manos?

Scatha, Torqal... De una u otra manera habían caído varios de sus mejores hombres, a mano de los perseguidos o de sus aliados, y no parecía servir de nada que quisiera cerrar aquel capítulo con una oferta de paz y empleo permanente para los atlantes...

Miró de nuevo al impertinente que seguía hablándole sin hacerle caso alguno; sus maneras eran tan orgullosas, estaba tan pagado de sí mismo, que se le revolvían las tripas sólo de pensar que tenía que aguantarlo.

—Basta, señor Tenauch —sugirió, cortando el torrente de improperios que brotaban de los labios del noble—. Creo que ya hemos tenido suficiente paciencia con vos y vuestras ínfulas.

"Es cierto que habéis contratado nuestros servicios, y que hasta ahora no se han visto coronados por el éxito; sin embargo, estáis juzgando una situación de la que no tenéis ni idea, una situación que se ha complicado más allá de lo que podáis imaginar.

"Esos mercenarios tienen más aliados de los que hubiera pensado, que se han ocupado de hacer buena parte del trabajo sucio: hasta el momento ninguna de las celadas ha funcionado, y han salido con bien de todos los intentos que la Hermandad del Tiburón ha desencadenado contra ellos.

"Mi irritación va pareja con la vuestra, mas va encaminada en diferente dirección: deseo ver terminada esta encomienda tan pronto como vos, mas las circunstancias me hacen recapitular y reelaborar los planes una y otra vez, en busca de una solución adecuada para vuestra petición. De hecho, temo que voy a tener que tomar una decisión drástica, única en los anales de esta sociedad, con la que no estoy conforme pero que he de adoptar sin más remedio: señor Tenauch, se os devolverá vuestro dinero y se dará por zanjada esta cuestión. A partir de este momento, los llamados Calet y Dartia dejan de ser objetivo de las armas de la Hermandad del Tiburón...

—¡No podéis hacerme esto! —exclamó el noble con gesto ultrajado.

—Puedo, y lo haré —le advirtió severo su interlocutor—. Y de hecho, vista vuestra actitud, os daré un consejo: ni se os ocurra esparcir bulos acerca de nuestra eficacia, pues de lo contrario podríais ser vos quien probara nuestros cuidados.

"Si tanto deseáis ver muerta a esa pareja, encargaos vos mismo. ¿No se supone que sois una de las mejores espadas de Atlantis? Demostradlo.

Con un bufido de enojo, el señor de Zexcal se volvió airado y se alejó a grandes pasos, dirigiéndose a la salida del salón…

No podía decirse que los dos atlantes estuvieran demasiado mal: habían sido encerrados bajo el palacio, en una celda bastante más limpia de lo habitual, sin ningún tipo de grilletes que los encadenaran a la pared; al otro lado de las rejas de hierro, un par de guardias se sentaban ante una mesa sobre la que se desarrollaba el juego del serkhent: encima de un tablero de madera en el que se habían dibujado una serie de cuadrados blancos y negros, movían unas piezas de madera de diferentes formas, apartando algunas de ellas de vez en cuando.

Acababan de comer unas escasas viandas que los carceleros les habían entregado por entre los barrotes, y ahora se sentaban tranquilos en el suelo, meditando acerca de su situación.

—A cada instante que pasa, Arum Matai se nos escapa de entre las manos —gruñó Calet.

—No podemos hacer nada al respecto —aseguró Dartia, procurando mantener la calma—. Mientras no consigamos que confíen en nosotros, no podremos continuar nuestra misión.

—Si seguimos aquí encerrados más tiempo, no habrá misión que cumplir —advirtió su compañero furioso—. Ese maldito engendro embarcará en un vimana hacia occidente, y todo lo que hemos pasado habrá sido en vano.

—¿Crees que no lo sé? —se soliviantó ella, mirándolo

con fuego en los ojos—. Calet, debes tomarte las cosas con más calma y pensar en cómo vamos a salir de ésta. Ese mago renegado no es la única de nuestras preocupaciones.

"Para empezar, estamos encerrados en unas tierras en las que somos considerados demonios, y tratados como tales: los ramas han aprendido por las malas a temernos y odiarnos por igual, y eso no va a cambiar en un futuro cercano; por eso, conseguir ahora que crean en nosotros es una tarea casi imposible. Ésa, y no otra, es nuestra prioridad: salir de aquí.

—¿Y cómo propones que lo hagamos? —se mofó el mercenario.

—No lo sé.

La mujer se levantó y se acercó a las rejas.

—Eh, vosotros —llamó, dirigiéndose a los guardias—, queremos hablar con el Raj, es importante.

—Cuando se esta encerrado no hay nada importante —le contestó uno de los hombres, un rama de tez aceitunada con un largo bigote negro que le caía lacio alrededor de los labios—. Dejadnos tranquilos y no nos busquéis complicaciones, estamos muy ocupados.

—El juego de la guerra no es una ocupación excesiva que digamos —sugirió alguien.

Todos los ojos se volvieron hacia la persona que había hablado, una mujer de mediana estatura y rostro agradable, enmarcado por una oscura y larga cabellera ondulada; esbelta como un junco, bajaba con movimientos flexibles las escaleras acompañada por otras tres mujeres vestidas como ella, con suaves túnicas multicolores cruzadas sobre el pecho.

—¿Qué hacéis aquí, señora Rasmi? —inquirió el guardia de oscuro mostacho—. Sabéis perfectamente que al Raj no le gusta que andéis por estos lugares…

—Lo que a Pandit le guste o no es incumbencia suya, no mía —aseguró la mujer con expresión decidida—. Aunque sea su esposa, no voy a permitir que me encierre en el palacio como una de sus exóticas aves.

"He oído que habéis capturado a dos raksas merodeando por los alrededores de Harai, y quería ver cómo son esos demonios tan fieros.

—¡Señora!

—No seas tan necio, Aipal —se burló ella mientras seguía avanzando ante los rostros espantados de sus acompañantes al mirar a su alrededor—. Los llamamos demonios, mas no pueden ser tales: si lo fueran ningún barrote podría retenerlos, así que por fuerza hay que pensar que son seres humanos como nosotros.

—Mi señora —intervino el otro, de corto cabello rizado y ojos negros como el carbón—, si a los atlantes se les denomina raksas no es porque sean demonios, sino porque se comportan como tales: en la última gran guerra que tuvimos con ellos pasaron a sangre y fuego por el Imperio Rama, arrasando varias ciudades hasta los cimientos con el vril.

"¿Por qué creéis que Mijash Dir se llama así? ¿No os habéis preguntado nunca por qué la capital de esta región es "El Montículo del Muerto"?[37]

---

[37] Mijash Dir: población al suroeste de Harai, la actual Mohenjo Daro, cuya traducción, según algunos investigadores, es precisamente "El

La mujer se mordió los labios ante aquella reconvención; sin embargo, recuperó de inmediato el aplomo al recordar que era la esposa del Raj.

—Bueno, ¿y qué? —demandó en tono imperioso—. Son unos bárbaros salvajes, y están encerrados donde no puedan hacer daño alguno. ¿qué mal hay en que les eche una ojeada?

—Señora, no podemos permitiros permanecer aquí más tiempo —le advirtió el llamado Aipal—. Si el Raj Pandit os encontrara aquí, nuestro cuello pronto recibiría la caricia del hacha del verdugo. Debéis marcharos de inmediato...

—Sí, señora, no deberíamos haber venido —terció una de las mujeres.

Rasmi los miró a todos con expresión furiosa; al cabo de unos momentos pareció ceder en sus pretensiones y, sin una palabra, con gesto orgulloso, se dio la vuelta y salió de las mazmorras...

Ya bien entrada la noche, Calet no era capaz de conciliar el sueño: la intranquilidad de saber que Arum Matai se les escapaba por momentos le impedía pensar con claridad; había visto turnarse a varias parejas de guardias, y cómo los servidores les traían comida. Había intentado interesarse por las costumbres de los ramas, entablar algún tipo de

Montículo del Muerto".

300

conversación con sus carceleros, mas ninguno de ellos le hacía el más mínimo caso: al parecer habían recibido órdenes tajantes de no confraternizar con los atlantes.

Ahora se sentía irritado, furioso consigo mismo, dispuesto a cualquier cosa con tal de salir de aquel lugar y acabar con la tarea encomendada por el Muror lemurio. Aunque no disponía de sus armas estaba más que preparado para intentar engañar a sus custodios, idear alguna estratagema que los pusiera al alcance de sus manos…

Miró al rincón en el que yacía Dartia dormida, con un sueño inquieto que le impedía descansar; ¿hasta qué punto estaba ella preparada para una lucha a manos desnudas? Apenas la había preparado en ese sentido, se había concentrado en que aprendiera todas las habilidades y trucos de espada que él conocía… ¿Podía ponerla en semejante peligro?

Sus ojos se volvieron hacia los dos hombres que se sentaban uno frente al otro, con el tablero cuadriculado entre ellos, dando cabezadas mientras intentaban mantener la concentración en el juego. Poco a poco, las cabezas de ambos fueron bajando hasta apoyarse en la madera; unos instantes después, un sonoro ronquido indicaba que al menos uno de los dos estaba por completo dormido…

El mercenario sintió que la irritación crecía en su pecho: si se quedaban dormidos, ¿cómo demonios iba a apañárselas para conseguir la llave de su celda? Estuvo tentado de golpear los barrotes para hacer ruido y despertarlos; ya que él no iba a poder dormir, al menos que ellos también lo padecieran. Sin embargo, se contuvo: el silencio de aquel lugar, roto apenas por esporádicas gotas de agua que caían desde el techo o algún que otro chillido de rata, podía venirle bien para relajarse y pensar en algún plan factible...

Se sentó en el suelo y se dedicó a deslizar la mirada por todos los rincones, acostumbrándose a todos los detalles, buscando cualquier resquicio que le permitiera encontrar la más mínima posibilidad de escape... El moho en las paredes, la humedad, una rata correteando por un rincón en sombras en busca de algo de comida, grilletes colgando de una pared... Todo era analizado de forma sistemática, su cerebro absorbía todos los detalles como una esponja, mas nada de lo que contemplaba le resultaba de utilidad alguna para salir de aquel lugar.

Al cabo de un largo tiempo, le pareció oír algo más: un leve roce de telas, tan tenue que apenas podía creer que fuera real, unos quedos pasos... Y, por fin, una conocida figura que apareció ante sus ojos descendiendo los gastados escalones.

Rasmi, la esposa del Raj, entraba en aquel antro con una cautela infinita, sin osar apartar la mirada de los dormidos carceleros. ¿Qué demonios estaba haciendo? Al tiempo que procuraba no hacer el más mínimo ruido, intentaba esquivar los restos de comida que había en el suelo con gesto de asco.

Cuando llegó frente a la celda de los atlantes se llevó un dedo a los labios en señal de silencio y se volvió de nuevo hacia los guardias; acercándose en silencio, cogió una silla y la acercó a los barrotes, donde se sentó con las manos sobre las rodillas. A pesar de su curiosidad, había tenido la precaución de mantener una distancia adecuada para evitar que los demonios pudieran hacerle algún daño.

Ahora que podía verla más de cerca, Calet comrobó que se trataba de una mujer atractiva, de intensos ojos negros que chispeaban con una expresión de... ¿burla, diversión?

—Así pues, vosotros sois los raksas que se han atrevido a acercarse a Harai, ¿no es así? —demandó en un quedo susurro—. No me parecéis demonios, ni siquiera peligrosos como para que Pandit haya desplegado a todos sus batidores en busca de un supuesto ejército atlante.

—No hay ningún ejército atlante —explicó el hombre con un suspiro, procurando mantener la voz baja—. Nunca lo ha habido, sólo somos mi compañera y yo en una misión encomendada por el Muror Ostiman de Lemuria, en busca de un peligroso engendro al que debemos eliminar de inmediato.

—No tiene sentido —afirmó la mujer con severidad—. Para empezar, ¿cómo es que habláis nuestro idioma? Y para continuar, parecéis no daros cuenta de la necedad en la que estáis incurriendo: unos atlantes que trabajan para el Imperio Lemurio, su peor enemigo, para cazar a... ¿quién? Deberíais inventar algo mejor si deseáis salir de aquí...

—Sólo estoy diciendo la verdad —se exasperó el mercenario—. Perseguimos a una criatura de aspecto de reptil que estuvo durante mucho tiempo disfrazada como Consejera del Muror, trabajando desde allí para traer a nuestro mundo a los antiguos Demonios.

"Podéis creernos o no, mas ésa es la única verdad: conseguimos evitar que abriera un portal mágico en Guntana, mas pudo huir a pesar de haber perdido su poder y desde entonces vagamos tras ella para evitar que vuelva a intentarlo.

"Ya hemos viajado por tierras wigur, tropezando con los mismos problemas que tenemos con vosotros, mas al menos ellos nos dieron una oportunidad: cuanto más tiempo permanecemos en esta situación, más se aleja esa maldita serpiente de nuestras espadas.

"Y en cuanto a lo del idioma, se debe a un amuleto que nos dieron los hechiceros lemurios para que tuviéramos más facilidades en nuestra búsqueda.

—Mmm... Pareces sincero —admitió Rasmi recelosa—. Mas no dejas de ser un raksa, un hijo de la maldita raza que provocó masacres sin cuento en el pasado del Imperio, una bestia sanguinaria cuyo único afán es el de la muerte y la destrucción...

—Cierto es —aceptó Calet encogiéndose de hombros—. Ésa es mi naturaleza. Como guerrero me he entrenado para repartir muerte, y como persona he aceptado la violencia inherente a mí.

"Sin embargo, deberíais pensar que no todos en Atlantis somos bestias sin corazón, como creéis. Sin ir más lejos, esta mujer —señaló a su durmiente compañera— no es como yo: aunque también está entrenada como guerrera, su alma la guía en una dirección por completo distinta a la mía; si yo encarno un espíritu destructor, ella es todo lo contrario, esencia vital.

La rama lo observó con cautela: había oído tantas iniquidades y tropelías acerca de aquella raza, que escuchar a uno de ellos hablando de aquella manera, de forma tan calmada y razonable, le resultaba extraño. Había bajado a las mazmorras por mera curiosidad, a ver cómo eran aquellas despiadadas alimañas, y se había encontrado con seres humanos que pensaban de forma parecida a ellos.

—¿Se puede confiar en la palabra de un raksa? —inquirió.

—Ésa es una pregunta a la que ni yo, ni nadie, podemos contestar de forma tajante —contestó él, evaluando a la mujer; sus reacciones parecían indicar algo, tal vez consiguiera por fin salir de aquel maldito lugar—. Yo puedo hablar por mí, pero por nadie más, ni siquiera por Dartia.

"Por mi vida, que como mercenario cuando empeño mi palabra en algo no la quebranto a no ser que me considere traicionado o se me libere de ella; mientras considere que la causa es suficientemente justa, podéis disponer de mis servicios en cualquier cosa que necesitéis.

—¿Cualquier cosa?

En la mente de la esposa del Raj parecía rondar algo que el hombre detectó casi de inmediato: una renuencia a darle la más mínima opción, mas al mismo tiempo una especulación que quizás les reportara la liberación. Su mirada era interrogativa, dubitativa…

—Cualquier cosa.

—¿Incluso si en ello pudiera ir vuestra propia vida?

—Señora, mi profesión conlleva arriesgar la vida una y otra vez —se impacientó el guerrero—. ¿Acaso creéis que una vida de luchas y combates continuos es un lecho de rosas como el que vivís vos?

—Habéis traído la violencia a una tierra que busca la paz —advirtió Rasmi con gesto cansado—. No me la cabe la menor duda de que los Rishis dictarán que seáis expulsados a pesar de lo que nadie pueda decir en vuestro favor.

"Mas, a lo que puedo colegir, creo que puedo confiar en vuestra palabra —admitió sin demasiado convencimiento—. Tal vez me esté engañando, quizás liberaros no suponga otra cosa para mí y los míos que deshonor y muerte…

Dejó escapar un suspiro de resignación mientras inclinaba la cabeza.

—Habéis de saber que a pesar de todo, la paz que tanto ansiamos está muy lejos aún —comenzó con pesadumbre—. No somos dioses, somos tan sólo seres mortales que buscamos trascender nuestra humanidad en una vana y arrogante pretensión. Es por ello que a pesar de la vigilancia que los Rajs y Devs[38] imponen por todo el Imperio, surgen bandas de saqueadores y renegados que campan a sus anchas por un territorio demasiado extenso para ser controlado con facilidad.

"Por si eso fuera poco, hemos de luchar contra la ambición de algunos que pretenden alcanzar el poder a base de engaños y traiciones.

"Por eso, si estáis dispuestos a darme vuestra palabra de que no huiréis si se os libera, haré todo lo posible para conseguir que salgáis de los calabozos: tanto mi esposo Pandit como yo estamos en peligro, nuestras cabezas podrían rodar pronto si no atajamos la ascensión del señor Lam Singh, un general katra dispuesto incluso a llegar

---

[38] Dev: femenino de Raj, gobernadora de una ciudad en el Imperio Rama.

hasta el trono de Mijash Dir, que gobierna la Dev Sirna.

El mercenario contempló durante unos instantes los ojos de la mujer; por fin, con un gesto vago, se dio la vuelta y se inclinó cobre su compañera, tocándola con suavidad en el hombro.

—No alces la voz —le sugirió cuando ella se incorporó con gesto rápido—. Tenemos una visita inesperada que tal vez nos ayude a salir de aquí.

En breves momentos le explicó la situación, mientras Dartia observaba a Rasmi con recelo; teniendo en cuenta el odio que los ramas profesaban a los atlantes, le resultaba extraño que aquella mujer pretendiese mover un solo dedo en su favor, aunque sólo fuese por conseguir un beneficio propio.

—Tenéis también mi palabra, señora Rasmi —admitió por fin tras unos tensos momentos de vacilación—. Si conseguís que nos liberen de este encierro, acataremos vuestro deseo; mas después de ello deberéis permitirnos continuar nuestra búsqueda, pues el renegado ha vuelto a tomar una gran delantera. Quién sabe si a estas alturas no estará ya en Yiddha, en busca de un vimana que lo lleve hacia occidente…

—Tenéis mi palabra de que haré todo lo posible para que podáis cumplir vuestra misión —aseguró la rama—, aunque no puedo garantizaros nada en absoluto: vuestra raza hizo méritos suficientes como para ejecutaros de inmediato nada más veros, y ésa es una costumbre que tardará mucho en cambiar si es que llega a hacerlo alguna vez.

"Sí puedo daros una certeza —auguró con gesto

sombrío—: en el mejor de los casos, el Consejo de los Rishis ordenará que seáis expulsados de nuestras tierras. Como representantes del Supremo Consejo de Sabios de Sambal[39] han de velar no sólo por el buen gobierno del Imperio, sino además por el mantenimiento de un equilibrio que pueda extenderse por todo el mundo...

—¿Debemos entonces entender que hemos de acabar con ese Lam Singh si queremos proseguir con nuestra misión? —inquirió Calet tras intercambiar una mirada con su compañera.

—En esencia sí, ése es el trato que os ofrezco.

—Pensad, señora, que esto puede suponer un significativo retraso en nuestra persecución —intervino Dartia con el ceño fruncido—, lo que podría conducir a una era de caos como no habéis conocido: Arum Matai, nuestro objetivo, busca desatar sobre el mundo una impía oleada de locura y muerte...

—Entonces, acabad cuanto antes con el señor Lam Singh —sugirió Rasmi con una cautivadora sonrisa—. Hacedlo, y todas las puertas de esta región se abrirán para vosotros.

Con gesto zalamero levantó su diestra y mostró, en la palma abierta, una gran llave.

—Podría abrir la celda ahora mismo —explicó sin perder la expresión—. He drogado a los guardias para que

---

[39] Sambal: capital de un reino semilegendario llamado Agarth, del que en todo el Imperio Rama se tiene noticia, pero al que sólo los Rishis tienen acceso, gobernado por unos Sabios de los que se cree poseen grandes poderes sobrenaturales.

no despierten hasta mañana, mas eso sólo conllevaría más problemas: la alarma, una persecución sin tregua, y vuestra muerte inmediata en cuanto os atraparan.

"No, es preferible hacer las cosas de una manera más razonable: dejaré esta llave donde estaba, y hablaré con mi esposo para intentar convencerle de que podéis ayudarnos en nuestros apuros. El poder de nuestro enemigo ha crecido en estos últimos tiempos, se ha granjeado el favor de una buena parte del ejército y la nobleza; es probable que su golpe de mano esté cercano, hay que detenerlo cuanto antes.

"Cuando estéis libres pedid audiencia con el Raj: dadle las gracias por su merced, y yo os indicaré dónde se halla la vivienda de ese maldito traidor al Imperio: una vez cortada la cabeza, el cuerpo dejará de agitarse.

—Daos prisa, señora —le advirtió el mercenario con severidad—. Si vais a hacerlo, os ruego que no perdáis tiempo: cada momento que pasa aleja más al renegado de nuestras espadas.

La mujer lo contempló con severidad; al cabo de unos instantes de cavilación asintió con la cabeza y se levantó de la silla sin una palabra; dejándola en el mismo sitio del que la había cogido, al igual que la llave de la celda, se dirigió hacia las escaleras y desapareció de la vista de los guerreros.

—¿Qué opinas? —inquirió Calet volviéndose hacia su compañera cuando dejaron de oír los pasos de la mujer.

—No sé qué pensar —comentó Dartia con expresión pensativa—. Parece tener buenas intenciones, mas no acabo de entender su actitud: nos ha contratado para matar a un hombre al que no conocemos de nada, sin explicarnos las consecuencias de tal servicio. Si no me equivoco, cuando ese katra muera todas las miradas se volverán hacia nosotros y pedirán nuestras cabezas.

—Es posible —aceptó el mercenario encogiéndose de hombros—. Mas también es cierto que ese momento no ha llegado, y que como bien dices no conocemos con claridad las intenciones de esa mujer; así que pienso que lo mejor es dejar que las cosas transcurran como deban, y preocuparnos por nuestras cabezas cuando llegue el momento...

Los guardias tardaron en despertarse: al parecer, Rasmi se había excedido en la dosis que les había suministrado, y para cuando consiguieron abrir los ojos se encontraron ante los rostros severos del jefe de los carceleros y dos ayudantes.

—¿Qué es esto? —exclamó encolerizado el hombre—. ¿Durmiendo mientras vigiláis a los prisioneros? ¿Acaso queréis que os despelleje vivos?

Los hombres eran apenas capaces de articular palabra: entre el temor y la sequedad de boca, de sus labios sólo brotaban balbuceos que no consiguieron otra cosa que enfurecer aún más a su jefe.

—¡Fuera de mi vista! —exclamó el rama furioso—. Ya pensaré el castigo que os impongo por esta grave falta. En cuanto a vosotros —continuó, volviéndose hacia los atlantes—, no vayáis a pensar que esto es una posada donde dormir tranquilos…

En aquel momento se oyeron unos pasos apresurados, y un soldado entró en los calabozos; acercándose al hombre que regía los destinos de los encerrados en aquel nefando lugar, le musitó unas palabras al oído que hicieron que el hombre frunciera el ceño y girara de nuevo la cabeza hacia los prisioneros.

—¿Estás seguro de lo que me estás diciendo? —demandó con irritación.

—Son las órdenes que he recibido.

Con un saludo marcial, el recién llegado se dio la vuelta y salió del lugar.

—Al parecer, el Raj Pandit ha decidido liberaros —comenzó, acercándose a los barrotes—. En un momento vendrán unos soldados a escoltaros a su presencia.

Sus palabras resultaron proféticas: al cabo de un rato apareció un grupo de una docena de empenachados guerreros ramas.

—Libera a los prisioneros —ordenó en tono altivo el que parecía su capitán, un hombre alto, corpulento, de larga cabellera oscura y cerrada barba—. Tengo órdenes de llevármelos.

En silencio, sin atreverse a abrir la boca, el jefe de los carceleros tomó la llave de la celda y abrió los barrotes, apartándose para que Calet y Dartia pudieran salir.

—Vosotros dos, venid aquí y acompañadnos —demandó el soldado con aspereza—. No intentéis nada, o acabaremos con vosotros —aseguró apoyando la mano en el largo mango de un hacha que colgaba a su costado—. El Raj nos ha dado órdenes claras al respecto.

—Guiadnos —contestó sucinto Calet.

Caminaron durante un rato cruzando suntuosas salas y pasillos hasta entrar en una amplia habitación en la que les esperaban un grupo de hombres y mujeres; en el centro de aquel lugar, lleno de cojines multicolores e iluminado por el sol que entraba a través de ventanas de hermosas formas redondeadas acabadas en punta, aparecía un estanque de forma cuadrada, de poco fondo.

—¿Qué es esto? —demandó Dartia sorprendida ante el espectáculo.

—¿No pensaríais que podríais presentaros ante el Raj oliendo a celda? —se mofó el capitán—. Se os toleró esa indignidad cuando fuisteis apresados, mas ahora habréis de acicalaros en condiciones.

Ante aquellas palabras, Calet se fijó con más detenimiento en las personas que los esperaban: tanto hombres como mujeres estaban apenas vestidos, las cabezas por completo rapadas, y un collar en la garganta que parecía delatar su condición de esclavos…

Arum Matai estaba cada vez más encolerizado: no disponía ya de medios para descansar y comer en condiciones, por lo que había de conformarse con lo que podía encontrar en los alrededores de los pueblos y aldeas que vislumbraba en la distancia.

El hambre comenzaba ya a acuciarlo más de la cuenta: con el agua no había problema, mas la comida era una cuestión muy distinta. Tenía que andarse con mucho tiento no sólo para distinguir lo comestible de lo venenoso, sino además para no convertirse en presa él mismo.

Aquélla era tierra de depredadores, de animales que conocía muy poco: había vivido durante tanto tiempo en Reinai, que desconocía casi por completo la fauna de otras tierras; de oídas había sabido de los grandes colmilludos de piel áspera que vagaban por las selvas, de los tigres hasta que vio a uno de ellos…

Y por fin se encontró con otro, un animal de enorme alzada y avanzada edad que lo observó especulativo; por lo general, había comprobado que ninguna criatura se atrevía con él, mas éste no parecía acobardado. Tal vez se trataba de uno de aquellos de los que había oído hablar, de un animal demasiado viejo como para andarse con remilgos, de un devorador de hombres que no podía cazar ya ninguna otra presa.

El felino avanzó hacia él cauteloso, con un rugido amenazador que hizo que el mago recapitulase el camino a seguir: debía hacer algo rápido, de inmediato, o podría terminar en la panza de aquella criatura. No se engañaba con el aspecto decrépito, sabía que aquellas garras y aquellos colmillos podían destrozarlo en un parpadeo, por lo que optó por quedarse quieto y desvanecer la ilusión de humanidad que lo había envuelto, dejando que su aura reptílica brotara con fuerza.

El tigre se detuvo: aquella criatura no olía como las que estaba acostumbrado a devorar, pero no podía hacer ascos ante el feroz hambre que lo acosaba desde hacía días; a no ser que se tratara de un animal más letal que él, tendría que servir para apaciguar sus instintos… El aura que desprendía era extraño, indicaba un gran peligro, lo que veía le recordaba a los enemigos que podía encontrar en los ríos y grandes lagunas de la selva…

Tal vez resultara más conveniente dejar escapar a aquella presa y buscar otra que oliera a miedo. Sin embargo, llevaba demasiado tiempo sin comer y no tenía elección: o moría a manos de aquella cosa, o de hambre.

En un mortífero silencio saltó hacia delante: esperaba que su víctima se diera la vuelta e intentara huir, mas descubrió, para su sorpresa, que no hacía nada de aquello, que se quedaba plantado esperándolo.

Se estrelló contra algo que no podía ver. Sintió un fuerte dolor en el hocico que hizo que se enfureciera aún más y lanzara un zarpazo que volvió a tropezar con una barrera.

Su pretendida presa lo contemplaba impasible: le vio alzar las patas delanteras, pronunciar unos sonidos ininteligibles… y un brutal fulgor que lo envolvió por completo, inundándolo de una terrible agonía mientras se abrasaba…

El hechicero contempló con expresión desapasionada los restos carbonizados de su enemigo; qué desperdicio, tener que emplear parte de su escaso poder en quitarse del medio a una criatura como aquella. De nuevo, emplear su magia en envolverse en una ilusión de ser humano, y aguantar en la medida de lo posible hasta recuperar todo lo que había perdido desde el malhadado día que se había encontrado con el maldito mercenario atlante. ¡Por los Dioses Negros, cómo ansiaba tenerlo a su merced!

—En la luz de Hanama, atlantes —saludó el Raj ceremonioso. A su lado, sentada en el suelo junto al trono, se hallaba Rasmi, que observaba a ambos guerreros con una extraña intensidad.

Al otro lado, de pie, se erguía orgulloso un hombre enorme, corpulento, de tez morena, con la mano apoyada en una espada apoyada en su cadera. Sus negros ojos, como pedazos de gélido carbón, los observaban con expresión desdeñosa sobre una tupida barba que le llegaba hasta el pecho.

—Debo protestar, señor Pandit —advirtió con voz severa—. Son raksas, enemigos del Imperio, no deberían respirar el mismo aire que nosotros ni un instante más. Sólo su mera presencia ya mancilla este magno salón…

—Ya lo has dicho, Lam Singh —aceptó el gobernante de Harai con tono cansado—. Conozco tu opinión perfectamente, mas yo soy quien ha de tomar las decisiones sobre el destino de los habitantes de esta ciudad.

"El Consejo de Yiddha ya ha sido avisado de la presencia de estas… personas —dudó a la hora de pronunciar la palabra—. Y las batidas que he ordenado no han delatado la existencia de más demonios atlantes por ningún lado, así que estamos a la espera de la respuesta que los Rishis puedan darnos al respecto.

"Mientras tanto, tal vez podamos obtener algún tipo de beneficio de su estancia entre nosotros.

—El único beneficio que yo veo en todo esto es el placer de arrancar poco a poco la piel a estos extranjeros —afirmó el soldado rama con expresión lobuna—. Quebrar poco a poco cada uno de sus huesos, su resistencia, su fuerza, hasta convertirlos en meros guiñapos...

—Señor Singh, ¿habéis de ser tan expresivo en vuestras opiniones? —inquirió con aparente debilidad la esposa del Raj—. Hacéis que se me revuelvan las tripas...

—Olvidaba que sois una delicada flor, Rasmi —se burló el hombre, aunque sus ojos parecían mostrar una emoción distinta—. Podéis serenaros, procuraré contener mis palabras en vuestra presencia.

—Gracias, señor —la mujer agachó la cabeza con gesto manso.

—¿Puedo preguntar por qué hemos sido convocados? —demandó Calet con tono neutro, observando a Lam Singh con precaución, reconociéndolo como un enemigo natural. En su fuero interno se juró que, aunque no hubiera prestado su juramento ante la esposa de Pandit, debía acabar con él cuanto antes o jamás saldría vivo de aquellas tierras.

—¿Podemos confiar en la palabra de un mercenario atlante? —inquirió a su vez el gobernador.

"De nuevo esta conversación", pensó el guerrero con amargura.

—Por supuesto, señor —intervino Dartia con una sonrisa—. Como guerreros de fortuna hemos de fiar en nuestra palabra, pues de lo contrario nadie nos contrataría: mantenemos nuestras promesas mientras no seamos liberados de ellas o nos consideremos traicionados.

—Entonces, si os pido vuestra palabra de que no huiréis

antes de que el Consejo dicte sentencia debo pensar que la cumpliréis…

—¡Señor! —exclamó Lam Singh abriendo unos ojos como platos.

—¿Sí, Lam? —preguntó el Raj con expresión tranquila, aunque sus ojos brillaban con una emoción desconocida—. ¿Cuestionas las órdenes de tu señor?

—Jamás osaría llegar a tal extremo —aseguró el hombre apartando la mirada—. Tan sólo quisiera que recapacitarais acerca de vuestra decisión de liberar a estos… mercenarios. Al fin y al cabo no son más que atlantes, raksas, enemigos del Imperio. ¿Acaso esperáis que unos bárbaros como ellos cumplan un juramento sagrado?

—Como ya os he advertido, la palabra de un mercenario es sagrada —le advirtió Calet con gesto torvo—: si dudáis de ella, me veo en la obligación de cuestionar vuestro honor.

—¡Por la sangre de Hanama, que tal afrenta no ha de quedar sin castigo! —aseguró el soldado en tono rudo, llevando la diestra a la empuñadura de su espada—. Lavaré con vuestra sangre tal osadía.

—No harás nada, Lam Singh —ordenó Pandit seco—. Nadie hará nada, y menos ahora que nuestros prisioneros están desarmados e indefensos ante nosotros. ¿Qué somos, nobles soldados katras o meros salvajes sin honor?

"Guárdate tus recelos, y obedece a quién es tu superior. No tengo nada claro lo que debo hacer; mis consejeros, entre los que te encuentras, no os ponéis de acuerdo en cuál es el curso a seguir con estos atlantes: unos habláis de ejecución inmediata, otros de mantenerlos en prisión hasta recibir la respuesta del Consejo, y algunos de otorgarles un voto de confianza a pesar de su condición...

"Me debo a mi pueblo —tras una mirada de soslayo a Rasmi dejó escapar un hondo suspiro—; por ello, y tras meditar en profundidad acerca de esta insólita situación, es mi decisión que los atlantes permanezcan encerrados hasta que el Consejo envíe su respuesta.

Su esposa le miró con los ojos abiertos como platos.

—¡Mi señor...

—¿Osas discutir mis órdenes? —inquirió el hombre, volviendo la cabeza hacia ella con una expresión malévola en el rostro que la alarmó sobremanera—. ¿Acaso estoy rodeado de traidores?

La tez de los que lo rodeaban palideció con súbita intensidad: Lam Singh apretó con más fuerza la empuñadura de su arma.

—Nosotros no estamos sujetos a vuestras leyes —advirtió el mercenario con gesto serio—, por lo que no tenemos reparo alguno en protestar por esta decisión. Nada hemos hecho por lo que debamos ser encerrados...

—Basta —demandó imperioso el Raj—. Esto está fuera de discusión. Volveréis a vuestra celda y permaneceréis en ella hasta que decidamos qué hacer con vosotros —dirigió una significativa mirada a Lam Singh y a su esposa.

El atlante iba a iniciar de nuevo una protesta, mas una breve mirada a Rasmi detuvo sus palabras: había creído detectar un leve gesto negativo con la cabeza, una tenue expresión en los ojos de la mujer que parecía indicarle que esperara.

Un par de guardias se situaron tras ellos y les indicaron

con secos empellones que salieran del salón del trono…

Sentados en el suelo tras una frugal cena a base de fruta, los compañeros observaban a los carceleros mientras jugaban una de sus interminables partidas de serkhent. La noche había caído en el exterior, aunque la falta de ventanas en aquel lugar no les permitía saber en qué momento del día estaban; las lámparas de aceite prestaban una escasa iluminación, haciendo que las sombras danzasen en las paredes como si estuviesen vivas.

—Y ahora, ¿qué? —inquirió Dartia con gesto hosco—. ¿Hemos de resignarnos a quedarnos aquí sin hacer nada mientras ese condenado renegado se nos escapa de entre las manos?

—¿Qué sugieres? —demandó Calet a su vez, haciendo que su mente trabajase a toda velocidad en busca de una solución, descartando las descabelladas ideas que brotaban sin parar—. Cualquier idea es bienvenida.

—No hace falta que seas sarcástico —se molestó la mujer.

Uno de los guardias dio una violenta cabezada sobre el tablero.

—Venga ya, ni se te ocurra dormirte —le advirtió el otro—. ¿O quieres una ración de cincuenta latigazos?

—Me cuesta mantener los ojos abiertos —se defendió el otro con la voz pastosa.

Al escuchar aquellas palabras, los mercenarios se

miraron entre sí y se pusieron alertas: ¿tal vez la esposa de Pandit había vuelto a hacer de las suyas?

Los dos ramas comenzaron a desplomarse sobre las piezas del juego; al parecer les resultaba imposible mantenerse despiertos, por lo que al cabo de un largo rato que para los guerreros se convirtió en una eternidad acabaron al fin por ceder al sueño, desparramando las figuras por el suelo.

Aún hubieron de esperar más tiempo hasta que escucharon unas sigilosas pisadas; unos momentos después, la esbelta silueta de Rasmi aparecía ante ellos, acercándose a los drogados y buscando bajo ellos las llaves.

—La casa de Lam Singh está al salir del palacio a la izquierda —explicó en voz baja mientras trasteaba con la cerradura—. Habéis empeñado vuestra palabra, daos prisa y acabad la tarea antes de que llegue el amanecer. Después de acabar con él debéis volver aquí para exculparos y que mi señor tenga un buen motivo para liberaros, aunque deba expulsaros de las tierras del Imperio.

"Está bien vigilado, hay una guardia permanente alrededor de su vivienda: no se fía siquiera de sus propios aliados. No llaméis la atención, o todo estará perdido para vosotros.

—No os preocupéis, señora —aseguró Calet con una sonrisa lobuna, saliendo de la celda y dirigiéndose hacia los carceleros para coger sus armas—, sabemos hacer nuestro trabajo. Mi compañera Dartia puede hablaros acerca de los éxitos que hemos tenido en Atlantis.

La atlante observó al guerrero con una expresión mezcla de recelo y enfado: ¿se refería sólo a las encomiendas que habían cumplido juntos, o estaba introduciendo en el mismo saco sus funestas "hazañas" como Ornay el Desalmado?

Prefirió no decir ni una palabra para evitar posibles suspicacias; asintiendo con un cabeceo, tomó una de las espadas que su compañero le tendía y lo siguió escaleras arriba.

—Os esperaré aquí —les advirtió Rasmi con expresión preocupada—. Por favor, no tardéis.

Ocultándose entre las sombras, deslizándose como fantasmas en la oscuridad del palacio, consiguieron salir sin que nadie advirtiera su presencia; al parecer la confianza era tal que la vigilancia era mínima: cualquier asesino con un poco de experiencia podría haber llegado sin demasiados problemas hasta la alcoba del Raj y su esposa.

No tardaron en descubrir cuál era la construcción en la que vivía el soldado rebelde: un edificio de dos plantas, construido en piedra y adobe, con guardias patrullando en parejas por todo el perímetro.

—Va a ser un poco más difícil de lo que pensaba —susurró la mujer.

—Dame unos momentos y te diré cómo entrar sin ser vistos.

El tiempo fluía lento, despacioso, mientras los dos atlantes observaban con resignada paciencia las idas y venidas de los ramas; por fin, Calet sonrió con suavidad.

—Ya está —aseguró—. Quédate aquí, por si tuvieras que cubrirme la retirada; aunque espero entrar y salir sin que nadie se de cuenta de que existo.

—Pero…

El hombre puso un dedo en los labios de su compañera.

—Uno solo puede pasar más desapercibido que los dos. Y como ya te he dicho, resulta conveniente que alguien se quede en la retaguardia para prevenir posibles contingencias.

Dartia frunció el ceño ante las palabras del mercenario: ¿era ése el motivo, o sólo se trataba de una excusa para mantenerla apartada del peligro? Sabía que ya no había opción, que dijera lo que dijera él no daría su brazo a torcer; sólo le quedaba la posibilidad de seguirle a pesar de sus órdenes…

Le vio acercarse a un árbol y trepar cauteloso, deslizándose con sumo sigilo por una rama que lo dejaba a la distancia de un salto de un balcón; en el interior de una puerta abierta, la oscuridad era absoluta.

Bajo él pasaron un par de soldados que charlaban animadamente acerca de las hazañas que habían realizado en unas campañas que habían tenido lugar en las llanuras de Deccai[40]. Los observó cauteloso, vigilando por si aparecía otra patrulla; no osó respirar hasta que no estuvieron tan apartados de él que no lo oyeran; después, con un ágil salto, alcanzó la balaustrada y se agachó en el interior de la terraza, apartándose del vano de la puerta para evitar ser visto.

En silencio, con una lentitud más propia de un felino, penetró en la oscuridad de la casa; apenas veía en las

---

[40] Llanuras de Deccai: están situadas al sur de los montes Vaindani, y en ellas se ubican la mayoría de las ciudades ramas, incluida la capital, Yiddha.

tinieblas de la habitación en la que se había introducido, por lo que tanteaba con sumo cuidado para evitar tropiezos que pudieran dar la alarma. Iba rodeando las paredes, manteniéndolas a su espalda para protegerse de posibles ataques, hasta que en un gesto repentino dio con algo suave que le impedía el paso. ¿Una tela? ¿El dosel de un lecho?

Evaluó sus posibilidades: no debía permitir que nadie lo viera, o todo se iría al traste, por lo que quienquiera que estuviera durmiendo en aquella alcoba debía seguir así o morir; y, sin embargo, necesitaba saber cuál era la estancia en la que yacía Lam Singh.

¿Usar al durmiente para conseguir sus fines y acabar con él, o ella, para no dejar testigos? Era demasiado arriesgado, estar pendiente de dos sujetos a la vez suponía que al menos uno de ellos tendría tiempo de dar la alarma y tirar por tierra todos los planes trazados por el Raj y su esposa. ¿Pasar a cuchillo a todos los que encontrara en su camino? Alguno podría gritar…

Buscando a tientas encontró una puerta por la que se asomó con cautela; la negrura lo envolvía todo, mas estaba casi seguro de haber encontrado un pasillo. Aferrando con fuerza la empuñadura de su espada comenzó a avanzar sigiloso, hasta llegar a un recodo que giraba a la izquierda; allí creyó distinguir una pesada respiración.

Un guardia. Bien. Eso significaba protección, aunque no sabía para qué. Cerró por un momento los ojos y se concentró en la persona que pudiera estar esperándole.

Con la espada en su diestra y un cuchillo de los carceleros en la izquierda, se dispuso a atacar; en un relampagueante movimiento saltó frente a su oponente y golpeó a dos alturas, esperando encontrar en alguna de ellas el corazón o la garganta; vislumbró el brillo de unos ojos que se dilataban por la sorpresa, y oyó el golpe del metal contra la carne; por un momento creyó que había errado, una boca se abrió en un alarido silencioso de agonía, y un cuerpo cayó con pesadez sobre él. Estuvo a punto de venirse abajo, mas consiguió sujetar a su rival en el último momento y depositarlo en el suelo sin ruido.

Tanteó con sumo cuidado las paredes, la hoja de madera de una puerta, y encontró un pomo que empujó con cautela.

El interior estaba un poco más iluminado debido a la luz lunar que entraba por unas ventanas, mostrando una amplia habitación sin más muebles que una cama con dosel y una alacena; despacio, esperando no haber errado en su apreciación, en un silencio pesado que se le antojaba siniestro, se acercó al lecho y vislumbro, entre las telas que lo envolvían, unas figuras durmientes.

Bien. Era Lam Singh, no cabia la menor duda al contemplar aquel gran bulto bajo las sábanas. Mas al parecer, al menos aquella noche, no dormía solo. Y no quería mancharse las manos con más sangre de la necesaria.

Y sin embargo…

Se apartó hasta la pared más alejada del catre y se apoyó con ligereza en ella, intentando pensar con claridad: algo en todo aquello no le encajaba con claridad, su instinto le decía que aquella situación no estaba bien, aunque no era capaz de dilucidar por qué.

Recapituló sobre todo lo que había visto y oído. De Pandit no estaba seguro de poder fiarse, al menos no desde la muestra de desconfianza generalizada que había dado aquel mismo día, más propia de alguien con la conciencia empañada que de un gobernante serio; de Rasmi no sabía qué pensar, su lealtad hacia su señor parecía fuerte, mas actuar como lo había hecho...; y con su supuesta víctima no había duda alguna: un rama por completo hostil a cualquier injerencia ajena al Imperio, dispuesto a cualquier cosa con tal de mantener las tradiciones seculares hasta el fin de los tiempos.

Ahora comenzaba a darse cuenta de lo que le resultaba extraño: si el capitán era el execrable sedicioso que les había contado la esposa del Raj, sería lógico que no se fiara ni de su sombra; y, a pesar de todo, la vigilancia que había situado en torno a su persona era más bien escasa; ¿acaso estaba tan seguro de su triunfo y de sus alianzas que no se molestaba en protegerse de sus enemigos? ¿o es que en realidad no pensaba que pudiera tenerlos?

Calet sospechó que tal vez hubiese otra explicación para lo que estaba contemplando, una solución un tanto rebuscada, retorcida... ¿Era Rasmi la que estaba detrás de todo aquello?

Volvió a acercarse a la cama, apartando con infinita cautela las telas que la recubrían; observó la tranquila expresión de Lam Singh mientras dormía y, tomando una decisión, apartó sus armas y rozó con suavidad el rostro del hombre.

Los ojos del katra se abrieron de golpe, mientras su puño subía veloz como una cobra; el mercenario consiguió detener el brutal golpe a duras penas con su diestra, llevándose los dedos izquierdos a los labios en gesto de silencio.

—¡¿Qué…

La figura que yacía a su lado se removió y se alzó para contemplar, con ojos de sueño, al hombre que se erguía ante Lam Singh: era una mujer de tez aceitunada y negros y largos cabellos ensortijados; sus rasgos eran suaves, aunque no demasiado atractivos, distorsionados en lo que parecía un gesto de alarma. Parecía a punto de dejar escapar un alarido, cuando el rama la contuvo con un gesto imperioso.

—¡Espera! —susurró áspero—. ¿Qué haces aquí, raksa? ¿Cómo has escapado de la prisión? —demandó en tono imperioso.

—Será mejor que no conteste a esas preguntas —sugirió Calet con paciencia, aunque sabía que no tenía demasiado tiempo para intentar encontrar una solución—. En su lugar, os diré que necesito tener unas palabras con vos antes de tomar decisión alguna.

—¿Decisión? —se sorprendió el soldado, sentándose en el catre—. ¿De qué demonios estáis hablando?

—De traición —explicó el guerrero de modo sucinto—. Mas andamos escasos de tiempo, no quedan demasiadas horas para el amanecer y no conviene que nadie nos vea andar por la calle.

"He oído que estáis dispuesto a derrocar al Raj y poneros en su lugar —comentó con aparente despreocupación, tratando de sondearlo—. Al parecer no compartís sus ideas sobre cómo gobernar una ciudad.

"Mi compañera y yo hemos pensado que tal vez pudiéramos seros de ayuda en caso de que los rumores sean ciertos…

—¡Rumores! —se escandalizó Lam Singh—. Sólo se puede ser traidor a quien se le haya prestado juramento, a quien en verdad confíe en ti.

"El problema es que yo he prestado un juramento de lealtad al Raj Pandit, mas él no confía más en mí de lo que pueda confiar en nadie —la voz del rama temblaba de ira contenida—; busca intrigas allí donde no las hay, cree que todo el mundo desea acabar con él, sin darse cuenta de que con su actitud fomenta todo aquello que teme…

—¿Y Rasmi? —inquirió el mercenario.

—Tampoco confía en ella, a pesar de que le es fiel. A su manera, claro —aseguró el capitán—. Es una mujer extraña, con bastante influencia sobre su marido, aunque a veces no sé cuál es el papel que está representando.

"En mi opinión simplemente lo tolera porque se mantiene en el poder —su rostro se tornó sombrío, oscuro—. Yo diría que es una cuestión de supervivencia, con una parte de sentido común y de condescendencia hacia las costumbres que intentan dejar atrás las tradiciones y usos que se han mantenido a lo largo de la existencia del Imperio.

"También es cierto, al menos según mi juicio, que a pesar de su lealtad el Raj la está embaucando, manipulándola para que mantenga su fidelidad hacia él, y ella no acaba de darse cuenta por completo de las intenciones que Pandit alberga al respecto. En cuanto se canse de ella, momento que no me parece probable que esté demasiado lejano, la repudiará y buscará otra mujer que se implique menos en sus manejos y le resulte menos molesta.

—Ya veo. ¿Y vos?

—¿Yo? —Lam Singh pareció mostrar una expresión de sorpresa, tal vez de burlón desdén—. No busco traición, tan sólo intento que el Raj se mantenga fiel al Imperio —su puño se cerró y se alzó en un gesto de furia—. Si alguien intenta algo contra Harai, yo seré el primero en defender mi ciudad; y si descubro que mi propio señor está arruinando a su pueblo con decisiones que se manifiestan erróneas, entonces habré de tomar medidas; soy hombre de acción, no esperaría a que el Consejo de Rishis tomara enviara a nadie para poner soluciones en este asunto —sonrió como un lobo—. Cuando se les pregunta algo pueden tomarse bastante tiempo en contestar, así que podéis entender que ante cuestiones de importancia pretenda resolverlas de inmediato.

—Y nuestra presencia aquí es una cuestión de extrema importancia, ¿no es así? —demandó el atlante con una abierta sonrisa—. Entiendo que nos odiéis por lo que hicimos en el pasado, mas las generaciones posteriores no deberían pagar los pecados de sus ancestros.

—Es una buena apreciación —admitió el soldado—. Mijash Dir y Harai sufrieron un destino cruel hace ya suficiente tiempo. Y el hecho de que estemos hablando de la manera que lo hacemos os indicará con claridad que no soy un hombre tan cerrado como os parecí en la sala del trono.

Calet le miró con suspicacia: parecía sincero, y como bien había dicho, el hecho de que no hubiera dado la alarma y hubiera aceptado hablar con un raksa era un hecho sintomático al respecto.

—Volved a vuestra celda —le advirtió severo el

capitán—. Si no queréis perder vuestra honra, regresad a vuestra celda y simulad que no habéis salido de allí.

"Esta conversación no saldrá de nuestros labios, jamás ha tenido lugar —dirigió una mirada admonitoria a la mujer morena—. ¿Ha quedado claro?

Ella movió la cabeza en gesto afirmativo, sin decir una palabra, con expresión temerosa.

—Bien, mercenario. No tengo necesidad de vuestros servicios, así que volved a donde debéis estar —advirtió con firmeza Lam Singh—. Agradezco vuestra cambio de ideas con respecto a mi humilde persona —frunció el ceño, indicando al guerrero que sabía a la perfección por qué estaba allí—, así que esto cambia de forma radical la situación.

"Me pondré en contacto con Mijash Dir para tomar medidas al respecto. Y por el sagrado unicornio[41] que el Raj de Harai habrá de responder si se demuestran sus aviesas intenciones…

El regreso a la celda fue bastante más complicado: el amanecer estaba ya cercano, y la ciudad comenzaba a desperezarse: las gentes comenzaban a deambular por las calles en busca de sus quehaceres habituales, y las patrullas de soldados parecían más atentos, más despiertos. En más

---

[41] Unicornio: entre los ramas se adora no como un dios, sino como un animal sagrado, debido a su gran inteligencia y escasez. Se trata de un bóvido que posee los dos cuernos normales muy juntos y recubiertos por una capa que les da la apariencia de un único cuerno, y que vive casi exclusivamente en un recóndito valle de la región del Indo, el valle de Dahrom, al oeste de Mijash Dir y Harai.

de una ocasión los mercenarios estuvieron a punto de ser descubiertos, mas la suerte parecía estar con ellos, y las sombras cobijarlos en su oscuro seno.

Después de asegurarse de que los carceleros no habían despertado aún habían entrado de nuevo en su prisión y Calet había explicado a Dartia la conversación que había sostenido con el rama.

—Entonces, ¿qué es lo que está ocurriendo? —inquirió ella con gesto preocupado.

—A mi modo de ver, sólo se me ocurre una explicación —comentó su compañero con despreocupación—: Pandit está jugando al viejo juego de la división, y a fe mía que le está saliendo muy bien.

"Está enfrentando a las diversas facciones que se hallan bajo su férula en Harai, haciendo que surjan disensiones entre ellas, y sacando partido de todo; creo que usa a su mujer para ello, manipulándola para que piense que está trabajando en pro del Imperio y de la paz cuando en realidad sólo está fortaleciendo los intereses partidistas del Raj.

—Pero entonces, ¿nosotros...

—Nosotros no pintamos nada en todo esto —aseguró áspero el guerrero—. Sólo somos infantes en una partida de serkhent de la que sólo conocemos una pequeña parte.

"Yo diría que detrás de todas estas maniobras se esconde una voluntad que busca adueñarse del control del propio Imperio Rama, gobernar desde Yiddha sin oposición ni control alguno. Tal vez Pandit, tal vez alguien por encima de él...

"En cualquier caso, temo que no tenemos prueba alguna

para respaldar nada de lo que estoy diciendo —se encogió de hombros con indiferencia—: sólo contamos con la palabra de Pandit, la de Rasmi y la de Lam Singh.

"Al menos dos de ellos mienten, o en el mejor de los casos no han dicho toda la verdad; es muy probable que ninguno de los tres pueda jactarse de ser por completo sincero... —Sonrió torvo—. Lo cual nos deja en la tesitura de decidir si seguimos manteniendo el trato con alguno de ellos o todos.

La atlante le observó con suspicacia.

—¿En qué estás pensando? —preguntó burlona.

—En dejarles que se las entiendan ellos solitos —explicó el hombre con desdén—. Nos odian por ser atlantes, y al mismo tiempo quieren utilizarnos para sus propósitos, sean cuales sean éstos. Por mi sangre, que si descubro cualquier traza de traición en cualquiera de ellos lo pagarán muy caro.

—¿Y cómo harás eso? —se burló ella—. ¿Enfrentándonos los dos contra una ciudad?

—Espero no tener que llegar a ese extremo —afirmó Calet—. No, estaba pensando en una huida discreta ahora que sabemos que podemos contar con Rasmi para salir de esta celda...

—Percibo una presencia acercándose a nosotros.

El hombre que había hablado, un anciano de piel arrugada y tez oscura, de rapada cabeza, miró a su alrededor, a la docena de personas que, vestidas con túnicas blancas al igual que él, meneaban la cabeza en gesto desaprobador. El Consejo de Rishis de Yiddha parecía estar inquieto con las nuevas que les llegaban.

—Su aura es cada vez más intensa —comentó una mujer de blancos cabellos y edad indeterminada—, y desde luego en absoluto limpia. Deberíamos evitar que semejante criatura merodease por nuestras tierras…

—No es un mortal —advirtió otro con un gran pañuelo gris en la cabeza—. En su interior yace una esencia negra, maligna, surgida de los abismos más profundos del tiempo.

—Los Antiguos Demonios —terció con sequedad otra mujer, tan ajada y marchita que apenas parecía humana—. Es un siervo de Aquellos que gobernaron el mundo cuando el hombre aún no era más que un pensamiento en la mente de los dioses…

—Hemos de tomar medidas.

—Enviemos a los Mahanis para que lo detengan.

—No parece probable que puedan parar algo así.

—Desde luego. Su poder es inmenso, aunque ahora esté mermado por algún motivo que desconocemos…

—Tal vez esos extraños incidentes que hemos sufrido hace poco estén relacionados con algún tipo de conjuro por parte de esa criatura.

—Es posible. Mayor motivo, entonces, para tomar medidas…

—Tal vez sea mejor hablar con los Sabios de Sambal sobre este espinoso asunto.

Sobre todos los reunidos planeó un tenso, incómodo silencio.

—¿Y qué hay de los atlantes de Harai?

—A lo que se ve, sólo estaban ellos dos, no hay ningún ejército. Eso en sí ya es raro.

—Según las palabras del Raj, aseguran que se les ha encargado perseguir y eliminar una criatura que ha provocado el caos en Guntana.

—¿Podrían tener alguna relación con este ser que se acerca?

—Existe esa posibilidad.

—Entonces, permitámosles que cumplan la tarea que se les ha asignado.

—Mas no pueden hacerlo. Están encerrados en Harai, y por mucho que quieran correr es poco probable que consigan alcanzar a quien están buscando.

—Entonces, ¿cuál es la solución?

—Ponernos en contacto con Sambal. El antiguo mal que parece querer despertar ha de ser atajado en su raíz…

A media mañana, un grupo de soldados bajó a los calabozos en busca de Calet y Dartia.

—Se os requiere en la sala del trono —les advirtió severo el capitán ante la pregunta del mercenario.

Fueron conducidos sin miramientos, entre empujones, hasta el trono en que se sentaba Pandit, donde de un golpe en la espalda se les obligó a caer de rodillas; alzaron la cabeza, y vieron al gobernador observándolos con los ojos brillantes de furia; a un lado, Rasmi los miraba con gesto interrogativo, mientras al otro Lam Singh, cruzado de brazos, apenas se dignaba bajar los ojos hacia ellos.

—Ya se ha tomado una decisión —anunció el Raj con expresión torva—. Seréis ejecutados de inmediato, antes de que podáis provocar algún entuerto. La sentencia se cumplirá ahora mismo. Guardias, llevadlos a la plaza y avisad al verdugo.

—¿Estáis seguro de que ésa es la decisión de los Rishis? —inquirió el corpulento capitán.

—Así es —señaló hosco el gobernador—. Como raksas que son, su destino por presentarse en tierras del Imperio es la muerte.

—Ningún delito hemos cometido para que recurráis a una medida tan drástica —advirtió Calet sombrío—. Permitidnos marchar con nuestras cosas...

—¡Silencio! —exclamó Pandit—. Guardias, llevaoslos.

El mercenario contempló con fijeza glacial, amenazadora, al hombre que lo condenaba a muerte, haciendo que éste apartara la vista incómodo; después giró la cabeza hacia Rasmi, que lo observaba con una expresión ambigua, entre apenada y decepcionada.

Por fin, sin una palabra, tomó a su compañera del brazo y se dio la vuelta con gesto desdeñoso, permitiendo con mansedumbre que los soldados los guiaran al exterior del palacio, hasta la plaza central, donde les obligaron a permanecer quietos mientras un grupo de esclavos efectuaban los sencillos preparativos: una pequeña tarima de madera, y un ancho tocón.

El verdugo llegó un momento después: un hombre corpulento, con el rostro cubierto con una máscara que apenas ocultaba una densa barba negra como el azabache, con un hacha de ancha hoja apoyada de manera indolente en el hombro.

—¿Por qué demonios tenemos que entregar nuestra alma sin luchar? —demandó furiosa Dartia—. Somos guerreros, deberíamos irnos al Halasna con las armas en la mano, en una muerte en combate.

—Sí, tienes razón —aceptó Calet con un encogimiento de hombros—. Mas parece que algunos se han empeñado en no darnos la más mínima oportunidad de morir como dignos guerreros.

"En cualquier caso, si así lo deseas —para sorpresa de la mujer le dedicó un fugaz guiño—, estate alerta: no nos iremos en el tajo del verdugo, nos llevaremos a alguno por delante.

Poco a poco, la gente iba arremolinándose en el espacio abierto; avisados al parecer por esclavos destacados por el Raj para tal función, acudían a la morbosa curiosidad de contemplar la ejecución de dos demonios a los que la mayoría no habían visto en su vida, aunque habían oído hablar de ellos a lo largo de toda su existencia.

Los guardias se mostraban indolentes: confiados en que sus prisioneros estaban desarmados, no sólo no se habían molestado en atarlos sino que, incluso, parecían estar más pendientes de las tareas de los sirvientes que de vigilar a quienes escoltaban; por ello, no pudieron reaccionar cuando, con una celeridad inaudita, el mercenario saltó hacia uno de ellos y lo derribó de un puñetazo, arrebatándole la espada y arrojándola hacia su compañera.

Para cuando el resto de los soldados echaron mano de

sus armas, Calet y Dartia ya habían arrojado al suelo a otros dos y se habían aprestado al combate con las manos llenas de hierro.

El atlante detuvo un tajo a su garganta y contraatacó golpeando con el pomo: su oponente cayó hacia atrás con una gran brecha en la frente; casi de inmediato se volvió para enfrentarse a otros dos rivales, que le obligaron a retroceder unos pasos, dando tiempo a que llegaran refuerzos para controlar a los rebeldes.

Mientras tanto, Dartia se encontraba en una situación apurada: se enfrentaba a un par de espadachines ramas contra los que había tenido que ponerse a la defensiva, en especial con uno de ellos, que parecía poseer un gran dominio de su hoja; sangraba por un par de ligeros cortes en el brazo izquierdo y la sien derecha.

La huida era imposible: surgían soldados por todas partes, confluyendo hacia la plaza en apresuradas carreras, así que ninguno de los dos se hacía ilusiones del resultado de la batalla. Ambos se habían apoyado en la pared del palacio, haciendo frente a demasiados enemigos como para poder tener esperanza alguna de triunfar.

Si bien conocían su destino, sonreían feroces, contentos del resultado de todo aquello: ante ellos, cuatro ramas yacían en el suelo, inmóviles o retorciéndose de dolor.

—¡Por los cuernos de Rhavann[42]! —bramó una colérica voz—. ¿Qué está pasando aquí?

Durante un instante se detuvo todo movimiento, tono sonido... Tan sólo los gemidos de los heridos daban fe de

---

[42] Rhavann: señor de los demonios en la mitología rama.

la virulencia del combate que se estaba desarrollando.

Todas las miradas se volvieron hacia el hombre que había proferido aquel juramento: Lam Singh, que acababa de salir del palacio al escuchar el alboroto que se había formado.

—Señor, los raksas se han revuelto contra nosotros y han intentado huir —comenzó el guardia más cercano—. Han derribado…

—¡Silencio! —tronó el capitán—. Vosotros —miró con fijeza a los atlantes—, ¿acaso no habíais dado vuestra palabra?

—Por si lo habéis olvidado, nuestro juramento no incluía dejarnos matar como mansas ovejas —le advirtió con firmeza Calet—. Prometimos no huir antes de que vuestro Consejo dictara sentencia, y eso hemos hecho: el Raj ha decretado nuestra muerte, y eso nos exonera de nuestra palabra, por lo que preferimos una muerte limpia, de guerrero, antes que la indigna de un traidor o un bandido…

"¿Qué esperabais, señor? —sonrió irónico—. Nada nos ata a estas tierras, nada salvo la misión que se nos ha encargado y vuestro empeño en acabar con nosotros a pesar de no tener ninguna pendencia con los ramas.

Las armas se levantaron prestas, dispuestas a golpear de nuevo, mas un imperioso gesto de Lam Singh los detuvo a todos.

—Estáis en lo cierto, mercenarios —gruñó con sequedad—. Mas sólo en parte, pues vuestra mera presencia ya es suficiente motivo de disturbios. Traéis con vosotros el olor de la sangre, la violencia de la batalla…

—Basta de palabrería —intervino Pandit desde el umbral de la puerta—. Esos raksas han de morir; de una manera o de otra, los perros que arrasaron nuestras tierras deben ser exterminados como la plaga que son.

"Traicionan la confianza depositada en ellos, su palabra no merece ni el aire en que ha sido pronunciada: juraron no huir y ahí los tenéis, luchando como bárbaros para escapar al destino decretado para ellos.

—Señor Pandit, no hemos cometido traición alguna ni roto ningún juramento —le contestó el mercenario.

—¿No? —se burló el hombre—. ¿Acaso no teníais unas órdenes que no habéis cumplido?

Los negros ojos del capitán se abrieron por la sorpresa al escuchar las imprudentes palabras que acababan de salir de los labios del Raj.

—¿Puedo preguntaros, señor, cuáles eran esas órdenes? —demandó frunciendo el ceño.

—No podéis, Lam —le contestó el gobernador con tono acre—. Las decisiones que toma el Raj...

—Han de ser compartidas con el Consejo que nombró —terció la voz de Rasmi desde el interior del palacio, mientras salía a la luz—. Mi señor, ¿no habréis estado actuando a espaldas de vuestros consejeros e incluso de los Rishis de Yiddha?

—Como Raj de Harai no tengo por qué rendir cuentas a nadie, en todo caso a Yiddha o a Mijash Dir.

"A lo que veo estoy rodeado de sediciosos que cuestionan mis órdenes y trabajan a mis espaldas para derrocarme, por lo que temo que tendré que tomar medidas...

A lo lejos, más allá de las murallas de la ciudad, se oyó el toque de un cuerno. Un poco más tarde, un guardia llegó a la carrera y se arrodilló ante Pandit.

—¡Señor, la Dev Sirna ha llegado ante Harai con una fuerte escolta militar! —explicó de manera atropellada—. Solicita audiencia urgente con vos.

—¿Qué hace aquí? —gruñó el gobernador por lo bajo—. A fe mía que no ha podido elegir peor momento para aparecer. Conducidla al palacio —ordenó—. Y vosotros, raksas, deponed las armas o sufrid las consecuencias.

Calet y Dartia se miraron por unos momentos; por fin, con un mudo gesto de asentimiento, alzaron las espadas y se aprestaron para la lucha.

—Preferimos morir con dignidad antes que ser tratados como chacales por vos —aseguró el mercenario con tono duro.

Lam Singh los observó por unos largos instantes; poco a poco, una sonrisa de complacencia fue dibujándose en sus labios. Vio que los soldados comenzaban a acercarse cautelosos a sus enemigos, dispuestos a hacerles pagar caro su atrevimiento, mas no dio orden alguna.

—¡Matadlos! —exclamó el Raj.

El capitán le miró con dureza, mas no hizo movimiento alguno; los guardias los observaban alternativamente, dudando entre lanzarse al combate o esperar. Habían comprobado en sus carnes la habilidad de los dos atlantes, y ninguno quería ser el primero en recibir una estocada letal…

—¿A qué esperáis? —demandó Pandit de nuevo, comenzando a ponerse nervioso—. Acabad con esas condenadas ratas de las islas de una vez.

—¿Acaso tenéis miedo de que la Dev vea a estos extranjeros? —inquirió Lam Singh en tono receloso—. ¿Tal vez pretendéis ocultar algo, alguna iniquidad que hubierais ideado?

—¡Traición! —gritó el gobernador—. ¡Soldados, apresad a este traidor! ¡O mejor, acabad con él ahora mismo, pues testigos sois de su acto contra su Señor!

Al parecer, el capitán debía tener bastante ascendiente sobre la guarnición de Harai, pues ni un solo hombre movió un músculo contra él; todas las miradas se habían clavado en quien gobernaba los designios de la ciudad, que aparecía rojo como la grana de ira. El recelo, la duda, la acusación, podían leerse en todas y cada una de aquellas caras alzadas hacia él.

—Mi Señor, temo que estéis cometiendo un grave error —le advirtió Rasmi—. Os estáis dejando llevar por vuestros impulsos, en lugar de meditar el camino a seguir…

—El único camino a seguir es detener a los traidores y acabar con los raksas —gruñó su esposo—. Os acuso a todos… Sí, a ti también, Rasmi —aseguró ante la atónita mirada que le dirigió su mujer—, de conspirar contra la persona del Raj de Harai.

"Es inútil que pretendáis defenderos, vuestra felonía está marcada a fuego en vuestros actos y en vuestros rostros. Como Señor de esta ciudad exijo… no, ordeno, que de inmediato sean aprehendidos el capitán Lam Singh, mi esposa Rasmi a la que desde este momento repudio, y todos aquellos que no estén dispuestos a obedecerme.

"Y, por supuesto, los atlantes que vinieron a perturbar la

paz de este reino han de ser aniquilados como la escoria que son, como los incultos salvajes que tan sólo buscan el ansia de sangre y muerte.

—Veo que continuáis manteniendo vuestro espíritu destructivo intacto —sugirió una burlona voz femenina.

Todos se volvieron hacia la recién llegada: montada en un semental negro como el azabache, rodeada por una escolta de una treintena de soldados de fiero aspecto, una mujer alta, de complexión robusta y rasgos duros y afilados como el granito enmarcados por una corta cabellera crespa, negra, observaba la escena con una tensa sonrisa en los labios que parecía presagiar una cercana tormenta.

—¿Qué es lo que está pasando aquí? —demandó imperiosa, mientras todos se inclinaban ante su regia presencia.

—Dev Sirna, es un honor disfrutar de vuestra presencia en Harai —comenzó Pandit, con las palabras atragantándose en su boca por el nerviosismo—. Llegáis en un momento delicado, estaba intentando reducir a dos atlantes a los que iba a ajusticiar por venir a nuestras tierras sin permiso...

—¿Raksas en el Imperio? —se sorprendió la mujer—. ¿Es que acaso va a haber una nueva invasión? No me lo parece así —aseguró, mirando a su alrededor—, no hemos tenido problema alguno viniendo hacia aquí.

—No hay señales de movimientos enemigos por ninguna parte —se apresuró a contestar el Raj—, por lo que podemos sospechar que han venido ellos dos solos.

—Ésa es una cuestión asaz sorprendente —insistió la Señora de Mijash Dir—, que por lo que me es dado observar se ha escapado a vuestro control.

—No tenéis por qué preocuparos…

—Temo que sí he de preocuparme, Pandit —le advirtió ella con severidad—: hasta mis oídos han llegado comentarios un tanto… irregulares, por decirlo de una manera suave, acerca de vuestras ideas y actividades —sus ojos brillaban con una velada amenaza que hizo que su interlocutor tragara saliva y palideciera de manera intensa—. Y lo que acabo de oír cuando he entrado en esta plaza no ha hecho otra cosa que acrecentar mis sospechas…

"Puesto que puedo constatar que no habéis sabido llevar todo esto de una manera adecuada, os ordeno que prendáis a esos dos —señaló a los mercenarios— y los llevéis a la sala del trono para tener una conversación con ellos. Acerca de vuestro destino, descansaréis en vuestra propia mazmorra y ya hablaremos con más calma y serenidad cuando se haya resuelto este incidente.

Los dos atlantes se envararon al oír aquellas palabras y levantaron sus armas de nuevo, dispuestos a vender caras sus vidas; estaban ya cansados de ser utilizados como monedas de cambio, como meras herramientas a las que los ramas podían utilizar para sus oscuros fines. Con gesto de determinación se acercaron el uno al otro y juntaron sus espaldas, pegados a la pared del palacio…

—Deponed vuestras armas, extranjeros —les ordenó con expresión admonitoria la mujer—. Tenéis la promesa de la Dev de Mijash Dir de que no habrá represalias contra vosotros, tan sólo una conversación en la que se decidirá vuestro destino.

—Ya hemos tenido ocasión de sufrir en nuestras carnes el valor de la palabra de los ramas —se defendió Calet furioso—. Estamos cansados de repetir una y otra vez lo mismo, y de no ser creídos tan sólo por ser atlantes.

"Estamos cansados de que todos intenten implicarnos en sus manejos, sean éstos cuáles sean, y de que no se nos permita continuar con nuestra misión que, a estas alturas, consideramos harto improbable cumplir debido al tiempo transcurrido.

Todos lo miraron con gesto sorprendido: el Raj perdió el poco color que le quedaba en el rostro, y Rasmi y Lam Singh esbozaron sendos gestos de alarma. Todo aquello no pasó desapercibido para la gobernante de aquella región, que apenas dejó entrever una sonrisa de satisfacción.

Con movimientos lentos, calculados, desmontó de su caballo y se acercó a los dos guerreros.

—Puesto que vuestra estancia aquí os ha resultado tan desagradable —comenzó severa—, os haré una propuesta: si queréis marchar libres habréis de tomarme a mí como cautiva, de lo contrario me entregaréis vuestras armas —tendió la mano con gesto autoritario— y aceptaréis mi promesa de que no se os hará daño alguno a no ser que vosotros mismos lo busquéis.

Los mercenarios se miraron entre sí con preocupación: ¿a qué demonios estaba jugando aquella mujer?

Durante unos tensos instantes nadie osó moverse, todas las miradas clavadas en las tres figuras que se erguían orgullosas ante el palacio de Harai. Por fin, el hombre bajó su espada frente a la atenta observación de su compañera y, con un rápido movimiento, la volteó para tomarla por la hoja y ofrecer la empuñadura a su oponente.

—Sabia decisión —aseguró la Dev relajando la expresión y tomando el arma de las manos del guerrero—. No os arrepentiréis de ello...

El hechicero que se erguía junto a la señora Sirna en la sala del trono observaba a Calet con una extraña fijeza que hizo que éste se sintiera incómodo. Alto y delgado, envuelto en una gris túnica que le llegaba hasta los tobillos, de rostro cadavérico, los negros ojos lo taladraban con una mezcla de suspicacia, recelo, desaprobación... ¿Qué estaba viendo en él para observarlo de aquella manera?

—Así pues, no sois exploradores de un ejército atlante, sino mercenarios en una misión de caza —comentó con despreocupación la mujer desde su asiento—. A la vista de los recientes sucesos, me siento inclinada a creeros y, por tanto, a permitiros continuar con la encomienda.

Con gesto de desagrado, el mago se inclinó hacia ella y le susurró unas palabras al oído.

—Sin embargo, hay algo que me preocupa —advirtió tras una mirada inquisitiva al hombre—. Vos, Calet dar Gaur según tengo entendido, sois un personaje atípico. Algo en vos no parece estar como debiera, por lo que mientras no determine de qué se trata no puedo permitiros vagar con entera libertad por el reino.

—Mi señora, desde que hemos entrado en territorio rama todo se ha confabulado contra nosotros, entorpeciendo de una manera u otra nuestro camino e impidiéndonos alcanzar nuestro objetivo —explicó el guerrero procurando mantener la calma—. Si os explico la situación a vos, *y sólo a vos*, ¿nos permitiréis proseguir con nuestra misión?

Dartia giró la cabeza hacia él con expresión alarmada. ¿Qué se creía que estaba haciendo? ¿Acaso se había vuelto loco?

—¿De qué estás hablando, atlante? —inquirió la Dev con un tono peligroso, amenazador.

—Señora, nada hay de lo que debáis preocuparos —intervino la mercenaria apresuradamente—. Sólo solicitamos que nos permitáis continuar con nuestra búsqueda y, si os place, proporcionarnos monturas para intentar llegar a Yiddha lo antes posible y embarcar en un vimana hacia occidente.

—Temo que a la vista de los acontecimientos habré de reteneros un poco más —sugirió Sirna frunciendo el ceño—. Ya no se trata tan sólo de dos raksas deambulando de aquí para allá por el Imperio Rama, sino de algo más serio…

—¿Por qué se nos ha ordenado vigilar este lugar? —demandó un rama bajo, de piel cetrina y rasgos duros bajo una larga melena oscura como la noche—. Suele bastar con unos pocos soldados, esto es algo indigno de nosotros.

Éste, junto con otros dos mahanis, se encontraba junto a

la entrada del área de vuelo, la zona rodeada por un bajo muro de adobe en la que se encontraban todos los vimanas de la región y a donde habían de dirigirse todos aquellos que deseaban volar a algún lugar lejano.

—Es una orden directa del Consejo —le advirtió otro, un hombre alto de rasgos suaves, casi aniñados—. Nosotros no somos quienes para cuestionar las decisiones de los Rishis, tan sólo debemos obedecer. Y la orden es que estemos alertas ante cualquier hecho inusual, Shamit.

—Pero, ¿todos? —replicó el aludido con tono molesto—. Todos los Mahanis estamos aquí, patrullando este recinto junto con una guarnición de soldados duplicada sobre la habitual. Sólo faltan los dos que se ocupan de la protección del Señor Naipal…

—Cuando recibimos la orden de personarnos aquí, los Ancianos parecían intranquilos —intervino la tercera, una mujer de de mediana estatura y aspecto delicado que desmentía la dureza de su rostro, anguloso, firme, como cortado a cuchillo, en el que brillaban unos intensos ojos marrones bajo una corta melena negra—. No ha de ser un asunto baladí si consigue poner nerviosos a los Rishis y obligarles a tomar medidas de este tipo…

—Es evidente que no, Parusa —admitió Shamit con gesto cansado—. ¿A quién pueden temer? He oído rumores acerca de la inminente llegada de un ejército atlante, mas ése no es motivo para semejante rumbo de acción.

"Si sólo se tratara de una invasión todo el ejército habría sido movilizado, cosa que no ha ocurrido, por lo que cabe pensar que estamos intentando impedir que alguien de gran poder huya en vimana del Imperio.

—Sí, lo que dices tiene sentido —admitió el tercer mahani—. Aun así, no acabo entenderlo del todo. ¿Todos aquí? ¿Quién intenta huir, toda una ciudad para necesitar tanto poder?

—¿Quién sabe? —le contestó Shamit encogiéndose de hombros—. Rantal, como bien dices, es una orden del Consejo. Y como tal orden, no ha de ser ignorada…

Calet y Dartia habían sido conducidos a una alcoba de lujoso aspecto, mientras se apostaban a su puerta un par de guardias de rostro feroz.

—¿Te has vuelto loco? —increpó la mujer a su compañero en cuanto se quedaron solos—. ¿Acaso pretendes contar a la Dev la historia de Ornay el Desalmado?

—Si con eso conseguimos que nos dejen libertad para proseguir con la caza de Arum Matai, lo haré —aseguró el hombre con firmeza—. A estas alturas ese renegado debe estar ya a medio camino de Yiddha, va a ser imposible alcanzarlo.

—Se te ha reblandecido el seso —le advirtió ella sombría—. Si le dices quién has sido, nos ejecutarán.

—Y si no digo nada, nos ejecutarán también —sentenció él, encogiéndose de hombros y dejándose caer en una silla—. Hagamos lo que hagamos, moriremos aquí y ese reptil sarnoso conseguirá el Libro de las Condenaciones para arrasar el mundo a sangre y fuego…

La puerta de la estancia se abrió con un seco crujido, dejando entrever la fornida silueta de Sirna escoltada por un par de soldados.

—Dejadnos solos —ordenó—. Esperad fuera hasta que seáis llamados. ¿Y bien? —demandó, volviéndose hacia los mercenarios tras cerrar la hoja de madera—. ¿Qué es eso que pretendías contarme, Calet dar Gaur?

Los dos guerreros se miraron, Dartia con gesto de advertencia y su compañero sintiéndose atrapado en una telaraña de la que no encontraba escapatoria alguna.

—Mi señora, antes debemos saber cuál es esa cuestión que hace que no nos permitáis marchar con libertad —comenzó el hombre.

La Dev lo observó con una mezcla de curiosidad y desaprobación en el rostro, tratando de evaluarlo; sin embargo, no era capaz de penetrar su pétrea impasibilidad...

—Mirtal, mi mahani particular, ha visto en ti algo más que un guerrero —explicó con brevedad—. Al parecer, sus instintos han detectado que en tu interior hay una especie de vacío, como si te faltara algo que te diera una vida completa; o al menos así ha intentado explicármelo. Según él, tal vez la mejor explicación sería que no tienes alma...

—He pasado por extrañas vicisitudes —aceptó Calet fingiendo indiferencia—. He luchado con seres surgidos de innombrables abismos, he visto cosas que harían estremecerse al guerrero más curtido, persigo a una criatura que ha sobrevivido a los eones... Todo ello habrá resultado en una seria mella en mi espíritu y en parte puede haberlo quebrado, provocando que gentes como los magos o los clérigos puedan tener alguna sensación extraña acerca de mi persona.

"En cuanto a lo de no tener alma... —sonrió con expresión desganada, cansada—. Preguntadle a vuestro... ¿mahani le habéis llamado? Preguntadle si se puede vivir sin un alma que sustente el cuerpo, sin un espíritu que aporte el aliento de vida. No parece probable, ¿no es cierto?

—Podrías haber muerto y haber sido poseído por algún espíritu demoníaco —sugirió Sirna—. Tales cosas no son demasiado extrañas en los tiempos que corren, ésa podría ser una explicación convincente a lo que Mirtal dice que siente ante ti. Y, en ese caso, dime, ¿qué crees que debería hacer?

El mercenario la miró con fijeza durante unos instantes, meditando acerca de la respuesta que debía darle.

—Estoy cansado de tales subterfugios —contestó por fin—. Mi compañera y yo tenemos una misión que cumplir, y todas estas charlas no hacen más que retrasarnos lo indecible. Si consideráis que somos un peligro para vosotros, ejecutadnos; y si no pensáis de tal manera, permitidnos continuar nuestro camino. En cualquier caso, os ruego que acabemos con esta farsa de una vez.

La Señora de Mijash Dir lo contempló con expresión dura, áspera, tratando de tomar una decisión al respecto. A buen seguro el necio de Pandit ya habría avisado a los Rishis de la presencia de los atlantes, por lo que la solución más sencilla sería esperar su contestación; y, sin embargo...

—Temo que debo reteneros un poco más de tiempo hasta que el Consejo de Yiddha tome una decisión —

comentó con firmeza.

—Entonces, señora, estáis condenando al mundo a una era oscura —advirtió Dartia encogiéndose de hombros—. Cuanto mayor sea nuestra demora, más probable es que la criatura a la que perseguimos consiga su objetivo.

—Dejad que sean los Rishis o, en última instancia, los Grandes Sabios de Sambal —comentó la mujer con gesto de desdén—, quienes se ocupen de ese ser del que habláis. Si sigue en territorio rama, no escapará a su mirada, de eso podéis estar seguros.

"Lo que a mí me interesa ahora es interpretar las palabras de Mirtal de la manera más adecuada. Lo que sospecha acerca de ti —señaló a Calet— no es algo como para dejar pasar por alto sin más, ha de ser estudiado para evitar futuros problemas. En tu interior hay algo que no quieres contarnos por algún motivo que sólo tú conoces —levantó una mano para cortar las protestas del mercenario—; es inútil que intentes fingir, esa excusa que me has contado no es creíble, hay mucha gente que, como tú, ha pasado por terribles experiencias y no desprende el aura que mi mahani ha detectado. No, detrás de esa fachada hay mucho más de lo que se ve a simple vista…

—Señora, os repito que no deseo entrar en más discusiones de esta índole —aseguró el guerrero con frialdad—. Sobre vuestros hombros recaerá el peso del destino de lo que le pueda ocurrir a Parnays.

La Dev iba a contestar, mas en ese momento sonaron unos quedos golpes en la puerta. Ésta se abrió, y un hombre entró inclinándose con exagerado servilismo.

—Mi Señora, ha llegado un mensaje del Consejo —

anunció—. Los Rishis han decretado que se deje en libertad a los raksas y se los expulse del Imperio.

—Ya lo habéis oído —comentó Sirna, volviendo su mirada hacia los compañeros—. Se habilitará un vimana para que seáis trasladados fuera de nuestras fronteras.

—Señora, tenemos una misión que cumplir...

—No hay nada más que hablar —aseguró la mujer en tono inapelable, observando a Calet con ojos de fuego—. Saldréis de inmediato de territorio rama, se os conducirá a las estepas wigur o a las tierras jalal, eso lo dejo a vuestra elección.

Los dos mercenarios se miraron entre sí con preocupación. No podían volver atrás a encontrarse con los belicosos nómadas del norte, y adelantarse a Arum Matai quizás no fuera suficiente: si conseguía alcanzar un medio de transporte que dejara atrás el Reino Verde[43] se les volvería a escapar.

—Sería conveniente para nosotros avanzar al territorio jalal —concluyó el guerrero con voz dubitativa—, aunque no es la mejor solución: hemos de cazar...

—Sí, ya sé que habéis de cumplir vuestra encomienda —aceptó la Dev con tono cansado—. Sin embargo, nada podemos hacer al respecto: las órdenes son claras, no podemos permitir que un par de rak... atlantes deambulen por el Imperio sembrándolo de dudas, confusión y temor.

---

[43] Reino Verde: nombre con que se conoce al Reino Jalal, que abarca aproximadamente desde Afganistán hasta el Mediterráneo; en los tiempos de Ornay no es tan desértico, hay grandes regiones con selvas y bastantes extensiones de agua dulce.

En cuanto esté preparado el vimana, seréis escoltados hasta él y enviados a territorio jalal…

—Allá vamos de nuevo —comentó Dartia con expresión animada—. Y esta vez parece que nos vamos a adelantar al renegado.

—No estoy muy convencido de todo esto —denegó su compañero con gesto lúgubre.

Hallábanse acomodados en el aparato que había de trasladarlos a tierras jalals, esperando a que despegara.

—Piensa un poco, Dartia —continuó Calet adusto—: si Arum Matai consigue escapar de territorio rama en un vimana que se dirija a occidente, pongamos por caso a Caria[44], habrá tomado de nuevo la delantera y esta vez nos costaría mucho más alcanzarlo…

—No seas agorero —insistió la mujer—. No creo probable que pueda escapar con facilidad de aquí, por lo que nos ha contado Sirna los sabios de Yiddha o los de Sambal tienen suficientes habilidades para dar con esa criatura. Y en el supuesto en que se les escapara, habría de hacerlo con suma rapidez, sin opción a elegir la vía de salida.

"¿Quién sabe? —dijo con tono animado—. Tal vez por

---

[44] Caria: región correspondiente a la actual península griega y los Balcanes.

fin consigamos dar por acabada la tarea que nos encargó el Muror Ostiman.

—Y hablando de la justicia, ¿qué va a ser de esos tres? —inquirió el mercenario.

—¿De quién hablas? —se interesó ella.

—¿De quién si no? —se burló él—. De Pandit, Rasmi y Lam Singh.

—De momento todos están en las mazmorras de palacio —le explicó Dartia—. La Dev no ha tomado aún partido ni decisión alguna, está intentando tomar testimonio de ellos y de sus allegados para tratar de determinar el grado de caos y corrupción que ha habido en Harai durante todo este tiempo.

—Entonces tiene trabajo para una buena temporada —se chanceó Calet—. Por lo que me ha sido dado comprobar, cada uno de ellos ha estado actuando por su cuenta para hacerse con el poder: se han engañado unos a otros en la esperanza de que alguno de ellos flaqueara para degollarlo en cuanto surgiese la ocasión, y así les ha ido.

—No sé qué pensar al respecto —dudó la guerrera—. Es cierto que Pandit no ha sido un buen gobernante, mas pienso que Rasmi y Lam Singh han procurado evitar en la medida de lo posible la guerra abierta, tratando de paliar en lo que han podido los desmanes del Raj…

—Eso es algo que me resulta indiferente —comentó con despreocupación su compañero—: es cierto que no vi en Lam Singh al abyecto conjurado que me había hecho vislumbrar Rasmi, mas nadie nos había contratado para resolver el entuerto que esos tres tenían montado en esa ciudad, así que… que lo resuelvan entre ellos.

ESPADAS DEL REINO VERDE

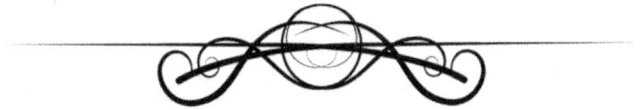

E l vimana se desplazaba con lentitud hacia la población que se veía en el horizonte: tras varios días de viaje sobre colinas salpicadas de verdor aquí y allá y densos bosques alternados con zonas desérticas, su destino final, Halal, capital del Reino de Roub al Jal, parecía al alcance de la mano.

Situada al Sur de la Península Araima, era una ciudad no demasiado grande, de edificios de madera y adobe salvo el palacio del Hemeir, el monarca de aquellas tierras, construido en piedra. No había construcción alguna de más de una planta, por lo que se extendía en una amplia superficie cerrada por una muralla de adobe de unos dos metros de altura en la que podían observarse dos grandes puertas de acceso.

El aparato volador planeó silencioso sobre el lugar y, por fin, aterrizó en una explanada que se había habilitado ex profeso para aquel menester: las relaciones comerciales y diplomáticas entre el Imperio Rama y el Reino Verde siempre habían sido fluidas, sin apenas roces que pudieran provocar una guerra abierta entre ambos.

De las entrañas del monstruo mecánico salieron dos personas, un hombre y una mujer, atlantes a juzgar por su aspecto y vestiduras, mercenarios por sus hechuras; en el exterior les esperaba un séquito compuesto por un par de hombres ricamente vestidos y dos soldados.

—Almala[45] sea... —comenzó uno de los jalals, alto y de cabeza rapada; su rostro de halcón se torció en gesto de sorpresa al ver a los recién llegados, muriendo las palabras en sus labios sin llegar a terminar el saludo tradicional de su pueblo—. ¿Quiénes sois vosotros? ¿Qué hacen aquí unos atlantes?

—Que Dan'Nan sea con vosotros —saludaron a la vez los dos guerreros, apartándose de la nave—. Somos Calet dar Gaur y Dartia Dar Sarama, y venimos en nombre del Muror Ostiman de Lemuria.

—Nada se nos ha informado sobre esto —comentó el otro, de mediana estatura y largo cabello negro como el azabache bajo el que relucían unos intensos ojos verdes en los que apareció un fugaz gesto de sombría preocupación—. Sin embargo, puesto que estáis aquí, que nadie pueda decir mal de la hospitalidad del pueblo jalal: acompañadnos a presencia del Hemeir para exponer vuestras solicitudes.

El grupo se puso en marcha: los dos hombres iban delante, mientras los guardias se situaban tras los recién llegados; en el ambiente se respiraba una tensión

---

[45] Almala: dios supremo de los jalals del Sur.

considerable, las manos se cerraban con fuerza en torno a las empuñaduras y mangos de las armas mientras se dirigían hacia la morada del Señor del Reino. Los dos jalals hablaban entre sí con quedos susurros, levantando de vez en cuando la voz para dejar entreoír palabras como "irregular", "exploradores", "invasión"... Sus ojos se volvían de vez en cuando hacia ellos con expresiones que iban desde el disgusto hasta el temor.

Llegaron por fin al palacio que los atlantes habían visto desde el vimana que, contemplado de cerca, parecía aún más imponente: tras un muro bajo, blanco como la cal, un amplio jardín con todo tipo de flores, árboles y fuentes de diversas formas y tamaños separaba el cuerpo principal del edificio, con torres laterales acabadas en cúpulas redondeadas rematadas en punta y un frontal de piedra en el que se había grabado, sobre la entrada, la imagen de una mano intentando alcanzar una llave.

Tras cruzar pasillos y estancias de un esplendor como no habían visto los mercenarios en ninguno de sus viajes, llegaron a una sala de forma octogonal repleta de cojines de todos los tamaños y colores; en una de las paredes, bajo un estandarte que representaba un alfanje de hoja roja sobre fondo azul celeste, unos pocos peldaños llevaban hasta más cojines en los que se arrellanaba en ostentosa comodidad un hombre grueso, de tez morena, en la que destacaba una gran nariz aguileña sobre una barba negra como el ala de un cuervo.

Los guías de Calet y Dartia se inclinaron ceremoniosos ante quien, por toda evidencia, había de ser el Señor de la ciudad y Rey de Roub al Jal.

—¿Qué traéis a mi presencia, fieles servidores? ¿Atlantes? —inquirió con displicencia—. ¿Acaso vuelven de nuevo a amenazar las fronteras de nuestro próspero reino?

—Han llegado en un vimana procedente del Imperio Rama, gran Hamil —le contestó el jalal alto—. No parece probable que se trate de una invasión, mas no podemos fiarnos de la trapacería de los hijos de las islas.

El Hemeir rebuscó entre las telas, a su derecha, y extrajo un largo y fino tubo flexible que se llevó a los labios, aspirando con fruición y dejando escapar por las comisuras una pequeña vaharada de humo. Los guerreros siguieron con curiosidad el tubo y vieron que estaba conectado a una especie de cántaro de cristal que contenía un líquido semitransparente.

Tras varias de aquellas inhalaciones, el obeso personaje centró su mirada en los viajeros.

—Sí que resulta sorprendente —admitió con despreocupación—. Debo preguntaros cuál es el motivo de vuestra visita a nuestra hermosa ciudad, y rogaros que seáis sinceros para evitarnos inconveniencias futuras.

—Que Dan'Nan sea con vos, Señor —le saludaron ambos a la vez, inclinándose apenas ante él. Después, continuó hablando Calet—. Nuestros nombres son Calet Dar Gaur y Dartia Dar Sarama, mercenarios atlantes contratados por el Muror Ostiman de Lemuria para encontrar y acabar con un hechicero renegado que ha huido del Imperio y viene a refugiarse en vuestras tierras desde las selvas ramas.

"No sabemos cuál será el aspecto tras el que pueda

haberse ocultado, tan sólo que es muy probable que intente embarcar en un vimana para dirigirse hacia occidente lo más rápido posible; mas el Consejo de Yiddha ya debe estar al tanto de su presencia e intentará detenerlo.

—Ésta sí que es buena —contestó el gobernante echándose a reír de forma estruendosa y palmeándose el muslo—. ¿Pretendéis acaso hacerme creer que unos atlantes se han puesto al servicio de su peor enemigo, el Muror de la poderosa Lemuria? —sus ojos se estrecharon y los examinó a plena conciencia—. Vamos, señores, no podéis pensar en serio que vais a engañarnos con tan burdo subterfugio.

—No hay tal —insistió el mercenario—. Ésa es la única verdad que podemos contaros, que andamos tras la pista de un peligroso nigromante del que sabemos que acabará pasando por vuestro territorio.

—De momento, y puesto que acabáis de llegar y no habéis provocado conflicto alguno, podréis disfrutar de la hospitalidad jalal: primero un buen baño para descansar del viaje —sus ojos se detuvieron apreciativos, lúbricos, en la figura de Dartia—, y después podréis disfrutar del buen yantar de nuestro pueblo.

Con un gesto de la mano los despidió: los consejeros les indicaron que salieran del salón, y los soldados los siguieron ya con las armas relajadas.

Cada uno de ellos fue conducido a una estancia distinta, grandes habitaciones rodeadas por celosías en cuyo centro hallábase un estanque de claras aguas; en todo el contorno, un grupo de hombres para Calet y de mujeres para Dartia se entretenían en diversos quehaceres.

—Es costumbre que los invitados no acudan a los festejos con sus atalajes bélicos —explicó al guerrero el guía de cabellos negros—. Si no disponéis de otros ropajes, se os traerá todo lo necesario para ello.

—No pienso ir a ninguna parte sin mis armas —le advirtió el mercenario con el ceño fruncido.

—No habéis de preocuparos por eso —aceptó el hombre sonriendo—: se os proporcionará un cinturón en el que podréis colgar vuestras espadas —la sonrisa se hizo más ancha—, al fin y al cabo nunca se sabe dónde puede surgir la traición…

Calet entró en una estancia amplia donde se habían reunido un numeroso grupo de jalals, sentados en cojines alrededor de una esterilla en la que se habían dispuesto las viandas; con un breve saludo, se acercó y se sentó en el hueco que le habían dejado, a la derecha del Hemeir.

—Espero que todo esté a vuestro gusto —le comentó éste con un amplio gesto de su mano.

—¿Dónde está mi compañera? —inquirió el guerrero adusto.

—Supongo que no tardará en aparecer —contestó Hamil con displicencia—. Mientras tanto, quizás deberíais hablarme de ese hechicero al que perseguís, para intentar capturarlo en caso de que lograra huir de las tierras ramas.

—Nada puedo deciros a ciencia cierta de esa criatura —admitió el mercenario con un leve encogimiento de hombros—. Tan sólo que posee un enorme poder mágico y que lo agotó en nuestro enfrentamiento en las cavernas de Starmaq, en Guntana.

"Puede tomar el aspecto que desee, por lo que no sabemos en este momento cuál será, aunque sería factible suponer que para andar por territorio rama se haya camuflado como uno de ellos…

—Habéis hablado de criatura… —el Señor de Halal se atusó la barba con expresión dubitativa—. ¿Acaso no es un ser humano?

—No, se trata de una criatura de aspecto de reptil, humanoide, que al parecer ha sobrevivido entre nosotros durante eones —explicó Calet—. Cuando me enfrenté a él intentó traer a nuestro mundo a los Dioses Demonio de las antiguas eras, mas conseguí impedírselo en el último extremo. Ahora viaja hacia occidente en busca de un libro con el que arrasar Parnays por completo.

—Veo que se trata de una criatura maligna —aceptó el Hemeir contemplando a Calet de soslayo—. Si lo que me estáis contando es cierto, deberíamos unirnos todos para evitar ese destino. Daré de inmediato las órdenes para…

Las palabras murieron en sus labios al tiempo que todas las conversaciones iban disminuyendo hasta desaparecer en un silencio casi reverencial, mientras las miradas se volvían hacia la entrada de la estancia: en el umbral, con los ojos brillando de furia, había hecho acto de aparición una espléndida figura envuelta en semitransparentes telas que apenas ocultaban sus encantos; la espada que colgaba de su costado ponía un punto extraño, incongruente y, al mismo tiempo, sugerente, al conjunto de la imagen.

—¿Qué demonios pasa? —se encrespó Dartia, adelantándose con paso firme y sentándose al lado de su compañero—. Parece que no hayáis visto nunca una mujer.

—Desde luego que no como vos, señora —la alabó el Señor de Halal, devorándola con la mirada. Con un esfuerzo de voluntad, consiguió volver los ojos hacia sus invitados—. Ahora que ya estamos todos, podemos comenzar este refrigerio.

El "refrigerio" al que había aludido el hombre resultó ser una copiosa comida a base de faisán, cordero, carne de uro y pescados que los atlantes no habían visto en su vida, todo ello muy bien condimentado con especias que le daban un sabor tal vez demasiado áspero, aderezado con abundante fruta y verdura de todo tipo, y regado con jarras de cerveza y vino suave.

—En nuestra tierra las mujeres no llevan armas —explicó el Hemeir tras echar una nueva ojeada a la mujer y la espada que llevaba al costado, mientras atacaba con buen apetito una pieza de carne—. Salvo alguna descarriada que no sabe cuál es el puesto que le corresponde, se dedican a cuidar de su familia: esposo, niños, casa... ¿Para qué quieren más complicaciones?

—En Atlantis las mujeres somos libres para elegir nuestro destino —advirtió la mujer con gesto serio—. Podemos ser soldados, hechiceras o lo que deseemos, e incluso participamos en el gobierno del Imperio: ningún hombre o mujer pueden gobernar solos una ciudad o región, ha de ser siempre una pareja para que no puedan existir decisiones tomadas por una única persona.

—Mas la mujer no puede tener voz alguna en tales

decisiones —se escandalizó uno de los asistentes—. No posee una mente como la nuestra, sus ideas están corrompidas por las acciones que ha de tomar: el esposo tiene la función de cuidar de ella, de velar por los intereses de la familia, de luchar por sus señores... Y la mujer ha de satisfacerle en todo lo que él le pida.

Dartia iba a contestar a aquellas palabras con dureza, mas consiguió controlarse a tiempo: no estaba en Atlantis, no estaba en las Mors, y aquellas gentes tenían unas costumbres por completo distintas a las suyas; podía estar de acuerdo o no con ellas, mas en cualquier caso eran los propios jalals quienes debían cambiarlas.

—Jazzam, no deberías turbar a nuestra invitada aburriéndola con nuestras costumbres —intervino Hamil con una sonrisa dura, amenazadora—. Bastantes problemas tenemos ya para que pretendas añadir más...

El aludido, un hombre de elevada estatura y largo y lacio cabello negro, desvió la mirada con expresión incómoda.

—Mil perdones, mi Señor —se disculpó—. Resulta tan extraño, tan... contra natura, ver a una mujer sentándose a la mesa con los hombres y portando armas, que no he podido evitar hablar. Señora —se volvió hacia la mercenaria—, os ofrezco mis más humildes disculpas por mi grosero comportamiento.

—Son vuestras costumbres aunque no me resulten agradables —le contestó ella con una sonrisa deslumbrante—. Nada grave ha sucedido, por tanto olvidémoslo.

—¿Decís que tenéis problemas, señor? —inquirió Calet intentando apartar de las mentes de los comensales las palabras de su compañera—. ¿Es algo en lo que podamos ayudaros, tal vez?

—No es nada que os concierna —admitió el Hemeir encogiéndose de hombros—. Tan sólo una cuestión de índole local, una criatura que siembra la muerte a nuestro alrededor desde hace aproximadamente un par de lunas llenas. Tengo a mis mejores cazadores tras su pista...

—Tal vez podamos practicar un poco de ejercicio para relajar la espera —sugirió Dartia, mirando con gesto significativo al atlante que tenía a su lado—. Un poco de entrenamiento no nos vendrá mal...

—Percibo algo —advirtió Parusa con sus sentidos alerta, mirando nervioso a su alrededor—; no consigo identificarlo con claridad, pero diría que un enorme poder se dirige hacia este lugar.

—Sí, yo también puedo sentirlo —asintió Shamit—. No sé qué puede ser, mas una cosa sí es cierta: hemos de dar la alarma para que todo el mundo esté alerta...

Era extraño... Había dejado de percibir el aura del mercenario. Parecía haberse alejado de una manera harto repentina, o tal vez... ¿Habría muerto a manos de los ramas que contrató para eliminarlo? No tenía tiempo para pararse a asegurarse de tal hecho, no fuera a ser que aún estuviera tras su pista y hubiera encontrado alguna manera de enmascarar su presencia; al fin y al cabo, había algo en su interior que lo diferenciaba del resto de los mortales, aunque no conseguía saber qué era. Y ese algo debía ser lo que le hacía en cierto modo invulnerable a su magia, que aún no se había desarrollado por completo.

Por los Dioses Antiguos, que ya tenía ganas de recuperar todo su poder y acabar de una maldita vez con aquella funesta persecución a la que le tenía sometido el condenado atlante; sentía fluir la energía por sus miembros, por su cuerpo, una savia vivificadora que aún circulaba de forma lenta, mesurada, despaciosa, en lugar del tumultuoso torrente al que había estado acostumbrado antes de intentar abrir el portal que trajera a los Grandes Señores Demonios de nuevo al mundo que gobernaron al principio de los tiempos.

Al menos ya podía distinguir en la distancia las torres de Yiddha, la línea de la ciudad que se recortaba en el horizonte; tendría que buscar algún vimana que partiera hacia Occidente y esconderse en su interior. Para su desgracia, aunque eran bastante espaciosos, no había recoveco alguno en el que poder ocultarse, por lo que era probable que no le quedara más remedio que lanzar sobre sí mismo un hechizo de invisibilidad con lo que ello conllevaba de merma en sus ya de por sí exiguas energías…

Tras llegar a un acuerdo con el Hemeir, los mercenarios habían recuperado sus pertrechos y cabalgaban hacia el Oeste en compañía de una docena de jalals, entre los que se encontraba un mago que observaba a Calet con el ceño fruncido, murmurando para sí por lo bajo.

—Está comenzando a ponerme nervioso —advirtió el guerrero, señalándolo de reojo mientras acercaba su montura a la del capitán, un hombre alto, corpulento, de tez morena oculta tras una espesa barba negra—. No quisiera mostrarme descortés, mas no soporto muy bien este tipo de comportamientos...

—No deberíais tenérselo en cuenta —sugirió el oficial con un gesto de displicencia de sus encallecidas manos—. Es un mago, y ambos sabemos lo que eso significa: ideas abstrusas y retorcidas, palabras ostentosas que no vienen a decir nada, conjuros, ... Vos, como yo, sabéis bien que donde esté una buena hoja de hierro sobra cualquier tipo de hechicería —aseguró, desenvainando un palmo de su curva espada y volviendo a guardarlo con un golpe seco.

—No es la primera vez que he de habérmelas con gente como él —aseguró el atlante en tono hosco—, mas eso no significa que haya de tener paciencia para soportar estos desaires...

—Vamos, Calet —intervino Dartia, situándose a su lado—, sabes que hay cosas que no se pueden cambiar, y ésta es una de ellas; así que procura mantener la calma y concentrarte en la tarea que tenemos entre manos.

El hombre se encogió de hombros, mientras el jalal observaba con expresión de extrañeza a su compañera; para aquellas gentes era toda una sorpresa contemplar a una mujer embutida en atalajes bélicos, armada para la guerra en lugar de ocupar el puesto que le correspondía en el hairim[46] de su señor. Alguna de tales féminas había surgido en el reino de forma muy esporádica, mas las tradiciones y los castigos se habían encargado de acabar con tal herejía…

—¿No sabéis cuál es el aspecto de la criatura que buscamos? —indagó el aventurero al observar aquella mirada, procurando evitar que la conversación pudiera derivarse hacia unos derroteros que pudieran crearles nuevas complicaciones. Ya tenían demasiadas cosas de las que ocuparse, y las costumbres de otros reinos no habían de ser otra más: la búsqueda de Arum Matai, la duración del hechizo del amuleto de lenguas que habían recibido en Guntana, la percepción que los magos tenían de su peculiar condición… y que ahora volvía de nuevo a resurgir.

Debía tener cuidado con aquel tipo larguirucho, delgado como una rama, de rostro ascético en el que destacaban unos ojos azules como el mar y un fino bigote negro.

Mas algo había que no entendía en todo aquello: si Gaviol le había arrebatado el alma para que pudiera consumar su venganza y, al menos en apariencia, la había recuperado tras conseguir expulsar a Og Sabn, ¿por qué los practicantes de los poderes arcanos sentían en él algo diferente? ¿Acaso había quedado algún poso de vacío en su interior a pesar de todo? Cuando todo aquello acabara

---

[46] Hairim: harén, mujer o grupo de mujeres "casadas" con un hombre.

tendría que volver a hablar con el nigromante suldurio, averiguar con exactitud qué es lo que estaba ocurriendo con él...

—Nadie que la haya visto ha sobrevivido —explicó el capitán—. Creemos que se trata de algún tipo de demonio, pues ha acabado con grupos de cazadores de probada experiencia, mas no tenemos certeza alguna de nada, tan sólo de los cadáveres destrozados que hemos hallado por la región.

"El rastro conduce siempre en la misma dirección, mas no por eso resulta más sencillo cazar al monstruo...

—¿Cuál es el motivo de tal complicación? —demandó la guerrera—. El rastro ha de conducir sin más remedio a su guarida...

—Ahí es donde radica en realidad el problema —le interrumpió el jalal con tono molesto, mirando a la mujer de reojo—. Ese animal, o lo que quiera que sea, se retira siempre hacia la cercana región de Hader Mauh, la Muerte Verde, donde se halla un lugar del que nos está prohibido hablar.

—¿Un tabú? —se interesó Calet—. Había oído decir que los jalals no le teníais miedo a nada...

—No se trata de miedo —se ofendió el hombre con gesto severo—. Es una cuestión mucho más... profunda de lo que podáis llegar a imaginar.

"En esa zona existen unas ruinas, una antigua ciudad construida mucho antes de que se creara el Reino de Roub al Jal, sobre las que pesa una terrible maldición. Si en algún momento se supo su nombre, ahora, a fuerza de evitar pronunciarlo, se ha olvidado por completo y ha quedado tan sólo un sudario de terror y malignidad flotando en su entorno que ha conseguido, junto con los jalals que han desaparecido en sus inmediaciones, que nadie intente acercarse allí.

"No, no es un sitio…

—No es un sitio del que se deba hablar con desconocidos —le interrumpió agrio el hechicero, acercándose—. Hader Mauh está terminantemente prohibido, ni siquiera debemos pensar en él o nos arriesgamos a atraer sobre nosotros el peligro que conlleva.

"Capitán Muzzaq, deberíais contener vuestra lengua cuando se trata de ciertos temas —advirtió con severidad—, sabéis tan bien como yo que está castigado con dureza.

—¿Hay algo de lo que se pueda hablar sin incurrir en falta alguna? —inquirió Dartia con un cierto tono duro que hizo que su compañero le dirigiera una mirada de advertencia.

—Por supuesto que sí —aceptó el hechicero con hosquedad—, mas no para alguien como vos…

—Entonces, ¿en vuestro reino una mujer no tiene derecho siquiera a hablar? —saltó ella de inmediato, echando chispas por los ojos.

—En nuestro reino, una mujer sólo habla con su señor o cuando se le pregunta —aseguró el mago en tono ominoso.

—Basta, Ezail —intervino el oficial con expresión molesta—. Son invitados, no conocen nuestras costumbres; por ello, no podemos exigirles otra cosa que no sea mantener la compostura mientras estén entre nosotros —dirigió a la atlante una significativa mirada de aspereza.

La mercenaria endureció el gesto ante tal advertencia.

Acostumbrada a que nadie cuestionara sus acciones o pensamientos tan sólo por su condición femenina, aquella actitud le estaba resultando mucho más que odiosa, lo que hacía que sus nervios se mantuvieran en todo momento a flor de piel, dispuestos a saltar cada vez que escuchaba alguno de aquellos comentarios.

Cualquier palabra que hubiera podido surgir quedó cortado por el poderoso rugido que surgió de entre los árboles que bordeaban el camino que iban siguiendo…

Los guardias ramas le habían dejado pasar sin plantearle problema alguno; sin embargo, percibía algo en el ambiente, una cierta tensión que se acrecentaba a medida que deambulaba en busca del lugar en el que se encontraban los vimanas que despegarían hacia todos los rincones de Parnays.

Sí, podía percibir que las cosas no estaban del todo bien; de hecho, en algún lugar de Yiddha había una gran acumulación de poder, como si un poderoso mago o un numeroso grupo de ellos se hubieran reunido. Mas, ¿con qué fin?

Picado por la curiosidad, se dirigió hacia la fuente de la energía; no tenía pensado entrar en ningún tipo de enfrentamiento, tan sólo deseaba averiguar a qué se debía aquella emanación mágica…

—Está muy cerca —advirtió Shamit con la voz estrangulada por el nerviosismo—. Quien quiera que sea el que emite esta aura viene hacia nosotros, hay que dar la voz de alarma.

—¿Recordáis las órdenes? —advirtió Parusa procurando mantener la calma, mientras extraía de los pliegues de sus amplios ropajes un saquillo—. No atacar hasta no estar seguros, y sobre todo no interferir entre los soldados y nosotros. No queremos herir a los nuestros...

Pronunciando unas secas palabras, arrojó unos grises polvillos al aire; éstos comenzaron a girar sobre sí mismos, en un aparente remedo de un tornado en miniatura, alargándose hacia el cielo y oscureciéndose hasta devenir en una delgada columna negra que oscilaba vertical, como una cobra a punto de atacar, hasta una altura de unos quince hombres....

Arum Matai se detuvo de forma repentina al ver elevarse una ligera columna negra en el lugar al que se dirigía; en un principio todos sus instintos le dieron la voz de alarma, temiendo que su disfraz hubiera sido descubierto y todas las fuerzas vivas de la ciudad se echaran sobre él; sin embargo, al contemplar con mayor frialdad el conjuro utilizado, lo reconoció como un hechizo menor, un simple truco para sorprender y maravillar a las necias multitudes capaces de asombrarse con cualquier minucia.

¿Qué significaba todo aquello? Al parecer había un buen número de magos reunidos en aquel lugar, y se estaban dedicando a desperdiciar su poder en bagatelas como aquélla. ¿Sería posible que se tratase de algún tipo de feria?

No estaba seguro de si debía continuar por aquel camino: al igual que él estaba detectando aquellas auras, ellos también notarían la suya. Mientras no lo percibieran como una amenaza no habría por qué esperar problema alguno, mas era aquélla una posibilidad que no podía permitir que se produjese: si tal cosa sucedía, huir de Yiddha podría convertirse en algo poco menos que imposible teniendo en cuenta que aún no había alcanzado ni siquiera la mitad de su poder…

Y aunque hubiera ocultado su naturaleza a los ojos de la gente común, los hechiceros a buen seguro podrían ver a través del disfraz y reconocer el peligro, actuando en consecuencia y convirtiendo su búsqueda en poco menos que un infierno… No, no podía arriesgarse a tal desatino, era mejor que se apartara de aquel lugar mientras estuviera a tiempo.

La criatura que se les enfrentaba era algo aterrador: más grande que un oso, estaba cubierta de un abundante vello rojizoamarillento, erizado, que convertía al engendro en algo parecido a un puerco espín gigantesco con aspecto de simio; los ojos estrechos, rojizos, los observaban con una expresión inteligente que los hizo estremecerse, mientras las garras, largas y afiladas como dagas, se abrían y cerraban en movimientos espasmódicos.

Un nuevo gruñido, surgido de lo más profundo de un enorme pecho, dejó al descubierto unos grandes colmillos puntiagudos.

—¿Es éste el animal que os molesta? —inquirió Calet con una tensa sonrisa, descolgando sus armas de la espalda y descabalgando de un salto; intentaba sujetar al caballo, que relinchaba asustado ante el fétido olor del monstruo, hasta que por fin consiguió atar la cuerda a un arbusto.

Mientras tanto, sus acompañantes estaban teniendo serios problemas con sus monturas; un par de ellos habían sido ya arrojados al suelo, mientras el resto intentaba mantenerse firme; tan sólo uno de los jalals, el capitán Muzzaq, había mantenido la suficiente presencia de ánimo para desenvainar su espada y lanzarse a una temeraria carga contra el enemigo.

El mercenario contempló con sorpresa cómo el animal se plantaba con firmeza frente al soldado y detenía la carga con su propio cuerpo, sujetando al equino con las garras y arrancándole un relincho de agónico terror; un instante después, lo había arrojado al suelo de un vigoroso empujón, despidiendo al jinete de su lomo en un violento golpe.

En unos breves momentos, la sangre salpicaba por todas partes mientras la criatura despedazaba en frenético paroxismo a su presa entre rugidos triunfales; mientras tanto, el jalal derribado se había puesto con sumo trabajo de pie y se apartaba de la escena, abandonadas las armas, con los ojos desorbitados por el terror.

El atlante se lanzo al ataque, volteando las espadas y obligando al ser a apartar la atención del animal muerto.

La cosa contempló con una mezcla de curiosidad y furia al insecto que se abalanzaba sobre él; irguiéndose de nuevo, se enfrentó a él babeando en un frenesí ansioso.

Mientras tanto, Dartia y el resto de los hombres habían conseguido controlar los caballos y desmontar, aprestándose para el combate. Muzzaq, por su parte, perdido por completo el valor, observaba espantado el desarrollo de los acontecimientos, la mente perdida en un maremágnum de pesadillas.

Ezail, apenas capaz de articular palabra, consiguió recordar un conjuro de ataque: murmurando unas secas palabras, apuntó con un huesudo dedo al rival e hizo saltar una chispa que lo alcanzó en el pecho, haciendo brotar un ligero penacho de humo de una quemadura que apenas lo molestó. Lanzó un par más de hechizos, mas no era capaz de hacer apenas un rasguño en aquella velluda piel.

Una hoja de hierro mordió la muñeca izquierda del monstruo, otra penetró por el muslo derecho; revoloteando alrededor del engendro como una incansable molestia, Calet le obligaba a mantenerse pendiente de él, intentando dar tiempo a los demás a acercarse e intentar atinar con una buena estocada que acabara con la cosa; sin embargo, aquella tarea no era fácil, la envergadura de su enemigo y su ferocidad le obligaban a mantenerse demasiado a menudo a la defensiva, esquivando y deteniendo brutales arremetidas que, de alcanzarlo, lo hubieran destripado o descabezado en más de una ocasión.

Su compañera consiguió situarse tras el enorme corpachón, mas el instinto de la bestia la hizo girarse con rapidez y lanzarle un manotazo que casi la alcanzó; al mismo tiempo, uno de los soldados trató de alancear al engendro, alcanzándolo en un costado; sin embargo, el animal sujetó el arma con una de sus zarpas y golpeó el astil con la otra, partiéndolo como una rama podrida.

—¡Dartia, detrás de mí! —exclamó el mercenario—. ¡Cuando te avise, ataca de frente!

La mujer se quedó sorprendida al escuchar aquellas palabras. ¿Qué pretendía hacer? Sin una palabra, el ceño fruncido por las dudas, se agachó bajo un peludo brazo que agitó su cabellera, y se apartó para colocarse en posición.

—¿Qué pretendes hacer? —inquirió mientras observaba las evoluciones del atlante alrededor de su rival.

—En cuanto lo veas lo sabrás —se limitó a contestar el hombre.

De repente, pareció echarse hacia atrás; la criatura se lanzó hacia delante, aullando de rabia, azotando el aire con sus grandes garras; las espadas bloquearon ambos miembros, separándolos hacia el exterior, dejando un amplio hueco en el pecho y el estómago.

Ella no necesitó nada más para entender el plan de su compañero: aun antes de escuchar el estentóreo "¡Ahora!", pasaba como una exhalación por debajo de su brazo derecho y golpeaba con extremado salvajismo, introduciendo casi la mitad de su arma en el estómago del ser, que dejó escapar un rugido de agonía, retrocediendo para escapar al dolor y tratando de golpear al insecto que había conseguido provocar tal daño.

Calet se arrojó sobre Dartia, apartándola de la trayectoria del brazo, y recibiendo él mismo el impacto en el hombro izquierdo; aunque tuvo la suerte de que no hubiera sido con las zarpas, salió despedido unos metros.

Mientras tanto, los jalals azuzaban al monstruo por la espalda, hiriéndolo una y otra vez; debilitado por el tajo en el abdomen, donde la espada de la mercenaria permanecía aún clavada, consiguió apartar a uno de los soldados, pero no pudo evitar que el resto lo alancearan sin piedad, hasta derrumbarse en un amasijo de estremecida carne y sangre.

—¡Por todos los demonios de la Genna[47]! —exclamó uno de ellos, dejándose caer sentado, el hacha abandonada a su lado.

—¿Qué era eso? —inquirió el atlante, inhalando en profundidad, intentando recuperar el resuello.

—No había visto jamás nada semejante —admitió el hechicero con una mueca de desagrado—. Es más, diría que...

Ante los atónitos ojos de los presentes, el voluminoso cuerpo sufrió un estremecimiento y pareció disolverse de forma paulatina, transmutando su carne en un icor verdoso que fue penetrando poco a poco en la tierra hasta desaparecer como si nunca hubiera existido.

—Ahora estoy seguro —comentó Ezail, cruzándose de brazos—. Es una criatura mágica, invocada por alguien para sembrar el caos en nuestro reino. Pero, ¿quién...

—El capitán necesita atención —advirtió un jalal,

---

[47] Genna: infierno entre los jalals del Sur.

acuclillado junto a Muzzaq—. Parece haber perdido la razón tras enfrentarse a ese monstruo.

Otro de los hombres se acercó a él y le ayudó a levantar al oficial, que se dejaba manejar como una marioneta, los ojos perdidos en la lejanía.

La refriega se había cobrado su precio: un caballo despedazado y otros dos huidos, y un hombre muerto y otros tres con heridas de diversa índole, amén de la insania que parecía haberse cebado en la mente del capitán Muzzaq.

—Hamil sabrá de vuestro valor —aseguró el mago, observando con los ojos entornados a los atlantes—. Hoy habéis prestado un buen servicio al reino, y tal hazaña ha de ser recompensada en modo adecuado. De momento, recojamos a los nuestros y volvamos a Halal, no sea que haya más cosas de ésas sueltas por aquí…

—La fuente de ese extraordinario poder se está alejando —advirtió Parusa con inquietud—. ¿Tal vez ha detectado la trampa e intenta esquivarla?

—Es posible —advirtió Shamit—. Pero si es así, ¿qué hemos de hacer nosotros? ¿Dejarla ir? ¿Perseguirla? Por Hanama que los Rishis fueron excesivamente ambiguos al respecto. Ahora tendremos que ponernos en contacto con ellos…

—No, espera, tal vez no haga falta —Rantal alzó una mano interrumpiendo su conversación, la mirada perdida en un gesto de concentración—. Creo que… Sí, llega un aviso mental.

—Tienes razón —aceptó la mujer—, yo también lo percibo. Hemos de perseguir a toda costa a quien posea esa magia y eliminarlo.

—Entonces, vamos —aceptó Shamit encogiéndose de hombros—. Espero que todos hayan recibido la orden, porque me temo que ésta va a ser una dura batalla. Soldados —llamó a un grupo de ramas que se hallaban a cierta distancia hablando entre ellos—, seguidnos.

"Vamos en busca de una persona o grupo de personas —explicó con brevedad cuando uno de ellos, con rango de oficial, se acercó a él—. Manteneos a la expectativa hasta que nosotros marquemos el objetivo e iniciemos el combate, después atacad con todas vuestras fuerzas…

A medida que se alejaba de la trampa tendida, el hechicero renegado percibió que las auras comenzaban a moverse en su dirección; así pues, lo estaban esperando.

Apretó el paso, esperando poder salir de Yiddha antes de que tuvieran tiempo de cerrar el dogal en torno a él: no quería malgastar su poder, no antes de conseguir su objetivo de llegar a Tharsia o, al menos, tomar cumplida venganza contra el mercenario que había dado al traste con sus planes. Mas, sin embargo, se veía en la tesitura de tener que tomar serias medidas, o corría el riesgo de ser eliminado en aquellas tierras olvidadas de los dioses.

Con un suspiro de resignación, se refugió en las sombras de una edificación porticada y cerró los ojos; murmuró unas secas palabras, y su cuerpo fue envuelto por un súbito estallido de luz blanca; un instante después, se había desvanecido...

—El enemigo ha salido de las tierras ramas —auguró uno de los Rishis.

—Ahora ya no es de nuestra incumbencia —aseguró otro de ellos—. Dejemos que sean los otros Reinos los que se encarguen de acabar con él.

—¿Los Sabios de Sambal no han dicho nada al respecto? —intervino un tercero con gesto de preocupación—. ¿Acaso no estaban presurosos por controlar el peligro que suponía esa criatura?

—¿Quién sabe cuáles son los designios del Reino Oculto? —terció una anciana—. Tal vez hayan decidido destacar a alguien que persiga a ese renegado, o quizás ellos mismos lo castiguen con su poderosa magia...

—Si no lo han hecho hasta ahora, no parece probable que vayan a hacerlo —se lamentó el primero de los que habían hablado.

—Entonces, nosotros nos lavaremos las manos —advirtió con sequedad la mujer—. Que sean otros los que carguen sobre sus hombros la responsabilidad de eliminar a ese esclavo de los Antiguos Demonios.

—Así sea...

Tras llegar a Halal, los heridos fueron atendidos por un sanador: salvo la enajenación del capitán Muzzaq, el resto sólo adolecían de arañazos, cortes poco profundos, cardenales... Nada que un poco de reposo no pudiera curar.

Al poco tiempo, el Hemeir convocó a los mercenarios ante su presencia; cuando éstos llegaron, el obeso rey se hallaba en una animada conversación con el mago que los había acompañado.

—Bienhallados, atlantes —les saludó Hamil con un displicente gesto—. Ezail estaba en estos momentos explicándome lo que ha ocurrido en el camino de Hader Mauh. Parece todo un milagro que hayáis salido todos indemnes de tal ordalía...

—No debéis achacar tal acierto más que a las armas de vuestros hombres y a las nuestras —explicó Calet, mirando de reojo al hechicero—. Y, por supuesto, a las artes de vuestro servidor aquí presente.

—Mas hasta ahora ningún grupo de mis hombres había sido capaz de poner fin a tal desaguisado —insistió el monarca con gesto ceñudo—. Había enviado a mis mejores hombres, nigromantes de renombre... A todos aquellos que confiaba hubieran podido acabar con esa criatura.

"Habéis tenido que llegar vosotros para aniquilar a ese engendro. Así pues, debo entender que habéis tenido una parte importante en la tarea. Para demostraros mi gratitud...

El resto de las palabras del hombre devino en una jerga que los dos compañeros fueron incapaces de entender. Por un momento se miraron entre sí con sorpresa.

—Disculpadnos, majestad, mas no hemos entendido por completo lo que pretendíais decirnos —comentó el hombre.

Vio que los rostros de sus interlocutores mudaban en expresiones sorprendidas. ¿Qué estaba ocurriendo?

—¿Qué pasa aquí? —demandó Dartia.

—Diríase que alguien ha lanzado un conjuro —sugirió el guerrero mirando de reojo al mago jalal—. Es como…

—Tal vez no se trate de eso —le interrumpió ella—. ¿Y si la magia de los amuletos que nos dieron en Guntana hubiera acabado por esfumarse?

—Quizás tengas razón —admitió el mercenario llevándose la mano al pecho en busca del talismán. Con gesto de determinación se quitó el colgante y se acercó a Ezail, que le contemplaba con los ojos entrecerrados.

—¿No tenéis la posibilidad de reactivar la magia? —inquirió, tendiéndole el objeto.

El mago lo contempló sin entender lo que estaba diciendo. Irritado, Calet se volvió hacia el Hemeir y señaló primero la joya que portaba en su palma, después su boca y por último al hechicero. Éstos hablaron entre si unos momentos, mirando de reojo a su interlocutor; por fin, el conjurador jalal tendió su mano y recogió el objeto que le ofrecía el atlante. Después, se retiró con discreción mientras observaba desde todos los ángulos la pieza de orfebrería.

Mientras tanto, Hamil intentó entablar una conversación con los mercenarios, mas fue del todo punto imposible: las lenguas no tenían nada que ver, ni siquiera había una raíz común, por lo que a duras penas consiguieron entenderse a través del lenguaje de gestos.

Por fin, exasperado, el obeso hombre indicó a sus invitados que podían retirarse...

Llevaba demasiado tiempo sin noticias de su subordinado; así pues, Torqal había fracasado en su misión, de una forma u otra había perdido la vida en una misión que, cada vez con mayor fuerza, se le antojaba una pérdida de tiempo: si había sido el mercenario el responsable de su muerte, significaba que no aceptaba la tregua y que, tal vez, buscase venganza; y si no había sido él, entonces no había tenido ocasión de oír la oferta que se le proponía y, por tanto, su afán de represalia se mantendría incólume.

El Señor de la sociedad de asesinos más temida del mundo estuvo meditando durante largo tiempo sentado en su trono, cavilando con expresión tenebrosa acerca de las consecuencias de los actos que se habían desatado con la aparición de Calet dar Gaur; tal parecía que aquel hombre fuera un protegido de los dioses, cualquiera que fuera la estratagema que ideara contra él parecía abocada a la debacle más absoluta. Buscarlo se había demostrado vano, por lo que sentenció que lo mejor era esperar a que fuera él el que diera el paso en todo aquel sombrío asunto: si venía a por él lo encontraría preparado, no en vano era el hombre más poderoso de todo Parnays, el que gobernaba con un recio puño de sangre los destinos de los reinos; y si decidía dejar de lado su sed de muerte, entonces todos los desagravios quedarían olvidados. A una seca palmada suya, un sirviente apareció como surgido de la nada.

—Envía un aviso a todos los Hermanos —ordenó con aspereza—. Que todos aquellos que no estén cumpliendo una misión vuelvan de inmediato a Poseidonia, y se preparen para el combate.

"Se establecerán más turnos de guardia, y se rotarán con más frecuencia; todos aquellos que estén desocupados emplearán su tiempo en entrenamientos intensivos y en mejorar sus habilidades.

—Se hará como ordenáis, Señor —asintió el sicario inclinándose servil.

—Serenaos, Tenauch.

—¿Creéis que resulta tan sencillo? —se encrespó el noble, mirando de reojo a su acompañante—. Dama Haram, para vos todo esto puede pareceros un mero juego, un divertimento, mas para mí se está volviendo una cuestión de honor y aun más, una cuestión de supervivencia.

"No puedo descansar tranquilo mientras la sombra de ese perro de fortuna planee sobre mi cabeza; desde que la Hermandad del Tiburón rechazó mi petición, no sé si vive o muere, si en algún momento se presentará ante las puertas de mi casa exigiendo una reparación…

—Cometisteis una grave torpeza, y ahora pagáis por ello —explicó la mujer, en tono paciente—. Os lo dije en su momento, y no quisisteis hacerme caso: os habéis portado como dos gallos de pelea, y ambos habéis pagado, o pagaréis, las consecuencias de vuestros actos. ¿Y bien? ¿Estáis tomando alguna medida para el caso en que pueda reclamaros venganza?

—He contratado más guerreros a mi servicio, y los he apostado por todas partes —explicó el hombre torciendo el gesto—. En estos momentos no tengo ya intimidad, mas estoy dispuesto a sacrificarla gustoso, de forma temporal, con tal de librarme de la lacra que supone la existencia de esa mancha en mi existencia.

—Entonces, podéis dormir tranquilo —le animó la señora de Verans, acariciando con suavidad su rostro—. Seguro que con todos esos luchadores a vuestro alrededor estaréis protegido sin duda alguna.

—Eso espero, Haram —le contestó su interlocutor con el ceño fruncido—. Eso espero…

Tras una noche de sueño reparador, Calet y Dartia fueron requeridos para acudir a la presencia del monarca de Roub al Jal. Al igual que la vez anterior, hubieron de ponerse suntuosas ropas del reino en lugar de sus atalajes habituales, lo que molestó sobremanera a la mujer.

—Esto empieza a resultar humillante —comentó

malhumorada ante la mirada socarrona de su compañero.

En lugar del salón del trono, fueron conducidos, para su sorpresa, a una estancia más recogida, donde los esperaban Hamil y Ezail, junto con un sujeto de aspecto desarrapado, sucio, de cabello y barba desgreñados, y unos ojos negros en los que parecía bailar una chispa de locura. A los pies de los congregados yacía un copioso desayuno.

El mago se levantó con una seca sonrisa y se acercó a los recién llegados, tendiendo al hombre el amuleto que había recogido el día anterior. Éste se lo colgó al cuello, y probó a hablar.

—Que Dan'Nan sea con vosotros —saludó ceremonioso.

—Almala con vosotros —le respondió el Hemeir afectuoso—. Ahora que parece que todo está solucionado, podemos proseguir…

—Disculpad, majestad, mas nada hay solucionado —le interrumpió el hechicero—: cuando conseguí entender la naturaleza del conjuro sólo lo cargué para unas pocas horas, lo justo para poder entendernos y así intentar encontrar una solución más adecuada.

—¿Qué ocurre, Calet? —inquirió su compañera.

—Ezail consiguió cargar de nuevo mi talismán —le explicó sucinto el mercenario—, pero sólo para un breve tiempo; me temo que tendría que recurrir a más magos para poder poner una mejor solución a esta cuestión, por lo que tendremos que darle nuestros colgantes y esperar que todo se arregle en breve.

"Mientras tanto, sabiendo que estamos por delante de Arum Matai y que sólo hemos de esperar a que aparezca, podemos dedicarnos a una vida un poco más relajada…

—Puesto que vuestro viaje os lleva hacia Tharsia —le interrumpió el Señor de los jalals—, tal vez podáis hacernos la merced de permitir que os acompañe este hombre —señaló al sujeto que se acababa de sentar a su lado y comenzaba a atacar las viandas con fruición—. Su nombre es Ashmail Al Azarad, y parece tener el don de la videncia.

"Habla de un mal terrible a punto de desatarse, de un caos maldito que acecha desde remotos lugares del mundo, dispuesto a surgir de nuevo. Sí —aseguró, viendo los rostros de perplejidad de los atlantes—, no hace mucho hemos sufrido un intento de invasión por parte de seres de aspecto humano, mas con unas capacidades por completo fuera de lo normal, y engendros de aspecto saurio de una crueldad inimaginable.

"Dice haber estado en la ciudad prohibida, más allá de los límites establecidos por el tabú, y haber descubierto allí secretos capaces de volver loco a cualquier ser humano…

—Tengo que hacerme con el Libro de las Condenaciones —intervino el loco con expresión agitada—. Sea como sea, he de estudiar y proteger ese volumen de las garras de los servidores de los Dioses Antiguos. De lo contrario, el fuego del cielo infernal caerá sobre nuestras cabezas…

—Sí, Ashmail, así se hará —aseguró Hamil con tono contemporizador—. Sentaos y disfrutad de este pequeño refrigerio, por favor; cualquier cosa es poca para aquellos que nos han prestado tan buen servicio.

"Ahora, si no os importa, quisiera proponeros un

negocio —sus ojos recorrieron libidinosos el cuerpo de Dartia—: ¿estaríais dispuesto a desprenderos de vuestra compañera?

Por un momento, el atlante se quedó de piedra, incapaz de articular una palabra; mientras el rostro de la mujer mostraba un gesto receloso ante la reacción de Calet, la expresión del hombre se volvió impasible como el granito.

—¿Estáis ofreciéndome comprar a mi compañera? —demandó sin mudar el semblante.

—Así es, buen hombre —aseguró el monarca—. Estoy dispuesto a ofreceros una buena suma, o lo que más deseéis, para que ella se quede como mi concubina.

—¿De qué demonios estáis hablando? —exclamó la guerrera en una explosión de furia, poniéndose en pie de un salto con la mano en la empuñadura de la espada, su faz roja como la grana—. ¿Acaso este grueso sapo pretende comprarme como si fuese una vulgar res? ¡No pienso consentir tal humillación, esta ofensa exige sangre…

—Cálmate, Dartia —le aconsejó el mercenario sin alzar la voz, su mano puesta sobre el dorso de la de ella, sujetándola con firmeza para impedirle que desenvainara, los ojos fijos en su interlocutor, que sonreía con expresión beatífica—. No debemos precipitarnos en las fauces del lobo sin meditar antes sobre ello.

"Señor Hamil, vuestra propuesta podría parecer interesante a otros, mas resulta del todo punto improcedente expuesta ante las gentes de nuestro Imperio —explicó adusto—. Como ya se os comentó en otro momento, en Atlantis las mujeres no están sometidas al capricho arbitrario de los hombres, de hecho según nuestras leyes han de gobernar conjuntamente como pareja en todas las regiones y capitales.

"No está en mi mano decidir el destino de esta mercenaria, ella y nadie más que ella ha de elegir su futuro; si prefiriera quedarse con vos —la miró de reojo— no sería yo quien se lo impidiese mas, como ya os digo, es algo que tan sólo depende de ella. Podría intentar convencerla de lo que yo considerase un error, mas no forzarla a nada…

—Te advierto, Calet, que no pienso permitir que ni tú ni nadie me tratéis como ganado —se encrespó la mujer—. Jamás había sufrido tal vejación, y a fe mía que lo pagarás, que lo pagaréis todos…

—Eso es porque no me has escuchado —le aseguró el atlante con una seca sonrisa.

—Bueno, bueno, haya paz —intervino el Hemeir contemporizador—. A tenor de lo que acabo de ver y escuchar, creo que os daré un poco de tiempo para que penséis mi oferta…

—No hay nada que pensar —refunfuñó Dartia, soltándose de su compañero de un seco manotazo y poniéndose en pie—. Os ruego me disculpéis, señor, mas no creo conveniente permanecer más tiempo en este lugar.

Sin más palabras, se dio la vuelta orgullosa y salió de la estancia con paso rápido, seguida por las miradas de los asistentes.

—Vuestra dama tiene un recio carácter —sugirió el rey en tono jocoso—. ¿No habéis probado el disfrute de domarla cual potrillo? Seguro que os resultaría en extremo placentero…

—Mas os valdría no considerar a esa mujer un potrillo

—le advirtió con severidad el guerrero—, ni siquiera una fogosa yegua; si queréis compararla, hacedlo con algo mucho más apropiado, una colmillos largos por ejemplo.

—Bah, temo que estáis sobreestimando el carácter de la mujer —interrumpió Ezail con gesto displicente—. Almala las creó para que sirvieran a los hombres cuando descansaran de sus agotadoras tareas como guerreros, estadistas…

—Si fuese así, ¿cómo es que les dio entendederas? —se burló Calet—. Si vuestro dios creó a las mujeres como esclavas, ¿por qué motivo les dio una mente y un raciocinio? Cuanto más fácil hubiera sido dar vida a animales sin cerebro.

—Vuestras palabras son similares en forma harto sospechosa a las de los bárbaros del norte —sugirió el mago con gesto agrio—, huelen a sacrilegio y blasfemia.

—Si aceptáis a los invitados, deberíais también aceptar lo que os puedan decir, al margen de que puedan sus palabras resultaros adecuadas o no. ¿O acaso todo el mundo ha de pensar como vosotros?

—¡Líbrenos el cielo de tal desatino! —exclamó Hamil escandalizado—. Cualquiera tiene derecho a exponer sus opiniones… es decir, cualquiera excepto una mujer, puesto que sus razonamientos son abstrusos en demasía, dominados por el sentimiento y la pasión inherentes a su naturaleza.

—Y sin embargo, en Atlantis gobiernan junto a los hombres.

—Resulta evidente: a la vista se muestra lo pernicioso de tales costumbres —terció el hechicero.

El mercenario contempló a los dos hombres con gesto hosco, procurando morderse la lengua ante semejante exposición; después, sus ojos se volvieron hacia Ashmail, que continuaba comiendo como si toda aquella discusión no fuera con él.

Por fin, sin dignarse decir nada más, se levantó y, con una cortés reverencia hacia el monarca jalal, se dio la vuelta y se retiró.

El renegado había conseguido cubrir una enorme distancia con su conjuro; se hallaba al oeste de las Karmakh[48], las montañas que marcaban la frontera entre el Imperio Rama y Roub Al Jal; sin embargo, aquel esfuerzo había sido excesivo para él y en aquellos momentos necesitaba descansar para reponer fuerzas antes de encaminarse de nuevo hacia Tharsia.

Los magos de Yiddha habían conseguido expulsarlo de sus tierras, obligándolo a malgastar su magia para poder sobrevivir. ¿Acaso iba a ser ésa su vida, un continuo escabullirse de un lado a otro, pendiente en todo momento de unos perros que lo perseguían con un celo rayano en la locura y de unas gentes que abominaban de una criatura como él? ¿No podría por fin él elevarse por encima de todos los mortales, señor por encima de todos los señores

---

[48] Cordillera Karmakh: los actuales montes Karakorum.

de este triste plano, tan sólo por debajo de los Antiguos Demonios que algún día regresarían de sus encierros para gobernar mediante la muerte, la locura y el caos?

Y que todo aquello hubiera sido frustrado por un harapiento vagabundo y su furcia… Al menos tenía el consuelo de que, al menos por el momento, ya no lo perseguían, por lo que podía relajarse aunque sólo fuera un poco.

Por fortuna para él, su metabolismo reptílico le ofrecía la capacidad de reducir sus necesidades biológicas al mínimo, de entrar en un sueño calmo que le permitía recuperar sus poderes sin necesidad de andar buscando alimento de forma perentoria. Mas, a pesar de todo, no era suficiente, debía moverse lo más rápido posible o tal vez alguien se interpusiera de modo definitivo entre él y su objetivo, el maldito Libro de las Condenaciones.

Por el momento no le quedaba más remedio que mantenerse escondido, confiando en que todo fuera bien y pudiera proseguir en breve…

La noche había caído sobre Halal; el manto de oscuridad se acrecentaba debido a las espesas nubes que ocultaban la pálida luna a los ojos de los mortales, el ambiente estaba cargado con la cercanía de la tormenta, un silencio asfixiante, roto sólo por el viento, se había apoderado de la ciudad envolviéndola en una desasosegante tensión…

Las sombras se deslizaban raudas, veloces como el aire

que soplaba con fuerza entre las casas, creando fantasmagóricos ecos al rozar todo lo que encontraba en su camino...

En su habitación, Dartia no podía dormir a causa de la irritación que le producía el bochornoso espectáculo que había debido soportar; y que, además, su compañero hubiera seguido la conversación sin inmutarse ni partirle la cabeza al condenado Hemeir, le resultaba en extremo doloroso. Se sentía traicionada, vendida como fruta en el mercado, entregada a las bajas pasiones de un fatuo patán como Hamil sin que el hombre de armas al que había unido sus destinos por voluntad propia hubiera hecho nada por evitarlo...

Molesta, inquieta por la situación, se levantó del catre y se embutió en sus ropas, ciñéndose la espada a la cintura; durante un momento se asomó al balcón, dejándose acariciar por el aire, respirando profundamente, intentando mantener la calma, mas nada había capaz en aquel momento de aquietar su turbado espíritu; lo único que podía hacer era descargar su ira sobre alguien, soltar el veneno que la corroía por dentro...

Salió de la estancia y se detuvo por un momento en el pasillo, indecisa: ¿en qué dirección iría? En el fondo daba lo mismo, lo único que necesitaba era andar y, si se encontraba con alguien... bueno, ya vería.

Sus pies la condujeron de forma mecánica hacia el alojamiento de Calet; apretó con fuerza la empuñadura de su arma, y golpeó en tono quedo con los nudillos en la puerta. Espero un breve momento, y después empujó la madera, que se abrió silenciosa, con suavidad, hacia dentro.

Sin saber muy bien qué es lo que iba a hacer o decir, penetró en la oscuridad del recinto y se dirigió hacia la vaga forma recostada en el suelo de su compañero. Por unos momentos permaneció quieta, en silencio, observando la yaciente figura.

—¿No puedes dormir?

El susurro, aunque apenas oído, la sobresaltó, haciéndole dar un ligero respingo; estuvo a punto de desenvainar la espada, mas consiguió contenerse y sentarse en el suelo, al lado del catre.

—¿Estabas todo el tiempo despierto? —inquirió.

—A veces tengo el sueño ligero —contestó él, volviéndose hacia la mujer—. ¿Qué te preocupa?

—¿Por qué lo has hecho? —demandó Dartia molesta—. ¿Por qué has seguido el juego a ese pretencioso barril de grasa?

—¿Y tú me lo preguntas? —se mofó el atlante, sentándose a su vez—. ¿No eras tú la que me reprochabas ser en exceso impulsivo?

"Durante el desayuno te dije que no me habías escuchado, y veo que no erré en lo más mínimo: en ningún momento negocié con Hamil para venderte, ni siquiera llegué a pensar en tal cosa. Lo único que le dije fue que eras tú la que debía decidir su futuro, no yo; en el mejor de los casos podría aconsejarte, mas no convencerte. A lo que veo, estabas muy alterada para darte cuenta de que no podemos permitirnos el lujo de desairar con inconveniencias al Hemeir de Roub al Jal, tan sólo capearlo hasta que podamos proseguir con nuestra misión…

—Deberías haberlo abierto en canal —insistió ella, sin

levantar en exceso la voz.

—Se supone que eres tú la que posee sentido común —comentó el mercenario con sorna—, y que yo sólo soy el guerrero. No te ofendas —añadió al intuir, más que ver, el gesto agrio de su compañera—, no pretendo mostrarme grosero contigo.

La mujer torció el gesto por unos instantes; después, sin decir una palabra, se levantó y salió de la habitación bajo la atenta mirada del hombre.

Su mente era un hervidero de ideas, una vorágine de sentimientos y emociones que la aturdían y le impedían discernir con claridad cuál había de ser el camino adecuado; estaba encolerizada con Calet, aunque entendía su postura; mas aún lo estaba más con el Señor del Reino Verde, un hombre engreído, pagado de sí mismo, que creía que se podía comprar a las gentes libres como si fueran meros esclavos, tan sólo reses con las que comerciar.

Le resultaba sorprendente el giro que habían ido dando los acontecimientos: el carácter sombrío, hosco en extremo de Ornay, se había ido suavizando poco a poco, mientras que ella se había mostrado dispuesta a saltar por algo que sólo competía a las costumbres de otro pueblo…

Regresó a la estancia que ocupaba y entró en ella; en un momento, antes de tener tiempo de poder abrir la boca, una tela cayó sobre su cabeza al tiempo que recibía varios golpes en la cabeza que la arrojaron a un pozo de negrura; la inconsciencia se apoderó de ella mientras se derrumbaba con pesadez, como un fardo...

No se sentía bien. La fría partida de Dartia lo había dejado con un amargo sabor de boca, una sensación de dolor, de remordimiento, que le impedía conciliar el sueño. Tal vez debería haberse disculpado con ella, mas, ¿por qué habría de hacer tal cosa? ¿Acaso había cometido pecado alguno al hablar de aquella manera?

No entendía que la mujer estuviese tan furiosa con él, aunque pudiera comprender que no le sentara bien que intentasen mercadear con ella como si se tratara de un caballo o un abalorio. Había intentado defenderla ante la oronda figura de Hamil, pero ella no había sido capaz de verlo…

Irritado consigo mismo, se levantó del catre y se vistió apresurado, saliendo de su alojamiento y dirigiéndose al de su compañera con una premura inusitada. Encontró la puerta abierta de par en par, algo que le resultó sospechoso, por lo que desenvainó sus espadas y se introdujo en la estancia con cautela.

En el interior, las sombras ocultaban los rincones, impidiéndole distinguir con claridad los detalles; se acercó hacia lo que suponía sería el lecho, esperando encontrarla tumbada en él, mas su sorpresa y alarma fueron aún mayores al comprobar que no había nadie en el lugar. Tal vez ni siquiera había vuelto allí después de su breve charla, pues sus ropas no aparecían por ninguna parte.

Musitando maldiciones apenas contenidas, salió de la habitación y miró a su alrededor. ¿Dónde podía haberse metido? Envainó de nuevo sus armas y comenzó a caminar cada vez más nervioso de un lado a otro del palacio, sin encontrar a nadie por ninguna parte excepto los soldados que vigilaban el interior y lo contemplaban recelosos.

La inquietud se apoderaba de él por momentos. ¿Qué podía haber ocurrido? ¿Dónde se había metido? Entendía que pudiera estar dolida, mas, ¿por qué desaparecer de aquella manera? ¿O tal vez había algo más siniestro?

Decidido a desentrañar aquel misterio, volvió sobre sus pasos y se dirigió resuelto hacia las estancias del Hemeir; delante de las puertas, cuatro enormes guardias con grandes espadas curvas de hoja ancha no menos formidables montaban guardia.

—¡Abrid paso! —exigió—. ¡Debo ver de inmediato al Señor Hamil!

—Nadie puede molestarlo en su descanso —le advirtió ceñudo uno de los hombres—. Volved a vuestros aposentos y dormid, ya lo veréis por la mañana…

—Ha surgido una cuestión de suma importancia —insistió el atlante, avanzando un paso y deteniéndose al cruzarse, ante su pecho, un par de aquellas formidables armas—. Hay que actuar de inmediato, antes de que sea demasiado tarde.

—Regresad a vuestros aposentos —gruñó el guardia.

—Entraré ahí de una manera o de otra —aseguró áspero Calet, llevándose las manos a la empuñadura de sus hojas—. Preferiría no incurrir en la ira del Hemeir, mas es ésta una cuestión vital.

—No pasaréis —afirmó el jalal, aprestándose para el combate; sus compañeros lo imitaron, dispuestos a cerrar el paso a aquel insolente que se atrevía a desafiarlos—. Somos la elite de la guardia real, los mejores entre los mejores, las Águilas de Halal…

—Y yo soy Calet dar Gaur —le interrumpió en tono de mofa su rival, desenvainando—, mercenario curtido a sangre y fuego en mil batallas, terror de Atlantis…

Las espadas entrechocaron con un clamor metálico entre los gruñidos de los combatientes; si bien el antiguo asesino era un experto espadachín, sus contrincantes no le andaban a la zaga; más de una vez hubo de retroceder apresurado ante las fieras acometidas, que rasgaron sus ropas y le dejaron pequeños cortes en brazos y piernas, amén de una larga marca en el costado izquierdo.

Agachándose por debajo del brazo de uno de los hombres, volteó una de sus armas y estrelló el pomo en su cráneo, derribándolo contra la pared del pasillo; de inmediato hubo de ponerse a la defensiva, pues los tres restantes, rabiosos por el destino de su compañero, redoblaron sus esfuerzos contra él.

Tras apartar de un empujón a uno de ellos consiguió desequilibrar a otro mediante una hábil finta y golpearlo en la frente con la empuñadura de su espada.

Las puertas que custodiaban se abrieron de golpe, y la oronda figura de Hamil se asomó desde su alcoba, la faz torcida en expresión de enfado.

—¿Es que acaso no puedo dormir tranquilo en mi propio palacio? —tronó—. ¿Qué escándalo es éste?

—Señor, es el atlante —comenzó a explicarse el soldado cuadrándose ante su Señor—. Se ha presentado ante nosotros exigiendo veros con un pretexto de urgencia, y al comprobar que no le sería permitida tal osadía nos ha atacado.

—Hemeir, debo hablar con vos de inmediato —intervino el aludido—: mi compañera ha desaparecido, y tengo fundadas sospechas de que no se trata de una fuga.

—¿Cómo decís? —se alarmó el jalal, para a continuación distender su rostro en gesto calmo—. ¿Estáis seguro de lo que decís? Pensad que vuestra mujer no es persona a la que se pueda atrapar sin dejarse la piel en ello...

—Nada he visto en su habitación —comentó el suldurio con tono agrio—. Y puedo fiar en ella a que no se ha desvanecido por voluntad propia.

—Así pues, acusáis a alguien del reino —finalizó Hamil torciendo el gesto—. Pensad bien lo que estáis diciendo, señor Calet.

—Esto es lo que os digo —aseguró el atlante con tono sombrío—: sea quien sea el que se ha llevado a Dartia pagará muy caro su atrevimiento, aunque tenga que vadear ríos de sangre para dar cumplida venganza.

—No creo probable que hayamos de llegar a tal extremo —sugirió el grueso monarca conciliador—, lo más probable es que esté dando un paseo bajo la luna.

"Para que os quedéis tranquilo, doblaré las guardias y daré órdenes a los soldados para que estén pendientes de vuestra compañera: en el momento en que aparezca lo sabréis.

—Con vuestro permiso, registraré los jardines —comentó el atlante. Sin una palabra más, se dio la vuelta y se alejó pasillo adelante...

La mercenaria despertó con un fuerte dolor de cabeza; a su alrededor todo era oscuridad, sombras sobre sombras, un fétido olor a cerrado, a humedad, que envolvía el recinto en el que se encontraba… Bajo ella notaba la frialdad de la piedra basta, sin apenas tallar; al intentar levantar las manos comprobó que las tenía atadas, con prietas ligaduras, a la espalda, al igual que los tobillos.

Oyó que alguien hablaba cerca de ella en la inconfundible lengua jalal, mas no pudo entender nada de lo que se decía: exhausta la magia de su amuleto, no sabía cómo iba a poder comunicarse con aquellos que la habían capturado. Entremezcladas con las palabras surgían risas broncas, groseras, que la hacían estremecerse tanto de temor como de ira. ¿Cómo podía haber sido tan necia y haberse dejado atrapar de una manera tan sencilla? Se había dejado llevar por sus pensamientos, y por ello no pudo ser capaz de advertir las señales de peligro que pudiera haber.

Una figura se acercó a ella surgida de las tinieblas como una aparición espectral, un hombre que acababa de encender una antorcha; alto, de facciones apuestas, su cabello largo y oscuro enmarcaba un rostro en el que brillaban unos ojos negros que la observaban rapaces desde una tez morena, cubierta por un espeso bigote lacio…

Sujetó su cara con una mano fuerte, callosa, y la giró a un lado y a otro, examinándola con atención, como si la evaluara para venderla en un mercado de esclavos; con una sonrisa seca, rayana en la indiferencia, dijo algo que otro respondió desde la oscuridad.

Su mano se deslizó hacia abajo, acariciando con suavidad el cuerpo, repasando las curvas con los dedos, hasta llegar al abdomen, donde se detuvo por unos momentos; la contempló libidinoso, con deseo, inclinándose sobre ella, mas la voz a su espalda le detuvo en seco. Hubo una conversación entre ambos, tensa a juzgar por el tono que parecían emplear... A buen seguro discutían acerca del destino que la esperaba.

Le habían arrebatado sus armas y no tenía la menor idea de dónde podían hallarse, por lo que se hizo pocas esperanzas de que Calet fuera capaz de encontrarla a tiempo. Y a juzgar por el aspecto y las intenciones de aquel jalal al que había visto, tiempo era precisamente lo que no parecía tener; si sólo pudiera soltarse las manos, aquellos cerdos sabrían cómo se comportaba una guerrera del Imperio atlante...

A su alrededor alguien encendió varias teas, iluminando una estancia que apenas pudo distinguir al principio, deslumbrada por la repentina luminosidad; después, comprobó que se hallaba en un lugar no muy grande, de paredes y techo de piedras húmedas, fungosas; bajo todo aquel légamo de apariencia milenaria se distinguían apenas unos dibujos que representaban algún tipo de escenas que no fue capaz de interpretar.

Se encontraba acostada sobre una especie de pétreo altar, rodeada por una docena de personajes a cual más tenebroso: ropas raídas, cicatrices mal cerradas o curadas, muñones en lugar de manos, costurones en los rostros... No cabía duda de que se trataba de la escoria de la sociedad, de la peor canalla que pudiera hallarse en aquel reino, de los olvidados de los dioses; las miradas lascivas, los gestos obscenos, las sonrisas lujuriosas, eran contenidas por la presencia de un sujeto que desentonaba por completo en el ambiente, como una oveja en medio de una manada de lobos; mas, a buen seguro, aquella oveja tendría colmillos muy afilados, o de lo contrario ya habría sido devorada hasta los huesos: tratábase de un hombre de mediana estatura, envuelto en costosas telas que indicaban un noble origen, con un tahalí del que colgaba una reluciente espada; su rostro estaba cubierto por una tela negra a modo de máscara que impedía ver sus facciones.

El desconocido dio unas órdenes que la mercenaria no pudo entender, pero que contempló cómo se cumplían: todos los presentes salieron de la habitación entre reniegos y gruñidos, excepto el enmascarado, que se acercó a la yaciente.

Le dijo unas palabras mientras le acariciaba el rostro, para luego darle la espalda y salir a su vez del lugar; una puerta se cerró con estrépito, dejándola en la más absoluta soledad...

No había dormido desde la desaparición de su compañera. El cansancio se reflejaba en su rostro, mientras Calet proseguía con su búsqueda por todas partes, preguntando a todo aquel con quien se encontraba. Con los nervios a flor de piel, recurría con facilidad a las amenazas y la violencia, cosa que ya le había costado una pelea con un soldado jalal al que había dejado tumbado en un callejón con un enorme moratón en la cabeza.

—¿Dónde estás? —murmuraba una y otra vez con exasperación—. Dame alguna señal, maldita seas…

Oyó su nombre en la lejanía; miró a su alrededor, hasta descubrir a un par de sirvientes que se le acercaban con paso cauto, mesurado.

—Señor, el Hemeir nos ha enviado para informaros que se han encontrado rastros de vuestra compañera —comenzó uno de ellos, casi por completo desnudo excepto un taparrabos de tela, y con la cabeza rapada—. Al parecer ha desaparecido uno de los caballos del establo real, y las huellas conducen hacia la puerta norte.

—Guiadme hasta esa salida —les advirtió el atlante con fiereza.

—Si, señor —aceptaron ambos con mansedumbre.

Caminaron durante un largo rato hasta llegar a la baja muralla de Halal, que siguieron hasta encontrar un portalón de recia madera custodiado por un destacamento de soldados.

—¡Tú! —exclamó el mercenario señalando a uno de los hombres—. ¿Qué sabes acerca de un jinete que cruzó esta noche esta entrada?

Por un instante la confusión se pintó en el rostro del guardia, hasta que, por fin, con un esfuerzo, consiguió encontrar su voz.

—Señor, vuestra compañera salió de Halal con la luna en su cenit —explicó con gesto seco.

El guerrero se sintió desconcertado. ¿Acaso era cierto, acaso Dartia había decidido marcharse? Por un momento no fue capaz de mantener la mente despejada, la negra garra de la amargura y la rabia apretaron su corazón en un férreo abrazo que le nubló el entendimiento, mas poco a poco consiguió controlarse y volver de nuevo su interés hacia el soldado.

—¿En qué dirección partió? —inquirió, acercándose al portalón mientras contemplaba el polvoriento suelo.

—Huyó hacia el norte, señor —aseguró su interlocutor tragando saliva.

Por un momento estuvo a punto de creerle, mas algo en la expresión de sus ojos, un leve atisbo de temor, le hizo dudar.

—¿Nadie más cruzó esta noche la puerta? —demandó sin levantar la mirada.

—No señor, tan sólo la atlante.

Se apartó de la puerta dirigiéndose al interior de la ciudad mientras lanzaba frecuentes ojeadas al suelo, a uno y otro lado; los sirvientes que le habían guiado habían desaparecido, era muy probable que regresaran a palacio para informar a Hamil de que su orden había sido cumplida.

—Muy bien —gruñó, frunciendo el ceño en un gesto feroz que hizo que los que se cruzaran con él se apartaran apresurados, asustados por la marca del lobo[49]—. Creo que ha llegado el momento de hablar con un sapo traidor…

---

[49] Marca del lobo: expresión referente al ansia asesina que se refleja en la mirada de una persona.

Su paso se fue acelerando poco a poco a medida que se acercaba a su destino, hasta desembocar en la plaza en la que se asentaba el edificio; cuatro soldados se mantenían firmes ante las puertas más allá del jardín, sus armas cruzadas frente al umbral.

—Abrid paso —ordenó Calet en tono perentorio—. Soy un invitado que desea hablar con el Hemeir.

—En este momento está ocupado —le advirtió uno de los guardias con brusquedad.

—Exijo ser conducido de inmediato ante su presencia —advirtió sombrío el mercenario, llevando las manos a su espalda—. He de hablar con él acerca de un importante asunto.

El guardia lo contempló por un momento, su hirsuta barba temblando de indignación ante la osadía que demostraba el extranjero; mas, por fin, con un gesto de la cabeza accedió a las pretensiones del hombre y le franqueó el paso, llevándole hasta la sala del trono.

—Bienhallado seáis, atlante —le saludó Hamil con una amplia sonrisa—. ¿Qué es lo que deseáis? ¿Os encontraron mis esclavos para informaros de lo ocurrido?

—Sí, señor —el tono de su voz hizo que el jalal le observara con recelo—. Al parecer mi compañera ha decidido partir sin mí...

—Ya os comenté que era una posibilidad...

—Mas he descubierto que tan sólo se trata de una añagaza —aseguró el antiguo asesino, los dientes apretados en un gesto de furia—, de una treta para apartarme de los verdaderos hechos.

"Señor, os exijo que me devolváis de inmediato a Dartia

—advirtió con ferocidad inusitada.

—¿Qué estáis diciendo, felón? —se escandalizó el grueso monarca—. ¿Ésa es vuestra gratitud, así pagáis que se os haya acogido como invitados?

—¿Así pagáis vos que hayamos venido en paz? —inquirió a su vez Calet—. Sé que vuestros sirvientes me han mentido y que los soldados de la puerta norte han sido aleccionados para contarme que mi compañera huyó de la ciudad.

"No me preguntéis cómo lo sé —continuó, cada vez más irritado—, tan sólo tened la certeza de que así es.

Se abstuvo de hablar al gobernante de la expresión de temor del guardia, y del hecho de que en el polvo del camino no había señales recientes de ninguna montura, ni de entrada ni de salida.

—Teneos un momento, señor —sugirió el Hemeir con tono contemporizador—, ¿estáis diciendo que algunos de mis súbditos han cometido una villanía en la persona de… Dartia, se llamaba?

"Esto es intolerable —continuó con gesto ofendido—: si así ha sido, he de dar un castigo ejemplar a aquellos que han osado violar la hospitalidad del pueblo jalal. Señaladme a los culpables, y yo les haré hablar.

—Os pido la merced de ser yo quien les arranque la verdad —solicitó el mercenario.

—Disculpad mi negativa, mas debéis recordar que estáis en territorio jalal, y que la justicia ha de ser la dictada por nosotros, no por gentes de otros pueblos —advirtió Hamil.

La ponzoña crecía en el pecho del atlante, inundándolo de oscuridad, de rabia mal contenida; luchó con la tentación de desenvainar sus espadas y destripar a aquel seboso pagado de sí mismo, para conseguir controlarse a duras penas y evitar cometer una locura que no hubiera ayudado en lo más mínimo a la guerrera.

Con un apresurado saludo, a todas luces forzado, se dio la vuelta y salió del salón; su sangre hervía con la locura de la venganza, el espíritu de Ornay resurgía cuál ave fénix de unos rescoldos casi apagados... Intentando mantener la cabeza fría, se dedicó a pasear con los nervios de punta por el palacio en busca de los criados que habían acudido en su busca.

Encontró a uno de ellos en un jardín, abanicando a una hermosa mujer de largo y ondulado cabello plateado que yacía indolente en una esterilla bajo la sombra de una higuera, hablando con un hombre de aspecto noble.

Sin decir una palabra, se acercó con calma a los reunidos y agarró por el cuello al sirviente, que lo contempló con ojos desorbitados por el terror, jadeando a causa de la falta de aire.

—¿Qué creéis que estáis haciendo, extranjero? —demandó el hombre llevándose la mano a la espada.

—Lamento privaros de este lacayo, mas será por poco tiempo —aseguró Calet con gesto torvo mientras arrastraba a su presa—. En breve tiempo os lo devolveré...

—¡Bárbaro! —exclamó el noble, desenvainando—. ¡Suelta a ese hombre, o me haré una cuerda de arco con tus tripas!

—No deseo buscar trifulca con vos, señor —insistió el mercenario clavando su acerada mirada en su contrincante, que no pudo evitar tragar saliva—. Sólo guardo intención de interrogar unos momentos a este esclavo.

—¡Sólo hablaréis con mi espada! —gruñó el jalal, saltando hacia él en la necia creencia de que sería una presa fácil.

El atlante observó de reojo que la mujer había desaparecido, a buen seguro en busca de los guardias de palacio, por lo que tomó una decisión: arrojando al criado contra su enemigo, extrajo las dos armas de su espalda y se dispuso a combatir.

El noble se puso en pie con esfuerzo tras apartar de un violento empujón al caído; de inmediato, con un rugido de rabia, se abalanzó sobre su rival con la espada en alto, dispuesto a abrirle la cabeza como un melón maduro; sin embargo, de modo repentino se encontró sentado en la hierba del jardín, desarmado y con un tremendo dolor en el rostro, sintiendo cómo la consciencia iba abandonándolo poco a poco, cayendo hacia atrás como un fardo...

El sirviente intentó huir, mas el guerrero fue mucho más rápido: soltando una de sus espadas, lanzó su mano en un gesto fulminante y agarró al hombre por el brazo, tirando de él con furia.

—Tenemos que hablar acerca de una mentira —advirtió en tono brutal, mientras guardaba el arma restante y recogía la caída para envainarla. Después, arrastró al empavorecido esclavo hasta unos arbustos, donde le obligó a agacharse.

—Ahora me dirás por qué el Hemeir quería que pensara que Dartia se había ido de Halal —comenzó airado—. ¿Qué motivos podía tener para...

Las palabras murieron en sus labios cuando comenzó a entender el alcance de lo que estaba ocurriendo: el interés de Hamil por comprar a su compañera, la mentira para que la buscara fuera de las murallas… Una vez hubiera salido no volvería a entrar a no ser subrepticiamente, para tomar cumplida venganza.

—¡Piedad, por favor! —suplicó el hombre—. ¡Mi Señor nos ordenó a Mahmon y a mí buscaros y daros el mensaje, no nos explicó nada más! ¡Me desollará vivo!

—Yo puedo hacerte cosas peores —aseguró Calet sacando su cuchillo—. Ten por seguro que si no me dices todo lo que sabes, conocerás un tormento mucho mayor que el que pueda infligirte Hamil.

—¡No sé nada más, señor! —se lamentó el lacayo—. ¡No sé nada, lo juro por Almala! ¡Piedad!

En aquel momento el jardín fue invadido por una veintena de soldados que miraron a su alrededor, lanzando exclamaciones de ira al contemplar el cuerpo yaciente del noble; al parecer debía ser alguien importante, pues dos de ellos se dirigieron de inmediato hacia él mientras el resto se dedicaba a registrar el lugar.

Guardando su arma, Calet se irguió para que los guardias pudieran contemplarlo con claridad.

—¿Habéis sido vos quién ha golpeado de esta guisa al señor Kaziz? —demandó uno de ellos con la insignia de capitán—. Sabed que la pena por semejante desatino es la muerte…

—Habéis de saber que fue él quien buscó la pendencia —explicó calmoso el mercenario, caminando despacioso hacia una arcada—. Y también debéis saber que no estoy dispuesto a entregar mi vida por un crimen que no he cometido, puesto que ése al que llamáis Kaziz sólo está inconsciente.

El capitán volvió la cabeza por un momento hacia los dos hombres que se habían acercado al caído; uno de ellos le hizo un leve gesto de asentimiento.

—Señor, debo pediros que me entreguéis vuestras espadas —pidió al atlante tras volverse de nuevo hacia él—. El Hemeir ha de saber de esta afrenta y decidir el castigo que se os haya de imponer.

—¿Debería haber permitido que me atravesara sin hacer nada? —se burló el guerrero ya junto a la entrada—. Capitán, ¿no pretenderéis que un hombre de armas se porte como un indefenso corderillo?

—Kaziz es uno de los principales de nuestro Señor —explicó el jalal con expresión sombría—. Cualquier afrenta a su persona es como hacérsela al Hemeir.

—Entonces, habremos de hablar con él —admitió el mercenario tratando de mantener la calma—. Mas conservaré mis armas, puesto que a lo que veo aquí ya no soy un invitado.

—Si así lo decidís, aceptaré vuestras condiciones —convino el capitán severo—. Mas todos mis hombres os escoltarán a presencia de nuestro Señor, y seréis vigilado para evitar cualquier traición…

Le dolían todos los huesos del cuerpo; la posición en la que se encontraba era incómoda en grado sumo, con las manos atadas a la espalda, mas lo peor no era el sufrimiento físico, sino la lacerante humillación de haber sido atrapada sin haberse defendido.

Estaba segura de que había al menos un facineroso detrás de la puerta por la que habían salido, por lo que se sentía abatida: aunque fuese capaz de liberarse de las ataduras, cosa harto difícil pues estaban anudadas con fuerza y se le clavaban en la carne cada vez que intentaba soltarse, ¿cómo podría enfrentarse sin armas a la caterva que había contemplado cuando recuperó el conocimiento?

Tan sólo veía una opción, y aun ésta era lejana: engatusar de alguna manera al personaje de aspecto noble para que confiara en ella y la ayudara a escapar. Con la magia del colgante exhausta, aquella tarea sería en verdad tediosa, si es que alcanzaba a conseguir que llegase a buen puerto.

Esperaría. Era lo único que podía hacer de momento, y le daría tiempo para elaborar algún plan mediante el que salir de aquel antro húmedo y maloliente en el que la habían encerrado. Empezó a pensar que tal vez se tratase de alguna celda, un calabozo situado a gran profundidad. ¿Dónde podría hallarse algo así? Desde luego, no en una casa común, sino más bien en algún lugar público, de cierta alcurnia, como por ejemplo... ¿el palacio real?

Mas, si era así, ¿qué pintaban aquellos malencarados en tal lugar? No parecía probable que el Señor Hamil tuviera a tales bribones cerca de él, más bien había de pensar que pudieran ser sicarios alquilados para sus trabajos sucios. Si tal era el caso, a buen seguro dejaría de verlos; y si no era así, habría de pensar dónde se encontraba...

—Parecéis empeñado en crear conflictos —advirtió con severidad el monarca a Calet—. ¿Es que acaso no os dejé claro que nosotros nos encargaríamos de la justicia para nuestra gente?

—Señor, no es mi intención ofenderos mas, a pesar de que procuro respetar las costumbres del honorable pueblo jalal —el atlante intentaba meditar con sumo cuidado sus palabras—, hay cosas que me resultan en verdad intolerables.

—¿Por ejemplo?

El mercenario miró a su alrededor: los soldados que le habían encontrado en el jardín estaban en torno a él, pendientes de cada una de sus palabras y movimientos, dispuestos a caer sobre él como lobos a una orden de su rey.

—Puedo entender que por vuestras costumbres estéis acostumbrados a tratar a las mujeres como una parte más del mobiliario, a comprarlas y venderlas como si no fueren otra cosa que ganado, mas el honor exige que si una de esas transacciones no se lleva a cabo, no se recurra al subterfugio de capturar a la mujer en cuestión para forzarla contra su voluntad.

—¿Me estáis acusando de nuevo de tener retenida a vuestra compañera? —el tono del Hemeir era seco, amenazador—. Atlante, temo que estáis empezando a aburrirme con vuestros recelos.

—Decidme entonces por qué ordenasteis a vuestros

sirvientes que me contaran que Dartia había huido a uña de caballo de la ciudad —explicó el guerrero—. Y por qué los guardias de la puerta norte fueron aleccionados para contar la misma historia.

—Es una conspiración contra vuestra compañera...

—Elaborada por vos, Hemeir. No había rastro alguno de que nadie hubiera salido esa noche de la ciudad.

—¡Guardias! —exclamó Hamil en tono violento, abrupto—. Ya me he cansado de este insolente, cargadlo de cadenas y arrojadlo a la mazmorra más profunda de que disponga el palacio.

Varias espadas salieron chirriando de sus vainas, mas podía notarse una vacilación general en los hombres ante la orden.

—Mi Señor, ¿es cierta la acusación de este hombre? —inquirió el capitán—. ¿Habéis traído la deshonra al trono?

—Soy el Hemeir —pronunció el jalal con tono glacial—. En Roub al Jal soy la autoridad suprema, nadie puede osar cuestionar mis órdenes. Capitán, cumple con tu obligación o te unirás a este deslenguado en los calabozos.

—Señor, temo que ha llegado el momento de abdicar en otra persona más adecuada para el cargo que ostentáis —sugirió Ezail, entrando en la sala desde detrás de una colgadura—. Aunque vuestro reinado ha sido bueno, en estos últimos tiempos vuestras decisiones han sido guiadas más por el corazón que por la mente.

"Habéis permitido que unos extranjeros campen a sus anchas por el Reino Verde, que interfieran en nuestras vidas, y que vuestras bajas pasiones os hayan cegado hasta el punto de pretender incorporar a la mujer en vuestro hairim. Por lo que he oído, acaso el atlante no carezca de razón y hayáis cometido la torpeza de enemistaros con un poderoso enemigo por dejaros llevar por unas emociones impropias de vuestra condición.

—¿Cómo te atreves a hablarme de esa manera? —se enfureció Hamil, levantándose de un salto—. ¡Traición! ¡Guardias! ¡Prended a estos sediciosos!

Las puertas del salón se abrieron y los soldados entraron en tropel, las armas prestas para el combate; los hombres que estaban en el interior se miraron entre ellos, y pronto se formó el caos: no podía distinguirse a los leales al Hemeir de aquellos que pretendían derrocarlo, tan sólo los gritos parecían marcar el distingo.

Calet se había apartado en cuanto había observado el cariz que tomaban los acontecimientos; no quería tomar partido por ninguno de los dos bandos, tan sólo pretendía localizar a Dartia y salir de aquel pandemónium.

Entre la masa de combatientes consiguió distinguir la gruesa figura del monarca, que se retiraba con cobarde discreción escoltado por un par de soldados que contenían a los rebeldes; tomando una decisión, rodeó a los luchadores y lo siguió, dispuesto a arrancarle el destino de su compañera.

Un jalal se le echó encima con una alabarda enarbolada contra él; desenvainando de inmediato sus armas, con una desvió el golpe y con la otra golpeó el astil, partiéndolo de un golpe; después apartó al hombre de un empujón que lo arrojó al interior de la liza.

Los guardias de Hamil se le enfrentaron con estentóreas voces de guerra; dispuesto a no perder de vista a su presa, se aprestó a acabar cuanto antes con aquella lucha: aunque eran hábiles con sus hojas, ninguno de los dos rivales del mercenario tuvo nada que hacer ante su furia. Uno de ellos cayó con el brazo cortado, mientras el otro se derrumbaba con una estocada en el pecho.

—No corráis, señor Hamil —advirtió a su oronda víctima, que se volvió hacia él con el rostro sudoroso por el miedo—. Vos y yo aún hemos de acabar una conversación.

—¡Dejadme en paz! —exclamó el rey—. ¡No sé nada!

—¿Dónde la habéis escondido?

—¡No puedo permanecer aquí, cualquier rebelde podría…

Un soldado se abalanzó sobre ellos con un alarido: el mercenario detuvo con habilidad la estocada y, con un rápido movimiento, lo desarmó, arrojándolo de nuevo al fragor de la batalla con un violento empellón.

—Por última vez —gruñó rabioso—, ¿dónde la habéis escondido?

—Está en los calabozos —murmuró nervioso el Hemeir—, en la parte más profunda del palacio.

—Guiadme pues —le ordenó el atlante, deteniendo un letal tajo a su garganta.

Oía ruidos en el exterior de celda: carreras, gruñidos, voces de alarma… Tal parecía que sucedía algo grave. Mas nadie parecía preocuparse de ella, era como si no existiera.

Forcejeó con sus ataduras tan sólo para lacerarse la piel

de las muñecas; notaba la sangre deslizándose con lentitud, el dolor sordo de heridas recién abiertas, la rabia que la inundaba ante la impotencia de verse en una situación tan apurada. Y Calet no aparecía…

De la lejanía brotó un alarido de agonía, comenzaba a sonar como el entrechocar de metales de una batalla. ¿Acaso su compañero había dado por fin con ella?

Los ruidos parecían acercarse poco a poco, acompañados por gruñidos de furia, gemidos de dolor… En el ambiente comenzaba a flotar un inconfundible olor metálico, la escarlata savia de la vida fluyendo libre como el agua del cauce de un río…

—¡Dartia! ¿Dónde estás?

La voz era inconfundible, el tono perentorio no podía pertenecer a otro más que al hombre con el que había compartido aquel malhadado viaje.

—¡Estoy aquí, Calet! —gritó a pleno pulmón—. ¡En una celda mohosa!

El antiguo asesino no le contestó; en su lugar, los reniegos y el estrépito de las armas acallaron su voz.

—¿Es aquí? —le oyó preguntar.

Alguien le contestó afirmativamente, alguien con la voz estrangulada a buen seguro que por las manos de Ornay.

—Entonces, ábrela por las buenas o yo la abriré con tu cabeza —advirtió el suldurio.

La mujer oyó que trasteaban en el cierre; poco después, la luz comenzaba filtrarse por una rendija que se iba haciendo cada vez más amplia, hasta mostrar un par de siluetas en el umbral.

—¿Acaso pensabas esconderte de mí? —se burló el

guerrero, apartando de un empujón al jalal que había estado sujetando por la garganta.

—Déjate de chanzas y desátame —le advirtió ella con el ceño fruncido—. Has tardado mucho tiempo en encontrarme, ¿qué te ha entretenido? ¿Alguna de esas mozas de cabello oscuro y ojos negros?

—¿Aún te quedan ganas de bromear? —sugirió el hombre mientras cortaba las ligaduras; su aspecto era espantoso, cubierto de carmesí de la cabeza a los pies, las espadas goteando, las ropas hechas jirones—. Vamos, salgamos de entre toda esta confusión antes de que nos atrape en medio.

—¿Qué ocurre? —inquirió la taliria, caminando de forma trabajosa y agachándose sobre un muerto para recoger su espada y su cuchillo.

—Ha habido una insurrección —le explicó su compañero—. Aprovechando las últimas decisiones del Hemeir referentes a nosotros, Ezail y una parte del ejército se han levantado en armas para deponer a Hamil.

"Creo que hay algo más de fondo, pues he oído a los rebeldes hablar y jurar por dioses de los que no había oído hablar: Ahur, Astarit, Mardak, Metriam, Lil... A juzgar por los comentarios que habíamos oído hasta ahora, el culto a Almala no es lo que se dice tolerante, intenta imponerse a toda costa sobre los demás a sangre y fuego si es necesario.

"Temo que los vientos de los jalals están tornando en tempestades que los arrasarán de un confín a otro; y si no tenemos cuidado, podrían arrastrarnos en su caída y finalizar nuestra misión.

—Entonces, lo que hemos de hacer es huir de aquí a uña

de caballo —sugirió Dartia, observando el cadáver del Hemeir mientras pasaba a su lado—. A lo que veo, has tenido que luchar muy duramente para encontrarme.

—Ese maldito sapo fue el causante de todo esto —Calet escupió hacia el cuero—.Si no hubiera dado la orden de capturarte, es muy probable que la sedición no hubiera saltado hasta más adelante.

"Esto es mucho más que una algarada —continuó sombrío—. Todo el palacio está revuelto, hay combates por todas partes; para llegar a estos calabozos he tenido que pasar entre varios pares de guardias, algunos de los cuales debían ser renegados, pues uno de ellos fue el que acabó con la vida del asno de Hamil.

"Intentaremos llegar hasta los establos y procurarnos monturas para proseguir nuestro camino hacia occidente…

Un soldado surgió de modo inopinado desde detrás de una columna con la espada alzada sobre su cabeza, un estridente grito en su garganta; el atlante detuvo su embestida mientras su compañera le atravesaba el pecho con su arma.

A medida que accedían a los niveles superiores los sonidos de la batalla se hacían más intensos; cuando por fin llegaron a la sala del trono, el espectáculo que los esperaba era dantesco: los muertos se hacinaban por todas partes, rotos muñecos abandonados por los inmisericordes vencedores de la cruenta liza; un par de guardias andaban entre ellos como carroñeros, robando a los yacientes cualquier objeto que pudiera resultarles valioso.

Cuando los vieron, los dos hombres extrajeron sus espadas y se lanzaron sobre ellos con rugidos de rabia.

El mercenario detuvo el ataque de su contrincante con facilidad, lanzándole una estocada que hizo que el otro se apartase con premura, poniéndose a la defensiva; tras unos golpes de tanteo, el arma de hierro de Calet saltó hecha pedazos al chocar con extrema violencia con la de su rival, que sonrió como un lobo en la creencia de que su presa estaba indefensa. Comprendió su error demasiado tarde, cuando una finta lo dejó desequilibrado, abierto a un golpe a su garganta que lo decapitó con insolente limpieza...

Mientras tanto, su compañera se entendía bastante bien con su enemigo: aunque ducho en el arte de la espada, ella había aprendido muy bien los trucos del suldurio, por lo que lo liquidó en un momento de un tajo en el pecho.

—¡Vámonos! —demandó él en tono perentorio, recogiendo el arma de uno de los cadáveres y echando a correr, seguido por la mujer.

Salieron del palacio para caer en medio de una gran contienda: cientos, miles de jalals luchaban por toda la ciudad, despedazándose con salvaje frenesí en una orgía de caos y destrucción, olvidados de todo lo que no fuera matar o morir; ante aquella escena de brutal paroxismo, ambos comenzaron a deslizarse pegados a la pared, sorteando combatientes, acabando con ellos cuando no les quedaba más remedio... Un lancero montado repartía muerte a su alrededor, proclamando a gritos su lealtad al fallecido Hamil, hasta que Calet, en un súbito movimiento, se abalanzó sobre él y, agachándose bajo la gran hoja, se acercó a la montura y lo descabalgó de un violento golpe en el costado; a continuación se subió de un salto y tendió la mano a Dartia, alzándola en vilo hasta colocarla a su espalda.

Azuzó al caballo y trató de dirigirse al norte, mas el gentío a su alrededor le obligaba a ir despacio, aplastando y ensartando a todo el que intentaba acercarse; una flecha le alcanzó en el hombro izquierdo, sosteniéndose sobre el animal gracias a su compañera, que lo sujetó con firmeza.

Por fin consiguieron alcanzar un callejón en el que sólo se observaban pequeñas escaramuzas, lanzándose a una frenética galopada en busca de una salida de Halal, arrollando a todos los que intentaban detenerlos; pronto se hallaron a la vista de las puertas del norte, separados de ellas por una masa de luchadores.

—Hemos de salir como sea —gruñó el mercenario, espoleando con fuerza la montura.

Se arrojó en medio de la batalla, apartando hombres por doquier, mas a poca distancia de la salvación el caballo quedó por fin frenado por el gentío: una espada alcanzó al animal en el costado, arrancándole un relincho de dolor y derribándolo.

Los atlantes, sin poder evitarlo, cayeron al suelo en medio de la muchedumbre, intentando evitar ser aplastados o pisoteados; Calet dejó escapar un alarido cuando el astil de la flecha se partió, mas intentó sobreponerse y recoger la espada caída.

Los momentos siguientes fueron como una pesadilla, luchando para avanzar palmo a palmo, intentando llegar a una salida que cada vez se les antojaba más lejana; la pérdida de sangre hacía que el mercenario no tuviese una conciencia clara de lo que sucedía a su alrededor, todos sus actos eran por completo automáticos, los ojos se le cerraban sin poder evitarlo, manteniéndose de pie tan sólo por la voz de la guerrera y su propia fuerza de voluntad...

Se sintió arrastrado por el brazo de forma repentina, tropezando con los cuerpos caídos, intentando mantener el equilibrio; a su alrededor parecían haberse desvanecido los sonidos de la feroz lucha fratricida...

Cuando recuperó la consciencia se encontraba tumbado en el suelo, bajo la atenta mirada de Dartia y Ezail.

—¿Qué ha pasado? —inquirió exhausto.

—Gracias a Ezail hemos podido salir de Halal —le explicó su compañera, señalando al jalal—. Cuando los partidarios de Hamil comprendieron que había muerto depusieron las armas; ahora es probable que entren en un período de anarquía hasta que acepten a un nuevo Hemeir.

"Lo que no consigo entender es cuál es el motivo por el que ha decidido ayudarnos...

—En cualquier caso, nosotros hemos de proseguir con nuestra tarea —advirtió severo el atlante, dejando escapar un gruñido de agonía—. Restañadme la herida lo mejor que podáis y dadnos monturas para continuar nuestro camino...

—No estáis para cabalgar —le advirtió el mago con hosquedad—, mas tampoco para quedaros en el Reino Verde. Aunque no hayáis hecho enemigos en nuestras tierras, somos muchos los que no os vemos con buenos ojos, por lo que debo encargarme de que partáis cuanto antes.

"Lamento deciros que no hay tiempo para recargar de la manera adecuada vuestros talismanes, mas en mi descargo pienso que en Khoush no tendréis problema alguno para haceros entender por tratarse a la postre de una colonia atlante.

El hombre apoyó sus manos sobre la herida del suldurio, cerrando los ojos y comenzando a entonar una letanía desconocida; poco a poco el dolor fue remitiendo hasta convertirse en una sorda molestia.

—Os agradezco vuestra ayuda, Ezail —comentó Calet intentando incorporarse—. Puesto que no podemos quedarnos aquí a esperar a nuestra presa, nos dirigiremos hacia el Oeste, hacia Khoush como bien decís, para desde allí intentar alcanzar Tharsia.

—Ahora mismo lo primero que debéis hacer es descansar —le advirtió el nigromante con el ceño fruncido—. He conseguido un par de caballos para que podáis alejaros de aquí. A media jornada al oeste hay una pequeña aldea, alojaos allí unos días y partid después.

"No sé quién sois, Calet dar Gaur; mis ojos me dicen una cosa, y mi poder me dice otra muy distinta; percibo en vos algo que no acabo de entender por completo, una especie de… vacío, como si os faltara algo, mas no puedo definir de qué se trata; seguro que otros magos os habrán hablado de esto mismo.

"No voy a juzgaros por ello, aunque al principio sí estuviera dispuesto a hacerlo: os juzgaré por vuestros actos, que hasta el momento no han sido hostiles hacia nuestro pueblo. Partid sin demora, antes de que los jalals más radicales ante los extranjeros decidan que los únicos atlantes buenos son los cadáveres.

—Os agradecemos la deferencia que habéis tenido con nosotros —intervino Dartia, sin darse cuenta de que el jalal no podía entenderla. Ante la incomprensión del hombre, el mercenario hubo de repetir las palabras de la mujer.

Entre ella y el mago consiguieron, con grandes esfuerzos, que el guerrero permaneciera montado en el caballo. Después, sin una palabra de despedida, los compañeros azuzaron a sus monturas y se alejaron de la capital del Reino Verde sin volver una sola vez atrás la mirada.

La mujer hubo de sujetar al mercenario para que no cayera durante el viaje; cuando por fin llegaron a una aldea, a un par de jornadas al oeste, el hombre sufría de un intenso acceso febril, lo que les obligó a buscar un sanador. Los efectos del talismán de Calet se habían desvanecido, por lo que a duras penas consiguieron hacerse entender por los habitantes del lugar, que parecían negarse a ayudar a unos extranjeros de aspecto peligroso.

Por fin, de alguna manera, un anciano de edad indefinida se hizo cargo del herido, que hubo de yacer durante varios días hasta que por fin estuvo en condiciones de cabalgar de nuevo.

Cuando iban a partir apareció un jinete procedente del este, un personaje de aspecto desgreñado, indolente, al que no reconocieron hasta que no llegó junto a ellos: era Ashmail, el vidente del que había hablado el difunto Hamil, que se suponía había de viajar con ellos hasta Tharsia.

—¿Debemos cargar con él? —sugirió Calet con desgana—. No vamos a poder entendernos, va a ser como estrellarse contra una muralla durante todo el trayecto…

—No sé qué pensar —aceptó Dartia encogiéndose de hombros—: quizá como favor al antiguo Hemeir, podríamos…

—¿Tú precisamente hablas de hacer un favor a quien intentó convertirte a la fuerza en una más de sus concubinas? —se burló el guerrero.

—Admito que no tuvo un buen comportamiento —le concedió ella de mala gana—, mas en otras cosas resultó más considerado.

—O tal vez más malicioso —se chanceó el atlante—, puesto que todo lo que hizo pudo ser por mero interés.

—En cualquier caso, hemos de decidir qué hacer con él —la mercenaria señaló al aludido.

—Que haga lo que desee. Partamos cuanto antes, hemos de mantener la delantera con Arum Matai.

La taliria torció el gesto mientras le miraba: a veces rebrotaba el carácter agrio con el que le había conocido, la ácida fruta del asesino atlante...

—Vámonos entonces —asumió de mala gana.

Se pusieron en camino sin una palabra, con Ashmail siguiéndolos; la expresión del jalal parecía ida, alunada, como si contemplase imágenes desconocidas más allá del cielo.

Cabalgaron durante varias jornadas, alimentándose de lo que habían adquirido en el pueblo y de lo que podían cazar en aquel territorio agreste, hasta llegar a una aldea de pescadores a la orilla del mar. Al cabo de un buen rato de intercambiar señas y gestos con los lugareños consiguieron hacerse entender y obtener pasaje en un barco que los llevara hasta las costas de Khoush...

AUTOR

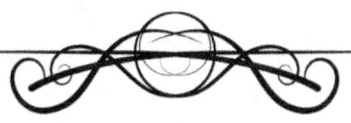

José Francisco Sastre García (San Sebastián, 1966) es un escritor que comienza su andadura en la década de los ochenta del pasado siglo; residente en Valladolid, lleva escribiendo relatos desde los años noventa, momento en que se une al grupo madrileño El Círculo de Lhork, donde comienza a publicar artículos y narraciones de todo tipo y género: misterio/terror, ciencia ficción, espada y brujería, fantasía épica, aventuras…

José Francisco Sastre García

OTRAS OBRAS DEL AUTOR

En este volumen, el primero de mi material que ve la luz a nivel comercial, expongo seis relatos en los que se narran las aventuras de un personaje más bien sombrío, Ornay el Desalmado, que se mueve por la isla de Antilea, la segunda en importancia del archipiélago del Imperio Atlante.

Espero que disfruten de las historias…

"Las hojas de hierro atacaron con la velocidad de una serpiente, tan letales y mortíferas como cobras; uno de los soldados vio con sorpresa que su mano saltaba en medio de una explosión de sangre, mientras los otros dos rivales retrocedían apresuradamente y bloqueaban las estocadas de Calet".
("Espíritus Oscuros")

Comprar ebook
Comprar libro en formato papel
Facebook // Twitter
Web del autor